Ava Reed

High Hopes

WHITESTONE HOSPITAL

Roman

LYX

LYX in der Bastei Lübbe AG
Dieser Titel ist auch als E-Book und als Hörbuch erschienen.

Die Bastei Lübbe AG verfolgt eine nachhaltige Buchproduktion. Wir verwenden Papiere aus nachhaltiger Forstwirtschaft und verzichten darauf, Bücher einzeln in Folie zu verpacken. Wir stellen unsere Bücher in Deutschland und Europa (EU) her und arbeiten mit den Druckereien kontinuierlich an einer positiven Ökobilanz.

MIX
Papier | Fördert gute Waldnutzung
FSC® C014496

Dieses Buch wurde vermittelt von der Literaturagentur erzähl:perspektive, München (www.erzaehlperspektive.de)

Textredaktion: Jil Aimée – www.jil-aimee.com
Umschlaggestaltung: © Jeannine Schmelzer, Bastei Lübbe AG
unter Verwendung von Motiven von © shutterstock
(Bokeh Blur Background/Zodar) und einer Illustration von
© Jeannine Schmelzer
© Illustration Innenklappe: Nicole Böhm
Satz: Greiner & Reichel, Köln
Gesetzt aus der Adobe Caslon
Druck und Verarbeitung: GGP Media GmbH, Pößneck
Printed in Germany
ISBN 978-3-7363-1547-1

10 12 11

Sie finden uns im Internet unter lyx-verlag.de
Bitte beachten Sie auch: luebbe.de und lesejury.de

Für meine Leser:innen,
ohne die nichts hiervon möglich wäre.

Für meinen Mann,
ohne dessen Unterstützung diese Geschichte
nie fertig geworden wäre.

Liebe Leser:innen,

ich freue mich sehr, dass ihr zum ersten Band meiner neuen Reihe gegriffen habt, und hoffe, ihr werdet die Geschichte von Laura und Nash so sehr lieben wie ich.

Ich möchte vorab darauf aufmerksam machen, dass die *Whitestone-Hospital*-Reihe, im Gegensatz zu *Truly*, *Madly* und *Deeply*, nicht in falscher Reihenfolge oder unabhängig voneinander gelesen werden kann. Obwohl die Paare in jedem Band wechseln, zieht sich die Storyline kontinuierlich und chronologisch durch alle vier Bände.

Hinten im Buch findet ihr, nach der Danksagung, ein Glossar mit den wichtigsten medizinischen Begriffen.

Ich wünsche euch von Herzen viel Freude mit *High Hopes* und dem ganzen Team des Whitestone Hospitals.

Eure Ava

Triggerwarnung

In der gesamten *Whitestone-Hospital*-Reihe werden – auch aufgrund des Settings – verschiedenste Themen ihren Platz finden, die triggern können.

In *High Hopes* sind es unter anderem Leistungsdruck, Stress, häusliche Gewalt, Unfälle, körperliche Verletzungen jeglicher Art, diverse Körperflüssigkeiten, explizite Erwähnung und Beschreibung von Krankheiten und Operationen, Diskriminierung, Atemnot, Tod, Verlust und Trauer.

Diese Liste erhebt dabei keinen Anspruch auf Vollständigkeit. Bitte achtet auf euch und eure Gefühle.

Soundtrack

WHERE IT STAYS – CHARLOTTE OC
IF YOU KEEP LEAVING ME – ANDERSON EAST
IF I BE WRONG – WOLF LARSEN
I ONLY MISS YOU WHEN I'M BREATHING –
DAN ELLIOTT
NO RIGHT TO LOVE YOU (ACOUSTIC) –
RHYS LEWIS
PIECES (ACOUSTIC) – DECLAN J. DONOVAN
LOOKS LIKE ME (PIANO ACOUSTIC) – DEAN LEWIS
LIKE THE WATER – PATRICK DRONEY
I CAN'T BREATHE – BEA MILLER
FALLING LIKE THE STARS – JAMES ARTHUR
EASY ON ME – ADELE
OUT OF REACH – GABRIELLE
WILLOW – TAYLOR SWIFT
SILENCE (ACOUSTIC) – GRACE CARTER
BETTER THAN TODAY – RHYS LEWIS
YOURS IN THE MORNING – PATRICK DRONEY
COLOUR ME – JUKE ROSS
BETTE DAVIS EYES – BOY
SHIVERS – ED SHEERAN
DRIVERS LICENSE – OLIVIA RODRIGO
GLITTER – PATRICK DRONEY
HOLD ME WHILE YOU WAIT – LEWIS CAPALDI
HIGH HOPES – KODALINE

1. Kapitel

Laura

»Jetzt öffne endlich den dämlichen Brief. Zwing mich nicht, zum Flughafen zu fahren und in einen Flieger zu steigen, Laura Elizabeth Collins! Es ist fünf Uhr morgens, und in vier Stunden ist ein wichtiges Shooting.«

Ich verziehe das Gesicht, halb lachend, halb verzweifelt, während Jess mich abwartend aus dem geöffneten Skype-Videochat anstarrt. Es tut mir so leid, sie geweckt zu haben, aber ich musste sie sehen und mit ihr sprechen. Ich brauchte ein Stück dieser unbeschwerten Zuversicht, die Jess mir immer zu geben vermag.

»Komm schon. Wovor hast du Angst?«, fügt sie hinzu, und ich kann ihren leichten Schubs gegen den Arm – den sie mir geben würde, wäre sie hier – beinahe fühlen.

»Ehrlich gesagt … davor, dass du extra aus Berlin zurück nach Kalifornien kommst, um mir in den Arsch zu treten.«

Meine große Schwester grinst, reibt sich über die Augen und seufzt anschließend sehr laut. »Los. Tu es. Wie bei einem Pflaster: Zähl bis drei, und dann zack – schnell und schmerzlos aufreißen. Ich bin sicher, sie haben dich genommen.« Ich verkneife es mir, sie darauf hinzuweisen, dass man Pflaster ab- und nicht aufreißt. Stattdessen drehe ich den Brief hin und her, lasse ihn durch meine Finger gleiten und frage mich, ob ich die Antwort, die darin auf mich wartet, verkraften kann. Ein Stück meines Weges steht damit bereits fest, ich weiß nur noch nicht, in welche Richtung es gehen wird. Das ist ziemlich verrückt.

»Was, wenn nicht?«, frage ich geistesabwesend. Was, wenn sie mich nicht genommen haben? Wenn ich nicht an den Ort kann, an den ich seit Jahren möchte?

»Süße, du hast dein Studium als Drittbeste deines Jahrgangs abgeschlossen und Zusagen von zwei der besten Krankenhäuser des Landes. Da wartet so viel auf dich, für das du verdammt hart gearbeitet hast.«

Mein Blick fällt auf die Schreiben aus Philadelphia und Baltimore, die auf meinem Nachttisch liegen. Das Johns Hopkins Hospital hat mir eine Zusage geschickt. Allein beim Gedanken daran, dass ich mich kaum darüber freuen kann, fühle ich mich wie ein undankbares, verzogenes Gör. Dabei *bin* ich sehr dankbar. Ich habe alles dafür getan, die Stanford University School of Medicine mit Bestnoten zu verlassen und eine gute Ärztin zu werden. Ich habe über Jahre alle Hürden überwunden, nicht nur während des Studiums, sondern auch danach, habe diverse Motivationsschreiben verfasst, das Auswahlverfahren überstanden und mich richtig reingekniet. Jetzt ist es Ende März, die ersten Bescheide sind längst eingetrudelt, unter anderem der, auf den ich so lange gewartet habe und den ich mich seit Tagen nicht zu öffnen traue.

»Mom und Dad haben sich in Phoenix kennengelernt, auf einem Ärztekongress«, erzähle ich leise, was Jess längst weiß, und schlucke schwer. »Es ist nicht das Krankenhaus, es ist der Ort. Ich … ich komme nicht davon los, zu hoffen und zu glauben, ihnen dadurch etwas näher sein zu können – und zu fürchten, sie noch einmal zu verlieren, wenn ich es nicht dorthin schaffe.«

»Ich weiß.« Nicht nur ich habe einen Kloß im Hals, auch Jess. Ich kann es genau hören, und augenblicklich tut es mir leid, dass ich sie trotz neun Stunden Zeitverschiebung angerufen habe. Dass ich sie nicht nur geweckt habe, sondern von San Francisco aus weiterhin wach halte – und sie daran erinnere, was wir viel zu früh verloren haben. Wen wir verloren haben. »Deshalb hast du mich angerufen und nicht Logan.« Ich nicke nur ganz leicht, aber ich bin sicher, dass sie es trotzdem sehen kann.

Logan liebt uns, und wir lieben ihn, aber unser kleiner Bruder versucht, die Sache mit Mom und Dad so weit hinter sich zu lassen wie nur möglich. So weit, dass er sie vergessen will, weil es zu sehr schmerzt. Auch wenn er nur unserer Eltern wegen Polizist geworden ist, um gegen das Geschwür der Ungerechtigkeit und des Hasses wenigstens ein wenig ausrichten zu können, würde er mich nicht verstehen. Oder verstehen wollen. Noch weniger würde er zugeben, dass er mir verdammt ähnlich ist.

»Laura, du bist so weit gekommen. Und ich habe akzeptiert, dass du wie sie bist. Dass du Medizin studiert hast, dir den ganzen Scheiß antun willst und sogar mit dem Gedanken spielst, auch nach Afghanistan, Syrien und in andere Länder zu reisen, um Menschen zu helfen. Wie unsere Eltern es getan haben. Ja, ich habe mich damit abgefunden. Du sollst glücklich werden, und … ich bin stolz auf dich. Egal, was in diesem Brief steht.« Nachdem Jess tief ein- und ausgeatmet hat, fährt sie leise mit brüchiger Stimme fort: »Mom und Dad wären es auch.«

Ich schaue auf und sehe, wie sie sich schnell eine Träne aus dem Augenwinkel wischt, bevor sie mich anlächelt. »Und ich bin sicher, sie würden mich verfluchen, weil ich dich nicht davon abgehalten habe.« Ich lache mit ihr, spüre das Brennen in meinen Augen – und das erste Mal, seit das Schreiben in meinem Briefkasten gelandet ist, habe ich keine Angst mehr.

Jess gähnt hinter vorgehaltener Hand, und mein schlechtes Gewissen wächst.

»Entschuldige, ich wollte dich nicht wecken und …«

»Hör auf. Es ist alles okay«, unterbricht sie mich und fasst sich ans Herz. »Ich wünschte, ich wäre bei dir. Nur noch knapp acht Monate, dann bin ich zurück.«

»Danke, Jess.«

»Immer.« Sie zeigt auf den Umschlag. »Was ist? Machst du den jetzt auf?«

»Ich denke schon. Aber ich fahre dafür rüber zu Josh.«

»Was? Tu mir das nicht an. Das ist nicht fair.«

»Ich schreib dir sofort, sobald ich das Ergebnis kenne.« Mit einer Mischung aus Neugierde und Ungläubigkeit starrt sie mich an. Bis sie seufzt und sich durch ihr langes blondes Haar fährt. Ihr ist klar, dass ich sie nicht nur angerufen habe, weil sie mich versteht, sondern weil ich Sehnsucht hatte. Weil sie mir fehlt. Weil mir unsere Eltern fehlen. Ich habe sie aus verdammt vielen Gründen angerufen, aber nicht, weil ich sie brauche, um diesen Brief zu öffnen. Nicht wirklich.

»Fein. Aber wehe, du vergisst mich.«

»Niemals!«

»Du meinst, wie letztes Jahr, als du aus der WG ausgezogen bist und dir plötzlich eine eigene Wohnung in San Francisco gemietet hast? Als du deine Examensergebnisse hattest? Du deinen Nebenjob begonnen und Erste-Hilfe-Seminare geleitet hast? Oder als Eddie gestorben ist?«, zählt sie nach und nach jedes Ereignis, das ich ihr zu spät mitgeteilt habe, an den Fingern ab.

»Du weißt, dass ich nicht lange in dieser Stadt bleibe. Es ist wegen Josh. Und bei allen anderen Sachen hab ich dir jedes Mal Bescheid gegeben!«

»Ja, ein halbes Jahrhundert später. Den Job hast du schon

mehrere Wochen gemacht, und unsere Schildkröte war bereits drei Monate tot. Du hast es erst erwähnt, als ich kurz vor Weihnachten nach Eddie gefragt habe.«

Ich verziehe das Gesicht. »Schon gut, ich habs kapiert. Ich mache mir eine Notiz im Handy. Zufrieden?«

Jess grinst frech und gähnt abermals lautstark. »Sehr sogar.«

So, Notiz gespeichert. Mein Handy erinnert mich morgen früh daran. »Schlaf gut, Schwesterchen. Und viel Erfolg beim Shooting.«

»Ich bete, dass ich noch eine Stunde Schlaf kriege und meine Kamera nachher nicht vergesse. Hoffentlich sind wenigstens die Models ausgeruht.« Während sie mir die Zunge rausstreckt, schüttele ich amüsiert den Kopf und beende das Gespräch. Ich vermisse sie so sehr und kann es nicht erwarten, sie wiederzusehen. In echt, direkt vor mir und nicht auf einem Display.

Das Klicken des Laptops, als ich ihn zuklappe, tönt viel zu laut in meinem Zimmer, und danach ist da nichts weiter als Stille. Manchmal mag ich sie, manchmal wird sie mir zu viel. Zu viel, zu laut, zu erdrückend. So wie jetzt. Dann, wenn mir nichts anderes übrig bleibt, als Gedanken zu lauschen, denen ich nicht lauschen möchte.

Es ist erst zwanzig Uhr, ich sitze hier in meiner kleinen Wohnung und trage bereits mein Schlafzeug. An einem Freitagabend. Normalerweise ist das kein Ding für mich, aber heute fühlt es sich nicht gut an. Dabei mag ich es gemütlich und hatte während des Studiums nicht annähernd genug Zeit zum Schlafen, Entspannen, Essen und leider auch nicht zum Fotografieren und Lesen. Und damit meine ich belletristische Werke oder Gedichte und keine dicken Wälzer gefüllt mit all den wichtigen Informationen über den menschlichen Körper. Generell hat das Medizinstudium so ziemlich mein gesamtes

Privatleben gefressen, und es wundert mich, dass Josh und ich unsere Beziehung trotzdem aufrechterhalten konnten.

Ich habe Josh im ersten Semester in Stanford kennengelernt, und im zweiten sind wir ein Paar geworden. Keine Ahnung, ob es einfacher gewesen wäre, hätte er nicht das Studienfach gewechselt. Die Medizin hat ihn nicht so erfüllt wie mich. Auch wenn er ganz gute Noten hatte und dachte, er würde genau das tun wollen, hat es einfach nicht gepasst. Arzt zu werden hat wenig damit zu tun, pünktlich Feierabend zu machen, und noch weniger damit, nur irgendeinen Job zu erledigen, denn dafür sind die Verantwortung und der Aufwand zu groß.

Josh fing daher nach dem zweiten Semester mit Jura an, aber auch das hielt er nicht lange durch. Zu anstrengend. Es zog ihn in die Stadt, weg von Stanford, direkt an die San Francisco State, an der er bis jetzt Wirtschaftswissenschaften studiert und in wenigen Monaten sogar seinen Abschluss machen wird. Er ist der Grund, warum ich direkt nach meinen wichtigsten Prüfungen vom Campus hierhergezogen bin. So kann ich wenigstens ein paar Monate in Joshs Nähe sein, bevor ich meinen Job als Assistenzärztin antreten werde.

Denn ich werde nicht hierbleiben. Kalifornien war immer nur eine Zwischenstation für mich und nie dafür gedacht, dass ich auf ewig bleibe. Josh ist das bewusst. Es war eines der ersten Dinge, die ich ihm sagte, und er meinte stets, dass wir das schon hinbekommen und sich alles fügen wird. Ich bin sicher, er hat sich bis heute nicht richtig damit auseinandergesetzt.

Joshs Pläne enden nämlich immer genau am letzten Tag der jeweiligen Woche. Zwar hat er einmal angedeutet, er würde mir folgen, wohin auch immer ich gehe, aber ich weiß nicht, ob er das ernst gemeint hat und falls ja, ob ich das von ihm verlangen könnte. Er liebt diese Stadt.

Und genauso wenig weiß ich, ob eine Fernbeziehung Bestand hätte. Ob ich überhaupt eine führen könnte oder wollte.

Da Josh jedoch keinerlei Anzeichen von Sorge zeigt, habe ich mich entschieden, mir ebenfalls vorerst keine Gedanken darum zu machen. Auch wenn es mir verdammt schwerfällt – und ich mich ständig frage, ob Josh wirklich derjenige ist, den ich in meinem Leben brauche. Dabei ist er schon so lange ein Teil davon, dass es mir seltsam vorkommt, mir eines ohne ihn vorzustellen.

Heute Abend muss Josh wieder für eine der kommenden Prüfungen lernen, und ich habe ihm gesagt, es sei in Ordnung für mich, obwohl wir uns seit Wochen nicht gesehen haben. Es war nicht nur wegen seines Lernpensums, sondern auch, weil ich in letzter Zeit etwas neben mir stand. Etwas viel und etwas oft.

Erneut wandert mein Blick zu dem Umschlag in meiner Hand, den ich mittlerweile mit kalt verschwitzten Fingern umklammere. Dann schnappe ich mir mein Handy, das neben dem Laptop auf meiner sonnengelben Bettdecke liegt, und schreibe Josh.

> Hey. Ich hoffe, du kommst gut voran? Ich weiß, wir sind für heute nicht verabredet, aber ich dachte, du könntest vielleicht eine kleine Pause gebrauchen? Und etwas Sushi. Ich bleibe nicht lange, nur … der Brief kam an. Bereits vor ein paar Tagen. Ich würde ihn gern mit dir öffnen.

Ziemlich spontan. Ich lache über mich selbst. Spontaneität ist etwas, das bisher nicht zwingend zu meinen Stärken zählt, aber ab und an überkommt es mich, ohne dass ich es erklären kann. An manchen Tagen fühle ich mich wie ein Widerspruch auf zwei Beinen. Ich bin wie eine Gleichung, die nicht aufgeht, aber trotzdem Sinn ergibt. Ich bin nicht perfekt. Und das ist okay.

Während ich auf Antwort warte, krieche ich aus dem Bett und lege den Brief und das Handy auf der Kommode im Flur ab. Ich bin sicher, dass Josh nichts gegen einen Besuch hat. Er wohnt nicht allzu weit von mir entfernt, und auf dem Weg kann ich ohne Probleme das angekündigte Essen besorgen. In der Grant Ave gibt es einen der besten Sushiläden, den ich kenne.

Also verschwinde ich im Bad, löse meinen Zopf und bürste mein Haar.

Ich betrachte mich in dem runden Spiegel über dem alten Keramikwaschbecken und wiege den Kopf langsam von links nach rechts. Meine blaugrauen Augen wirken durch das Badezimmerlicht dunkler, als sie in Wirklichkeit sind, und mein blondes Haar fällt in Wellen über meine Schultern bis über mein Schlüsselbein. Ein ungewohnter Anblick, weil ich sie glatt etwas lieber mag, aber heute habe ich sie den ganzen Tag geflochten getragen. Das Bild, das mir deshalb jetzt entgegenspringt, erinnert mich an Mom. Viel zu sehr. Und so sehr ich sie geliebt habe, so sehr ich sie vermisse, ertrage ich das noch immer nicht. Jedenfalls nicht allzu oft. Auch nicht nach all den Jahren.

Ich schlucke schwer, dann forme ich mein Haar zu einem ordentlichen Dutt und kühle schnell mein Gesicht mit kaltem Wasser. Bevor ich mein Pyjamaoberteil gegen etwas tausche, in dem ich das Haus verlassen kann, werfe ich einen kurzen Blick auf mein Handy. Mein Akku ist gleich leer.

»Verdammt«, murmle ich und suche nach dem dämlichen Ladekabel. Ich hab es gestern noch gesehen, irgendwo hier auf der Kommode. Das Chaos auf diesem Ding sucht seinesgleichen, und ich sollte es dringend beseitigen. Es ist dieser Kleinkram, der sich über eine gewisse Zeit ansammelt, den man irgendwo ablegt und von dem man denkt: *Das erledige ich später.* Und aus diesem Später werden Wochen, danach schließlich ein: *Oh, das liegt ja immer noch hier.* Und irgendwann ein: *Jetzt ist es auch egal.*

Ich stöhne auf und schaue auf dem Bett nach, dem Nachttischschrank und in meinem Regal mit den Kameras, den Büchern und den alten Familienfotos. Aber diesen Bereich halte ich stets so ordentlich, dass ein Blick genügt, um zu erkennen, dass ich das Kabel hier nicht finden werde. Für einen Augenblick bleibe ich mitten im Schlafzimmer, das nur durch einen kleinen Bambus-Paravent vom Wohnzimmer abgetrennt ist, stehen und stemme die Hände in die Hüften. Während ich mich um die eigene Achse drehe, scannt mein Blick jeden Winkel des Zimmers. Das gemachte Bett, dessen Bettwäsche trotzdem komplett zerknittert ist, das kleine Tischchen, den flauschigen Teppich davor, das Sideboard. Verdammt, ich schaue sogar unters Bett, obwohl ich dort wirklich noch nie etwas gefunden habe außer Staubflusen und Haarklammern. Im Wohnzimmer ist auch nichts, in der Küche stapelt sich nur mein Geschirr, weil die Spülmaschine letzte Woche den Geist aufgegeben hat.

Ich kann dieses Kabel nicht den ganzen Abend lang suchen …

Noch sechs Prozent; und keine Nachricht von Josh. Ich werde warten, bis das Handy ausgeht, danach gehe ich los, besorge mir ein neues Kabel, Sushi und besuche meinen Freund. Wenn er keine Zeit hat oder es gerade ungünstig ist, wird er mir das bestimmt sagen, und ich hatte dann wenigstens einen schönen Abendspaziergang.

Also nehme ich das Telefon mit ins Bad, lege es auf dem Spülkasten ab, weil dieser Raum ungefähr die Größe eines Schuhkartons hat, und trage etwas von meiner Gesichtscreme auf. Ein bisschen Mascara, ein Spritzer Parfum und schon fühle ich mich besser.

Das Display leuchtet auf, ich sehe es aus dem Augenwinkel, und sofort strecke ich die Hand danach aus. Zu schnell, zu ungenau. Das Handy gerät ins Rutschen, weil ich es nicht direkt zu greifen bekomme, und mein heftiges Gefuchtel, das seinen Sturz abfangen soll, macht es am Ende nicht besser. Ganz im Gegenteil.

Es fällt.

Ins Klo.

Das laute Plumpsgeräusch, gefolgt von leisem Gluckern, lässt mich mit offenem Mund erstarren und vollkommen entgeistert in den Schlund meiner Toilette glotzen. »Nein, nein, nein«, beginne ich zu flüstern, und mit jedem Buchstaben werde ich verzweifelter. Bis ich richtig begreife, was da gerade passiert ist, und panisch meine Hand ins Wasser stecke, um mein Handy zu retten. Dabei fühle ich mich, als würde ich eine Rektaluntersuchung bei einer Kuh durchführen. Keine Ahnung, wie sich das tatsächlich anfühlt, womöglich wärmer und enger, aber mit Sicherheit genauso glitschig und nass wie das hier. Es macht keinen Unterschied. Als Ärztin habe ich gelernt, gewisse Befindlichkeiten schnell abzulegen. Toilettenwasser in einem uralten Klo hält mich nicht davon ab, Leben zu retten. In diesem Fall das meines Smartphones, dessen Display genau in der Sekunde ausgeht, als ich es umfasse. Fast so, als wolle es mir sagen, dass ich zu spät komme und versagt habe.

Toll. Richtig toll.

»Scheiße!«, fluche ich und bin mir der Doppeldeutigkeit bewusst, als ich das komplett durchnässte, tropfende Ding in meinen Händen halte. Panisch renne ich in die Küche, schnappe mir Küchenpapier und lege es darauf ab, bevor ich mir in Rekordgeschwindigkeit die Hände wasche.

»Reis. Ich weiß, dass ich welchen habe. Aber wo …« Ich esse ihn viel zu selten, aber ich habe immer welchen im Haus, weil ich manchmal richtig Lust auf Reisgerichte bekomme. »Komm schon!« Ich reiße den Schrank auf, in dem ich ihn normalerweise bunkere, schiebe die Nudeln und den Zucker beiseite, ein paar einzelne Konserven und – da! Erleichtert schnappe ich mir die letzte Packung, schütte den Inhalt in eine der wenigen noch sauberen Schüsseln und lege mein Handy rein. Aus ist es bereits, jetzt kann ich nur hoffen, dass der Reis die Feuchtigkeit rauszieht und es morgen wieder funktioniert.

Ich nehme mir ein paar Sekunden, um tief durchatmend die Augen zu schließen und meinen Kopf in meine Hände sinken zu lassen.

Was für ein Tag.

Vielleicht ist das ein Zeichen. Vielleicht sollte ich wieder meinen Pyjama anziehen und einfach zu Hause bleiben.

Einzelne Strähnen hängen mir ins Gesicht, ich bin sicher, der Dutt ist inzwischen Geschichte und die Mascara überall, nur nicht mehr an meinen Wimpern, weil ich mir unbewusst über die Augen gefahren bin. Ja, vielleicht sollte ich hierbleiben. Andererseits brauche ich jetzt wirklich etwas Gutes zu essen …

2. Kapitel

Laura

Der Frühling in San Francisco ist wunderschön. Wie eine lebensbejahende Umarmung oder ein lebendiges Kunstwerk.

Eine kühle Brise weht mir ins Gesicht, und ich schlinge den Mantel mit einer Hand enger um mich, während ich mit der anderen die Tüte mit unserem Sushi trage.

Ich mag diese frischen und gleichzeitig relativ milden Temperaturen, die hier meist herrschen. Nicht zu kalt, nicht zu heiß. Keine Extreme. Als ich das Jess damals offenbart habe, hat sie mich lauthals ausgelacht. Ihre Worte klingen mir noch heute in den Ohren: »Und dann willst du ausgerechnet nach Phoenix? Bist du verrückt?«

Möglich, dass ich das bin. Ich war noch nie dort. Auch nicht in L.A. oder anderen Städten mit ähnlichem Klima, aber ich bilde mir ein, dass es unmöglich so schlimm werden kann. Etwas Hitze hat noch niemandem geschadet. Außerdem möchte ich nicht des Wetters wegen dorthin oder von hier fort. Ich möchte meine Zukunft nicht von irgendwelchen Temperaturen abhängig machen. Das Wetter ist mir egal. Der Rest wird gut gehen. *Vorausgesetzt, ich wurde dort überhaupt genommen*, schießt es mir durch den Kopf, und der Brief in meiner Manteltasche wiegt erneut unendlich schwer.

Ja … Alles wird gut gehen. Das muss es einfach.

Ich versuche mich abzulenken, atme den Trubel um mich

herum ein, sauge den Anblick all der Menschen und der leuchtenden Laternen in mich auf, als würde ich das letzte Mal durch Chinatown laufen. Ich schlendere an den kleinen Bars und Restaurants vorbei, an den leuchtenden Reklamen, den großen chinesischen Schriftzeichen und genieße diesen Spaziergang, diesen Abend und diesen Moment sehr.

Als ich in die Clay Street abbiege und ihr in den Financial District folge, werden die fast verträumten und doch bunten Straßen, die ihren ganz eigenen Herzschlag, ihre eigene Art von Hektik besitzen, von Dutzenden Hochhäusern und einer anderen Form von Ordnung und Schönheit abgelöst.

Kurze Zeit später bin ich bereits da und fahre mit dem Fahrstuhl nach oben in den fünften Stock. Ohne zu zögern, stecke ich den Schlüssel ins Schloss und schließe die Tür zu Joshs Apartment auf, das sich in einem dieser schicken Hochhäuser befindet. Die kleine Lampe in seinem schmalen Flur spendet warmes Licht, als ich eintrete, meinen Mantel ablege und die Sneakers abstreife. Ich kann nichts hören, allerdings ist die Tür zum Wohnzimmer und somit zur Küche geschlossen.

Ich klopfe leise an, öffne sie und stecke zunächst den Kopf hindurch, um einen Blick in den großen Raum zu erhaschen.

»Josh?« Sein Esstisch quillt über. Papiere und Bücher stapeln sich kreuz und quer, Dutzende Gläser stehen herum, der Rest ist wie immer fein säuberlich aufgeräumt – was bei dieser Einrichtung nicht allzu schwer ist. Seine Wohnung ist schlicht, vollkommen ohne Farbe, ohne besonders auffällige oder private Dinge. Keine Fotos, keine Pflanzen, keine Romane. Sie ist nicht nur minimalistisch, sondern hochmodern gehalten. Eine Mischung, die mir nicht zusagt, weil alles so … perfekt wirkt. So kühl und fast schon steril. Wie in einem Krankenhaus. Ich weiß auch nicht. Mir fehlt irgendetwas, das diese Wohnung zu einem Zuhause macht.

Doch Josh ist nicht der Typ für so was. Wahrscheinlich braucht er dieses Gefühl des Ankommens und Wohlfühlens nicht auf dieselbe Art wie ich, oder er mag all das Nichtssagende und Austauschbare in seinen vier Wänden. Als ich ihn vor einigen Monaten darauf angesprochen habe, wusste er nicht, was ich ihm damit sagen wollte, und meinte, es wäre nur eine Wohnung. Nicht mehr. Ein Grund, warum ich nicht bei Josh eingezogen bin, es nicht mal in Erwägung gezogen habe. Okay, und weil keiner von uns es je zur Sprache gebracht hat. Durch den Nebenjob, aber vor allem durch das Erbe, das meine Eltern meinen Geschwistern und mir hinterlassen haben, kann ich mir eine eigene Wohnung leisten und musste nicht derart horrende Summen als Kredit aufnehmen, um mein Studium zu finanzieren. Meine Schulden sind absolut überschaubar, doch wenn ich die Wahl hätte, würde ich mir lieber einen gigantischen Berg an Schulden wünschen. Denn das würde bedeuten, dass meine Eltern noch leben.

»Hallo?«, rufe ich, dieses Mal etwas lauter, und durchquere das Wohnzimmer auf dem Weg in die offene Küche auf der anderen Seite des Raumes.

Keine Reaktion. Vielleicht macht er eine Pause und schläft. Trotzdem versuche ich es noch einmal.

»Josh?« Plötzlich gibt es einen lauten Knall. Aus dem Bad oder Schlafzimmer, links von mir. Genau kann ich es nicht ausmachen. Ich stelle die Tüte mit dem Sushi ab und will nachschauen, ob bei ihm alles in Ordnung ist, als Joshs Schlafzimmertür aufgeht und er mich schockiert, womöglich sogar etwas gehetzt ansieht.

»Laura, was machst du denn hier? Du hättest anrufen können.« Boxershorts. Zerzaustes Haar. Er räuspert sich und zieht schnell die Tür hinter sich zu.

Wieso zieht er die Tür zu? Ist ja nicht so, als würde ich sein

Schlafzimmer nicht kennen und er ist allein, also … Er ist doch allein – oder nicht?

Josh und ich starren uns an, seine grünen Augen verraten mir nicht, ob ich recht habe, seine Miene verzieht sich kein Stück. »Ich hab dir geschrieben, danach war der Akku leer, und mein Handy ist ins Klo gefallen«, rattere ich alles monoton runter, dabei sind meine Gedanken längst ganz woanders.

Josh fährt sich mit seinen Fingern über das fein säuberlich rasierte Kinn, und da erkenne ich es. Er trägt Spuren eines Lippenstifts daran und auch auf seinem Mund.

»Bitte, sag mir, dass es nicht das ist, was ich denke oder wonach es aussieht.« Ich deute auf sein Gesicht, und als wüsste er, was ich gesehen habe, wischt er sich jetzt energisch über die Partien, die mit der rosa Farbe verschmiert sind. Mir wird schlecht. Er ist also wirklich nicht allein.

»Das kann ich nicht«, sagt er mit fester Stimme und lässt die Hand sinken, weil er das mit dem Wegwischen anscheinend aufgegeben hat. Ich hätte gern einen passenden Konter parat. Zu gern würde ich ihn beschimpfen oder anschreien. Aber ich stehe nur da und bleibe stumm.

Schlimmer als die Tatsache, dass in diesem Raum hinter Josh eine andere Frau liegt, ist, dass es mich weniger verletzt, als es sollte. Dass es mich weniger traurig macht, als es müsste. Aber eben noch genug, damit es wehtut. In mir sammeln sich Leere, Akzeptanz und Schmerz. Vielleicht ist da auch Wut. Ja, da ist jede Menge Wut. Nicht, weil er eine andere mir vorzieht, sondern weil er es auf so eine feige und beschissene Art tut. Er hätte mit mir Schluss machen können und kein Arschloch sein müssen, das innerhalb einer festen Beziehung eine andere vögelt. Fremdgehen ist schlimmer als Schlussmachen, denn es ist, als wolle man jemanden absichtlich verletzen. Dabei ist es kein Geheimnis: Liebe kann vergehen, und Beziehungen können zerbrechen. Aber doch bitte nicht so. Das verdient niemand. Das ist so … erniedrigend. Dass er mir das antut, ja, das macht mich wütend. Und diese Wut bahnt sich ihren Weg wie Lava durch meine Venen.

Wenigstens hat er eben nicht gelogen. Über den Gedanken lache ich beinahe auf. Hätte er auch nicht tun können, ich habe ihn ja quasi erwischt. Würde das Ganze auch nicht schlimmer machen, wenn er das auch noch getan hätte. Oder?

»Wie lange schon?«

»Ich glaube nicht, dass …«

»Was du glaubst, interessiert mich seit ungefähr zwei Minuten nicht mehr, Josh«, unterbreche ich ihn harscher, als ich es von mir kenne. Ich schlucke schwer und warte ab.

Mit zusammengepressten Lippen mustert er mein Gesicht, bevor er nachgibt und mir zögernd antwortet: »Silvester.«

Zuerst bin ich sicher, mich verhört zu haben. Bin sicher, dass er sich korrigiert, dass er einen Fehler gemacht hat – abgesehen von dem Offensichtlichen. Bis ich begreife, dass er seit knapp drei Monaten eine andere hat.

»Wow«, flüstere ich und kann nicht verhindern, dass mir meine Gesichtszüge entgleisen. Vollkommen neben mir stehend starre ich ihn mit offenem Mund an. Das erste Silvester, das wir getrennt verbracht haben, seit wir uns kennen, weil ich es mit Jess in Berlin gefeiert habe, und er hat nichts Besseres zu tun, als fremdzugehen.

»Hör zu, ich wollte …« Ich hebe die Hand, um ihn zum Schweigen zu bringen, dann schlinge ich die Arme um mich und atme tief durch. Gott, ich bin so wütend.

»Du wolltest was? Es mir sagen? Komm schon, Josh. Ich dachte, nach fast vier Jahren Beziehung wären wir weiter. Ich dachte allerdings auch, du wärst ein guter Kerl und hättest etwas mehr Rückgrat. Ich wünschte, du hättest diese Scheiße schon früher gebaut und nicht erst nach all den Jahren.« Ich schüttle den Kopf. »Eine Affäre? Seit Silvester? Das ist so armselig.« Meine Stimme bricht. In der Wohnung könnte man eine Stecknadel fallen hören, weil ein paar Sekunden lang keiner von uns etwas sagt.

»Schläft sie? Kenne ich sie?« Doch ich überlege es mir auf der Stelle anders. »Weißt du was, ich will es gar nicht wissen. Gibt es ... gibt es noch irgendwas, das du mir sagen möchtest?«

Joshs Blick hält den meinen fest, ich sehe, wie seine Lippen sich teilen, nur um sich im nächsten Moment wieder zu schließen. Er sieht ein wenig verloren, fast reuevoll aus, doch er sagt nichts. Kein einziges verdammtes Wort. Er hat mir nach all dieser Zeit, nach dem, was er mir angetan hat, nichts zu sagen.

Und jetzt kommen sie, die Trauer und die Enttäuschung. Jetzt ist es da, das Verletztsein.

»Ihr zwei verdient euch bestimmt«, wispere ich, bevor ich mit kräftigerer Stimme hinterherschicke: »Und willst du noch was wissen? Das Sushi, das ich mitgebracht habe, nehme ich wieder mit.« Ich zeige ihm den Mittelfinger, schnappe mir erhobenen Hauptes das Essen und ziehe mir eilig meine Sachen an. Den Ersatzschlüssel für sein Apartment pfeffere ich auf die Ablage an der Garderobe und den zu meiner Wohnung fummele ich entschlossen von seinem Schlüsselbund ab.

Erst dachte ich, er würde mir nacheilen, um wenigstens den Anschein eines schlechten Gewissens zu erwecken oder weil er eben doch noch Gefühle für mich hat. Weil er vielleicht jetzt die Worte findet, die ihm eben ausgegangen sind. Aber das passiert nicht, und ich muss mir wohl oder übel eingestehen, dass dieser Abend nicht der Moment ist, in dem unsere Beziehung gescheitert ist. Nicht wirklich ...

Mit verquollenen Augen und Kopfschmerzen wache ich irgendwann mittags auf meiner durchgelegenen und viel zu kleinen Couch auf, nachdem ich gestern Abend, nach diesem Schockmoment bei Josh, gedankenverloren durch die Straßen gelaufen bin. Dieses Mal kam mir allerdings nichts an dieser Stadt schön oder gar magisch vor.

Mit dem Sushi, dem Brief aus Phoenix und einer gehörigen Portion Empörung geisterte ich durch die Viertel, verdrückte das Essen auf einer Bank am *Ferry Plaza* mit Blick auf die *Bay Bridge* und kam erst sehr spät heim, wo nichts weiter als mein toilettenverseuchtes Handy in einem Reisbad auf mich wartete.

Ich werde fortgehen, so oder so. So schön San Francisco ist, jetzt hält mich nichts mehr in dieser Stadt. Gar nichts.

Noch heute werde ich den Mietvertrag kündigen. Bislang habe ich es nicht getan, weil ich mit dem Gedanken gespielt habe, so lange wie möglich hierzubleiben. Um Josh bei seinen Prüfungen zu unterstützen und damit wir gemeinsam schauen können, wie es weitergeht. Ich wollte für diese Beziehung kämpfen. Denn irgendwann einmal war ich sehr verliebt in Josh. Doch wenn ich jetzt in mich hineinhorche, dann … bin ich es nicht mehr. Und zwar schon sehr lange nicht mehr.

Ich mochte ihn, ich war gern mit ihm zusammen. Es war schön und unkompliziert, aber wenn ich ehrlich zu mir bin, waren da keine tiefe Liebe, keine Leidenschaft und sehr früh auch keine Sehnsucht mehr. Aber es existierten Freundschaft und Vertrauen und Zuneigung, und mir war das mindestens genauso viel wert und deshalb hat mich das gestern derart verletzt. Josh anscheinend nicht, denn er hat das, was wir hatten, die letzten Monate über mehr als ein Mal mit Füßen getreten.

Es ist nicht nur diese Affäre, sondern dass er von mir mehr Flexibilität und Kompromisse verlangt hat, selbst aber nicht flexibel oder kompromissbereit war. Zumindest, was mich anging. Er wollte zu jeder Zeit spontan sein, nur ausgehen und etwas erleben und hatte immer weniger Verständnis, wenn ich dazu keine Lust oder Kraft hatte. Oder wenn ich planen wollte, wenn ich über etwas reden wollte, das weiter in der Zukunft lag als die kommende Woche. Es war okay, wenn er nicht das Bedürfnis verspürte, mich in den Arm zu nehmen, ich es aber wollte. Aber es war weniger in Ordnung, wenn ich keine Lust auf Sex hatte.

Es ging nicht mehr um mich, meine Wünsche, Ängste oder Träume. Es ging nicht mehr um uns. Wir haben uns einander nicht mehr richtig zugehört – und lange nichts mehr zu sagen gehabt.

Seit ich bei ihm war, frage ich mich, wie ich nichts davon habe merken können. Wie es mir nicht sofort hatte bewusst sein können. Oder ob es, in Bezug auf die andere Frau in seinem Leben, etwas gab, das mir hätte auffallen müssen. Hatte sich die Art, wie er mich ansah oder wie er sich gab, verändert? Hatte sich unser Sex verändert? Er war weniger geworden, aber auch anders?

All diese Überlegungen bringen mich nicht weiter, und mir ist klar, dass ich nie Antworten bekommen werde. Also muss ich es irgendwie hinter mir lassen, muss damit abschließen. Auch wenn das leichter gesagt als getan ist. Diese ganzen Fragen nützen mir ohnehin nichts. Ich bin nicht diejenige, die fremdgegangen ist, und es ist egal, ob mir da etwas hätte auffallen müssen. Ich habe ihn nicht verletzt. Er mich schon. Und er hätte zu mir kommen können … Er hätte mir sagen können, was ihm fehlt oder dass er das mit uns nicht mehr möchte. Nein, er hätte es sogar tun müssen! Stattdessen hat er sich entschieden, bei mir zu bleiben, mich anzulügen und irgendwie auch sich, und wenn ich daran denke, wie oft ich nach Silvester in seinem Bett und seinen Armen gelegen habe, obwohl es sie bereits gab, dreht sich mir der Magen um. Dieser miese Scheißkerl.

Während ich mich aufrichte und mir die Haare aus dem Gesicht streiche, kommt mir der Gedanke, dass ich einen neuen HIV-Test machen lassen sollte. Zu Beginn unserer Beziehung habe ich Josh dazu gebracht, auch einen zu machen. Ich habe ihm gesagt, dass ich trotz Pille erst ohne Kondom mit ihm schlafe, wenn er diesen Test gemacht hat. Die Ärztin in mir lässt sich nicht leugnen, und ich war damals froh, dass er ohne Zögern eingewilligt hat. Trotzdem hat er es sich vorher nicht verkneifen können, zu betonen, dass er immer mit Kondom verhütet hat und er unmöglich HIV haben könnte, aber ich wollte nicht nachgeben. Er hätte es trotz Kondom bekommen können. Die Wahrscheinlichkeit ist zwar allgemein gering, aber sie ist da. Damals wollte er wie ich Arzt werden, er wusste das. Außerdem hätte er, was das Thema angeht, lügen können. Und das war, wie mir jetzt klar wird, mehr als nur möglich. Am besten, ich lasse die Tage zusätzlich einen Test machen, der andere gängige Geschlechtskrankheiten abdeckt. Wer weiß, ob Josh sich mit seiner neuen Bettgespielin oder Freundin, oder was auch immer sie ist, richtig geschützt hat.

Vielleicht bin ich paranoid, aber Krankheiten dieser Art sollte man nicht auf die leichte Schulter nehmen. Auch wenn HIV gut behandelbar ist, unheilbar bleibt es weiterhin. Das hat auch nichts mit Vertrauen oder Überempfindlichkeit zu tun. Oder damit, dass ich mich gerade beschissen fühle.

»Mist«, fluche ich leise, reibe mir die Augen und stöhne auf. Mein Körper fühlt sich an, als hätte man mich mit Anlauf von der Brücke geworfen, dabei habe ich sie nur Sushi mampfend aus sicherer Entfernung angestarrt.

Erschöpft und ausgelaugt fahre ich mir mit den Fingerspitzen über die Schläfen und kann noch immer nicht ganz glauben, dass das gestern passiert ist. Dass es so geendet hat. Wir haben nicht geredet, wir haben nichts geklärt. Josh ist von einer Sekunde auf die andere aus meinem Leben verschwunden, und schlimmer als das ist, dass ich mir jetzt eingestehen muss, dass es in Ordnung ist. Dass das Leben manchmal aus der Bahn gerät, egal, wie verzweifelt man die Spur halten will.

Trotzdem fühle ich mich nicht gut, und ich würde lügen, würde ich etwas anderes behaupten. Und doch vermisse ich ihn, auch wenn ich das nicht will. Denn er war lange ein fester Bestandteil meines Lebens. Zu lange.

Und bei dem Gedanken an all diese Dinge – an den Anfang, das Ende, an das, was wir miteinander hatten, aber verloren haben, auch wenn es nicht perfekt war, oder an die große Liebe, obwohl es vermutlich von Beginn an nicht für ein *Für Immer* gereicht hätte – kommen mir die Tränen. Ich hasse einfach alles an dieser Situation und hätte nie gedacht, dass mir so was mal passiert.

Ein Teil von mir möchte aufstehen und den Tag anpacken, ein anderer will sich noch weiter in Erinnerungen, Gedanken und seltsamen Fragen suhlen. Es ist okay.

Okay, okay, okay!

Auch der Schmerz.

Also lege ich mich wieder hin, ziehe die Decke hoch, wickle mich ein und schalte den Fernseher an. Es läuft irgendeine Doku, die mich kein Stück interessiert.

Ich starre auf das Bild, drifte irgendwann weg und merke kaum, wie die Zeit an mir vorüberzieht. Die Stunden, dieser Tag, die ganze Welt …

3. Kapitel

Laura

»Was zur Hölle …?« Ich kneife die Augen zusammen und betrachte das verschwommene Ding in meiner Hand. Erst nach mehrmaligem Blinzeln wird meine Sicht klarer, und ich verziehe das Gesicht, als ich einen der *Cheetos Crunchy Cheese* erkenne. Ich schaue an mir herunter, und mir wird klar, dass er nicht der einzige Cheeto in meinem Leben ist: Sowohl ich als auch Teile der Decke und Couch sind unter dem Zeug begraben, während die leere Tüte ihr einsames Dasein auf dem Wohnzimmerboden fristet.

Verdammt. Ich bin eingeschlafen, mit einem dämlichen Cheeto in der Hand.

Okay, das reicht. Ich sollte dringend aufstehen. Oder mal duschen. Mein Leben wieder in den Griff kriegen wäre noch besser. Ich habe Josh bereits Jahre meines Lebens geschenkt, da muss ich nicht auch noch was dranhängen. Zwei Tage voller Selbstmitleid und schlechtem Kabelfernsehen müssen reichen. Vielleicht waren es auch drei … Mein Zeitgefühl ist vollkommen im Eimer.

Etwas angeekelt schüttle ich die Essensreste von mir und suche auf der Couch nach meinem Handy. Bis mir einfällt, dass das vermutlich noch halb tot im Reisbad liegt, weil ich absolut kein Interesse verspürt habe, mit irgendjemandem zu reden. Ich wollte nur Stille. Nur Ruhe. Ich wollte …

Ich habe keine Ahnung, was ich wollte. Aber ich weiß, was ich jetzt will, und das ist, nach vorne zu schauen.

Ich atme tief durch, schiebe mir ein paar verknotete Strähnen aus dem Gesicht und gehe, so würdevoll, wie es mir mein Zustand erlaubt, ins Bad auf die Toilette, weil meine Blase sich lautstark meldet. Da putze ich auch direkt die Zähne und danke dem Universum für Zahnseide und Mundwasser. Dabei vermeide ich es, einen Blick in den Spiegel zu werfen. Dafür bin ich noch nicht bereit.

Auf dem Weg zurück ins Wohnzimmer springt mir mein Mantel ins Auge, den ich achtlos auf den Boden geworfen habe, statt ihn ordentlich aufzuhängen. Also bücke ich mich, um ihn aufzuheben, und dabei fällt ein Briefumschlag aus der Tasche, den ich total vergessen habe.

Wie konnte ich nur den Brief aus Phoenix vergessen? Und damit die Antwort auf die Frage, wie es weitergeht?

Ich halte den Umschlag fest und mein Kinn hoch, als ich in die Küche gehe und mein Smartphone aus dem Reisbad befreie. Auf den ersten Blick sieht es gut aus, keine Kratzer auf dem Display, keine Feuchtigkeit mehr. Jetzt muss es nur noch funktionieren, doch was das angeht, bin ich eher weniger zuversichtlich.

Mit dem Handy watschele ich auf mein Bett zu, weil ich noch keine Kraft habe, das Chaos im Wohnbereich zu beseitigen.

Meine Gedanken sind widersprüchlich, fast wankelmütig, als ich seufzend auf die weiche Matratze sinke. Sie sind klar und chaotisch, logisch und verwirrend – und sie sind mir keine große Hilfe. Weil sie genauso rastlos sind wie der Rest von mir. Und mein Herz? Das pocht. Laut und schwer und kräftig. Und hat sich noch nicht entschieden, wie weh ihm getan wurde. Ob es nur eine kleine Schramme ist, kaum der Rede wert, ein Riss, der mehr Zeit braucht, oder ein ganzer Krater, der genäht werden muss. Es ist verletzt, aber es ist nicht gebrochen. Vielleicht ist das die eine Sache, für die ich heute dankbar sein kann. Man soll schließlich jeden Tag für etwas dankbar sein, und ich denke, das hier wird meine Sache.

Denn für meinen arschigen Ex und mein kaputtes Smartphone bin ich es nicht. Shit. Seit zwei Jahren will ich mir ein neues holen, und vielleicht will mir das Universum damit mitteilen, dass es nun endgültig an der Zeit ist. Der Akku geht immer wieder viel zu schnell leer, die Apps stürzen ab, und generell ist es eher ein Gerät mit Charakter, wenn man das so sagen kann.

Ja, es wird Zeit für ein neues.

Ich lege den Brief neben mich, weil ich mich zuerst um ein neues Handy kümmern will. Das kostet mich hoffentlich nicht allzu viele Nerven. Dann ziehe ich murrend den Laptop vom Nachttisch auf meinen Schoß, öffne ihn, und nach einem kurzen Tippen auf eine der Tasten geht das Display an.

Ich habe keinen Telefonvertrag, mag mein Prepaid – weil es flexibler ist und ich kein Geld für Dinge bezahle, die ich nicht in Anspruch nehme – und suche mir deshalb ein günstiges, aber relativ neues Handy raus, das hoffentlich genauso lange halten wird wie mein altes. Es wird in zwei Tagen geliefert. Zahlung per PayPal. Perfekt. Und schnell erledigt. Fühlt sich gut an. Ich lächle, weil ich einen Punkt auf der nicht vorhandenen To-do-Liste für einen Neustart erfüllt habe. Fühlt sich ebenfalls nicht übel an …

Bis der Skype-Button aufblinkt und mir ungelesene Nachrichten und verpasste Anrufe anzeigt. Als ich draufklicke, werde ich beinahe davon erschlagen. Unzählige Nachrichten meiner Schwester ploppen auf, und ich kann Jess förmlich vor mir sehen, wie sie jede einzelne davon schreibt. Zuerst fröhlich, danach voller Sorge und am Ende so wütend, dass sie hofft, niemand hätte mir etwas angetan, damit sie das selbst erledigen kann. In der letzten Mitteilung wird sie sehr konkret, was das angeht.

Ich lege den Kopf etwas zur Seite und kneife die Augen zusammen. Sie würde mich echt verprügeln, mir die Haare ausreißen und mir danach sämtliche Knochen brechen? Hat sie eine Ahnung, wie schwer das ist? Das sind mehr als zweihundert Stück und – ah, da steht's.

Wehe, du machst einen auf Klugscheißer, ich weiß, dass das viele sind.

Wahrscheinlich war das nicht ihre Absicht, aber ihre Nachrichten zu lesen heitert mich mehr auf als alles andere, was ich seit Freitagabend getan habe. Nicht dass das viel gewesen wäre.

Breit grinsend rufe ich sie an, und es dauert keine fünf Sekunden, bis sie abnimmt.

»Bist du wahnsinnig?«, schreit sie mich an, während ihr Blick immer wieder mein Gesicht scannt, um zu schauen, ob alles okay ist. In Wahrheit ist Jess ziemlich fürsorglich, sie weiß es nur noch nicht.

»Es geht mir gut.«

»Wenn wir uns wiedersehen, nicht mehr«, zischt sie.

»Das hast du in deinen gefühlt einhundertzwölf Nachrichten sehr deutlich gemacht.«

»Werd nicht frech!« Sie deutet streng mit dem Finger auf mich. »Ich hab mir Sorgen gemacht. Richtige Sorgen, Laura.« Und das sind die Worte, die mein Grinsen von jetzt auf gleich wegwischen. Die Worte, ihr Ausdruck in den Augen und das leichte Zittern in ihrer Stimme.

»Es tut mir so leid.«

»Was zur Hölle ist passiert? Du wolltest dich längst gemeldet haben.«

»Meine Toilette hat mein Handy gekillt, und mein Ex steckt seine Liebe jetzt in eine andere.«

»Warte. Was?« Sie stutzt und blinzelt irritiert.

»Nimm es wörtlich.«

Sie reißt die Augen auf. »Josh … vögelt eine andere?«

Ich lasse das einen Moment auf mich wirken. »Ich mag meine Version davon lieber, wenn ich ehrlich bin.«

»Ihr seid also nicht mehr zusammen?« Jess sieht aus, als wäre ihr Kopf vollkommen leer gefegt – bis sie mich ohne Vorwarnung angrinst.

»Was an all diesen grauenvollen Dingen macht dich bitte derart glücklich?« Ich verschränke die Arme vor dem Körper und starre sie ungläubig an.

»Ihr seid nicht mehr zusammen.«

»Mimst du jetzt eine hängende Schallplatte?«

»Sorry. Ich sollte feinfühliger sein und zuerst so tun, als würde es mir leidtun.« Sie räuspert sich und macht große Augen, ihr trauriger Blick fixiert mich. »Es tut mir so leid, dass du diesen minderbemittelten und flatterhaften Kerl los bist und endlich zu der starken Frau werden kannst, die schon immer in dir steckt.« Unschuldig klimpert sie mit den Wimpern, während ich sie sprachlos mit offenem Mund anstarre. »Ach, bitte. Ich hab dich noch nie angelogen, Laura, und zu sagen, dass ich Josh mochte oder dachte, er wäre perfekt für dich, wäre nun mal eine Lüge.«

»Aber dass du so schlecht von ihm denkst, war mir nicht klar. Und … ich weiß auch nicht. Wieso hast du nie etwas gesagt? Übrigens hattest du nie besonders viel Taktgefühl, aber das eben war selbst für deine Verhältnisse etwas hart.«

»Was hätte ich denn sagen sollen? Du bist alt genug, um deine eigenen Entscheidungen zu treffen und deine eigenen Fehler zu machen. Ich habe Vertrauen in dich und wusste, wenn es nicht passt, findest du das auch allein heraus.« Sie zuckt mit den Schultern, und ich schnaube.

»Ja, wie du merkst, habe ich das super hinbekommen und war richtig aufmerksam. Er musste mir seine Affäre quasi ins Gesicht klatschen, damit ich es bemerke.«

»Hast du da was zu essen im Haar?«

Hektisch fummele ich in meinen Strähnen herum, bis ich sie einfach nur hinter die Ohren schiebe. »Lenk nicht vom Thema ab. Ich hatte ein paar harte Tage, okay?«

»Du trauerst ihm echt nach? Er hat dich betrogen. Niemand betrügt den anderen, wenn er ihn liebt und bereit ist, dafür zu kämpfen. Josh hat dich nicht geliebt. Nicht so, wie du es verdienst. Er hat dich behandelt, als wärst du selbstverständlich und als wärst du …« Sie fuchtelt wild mit ihrer Hand herum. »… keine Ahnung. Als wärst du austauschbar und nicht das Wertvollste in seinem Leben. Das«, betont sie und sieht mich intensiv an, »ist nichts, womit man sich zufriedengeben sollte. Das ist nicht, was Liebe ausmacht. Man sollte die Ausnahme sein und nicht die Regel.«

»Ist das nicht aus diesem Film mit … Wie hieß er noch gleich?«

Sie unterbricht mich und winkt ab. »Das ist egal. Und es stimmt. Du bist wunderbar, Laura. Josh hat dich nicht verdient. Er hat dich nicht vorangebracht, nicht unterstützt. Scheiße, er hat nur gemacht, was er wollte, und von dir erwartet, dass du mitziehst. Und das hast du getan.«

Mit zusammengezogenen Augenbrauen denke ich über ihre Worte nach. »Josh und ich waren nicht schlecht füreinander«, sage ich schließlich und habe keine Ahnung, warum ich ihn überhaupt verteidige. Vielleicht, um in Wirklichkeit mich selbst zu verteidigen. Letztlich war ich all die Zeit mit ihm zusammen, und es war okay für mich.

Meine Schwester schnaubt. »Aber ihr wart auch nicht gut füreinander. Wann hat er mal etwas für dich getan? Ich meine etwas, das Bedeutung hat? Etwas, das tiefer geht, als dir abends um elf einen halb toten Strauß hässlicher Blumen mitzubringen, den er beim Tanken gesehen hat oder in einem schmierigen Kiosk. Nur eine Sache. Eine, die es wert ist, dass du ihm und dieser Zeit hinterhertrauerst.«

Ich denke nach. Denke, denke, denke und das Einzige, was ich finde, ist Leere. Eine Träne rinnt über meine Wange, und ich wische sie hastig weg. Weil die Wahrheit in Jess' Worten mehr wehtut, als von Josh betrogen worden zu sein.

»Wir kannten uns gut, waren Freunde und …«

»Selbst für einen Freund war es zu wenig. Er ist nach San Francisco gezogen, ohne es mit dir zu besprechen, er ist für ein sechswöchiges Praktikum nach New York, ohne mit dir darüber zu reden, er hat deinen Geburtstag vergessen und euren Jahrestag. Laura, er war mal eingeschnappt, weil du an dem Tag keine Lust hattest, mit ihm essen zu gehen. In ein indisches Restaurant. Du bist allergisch gegen Curry!« Bei ihren Worten zucke ich zusammen. Mir ist bewusst, dass sie wahr sind, weil mir das, was meine Schwester mir sagt, selbst in den letzten Tagen klar geworden ist, aber ich … Verdammt. Ich reibe mir seufzend über die Augen.

»Ich weiß«, gebe ich zu und bin mir unsicher, ob das die ganze Sache besser oder schlimmer macht. Vielleicht ist das auch egal, vielleicht sollte ich es einfach vergessen.

»Hast du den Brief geöffnet?«, fragt Jess nun, und ich bin ihr ehrlich dankbar, dass sie das Josh-Thema fallen lässt.

»Nein. Klingt es verrückt, wenn ich sage, dass ich es vergessen habe?«

»Auf jeden Fall. Los, hol ihn und mach ihn auf.«

»Er liegt bereits hier.«

»Dieses Mal aber wirklich.« Ich nicke. Dieses Mal wirklich. Ich habe nichts mehr zu verlieren, ich kann nur gewinnen. Allem voran Klarheit.

Mit einem tiefen Atemzug greife ich nach dem Umschlag. Mir fällt auf, dass der Brief, nach der Sache mit Josh, nicht mehr so schwer in meinen Händen wiegt. Natürlich wäre es immer noch schlimm, nicht angenommen worden zu sein und keine Stelle zu bekommen, aber falls doch, müsste ich mir keine Gedanken mehr machen. Ich würde einfach wegziehen. Einen neuen Abschnitt beginnen. Ohne Reue und ohne Schuldgefühle. Ohne es jemandem recht machen zu müssen.

Das erste Mal seit der Trennung ergreift mich so etwas wie Euphorie und Tatendrang.

Mit zielsicheren Bewegungen drehe ich ihn und reiße ihn auf. Das Ratschen geht mir durch Mark und Bein, und ich muss kurz innehalten, bevor ich es schaffe, das Schreiben rauszuziehen. Jess beobachtet mich gespannt, ich kann es aus dem Augenwinkel sehen. Ein einfaches, ja unscheinbares Stück Papier mit ein paar gedruckten Buchstaben entscheidet gleich darüber, ob sich mein Traum erfüllt oder nicht.

Ich falte es auf und beginne mit wild klopfendem Herz zu lesen, während ich spüre, wie sich Hitze und Nervosität in mir ausbreiten und mein Atem sich beschleunigt.

»Und?«, drängt Jess. »Was steht drin? Verdammt, ich kann nichts erkennen.«

Mit offenem Mund und aufgerissenen Augen lasse ich das Blatt auf das Bett sinken und starre an die Wand.

»Gott, du machst mich wahnsinnig. Jetzt sag schon. Hast du es geschafft?« Die Stimme meiner Schwester dringt nur noch gedämpft an mein Ohr, weil meine Gedanken und Gefühle zu laut sind. Als hätte ich ein Sommergewitter in meinem Kopf.

»Angenommen«, wispere ich.

»Was?«, ruft Jess, und jetzt drehe ich mich zu ihr zurück und schaue ihr ins Gesicht. Dabei kann ich deutlich spüren, wie der Kloß in meinem Hals wächst.

»Ich hab es geschafft. Ab Juli werde ich Assistenzärztin am Whitestone Hospital sein. In Phoenix.« Ich schlage mir die Hand vor den Mund, trotzdem kann ich einen Schluchzer nicht unterdrücken.

Die Wangen meiner Schwester färben sich rot vor Rührung, und ihre Augen füllen sich mit Tränen, während sie mit erstickter Stimme sagt: »Ich bin so stolz auf dich. Ich hab es dir gesagt, es wird klappen.«

»Ja, das hast du.« Ich strahle übers ganze Gesicht und bin mir sicher, dass alles gut ist, wie es ist.

Ich lese die Zusage wieder und wieder, bis ich das Gefühl habe, mir das Ganze nicht länger einzubilden. Dann rede ich mit meiner Schwester. Über unsere Träume, unsere Zukunft, über Erinnerungen, die guten und die schlechten. Über Dinge, die wir gern vergessen würden, aber nicht können, und auch über solche, an die wir uns kaum erinnern, aber es gerne noch würden.

Stunden später bin ich müde. Müde und zufrieden, denn dieses Gespräch hat mir so etwas wie innere Ruhe geschenkt.

Manchmal passieren Dinge vielleicht, weil sie sein müssen. Und manchmal müssen sie uns vielleicht erst richtig wehtun, um uns danach guttun zu können.

4. Kapitel

Laura

Drei Monate später.

Obwohl ich längst alle Fenster geöffnet habe, riecht es nach altem Teppich, Staub und abgestandener Luft. Doch damit habe ich kein Problem, denn ich bin froh, hier zu sein und neu anzufangen. Ein neuer Abschnitt, ein neues Kapitel – wie auch immer man es nennen mag. An diesem Ort wartet *alles* auf mich, er ist wie ein leeres Blatt Papier, das ich füllen darf.

Meine Wohnung zu kündigen, den unnützen Kram zu verkaufen und meine Koffer zu packen, fiel mir leichter als gedacht. Es war befreiend. Beflügelnd. Und jetzt stehe ich in meinem neuen Apartment. Die Suche nach einer geeigneten und nicht zu teuren Bleibe war nicht so leicht wie erhofft, und ich dachte schon, ich würde vorerst in einem Motel unterkommen müssen. Bis ich vor einigen Tagen den Mietvertrag für diese Wohnung unterschrieben und abgeschickt habe. Ich war die erste Bewerberin per Mail und nach einem Telefonat, meiner Selbstauskunft und allen anderen erforderlichen Dokumenten, sagte man mir sofort zu. Die Maklerin war sehr freundlich und meinte, der Vermieter sei unkompliziert und hätte keine Lust, ewig zu suchen. Es war verdammt viel Glück im Spiel.

Hier in Phoenix ist es vollkommen anders als in San Francisco. Diese Wüstenstadt hat eine besondere Aura und Atmosphäre, eine ganz eigene Art der Magie. Als ich heute Morgen gelandet bin und den ersten Fuß auf den Boden gesetzt habe, bekam ich eine Gänsehaut. Es war, als würden meine Eltern mich begleiten und beschützen. Als hätte diese Stadt mich willkommen geheißen und in eine wärmende Umarmung gezogen.

Und wärmend ist sie wirklich, denn in diesem Augenblick rinnt mir der Schweiß über den Nacken und die Schläfen, sogar zwischen meinen Brüsten entlang, bis er in meinem Shirt versickert. Unter den Achseln ist es getränkt davon, aber es ist schon das dritte heute, und ich habe gemerkt, dass es keinen Sinn ergibt, es dauernd zu wechseln. Erst recht nicht während eines Umzugs.

Ich wische mir mit dem Handrücken über die Stirn und schließe für einen Moment die Augen und rühre mich nicht. Dann vibriert mein Handy auf einem der Kartons neben mir, ich schaue auf das Display und greife danach. Eine neue Nachricht von Josh. Eine von gefühlt Hunderten in den letzten Monaten, und sie alle klingen ähnlich.

> Bist du schon in Phoenix? Oder können wir uns noch mal sehen und miteinander reden? Bitte. Ich vermisse dich. Es tut mir leid, Laura. Das alles war ein Fehler.

Ich schreibe nicht zurück. Das habe ich bei keiner einzigen Nachricht getan, außer der ersten, und da habe ich ihn gebeten, mich in Ruhe zu lassen. Ich habe ihm gesagt, dass ich mir wünsche, dass wir glücklich werden. Und zwar ohne einander. Doch Josh ignoriert das und macht alles nur noch schlimmer. Er versteht nicht, dass es kein *Wir* mehr gibt. Dass es das nie wieder geben wird. Wenigstens der HIV-Test und die anderen Tests bezüglich der Geschlechtskrankheiten, die ich habe machen lassen, waren negativ. Zum Glück.

Tief einatmend schüttle ich den Kopf, stecke das Handy in die Potasche meiner Jeans und verdränge die Nachricht meines Ex, um mich schöneren Gedanken zu widmen.

Die wenigen Möbel und Kisten, die ich mit hierhernehmen wollte, kamen zwei Stunden nach mir per Spedition an. Seitdem bin ich am Um- und Einräumen. Das Ganze Anfang Juli bei unerträglicher Hitze und kaputter Klimaanlage. Der Vermieter hat mir versichert, dass sie bis zum Ende des Monats repariert werden würde, und ich kann nur hoffen, dass das stimmt. Ich bin diese Temperaturen nicht gewöhnt und würde mich am liebsten mit ausgestreckten Gliedern auf den Boden legen und vor mich hin leiden.

Stattdessen trete ich auf den schlichten Balkon, der mir einen perfekten Blick auf einige Hochhäuser der Stadt und Teile der dahinterliegenden Wüste samt Bergen verschafft. Ich hatte auf eine kühle Brise gehofft, wie es sie an der Küste Kaliforniens des Öfteren gibt, aber das hier ist Arizona, und spätestens jetzt wird mir das endgültig klar. Dieser Ort ist mein neues Zuhause. Und hier ist es heißer, schwüler, staubiger. Der Sonnenuntergang, der sich mir in diesem Moment bietet, ist jedoch genauso schön wie in meiner alten Heimat. Ich fühle mich gut, geborgen, wie neu geboren und gleichzeitig wie im freien Fall. Es macht mich so glücklich wie es mich ängstigt. Aber es ist eine gute Angst. Es ist Vorfreude und Spannung.

Die Strahlen tauchen das *Valley of the Sun* in eine Palette aus Rot- und Orangetönen, und die Fenster der Gebäude reflektieren sie in alle Richtungen. Nein, dieser Sonnenuntergang ist nicht genauso gut wie der in San Francisco, er ist besser. Für mich ist er atemberaubend, fesselnd, wunderschön, und ich sauge ihn, das Spiel seiner Farben und die Wärme in mich auf – ebenso wie die Tatsache, dass ich endlich dort bin, wo ich seit dem Tod meiner Eltern sein wollte.

Ärztin wollte ich schon immer werden; okay, für kurze Zeit lautete die Antwort auf meinen Berufswunsch Fotografin und danach Journalistin, aber ich fand stets zurück zur Medizin. Oder sie fand mich, je nachdem, wie man es dreht und wendet.

Wenn man merkt, dass man das Richtige für sich gefunden hat, bleibt der Takt, in dem das Herz schlägt, gleich, aber die Melodie verändert sich. Sie wird zu etwas Berührendem. Sie wird zu Gewissheit und Hoffnung.

Bei Josh war das nie so, wird mir klar, auch wenn ich überhaupt nicht an ihn denken möchte. Nicht jetzt und nicht morgen. Nie mehr. Denn Josh hat Mist gebaut. Aber mir ist bewusst geworden, dass es vermutlich auch ohne seinen Fehltritt nicht für die Ewigkeit gewesen wäre. In seiner Gegenwart war die Melodie nett, aber es war nicht die eine, die mir gezeigt hat, dass er der Richtige für mich ist. Meine Schwester hatte recht, es hätte mir auffallen müssen.

Aber es ist okay. Es ist vergangen.

Es war eine Schramme.

Keine tiefe Wunde.

Kein Bruch.

Lächelnd lehne ich mich an das Geländer, lege meine Unterarme darauf ab und schaue mich um. Meine Wohnung liegt im obersten Stock eines kleinen Gebäudekomplexes. Einer jener Art, wie man sie öfter finden kann: mit einem Pool, in dem man sich mit einer Chance von 50:50 diverse Krankheiten einfangen kann; einem Hausmeister, der nett ist, aber am Ende vermutlich mehr Schaden anrichtet als hilft; und mit neugierigen Nachbarn. Trotzdem wirkt es nicht heruntergekommen, sondern überraschend aufgeräumt und schön. Der Vermieter scheint sich Mühe zu geben, außerdem ist in diesem Viertel die Rate der Verbrechen moderat, wenn man der aktuellen Statistik Glauben schenken kann. Nicht dass ich besonders empfindlich oder ängstlich wäre, aber ich würde es definitiv vorziehen, nach einer anstrengenden Schicht auf Station, in der Notaufnahme oder im OP nicht auch noch ausgeraubt, verschleppt oder erschlagen zu werden.

Ich seufze. Es sind die kleinen Dinge im Leben …

Nicht zu vergessen, die relativ gute Anbindung zum Krankenhaus. Ich muss ein Stück bis zur Haltestelle laufen, bin aber mit dem Bus in knapp zwanzig Minuten in Downtown, je nach Verkehr und Uhrzeit. Die Lage ist in Ordnung, die Wohnung sauber, hell und günstig. Ich gebe es zu, der Preis spielte auch eine Rolle bei meiner Suche. Zwar ist der Kredit, den ich für die Med School aufgenommen habe, lange nicht so gigantisch wie von den meisten anderen, die Medizin studiert haben, aber ich werde auch so etwas Zeit brauchen, um ihn abzubezahlen. Ich muss ihn nicht zusätzlich unnötig mit einer hohen Miete belasten, wenn ich – realistisch gesehen – die meiste Zeit auf der Arbeit verbringen werde.

Nur noch dieses Wochenende und der Independence Day am Montag, wegen dem die Leitung des Krankenhauses beschlossen hat, die Einführung erst am Dienstag beginnen zu lassen, dann geht es richtig los. Nur noch vier Nächte. Dann beginnt mein neues Leben.

Während die Sonne tiefer sinkt und das rote Licht immer intensiver über die Fenster, Dächer und Hügel dieser Stadt gleitet, bekomme ich das erste Mal, seit ich den Brief mit der Zusage erhalten habe, weiche Knie.

Ich werde mein Bestes geben, aber ich weiß, dass ich noch viel zu lernen habe. Dass es vermutlich mein ganzes Leben so sein wird. Und an manchen Tagen ist die Ehrfurcht zu groß. Dann lähmt sie mich und lässt Zweifeln und Angst ihren Spielraum. Wird es mir gefallen? Werde ich mit dem Pflegepersonal klarkommen, mit meinen Vorgesetzten und den anderen Assistenzärztinnen und -ärzten? Kann ich das schaffen? Werde ich einen guten Job machen? Werde ich mir die Fehler, die ich unweigerlich begehen werde, verzeihen können? Werde ich die Arbeit stets mit nach Hause nehmen? Werde ich für immer hierbleiben oder auch dieser Stadt irgendwann den Rücken kehren?

Es macht keinen Sinn, das alles wieder und wieder durchzukauen, aber manchmal kann ich nichts dagegen tun. Manchmal ist es wie eine Dauerschleife in meinem Kopf.

Und davon habe ich heute genug. Ich habe keine Antworten auf all die Fragen und keine Lösung für das Chaos meiner Gedanken. Aber ich bin sicher, es wird sich alles fügen. Alles wird gut.

Ich lächle, während ich weiter auf die Stadt blicke, und am liebsten würde ich mich heute kein Stück mehr bewegen, aber ich muss dringend unter die Dusche. Außerdem erinnert mich mein knurrender Magen daran, dass ich den ganzen Tag noch nichts Richtiges gegessen habe. Die zwei jämmerlichen Muffins von vorhin zählen dabei nicht.

Mit der Gewissheit, morgen den Muskelkater meines Lebens zu haben, löse ich mich von dem atemberaubenden Anblick, der sich mir bietet, und gehe hinein. Mein Handy fische ich von einem der letzten vollen Kartons, bestelle eine Pizza und einen Salat und massiere mir dabei die linke Schulter.

Gerade als ich fertig bin, vibriert es und zeigt mir eine weitere neue Nachricht an. Dieses Mal nicht von Josh. Zum Glück.

Wie läuft es so mitten in der Wüste?

Müsstest du nicht im Bett liegen, Schwesterherz?, schreibe ich zurück und schüttle lächelnd den Kopf.

Musste an dich denken. Also, wie läufts?

Meine Schwester fiebert meinem neuen Leben mindestens so sehr entgegen wie ich selbst, und dafür liebe ich sie noch mehr. Ich tippe eine weitere Antwort und strahle dabei übers ganze Gesicht.

Mach dir keine Sorgen. Bin gut angekommen, hab Essen bestellt und springe gleich unter die Dusche. Der Lebensqualitätsindex für Phoenix ist ganz nebenbei ziemlich hoch. Das Leben hier muss einfach gut sein.

Red keinen Unsinn. Es ist richtig heiß, oder?, fragt sie prompt.

Bei Jess ist alles, was man nicht mehr als milde oder frühlingshafte Temperaturen bezeichnen kann, Hochsommer und damit eindeutig zu heiß.

Ich muss mich daran gewöhnen, aber die Stadt ist toll.

Jetzt klingelt mein Handy, und als Jess' Name auf dem Display erscheint, hebe ich sofort ab.

»Du hast doch nichts gesehen außer dem Flughafen und deinem Apartment«, werde ich von ihr begrüßt.

»Dir auch hallo, Schwesterherz. Und sei nicht so ein Klugscheißer. Warum schläfst du nicht längst? Oder immer noch?«

»Ich bin kein Klugscheißer«, murrt sie, und ich pruste los. »Und ich kann nicht schlafen.«

»Muss ich mir Sorgen machen?«, frage ich und setze mich auf einen der Umzugskartons.

»Ich denke nicht.«

»Was ist los, Jess?«

»Keine Ahnung. Der Job ist stressig, und ich komme nicht richtig zur Ruhe.«

»Möchtest du drüber reden? Du weißt, dass ich für dich da bin, oder? Nur weil du ein Jahr älter bist, heißt das nicht, dass du die Einzige sein darfst, die sich Sorgen macht.«

»Ist notiert.« Ich höre sie leise seufzen. »Es ist alles gut, ich denke nur zu viel. Besonders an Mom und Dad.«

»Wegen mir, oder?«

»Komm ja nicht auf den Gedanken, es sei deine Schuld oder so einen Quatsch. Es wird bald wieder.«

»Und wenn nicht …«

»… rede ich mit dir darüber«, ergänzt Jess.

»Okay.« Ich hoffe, das tut sie dann auch. Ihr ist es schon immer leichtergefallen, für andere da zu sein als für sich selbst. Und wenn man für sie da sein wollte, hat sie es oft nicht zugelassen. Sie wollte stark sein. Jess wollte immer unser Anker sein, seitdem Mom und Dad fort sind.

»Hast du alles in deiner neuen Wohnung, was du brauchst?«

»Fast. Es fehlen nur Kleinigkeiten. Ein Bett ist da, meine Kameras und Bücher, die Kaffeemaschine samt Tassen und meinen To-go-Bechern, meine Couch und die gerahmten Bilder von uns allen. Das ist das Wichtigste.«

Jess lächelt. »Das ist gut. Meld dich, wenn dein erster Tag rum ist, ja? Ich will alles wissen, egal, um welche Zeit.«

Grinsend schiebe ich mir eine Strähne aus dem Gesicht. »Versprochen. Gute Nacht, Jess. Ich hab dich lieb.«

»Ich dich auch. Oh, und Laura? Zeigs ihnen! Mach sie alle fertig.«

Jetzt lache ich laut auf. Jess hat wohl vergessen, dass ich die Menschen versorge und nicht verprügle.

5. Kapitel

Laura

Es ist Dienstag früh. Bereits um diese Zeit ist es verdammt warm, und es wird nicht besser, als ich mit meinem Edelstahlbecher mit selbst gemachtem Frappuccino in den vollen Bus steige. Etwas weiter hinten finde ich zum Glück noch einen Platz, direkt bei einem der Vierersitze.

Der Neuanfang hat gut geklappt und mich glücklich gemacht, aber jetzt liegen meine Nerven erneut blank. Nicht dass ich zu spät kommen würde, aber so früh da sein, wie ich es geplant hatte, werde ich auch nicht. Dabei war alles in Ordnung, ich war die Ruhe selbst – bis ich gemerkt habe, dass ich mir den falschen Fahrplan und somit auch die falschen Zeiten angesehen habe. Ich habe meinen Bus also um fünf Minuten verpasst und der danach ist ausgefallen. Daher musste ich warten. Jetzt wird es doch eher knapp, und das macht mich nervös. Ich hätte gern die Zeit gehabt, in Ruhe anzukommen, mir meinen Arbeitsbereich wenigstens kurz ansehen zu können – wie das Ärztezimmer, die Umkleiden oder auch einzelne Stationen –, stattdessen habe ich nun das Gefühl, ins kalte Wasser geschmissen zu werden.

Hätte ich das geahnt, hätte ich mir mit Sicherheit nicht noch in aller Seelenruhe einen Frappuccino gemacht und dabei sehr leidenschaftlich zu den Songs im Radio getanzt. Mist!

Ich trinke einen Schluck aus meinem Edelstahlstrohhalm und blicke mich unauffällig um.

Jeder schaut raus, hängt seinen Gedanken nach oder döst vor sich hin. Es ist still, beinahe friedlich. Bis der Mann links von mir, auf der anderen Seite des Ganges, anfängt zu husten und meine Aufmerksamkeit auf sich zieht. Er räuspert sich, nichts Schlimmes, und Schweißperlen sammeln sich auf seiner Stirn. Auch das muss nichts bedeuten, es ist stickig, und obwohl die Lüftung voll aufgedreht ist, kühlt sie nicht ausreichend. Doch er sieht ziemlich blass aus, und sein Brustkorb hebt und senkt sich stark und schnell.

»Ist alles okay?«, frage ich. Meine Nervosität ist für den Moment weg, ich bin jetzt ganz Ärztin und stelle meinen Becher auf den Boden, um die Hände frei zu haben.

Der Mann reagiert nicht, blinzelt mehrmals, und ab dieser Sekunde bin ich hellwach, alarmiert und konzentriert. Ich drehe mich ganz zu ihm um. Mittlerweile rasselt sein Atem, er bekommt kaum Luft und antwortet immer noch nicht.

Leicht apathisch, heftiges Atmen bei mangelnder Sauerstoffzufuhr – die Symptome sind nicht ganz eindeutig. »Können Sie mich hören?«, versuche ich es erneut.

Ich strecke eine Hand aus, beuge mich vor, aber er verliert das Bewusstsein und kippt so schnell um, direkt auf den Gang, dass ich es nicht verhindern kann.

Sofort springe ich auf und knie mich neben ihn. Dabei bin ich mir der Anwesenheit der anderen Fahrgäste durchaus bewusst, aber ich blende sie aus und damit auch das Gefühl, dass jede meiner Bewegungen genauestens beobachtet und kontrolliert wird. Nur der Mann vor mir zählt.

Er ist weiterhin nicht ansprechbar. Ich kontrolliere seine Atmung, dann hebe ich seine Lider, sehe mir seine Pupillen an und bringe ihn danach in die stabile Seitenlage. Ich prüfe seinen Puls und untersuche ihn im Gesicht, am Hals, an den Armen und auch am Brustkorb auf Verletzungen oder Ausschläge. In mir hat sich ein Schalter umgelegt, mein Gedächtnis arbeitet auf Hochtouren, und ich frage in meinem Kopf automatisch all das ab, was ich gelernt habe.

Flache Atmung, schwitzt weiterhin stark – mehr als er sollte –, und ich finde bisher keine äußeren Verletzungen oder Auffälligkeiten, gehe ich alles im Kopf durch. Schnell und effizient binde ich mir meine Haare zusammen, um besser arbeiten zu können.

Ich schaue in seinen Rachen und erkenne, dass er geschwollen ist. Es könnte ein anaphylaktischer Schock sein. Aber es ist kein Essen und kein Getränk als Auslöser sichtbar. Hat er Medikamente genommen? Ist es eine Reaktion auf einen Insektenstich? Macht am Ende auch keinen Unterschied, wenn er nicht bald ins Krankenhaus kommt, sondern sein Kreislauf komplett zusammenbricht. Scheiße.

»Er braucht einen Arzt!«, ruft jemand.

»Was ist da los?«

»Sind Sie Ärztin?«

Ich ignoriere die gaffenden Blicke, die neugierigen Fragen und die lauter werdenden Stimmen, und wähle den Notruf.

»Hallo? Dr. Laura Collins hier, Assistenzärztin im Whitestone Hospital. Befinden uns …« Ich schaue mich um, aber bei Gott, ich kenne mich noch nicht gut genug aus, erkenne nur das Schild des *Phoenix Art Museum* auf der anderen Seite. Und einen Augenblick später sehe ich, was ich lieber nicht gesehen hätte. Wir stehen im Stau. Die ganze Straße ist zu. Das darf nicht wahr sein.

»North Central Ave!«, hilft mir jemand, und ich nicke dankbar.

»In einem Bus, North Central Ave in Richtung Downtown. Auf Höhe des *Phoenix Art Museum*. Brauchen dringend einen

Rettungswagen. Patient ist männlich, schätzungsweise Mitte vierzig, hat vermutlich einen anaphylaktischen Schock und … verdammt. Atmung setzt aus. Wir stehen im Stau.«

»Habe verstanden.« Mehr höre ich nicht mehr, denn ich lege mein Handy zur Seite und beginne sofort mit der kardiopulmonalen Reanimation. Das ist etwas, was bei mir längst wie ein Automatismus funktioniert. Dann ist in meinem Kopf nichts mehr außer dem Mitzählen – ganze dreißig Mal Herzdruckmassage, gefolgt von zweimal Atemspende. Und das so lange wie nötig. Bis der Krankenwagen eintrifft. Ich habe das bis zum Erbrechen geübt und anwenden müssen, aber nie unter diesen Bedingungen. In einem vollen Bus, bei diesen Temperaturen, mit nervösem Magen, in einer fremden Stadt. Und das auch noch an meinem allerersten Tag.

Der Muskelkater von meinem Umzug bringt mich gerade an meine Grenzen, aber ich werde mit Sicherheit vieles tun, nur nicht aufhören.

»Komm schon!«, zische ich, schaue vor der nächsten Beatmung erneut in seinen Rachen. Soweit ich das erkennen kann, steckt nichts im Hals, trotzdem sind die oberen Atemwege mittlerweile komplett geschwollen. So kriegt er keine Luft – und ich kann mir die Beatmung sparen. Ich fluche leise, danach mache ich mit der Herzdruckmassage weiter, aber bisher – nichts. Keine Reaktion, keine Vitalzeichen.

Wie viel Zeit ist vergangen? Zwei Minuten? Drei?

Ich unterdrücke einen weiteren Fluch, weil mich ein Gefühl der Ohnmacht überwältigt.

Was, wenn ich es nicht schaffe? Was, wenn …

»Da fährt man ein Mal in seinem beschissenen Leben mit dem Bus, pennt ein und dann das. Machen Sie mal Platz.« Vollkommen perplex sehe ich auf und direkt in das Gesicht eines Mannes, der zwei gaffende Fahrgäste nachdrücklich zur

Seite drängt, um sich ein Bild zu verschaffen. Er ist etwas größer als ich, mit blauen Augen, hellbraunem Haar, von dem ihm gerade eine Strähne in die Stirn fällt. Konzentrierter Ausdruck, sichere Abläufe. Überhaupt die Art, wie er sich bewegt, wie er das Ganze angeht …

»Sie sind Arzt.« Eine Feststellung, keine Frage. Endlich erwidert er meinen Blick, mustert mich schnell und lächelt schief, während ich schwer atmend weiter in regelmäßigen Abständen auf den Brustkorb des Patienten drücke, um sein Herz in Gang zu bringen.

»Hübsch und klug. Nicht übel«, kommentiert der Fremde meine Feststellung, um mich sofort wieder zu ignorieren. Ich sitze neben ihm und einem um sein Leben kämpfenden Mann auf dem Boden eines Busses, Dutzende Unbekannte beobachten mich, und dennoch werde ich wütend und verziehe das Gesicht.

»Rutschen Sie mal kurz«, meint er und greift an mir vorbei. Ich muss die Herzdruckmassage unterbrechen.

»Wenn Sie oder ich nicht gleich weitermachen, wobei Sie mich gerade unterbrochen haben, verlieren wir ihn«, sage ich aufgebracht. »Der Rettungswagen ist unterwegs, wenn Sie nur … Was zur Hölle haben Sie vor?« Vollkommen perplex beobachte ich, wie er sich meinen Becher schnappt, den großen Edelstahlstrohhalm entnimmt und den Rest der Flüssigkeit rauszieht. Deshalb wollte er, dass ich zur Seite gehe.

»Hm, mit Karamell.« Anerkennend zieht er die Augenbrauen nach oben. »Nicht schlecht. Ist das Ihrer?« Eigentlich erwartet er keine Antwort, denn sofort holt er ein Taschenmesser aus seiner Hosentasche hervor und klappt es auf, dann macht er mir wieder Platz und nähert sich von der anderen Seite dem Patienten. Ich bringe mich erneut in Position, nehme die Wiederbelebungsmaßnahmen auf und kann dabei nicht aufhören, den Typen mit meinem Strohhalm und einem Messer in der Hand anzustarren. Erst recht nicht, als mir klar wird, was er da tun will.

»Bitte sagen Sie mir, dass Sie nicht vorhaben, hier eine Koniotomie durchzuführen. Mit dem stumpfen kleinen Ding aus Ihrer Hose und einem schmutzigen, keinesfalls auch nur annähernd sterilen Strohhalm.«

Jetzt lacht er und sieht dabei ziemlich verschmitzt aus. Wie kann er das witzig finden?

»Klang das nur in meinen Ohren anzüglich? Und fürs Protokoll, nichts, das aus meiner Hose kommt, ist klein.«

Ich spüre, wie ich augenblicklich rot werde, jemand hinter mir kichert.

»Und Sie«, sagt er und deutet vage auf mich, »sind Ärztin.«

»Schön und klug. Nicht übel«, mache ich ihn nach und lege den Kopf ein wenig zur Seite, um seine nächsten Handgriffe besser im Blick behalten zu können. Er muss ja nicht wissen, dass ich lediglich Assistenzärztin im ersten Jahr an meinem ersten Tag bin.

»Wir sollten essen gehen«, murmelt er ohne Vorwarnung, während er damit beginnt, den Punkt für den Luftröhrenschnitt zu suchen, und ihn beeindruckend schnell findet. Was redet er da? Ist er wirklich Arzt oder ein Verrückter von der Straße, der zu viele Folgen irgendeiner Arztserie gesehen hat und jetzt denkt, er hätte dadurch Ahnung von Medizin?

»Hören Sie, er hat womöglich einen anaphylaktischen Schock. Er atmet nicht, sein Herz schlägt nicht und eine Koniotomie unter diesen Umständen ist viel zu riskant. Wie gesagt, der Krankenwagen ist unterwegs und …«

»Sparen Sie sich Ihren Atem. Falls Sie es nicht bemerkt haben, ist der Schnitt bereits getan. Ihre Bemühungen werden einen Scheiß bringen, wenn die oberen Atemwege so geschwollen sind. Wenn Sie sein Herz wieder in Gang bringen, muss er atmen können. Er braucht also Sauerstoff, und genau den verschaffe ich ihm. Außerdem, schauen Sie mal raus. Was denken Sie, wie schnell der Rettungswagen hier ist oder wir überhaupt mal im Krankenhaus ankommen?« Er hat recht, so ungern ich das zugebe. Die Straße ist dicht. Vermutlich ein Unfall.

Es ist ohnehin zu spät, er hat bereits mit sicherer Hand den Schnitt gemacht und führt konzentriert den Strohhalm ein. Als dieser tief genug sitzt und ich die nächste Runde beende, beginnt er mit der ersten Beatmung durch den Strohhalm. Wir machen eine ganze Weile so weiter, doch es passiert nichts … Weder jetzt noch in den Sekunden danach. Das Herz reagiert nicht.

»Ich übernehme«, sagt er und löst mich ab. »Sie beatmen.«

Während einer Beatmungspause sacke ich kurz nach hinten und atme tief durch. Das Gefühl, nicht genug zu tun, übermannt mich. Mir ist schlecht, ich merke, wie die Anspannung beginnt, mich zu lähmen, und meine Hände leicht zittern. Was, wenn er es nicht schafft? Wenn ich nicht gut oder schnell genug war? Ich kann nicht mehr klar denken.

»Machen Sie mir bloß nicht schlapp. So gern ich Ihnen eine Herz-Lungen-Wiederbelebung verpassen würde, nicht nur, weil Sie um Längen besser riechen als der Kerl, sondern mit Sicherheit auch besser küssen, schaffe ich nicht zwei auf einmal.« Ich schaue hoch, sehe ihm in die Augen, denn seine Worte bringen mich ungewollt zum Lachen und reißen mich aus meiner Gedankenspirale.

Ich beatme den Mann durch meinen Strohhalm, ein Mal, zwei Mal, dann setze ich zu einer Erwiderung an.

»Doch nicht so standhaft wie gedacht. Schade«, bringe ich heraus und versuche, ruhiger zu atmen. Es geht mir gut.

»Sie haben ja keine Ahnung«, antwortet er frech, bleibt jedoch fokussiert und im Rhythmus. Ich kann nicht anders, ich bin beeindruckt. Weil dahinter so viel Leichtigkeit steckt, so viel Sicherheit. Weil nach all den Jahren des Lernens und des Ansammelns von Wissen, nach dem praktischen Jahr bei mir im Kopf eben dennoch für einen Moment Panik herrschte und Leere. Weil ich mir dumm vorkomme neben ihm.

Die Sekunden verstreichen, aber es passiert immer noch nichts.

»Komm schon«, knurrt der fremde Arzt mir gegenüber, ehe er sich vorbeugt und statt mir in den Strohhalm hineinpustet – und nicht aufhört, um das Leben des Mannes zu kämpfen.

»Übrigens«, beginnt er und grinst. »Ohne die Koniotomie und mich hätte der Kerl wohl kaum eine Chance, *Kollegin*.«

6. Kapitel

Laura

Ich bin vollkommen erledigt. Es war eine kurze Nacht, weil ich so unruhig und nervös war. Weil meine Gedanken nicht zur Ruhe gekommen sind. Nicht zu vergessen diese verrückte erste Busfahrt zu meiner neuen Arbeitsstelle und dass ich nun, entgegen allen Erwartungen, an meinem ersten Tag doch zu spät komme. Ich hätte mir die Dusche heute Morgen echt sparen können …

»Entschuldigung!«, rufe ich, als ich aus Versehen jemanden an der Schulter touchiere, während ich mir meinen Weg in Richtung Aufenthaltsräume bahne und dabei fast meinen Rucksack fallen lasse. Wir sollten um sieben Uhr eintreffen für das erste Briefing. Es ist zwanzig nach. Ich fluche so heftig, dass selbst Jess erröten würde, könnte sie mich jetzt hören. Hoffentlich verlaufe ich mich nicht wieder. Dieses Krankenhaus ist so viel größer als all die, in denen ich bisher meine Arbeit und Praktika verrichtet habe, und ich habe ewig gebraucht, um den Kleiderautomaten für die Kittel und Kasacks zu finden.

Der Typ von vorhin hat die Fahrt tatsächlich überlebt – vermutlich dank des Luftröhrenschnitts, denn wir haben sein Herz wieder dazu gekriegt, zu schlagen. Ich bin mir nicht sicher, was mich mehr ärgert: dass ich mich nicht getraut habe, selbst einen durchzuführen, oder mir so sicher war, dass er keinen benötigt. Der Krankenwagen hat es, wie vorausgesagt, nicht bis zu uns geschafft, bevor sich der Stau langsam aufgelöst hat. Natürlich hat *Mr Superarzt* via Zentrale ein Notfallteam zur Haltestelle in der Nähe des Krankenhauses einbestellt, das uns schon erwartete, als wir ankamen. Ich habe nicht nach seinem Namen gefragt, und er hatte zum Glück keine Gelegenheit, mich weiter auszuquetschen. Keine Ahnung, ob er hier arbeitet. Auf der anderen Seite der Stadt gibt es noch weitere Krankenhäuser, allen voran eine renommierte Kinderklinik. Ich denke nicht, dass ich ihn wiedersehen werde.

Das ist gerade auch wirklich mein kleinstes Problem …

Beinahe verzweifelt suche ich die Abzweigung zu den Personalräumen und unterdrücke einen Jubelschrei, als ich endlich ein Schild mit besagter Aufschrift entdecke. Es weist nach links und etwas weiter hinten finde ich sie schließlich.

Ohne nachzudenken, reiße ich die Tür auf und blicke atemlos in ein paar fragende Gesichter, die sich mir ruckartig zugewendet haben. Ich spüre, wie sich zu der Hitze, die meine Wangen bestimmt längst wieder rot gefärbt hat, Schamröte gesellt. Mist. Wo ist der ausbildende Arzt? Mit einem flauen Gefühl im Magen schaue ich mich um. Es hat noch nicht angefangen. Vor Erleichterung schließe ich kurz die Augen und atme tief durch. Ich bin zwar zu spät, glücklicherweise ist unser Betreuer noch später dran.

Schnell trete ich ein, raune ein »Guten Morgen« in die Runde, lasse die Tür hinter mir zufallen und suche meinen Spind. Nummer 21, Dr. Laura E. Collins.

Mittlerweile wird die unangenehme Stille, die ich verursacht habe, durch Gespräche und das Rascheln von Kleidung gebrochen, und ich entspanne mich langsam etwas.

»Am ersten Tag zu spät und trotzdem pünktlich. Nicht schlecht«, ertönt es von der Seite. Ich werfe einen Blick nach links zu der Frau neben mir, die auf der Bank vor den Spinden sitzt und bis eben an ihrem Handy rumgefummelt hat. Mit ihren rehbraunen Augen mustert sie mich interessiert. Ihr langes schwarzes Haar hat sie zu einem hohen Dutt gebunden, ihre dezent rot bemalten Lippen verziehen sich zu einem Grinsen, das wirkt, als hätte sie sich noch nicht entschieden, was sie von mir halten soll. Dr. Sierra Harris steht auf ihrem Namensschild. Ihr gehört der Schrank neben meinem.

»Manchmal läuft eben nichts nach Plan«, murmle ich und ziehe mich um. Ich erfrische mich mit meinem Lieblingsdeo von Chloé und greife anschließend nach meinem Kittel und meinem Namensschild. Außerdem liegt bereits ein Pager bereit, den ich in die Kitteltasche stecke. Danach schnappe ich mir Stethoskop, Reflexhammer und Diagnostikleuchte und stopfe meinen Rucksack in den Spind.

Während ich mir meine Haare kämme und endlich zu einem ordentlichen Zopf binde, starrt Sierra mich immer noch an.

»Du kommst nicht von hier, oder?«, ertönt eine weitere, deutlich hellere Stimme, bevor ich meine Spindtür schließe. Eine zierliche Frau mit knallbunter Brille lächelt mich breit an, was ihre Sommersprossen über ihre blasse Haut tanzen lässt.

»Ist das so offensichtlich?«, frage ich und erwidere ihr ehrliches Lächeln.

»Ist es!«, ertönt es von hinten. Sierra steht auf und gesellt sich zu uns. »Man sieht dir den Wüstenstadt-Stress förmlich an.« Es macht wohl keinen Sinn, ihr zu erklären, dass das nicht der Grund für meinen chaotischen Morgen und katastrophalen Zustand ist.

»Ich bin übrigens Maisie. Maisie Jones.« Die junge Frau mit der auffälligen Brille reicht mir ihre Hand, und ich ergreife sie. »Und das da hinten sind Jane, Zeenah und Ryan.«

»Laura Collins. Ich bin aus Kalifornien hergezogen.«

»Kalifornien also. Ich komme aus L.A. Und du?« Ein hübscher Kerl mit lockigem braunem Haar strahlt mich an.

»San Francisco.«

»Eine schöne Stadt. Ich bin Mitch Rivera. Aber du kannst mich einfach Mitch nennen.«

Das bringt ihm ein Augenrollen von Sierra ein, die anfügt: »Leute, wir tragen alle Namensschilder.«

Ich muss mir ein Grinsen verkneifen. So unsympathisch sie auf den ersten Blick gewirkt hat, jetzt gerade erinnert sie mich an meine Schwester.

»Laura. Freut mich«, stelle ich mich trotzdem vor, und Mitchs Lächeln wird breiter. Er ist ziemlich groß, wirkt wie ein Athlet, und seine Art ist auf gewisse Weise einnehmend.

»Das ist so aufregend, oder?«, bricht es aus Maisie heraus, wobei sie immer wieder freudig zur Tür schaut. Sie ist noch nervöser als ich. Sierra scheint eher gelangweilt zu sein und blickt ungeduldig auf ihre schlichte Uhr.

»Wieso kommen immer alle zu spät?«, murmelt sie.

»Hallo, und wer bist du?« Mitch mustert Sierra, die nun die Augen zusammenkneift und auf ihr Namensschild deutet.

»Wenn du nicht lesen kannst, solltest du am besten gleich das Handtuch werfen.«

»Kratzbürstig«, sagt Mitch. »Gefällt mir.«

»Nein. Mit Gehirn«, erwidert Sierra betont, und ich muss die Lippen ziemlich fest zusammenpressen, um nicht loszuprusten.

»Ich spüre da gewisse Schwingungen.« Mitch zeigt von sich zu Sierra und zurück, danach legt er Maisie den Arm um die Schultern, den sie sofort wegschiebt.

»Lass das, du versperrst mir die Sicht.«

»Du wirst es schon merken, wenn jemand kommt.«

»Name deines Sexvideos«, platzt es aus mir heraus. Shit. »Äh … also, das ist …« Ich finde keine Worte, um zu erklären, dass das eigentlich ein Running Gag aus einer Serie ist, aber das ist okay, denn Sierra sieht das erste Mal ehrlich amüsiert aus, was mich aus irgendeinem Grund sehr freut.

In diesem Moment wird die Tür schwungvoll geöffnet, und wie bei meinem peinlichen Auftritt vor wenigen Minuten verstummt auch jetzt jeder für ein paar Sekunden. Mit dem einen Unterschied, dass sich die Stille dieses Mal hält.

Alle drehen sich um, machen Platz und beobachten, wie ein Arzt und eine Pflegerin den Raum betreten.

»Entschuldigen Sie die Verspätung. Es gab einen Notfall, der meine Anwesenheit erforderte.« Seine Stimmfarbe ist sowohl warm als auch tief und dunkel. Er hat einen leichten Akzent, kaum wahrnehmbar, und ich brauche einen Augenblick, bis ich ihn zuordnen kann. Ist er Brite?

Während die Pflegerin ihm eine Akte reicht und er sie öffnet und studiert, mustere ich ihn. Etwas größer als Mitch, also mindestens einen Meter fünfundachtzig groß, würde ich schätzen, breite Schultern. Neben mir ist er der Einzige, der auch einen Arztkittel trägt. Er steht ihm und bildet einen starken Kontrast zu seiner braun gebrannten Haut, dem schwarzen Haar und dem Bartschatten. Markante Züge, sowohl im Bereich des Kinns als auch der Wangenknochen. Grübchen am Kinn und … er hat wirklich schöne Hände. Ich finde Hände faszinierend. Hände, Augen und eine schöne Kieferpartie. Jess behauptet, das sei eine Macke von mir.

»Meint ihr, dass er unser Betreuer ist?«, fragt Maisie leise, und ich nicke. Alles andere würde wenig Sinn ergeben, oder?

»Wenn ich das richtig sehe, sind alle anwesend. Großartig. Dann können wir loslegen.« Er schaut auf und blickt uns nacheinander ins Gesicht. »Mein Name ist Dr. Nash Brooks, und ich bin ab jetzt für Sie verantwortlich. Das neben mir ist Evelyn Fields, die leitende Pflegerin der Herzchirurgie. Sie wird Ihnen, soweit es ihr möglich ist, mit Rat und Tat zur Seite stehen – und Sie ebenso wie ich genauestens beobachten.«

Ich schlucke mehrmals, während sich seine Worte wie schwere Gewichte in meinem Kopf niederlassen. Jetzt wird es ernst. Jetzt wird es real.

»Da Sie sich in diesem Krankenhaus beworben und die Stelle angenommen haben, wissen Sie, was Sie während Ihrer Ausbildung erwartet und wie diese Klinik arbeitet. Eine kleine Auffrischung für Sie: Im ersten Jahr Ihrer Assistenzzeit werden Sie besonders intensiv unter die Lupe genommen. Sollten Sie Mist bauen, werden Sie verwarnt. Nach der dritten Verwarnung ist Ihr Weg und Werdegang an diesem Krankenhaus beendet.«

Maisie knetet nervös ihre Hände, Mitchs Ausdruck ist ernst und nachdenklich, Sierra – nun, ich frage mich, wann für sie der wichtige und nicht langweilige Teil beginnt. Keine Ahnung, wie es bei den anderen ist, aber mir gehen Dr. Brooks' Worte durch Mark und Bein.

»Nach einer kleinen Eingewöhnungszeit wechseln Sie nicht nur die Schichten, sondern auch innerhalb der Stationen, und zwar unabhängig davon, für welchen Bereich der Weiterbildung Sie sich entschieden haben. Natürlich werden Sie im Laufe der Zeit am häufigsten in der Chirurgie, entsprechend Ihrer Spezialisierung eingesetzt. Dennoch verlieren wir das Gesamtbild nicht aus den Augen. Das ist ein System, das sich im Whitestone Hospital über die Jahre bewährt hat, möchte ich anfügen. Sie werden demnach in der Herz- und Thoraxchirurgie, der Inneren, der Notaufnahme und Unfallchirurgie sowie – frühestens nach der Eingewöhnung – einem weiteren Fachgebiet eingesetzt. Manchmal nach Wahl, meist nach Bedarf. Außerdem werden Sie, zusätzlich zu Ihrer Schicht und den regulären Aufgaben, innerhalb des ersten Jahres sechs Mal den diensthabenden Notfallsanitäter oder die diensthabende Notfallsanitäterin auf die jeweiligen Einsätze begleiten. Dabei werde ich Sie, sofern das möglich ist, ebenfalls betreuen. Beachten Sie, dass diese Einsätze dokumentiert, abgezeichnet und am Ende des ersten Jahres vorgelegt werden müssen. Uns ist bewusst, dass das nicht üblich ist, aber wir möchten, dass Sie so viele Einblicke und Erfahrungen wie möglich erhalten.« Leises Gemurmel brandet auf. »Es hat einen Grund, warum wir nur eine Handvoll von Ihnen aufnehmen. Sie werden zu den besten Chirurgen und Chirurginnen dieses Landes gehören, sollten Sie Ihre Assistenzzeit in diesem Krankenhaus erfolgreich beenden.«

»Klopf, klopf«, unterbricht jemand Dr. Brooks' Rede und schlägt locker gegen den Türrahmen, bevor er eintritt. Die Stimme kommt mir bekannt vor, lange bevor ich erkenne, wer da neben unseren Vorgesetzten tritt.

»Scheiße«, murmle ich und spüre sofort Sierras neugierigen Blick auf mir.

»Was? Hast du etwa mit dem geschlafen?«

»Schlimmer«, antworte ich perplex, weil es sich genauso anfühlt. Nach schlimmer, nach verheerender und nach verflucht beschissenem Pech.

»Na, Brooks, erzählst du den Neuen langweiliges Zeug?« Dieses Grinsen. Shit, shit, shit.

Dr. Brooks seufzt knapp und ist um einen neutralen Tonfall bemüht. »Was machst du hier?«

»Ich komme gerade aus der Notaufnahme, hatte einen interessanten Morgen. Dann hab ich deine zarte, liebliche Stimme im Flur vernommen und dachte, ich schau mal vorbei. Ist schließlich dein erstes Mal, sonst hat Peters immer die Bambini betreut.«

Dr. Brooks ignoriert seine Worte und deutet auf ihn. »Das ist Dr. Ian Rice, Stationsarzt der Thoraxchirurgie. Zu Ihrem Pech dürfen Sie ab heute auch mit ihm sehr viel Zeit verbringen.«

»Wie immer ein Sonnenschein«, entgegnet dieser grinsend und schaut sich um.

Ich versuche indes, mich hinter Mitch zu schieben, um mich zu verstecken, aber bin zu langsam, und bei Gott, keine zehn Leute in diesem großen Raum sind einfach zu wenig, um nicht aufzufallen.

Er heißt also Ian Rice. Toll. Ganz toll. So viel zu: *Den sehe ich nie wieder …*

Unsere Blicke treffen sich, und etwas blitzt in seinen Augen auf, als er mich wiedererkennt. Sein Grinsen wird so breit, dass es gleich seine Wangen sprengt, wenn er nicht damit aufhört. Er verschränkt die Arme vor der Brust. Ich hingegen versinke jeden Moment im Erdboden, weil er nicht wegguckt und jeder in diesem Raum anfängt, das zu bemerken.

»Also, für mich sieht das definitiv aus, als hättet ihr Sex gehabt«, flüstert Sierra mir ins Ohr, und ich stöhne leise auf. Ich hoffe, das hier ist ein Albtraum. Dann wache ich gleich auf, kann in Ruhe duschen, mir ein Taxi nehmen und pünktlich hier ankommen. Ohne seltsame Zwischenfälle.

Doch jetzt folgt auch Dr. Brooks seinem Blick und … findet meinen. Definitiv kein Traum. Ich fühle mich wie eine Fliege, die in einem Spinnennetz festhängt.

Mein Kittel kommt mir vor wie eine Sauna. Diese Aufmerksamkeit behagt mir genauso wenig wie Dr. Rice' Wackeln mit den Augenbrauen und Dr. Brooks intensiver Blick. Ich traue mich nicht, wegzuschauen, recke mein Kinn und halte dagegen. In Wahrheit könnte ich es gar nicht, also wegschauen … und habe keine Ahnung, warum das so ist. Ich sehe grünbraune

Augen, höre meinen Atem und spüre meinen Herzschlag, der immer heftiger pocht, pocht, pocht.

»Während Ihrer Schicht ist Ihr Pager an«, nimmt Dr. Brooks seinen Faden wieder auf, und ich hätte beinahe laut *Danke!* gerufen, so erleichtert bin ich.

Auch wenn wir uns immer noch ansehen und ich nicht weiß, was das zu bedeuten hat.

»Hattest du etwa mit Nashville was?«, fragt Sierra und treibt mich damit wirklich in den Wahnsinn. Wann wurde aus ihm denn Nashville?

»Sie bekommen eigene Patienten und Patientinnen zugeteilt, und wir sehen uns mindestens ein Mal die Woche zur gemeinsamen Visite. Sind Sie in anderen Bereichen, komme ich – falls nötig – dorthin und rede mit den jeweiligen Stationsärztinnen oder -ärzten.«

»Wie mir«, fügt Dr. Rice an und strahlt übers ganze Gesicht.

»Außerdem möchte ich anfügen, dass Beziehungen jeglicher Art innerhalb des Kollegiums nicht besonders zweckdienlich sind und negative Auswirkungen auf die Arbeit haben können.«

»Auch kein Sex. Was haben die dann mit dir?«, fragt Sierra sich laut genug, damit ich es hören kann.

»Wenn ich das nur wüsste«, flüstere ich, und sie lacht leise.

»Was er euch damit sagen möchte, ist, dass ihr immer schön verhüten sollt, bevor ihr euch an die Wäsche geht.«

»Ian«, warnt Dr. Brooks. Es macht den Anschein, als würden sich die beiden gut kennen, aber nicht sonderlich mögen.

»Was denn?« Jetzt zwinkert Dr. Rice mir zu, und mein Betreuer fixiert mich wütend. Sein Kiefer mahlt, und mir steht der Mund offen. Ich kann nicht anders und seufze verzweifelt, während die anderen anfangen, leise zu kichern und stille Post zu spielen.

Kann es noch schlimmer werden?

Eine halbe Stunde später stelle ich fest, dass es das kann.

»Hallo, Kollegin.« *Dr. Superarzt* aus dem Bus geht nun neben mir am Ende der Gruppe, während wir Dr. Brooks durch die Station folgen und alles gezeigt bekommen. Gleich werden uns die ersten Patienten und Patientinnen zugeteilt. »Wer hätte gedacht, dass wir uns so schnell wiedersehen.«

»Niemand«, sage ich und versuche, mich von ihm nicht aus dem Konzept bringen zu lassen.

»Wir sollten wirklich was essen gehen. Ein paar Straßen weiter gibt es ein fantastisches italienisches Restaurant.«

»Nein, danke.«

»Du hast übrigens nicht erwähnt, dass du hier Assistenzärztin bist«, redet er weiter.

»Sie haben nicht gefragt.«

»Ach, nenn mich Ian – und wie wäre es am Freitag, acht Uhr?«

»Nein.« Jetzt bleibe ich stehen und schaue ihn genervt an.

»Zu was davon?«, fragt er unschuldig, und ich muss ein Grinsen unterdrücken, weil er *leider* einen gewissen Charme hat. Er kommt der Grenze zur Aufdringlichkeit extrem nahe, aber er überschreitet sie nicht.

»Zu beidem«, erwidere ich, und man kann mir meine Erheiterung sicher anhören, deshalb setze ich mich zügig wieder in Bewegung, bevor uns zu viel Aufmerksamkeit geschenkt wird. »Sollten Sie nicht auf Ihrer Station sein und Ihre Patientinnen und Patienten in den Wahnsinn treiben?« *Statt mich*, füge ich in Gedanken hinzu.

»Vermutlich. Aber zur Abwechslung gönne ich denen mal etwas Ruhe und schau mir mal wieder die Herzchirurgie an – oder die neuen Assistenzärztinnen, Dr. Laura Collins.« Er betont meinen Namen beinahe spielerisch frech, und ich schüttle den Kopf.

»Sie bringen mich …«

»Du.«

»Was?«

»Du bringst mich …«

Ich hole tief Luft und drehe mich zu ihm. »Hören Sie, das ist mein erster Tag hier. Sie bringen mich in eine unangenehme Situation. Ich glaube, Dr. Brooks kann Sie nicht leiden und mich auch nicht, wenn ich mit Ihnen Unsinn mache.«

»Ah, du hast also daran gedacht.«

Verwirrt ziehe ich die Augenbrauen zusammen. »Woran?«

»Mit mir Unsinn anzustellen.«

»Sie sind wirklich unmöglich. Reden Sie mit allen Frauen so – und falls ja, funktioniert es?«

»Da du gerade lächelst und mich noch nicht geohrfeigt hast, würde ich sagen: Ja.« Er steckt die Hände in seine Kitteltaschen und schlendert weiter neben mir her. »Und vor Nash brauchst du keine Angst zu haben. Wir haben unsere Assistenzzeit zusammen hier verbracht. Seine ist vorbei, meine geht noch ein paar Monate. Er ist übrigens ein Langweiler.«

»Ich mag Langweiler«, sage ich, ohne nachzudenken. Mist, ich wollte ihn nur provozieren.

»Ach, du stehst auf Nash? Interessant.« Ich sollte dringend aufpassen, was ich in seiner Gegenwart sage.

»Das habe ich nicht gesagt. Sie sind also selbst noch Assistenzarzt?«

»Nicht mehr lange. Und die Thoraxchirurgie ist ziemlich anspruchsvoll.«

»Das ist jedes Gebiet.«

»Isst du lieber Burger als Italienisch?«

»Gott.«

»Vielleicht etwas früh, aber wenn du mich so nennen möchtest.« Er zuckt lässig mit den Schultern. Die Ersten drehen sich bereits zu uns um, und wenn das so weitergeht, wird Dr. Brooks merken, dass ich nicht zuhöre.

»Indisch? Mexikanisch?«, hakt Ian nach, und ich kriege absolut nichts mit von dem, was besprochen wird. Es ist zum Verrücktwerden.

»Wenn ich mit Ihnen …« Er schaut mich ernst an, und ich korrigiere mich, weil das hier sonst nie ein Ende nimmt. »Wenn ich mit dir ausgehe, gibst du dann Ruhe?«

»Ein Abendessen.«

»Ein Drink.«

»Mittagessen.«

»Zwei Drinks«, halte ich dagegen.

»Mindestens drei und ein Snack.«

Ich wünschte, ich wüsste, bei welchem Thema wir gerade sind. Hat jemand etwas von Dienstplänen gesagt?

»Von mir aus.« Dann reicht er mir sein Handy und bittet mich, meine Nummer einzuspeichern.

»Sind die nicht während der Arbeit verboten?«

»Sagen wir so, man sieht es nicht gerne.«

»Du drehst dir alles so, wie es passt, oder?« Ian schaut mich unschuldig an, jedoch mit einem Blick, der eindeutig Ja sagt. »Gib mir deine Nummer«, murmle ich und gebe mir redlich Mühe, zuzuhören.

»Auf keinen Fall. Du wirst dich nicht melden.« Da hat er recht. Verdammt. Ich nehme das Handy, und einen kurzen Augenblick denke ich darüber nach, eine falsche Nummer anzugeben. Aber das bin nicht ich. Seufzend speichere ich die richtige ein und gebe ihm sein Smartphone zurück.

»Danke, Laura«, entgegnet er freudig. »Ich freu mich schon auf unser Date.«

»Das ist kein Date«, zische ich. Obwohl wir beide wissen, dass es sehr wohl eines ist. Irgendwie.

»Dr. Collins, denken Sie, es nicht nötig zu haben, meiner Einweisung zu folgen?« Ich erstarre, als Dr. Brooks' Stimme ertönt und er mich somit direkt anspricht. Kacke.

»Jetzt ist es Zeit, dass ich verschwinde«, murmelt Ian fies und macht sich rückwärts aus dem Staub. Dabei mimt er mit der Hand ein Telefon, das er an sein Ohr hält, und formt mit den Lippen: *Ich ruf dich an.*

Ganz toll.

Als ich zurück zu Dr. Brooks schaue, kann ich keine einzige Regung in seinem Gesicht ausmachen. Entweder ist es halb so schlimm, oder ich sitze knietief in der Scheiße. Vermutlich eher Letzteres.

Ich schlucke schwer. »Natürlich nicht. Entschuldigen Sie bitte.« Ich rechne es ihm hoch an, dass er es dabei belässt und mich nicht vor den anderen zur Sau macht. Maisie lächelt mich mitleidig an, und Sierra? Die streckt mir fröhlich einen Daumen nach oben entgegen.

Ich habe ein Date mit *Dr. Superarzt* von vorhin, der zufällig Dr. Ian Rice ist, Stationsarzt der Thoraxchirurgie hier im Whitestone Hospital, und habe verflucht noch mal keine Ahnung, wie es so weit kommen konnte. Scheinbar bin ich heute ein Magnet für Chaos und Verwirrung.

Ein leises, verzweifeltes Stöhnen entfährt mir, während ich meinen Kopf für zwei, drei Sekunden in den Nacken lege. Dann atme ich tief durch, folge den anderen und konzentriere mich auf das, wofür ich hier bin: meinen Job.

Die ersten von uns erhalten ihre Zuteilungen und die entsprechenden Krankenakten. Natürlich unterstehen wir alle dem jeweiligen Oberarzt oder der Oberärztin. Dennoch werden wir ins kalte Wasser geworfen, fangen sofort an und behandeln, auch wenn wir die ersten Wochen besondere Hilfestellungen durch erfahrenere Mediziner und Medizinerinnen sowie das Pflegepersonal erhalten. Erfahrung baut man Stück für Stück auf. Durch Zusehen und Lernen, aber vor allem durch eigene Praxis.

Mitch ist an der Reihe, erhält alles, was er braucht, dann dreht er ab. Ich bin die Letzte, die vor Dr. Brooks steht.

Es dauert eine gefühlte Ewigkeit, bis er von seinen Unterlagen aufsieht und das Wort an mich richtet.

»Dr. Collins.« Er sagt meinen Namen – nicht mehr – und tritt näher an mich heran, was mich noch nervöser macht, als ich ohnehin bin.

Wir schauen uns stumm an, und unter seinem Blick, den er über mein Gesicht gleiten lässt, als würde er eine Antwort auf eine mir unbekannte Frage suchen, werde ich unruhig und verlagere mein Gewicht von links nach rechts.

Er hat eine Narbe an seiner Unterlippe, wie mir gerade auffällt, und ich muss mir die Frage verkneifen, woher sie stammt. Ich bin nicht mehr in Stanford, ich bin nicht im praktischen Jahr und arbeite auch nicht mehr mit einem mir bekannten Kollegium zusammen. Hier fängt alles bei null an. Und mein Start ist bisher eine einzige Vollkatastrophe, weshalb ich alles daransetzen sollte, es von nun an besser zu machen.

Ich öffne den Mund, um etwas zu sagen und das seltsame Schweigen zu durchbrechen, doch er kommt mir zuvor. »Sie übernehmen hauptsächlich einen Teil meiner Patienten und Patientinnen sowie zwei, drei der Thorax und der Inneren. Dr. Aleksandra Pine wird als Oberärztin die Visiten begleiten, zusammen mit mir. Falls sie verhindert ist, werde ich diese komplett übernehmen. Denken Sie daran: Wenn Sie einen Fehler machen, muss ich dafür geradestehen. Sobald es einen Notfall gibt, rufen Sie mich. Wenn Sie etwas nicht wissen oder nicht allein hinkriegen, rufen Sie mich. Wenn es neue Entwicklungen oder Erkenntnisse gibt, rufen Sie mich. Haben Sie das verstanden?«

»Natürlich, ich bin weder taub noch schwer von Begriff.« Ich reiße die Augen auf und kann nicht glauben, dass ich das eben laut gesagt habe. Dr. Brooks macht einen weiteren Schritt auf mich zu, und ich starre ihn an, während ich unwillkürlich den Kopf ein Stück weit in den Nacken legen muss, um zu ihm aufzusehen.

Ich kann nicht anders, ich atme tief ein – und das ist vielleicht nicht der dümmste, aber mit Sicherheit der größte Fehler, den ich heute begangen habe. Von Dr. Brooks geht nicht nur eine einnehmende Wärme aus, sondern er riecht auch noch verdammt gut – nach Sandelholz, glaube ich, und gutem Kaffee –, und ich habe eben eine ganze Wagenladung seines Duftes eingesogen. Sein Geruch in Kombination mit dem Blick aus seinen grünbraunen Augen ist stark genug, um mich für einen Moment aus dem Konzept zu bringen.

»Gut.« Er neigt den Kopf ein Stück zur Seite, wie eine Raubkatze auf dem Sprung, und ich erkenne nur zu deutlich, wie seine Kiefermuskulatur sich anspannt. »Ein enormer Vorteil, wenn man in einem Krankenhaus arbeitet.«

7. Kapitel

Nash

Ich werde Ian umbringen. Daran denke ich auch noch, als er längst weg ist und ich Collins gegenüberstehe. In meinem Kopf werden meine Kollegen und Kolleginnen oft nur noch zu ihren Nachnamen, das macht es leichter. Aber wie so oft gibt es Ausnahmen – Ian ist eine davon.

Collins hält meinem Blick stand, und ich bin immer noch erstaunt über die Erwiderung, die sie mir eben reingedrückt hat. Womöglich hätte ich sie für die freche Antwort rügen sollen, aber wenn ich ehrlich bin, war ich so überrascht davon, dass ich zu keiner angemessenen Reaktion fähig war. Dem Ganzen mit Sarkasmus zu begegnen, glich einem Reflex.

Abwartend steht sie vor mir und erwidert meinen Blick. Neugierig und offen. Ich kann förmlich sehen, wie es in ihrem Kopf arbeitet. Und als mir ein dezenter blumiger Duft in die Nase steigt, weiß ich, dass ich viel zu nahe vor ihr stehe. Trotzdem mustere ich sie ein letztes Mal.

Genau Ians Beuteschema – blond, große blaue Augen, nein, blau und grau, errötete Wangen und eine Stupsnase. Nicht auf den Mund gefallen gehört allerdings nicht zu den Eigenschaften, die er schätzt und ist untypisch für ihn. Normalerweise bevorzugt er Frauen, bei denen er es leicht hat. Ein Grund, warum er fast nur mit Kolleginnen geschlafen hat. Denn obwohl Affären und dergleichen hier nicht gern gesehen sind, macht sich keiner die Illusion, dass es nicht passiert. Schließlich verbringen wir berufsbedingt weniger Zeit außerhalb als innerhalb des Krankenhauses, und außerdem erliegen viele schlicht und ergreifend Ians sogenanntem Charme. Sein Motto: keine Suche, keine Zeitverschwendung. Er hat genug Frauen direkt vor seiner Nase, und zwar hier im Whitestone. Maximaler Gewinn bei minimalem Aufwand. Ich habe aufgehört, ihm erklären zu wollen, dass das Ganze nicht auf diese Art funktioniert und so keinen Sinn ergibt. Das interessiert ihn wenig, er hat es, seit wir uns kennen, so gehalten. Ian kam und kommt immer wieder durch damit.

Warum mache ich mir überhaupt Gedanken darüber?

»Haben Sie sonst irgendwelche Fragen, Dr. Collins?«

»Darf ich über die Medikation Ihrer Patienten und Patientinnen entscheiden?«

»Es sind nicht länger meine, es sind Ihre. Und zu Ihrer Frage: Das habe ich vorhin bereits erklärt.« Ihre Wangen färben sich tiefrot, doch ihr Blick weicht meinem weiterhin nicht aus. Sie reckt das Kinn sogar ein Stück höher.

»Ich wurde abgelenkt.«

»Das habe ich gemerkt«, erwidere ich trocken, und als Collins seufzt, ihre Züge dadurch etwas weicher werden und sie sich mit zwei Fingern ihrer rechten Hand über die Schläfen reibt, muss ich mir ein Lächeln verkneifen. Es ist erst Tag eins. Sollte ich ihr sagen, dass es nicht besser oder leichter wird? Nach dem Weg, den sie hinter sich hat, und all der Zeit, die sie in diesen Job gesteckt hat, sollte ihr das allerdings klar sein.

»Hören Sie, Dr. Brooks, wir hatten einen …«, setzt sie an, wiegt den Kopf dabei hin und her und verzieht ihr Gesicht ein wenig, »… unschönen Start. Mein Morgen war übrigens genau das: unschön. Ich bin normalerweise nicht unzuverlässig oder unaufmerksam, nur wenn man mich in diese Situation drängt.« Ein klarer Seitenhieb gegen Ian, aber dennoch …

»Dann lassen Sie sich nicht in so eine Lage bringen. Zeigen Sie mir, was Sie mir eben gesagt haben. Seien Sie aufmerksam, pünktlich und mit Hingabe dabei. In diesem Krankenhaus zählt jedes Leben – oder keines. Hier.« Ich drücke ihr die Akten in die Hand. »Fangen Sie mit Mr Hanson an, Zimmer 322.«

Mit dem Stapel an Papieren nickt sie mir ernst zu, bevor sie eilig an mir vorbeigeht. Sie wird gleich zurückkommen, weil …

»Falsche Richtung«, murmelt sie, und als sie wieder an mir vorübergegangen ist, lächle ich. Sie sollte sich das hier nicht von Ian kaputtmachen lassen. Und auch von sonst niemandem.

Nachdem ich einmal tief durchgeatmet habe, fahre ich mir durch die Haare und über den Nacken, danach schlage ich den Weg Richtung Empfang und Sammelpunkt des Pflegepersonals ein.

Und was sehen meine Augen da? Gott, ich hätte ihn längst aus einem der Fenster der Herzchirurgie, hier im dritten Stock, schmeißen sollen, oder besser noch, der Gyn im sechsten.

»Verflucht, Ian.« Er dreht sich zu mir um und zuckt mit den Schultern, während er seine Hände ganz unschuldig hebt.

»Was denn? Ich habe mich nur mit Isabella unterhalten. Vielleicht habe ich ihr auch gesagt, wie toll sie aussieht, wie kompetent sie ist … und dass sie zu mir auf die Station wechseln sollte. Für immer.« Isabella Danes rollt lachend mit den Augen, bevor sie mir zunickt und mir ihr schönstes Lächeln schenkt. Bella ist neunundvierzig, hat zwei erwachsene Kinder, ist mit ihrem Mann sehr glücklich und mag Ian für meinen Geschmack viel zu gern. Sie sagt, er würde sie an ihren Jüngsten erinnern. Charmant, aber nur Flausen im Kopf.

»Hey, Bella«, grüße ich sie. »Er hat recht, du siehst bezaubernd aus.« Dafür ernte ich ein Zwinkern, dann verschwindet sie in dem Büro mit dem großen Fenster, das zum Anmeldebereich abgegrenzt ist. Ian hat sich locker am Empfangstresen angelehnt, ich tue es ihm gleich. »Das ist allerdings das Einzige, womit du recht hast«, schiebe ich hinterher. »Was zur Hölle war das vorhin? Willst du die Assistenzärztinnen bereits am ersten Tag verdammen?«

»Sei kein Spielverderber, Nash. Ich durfte die liebe Laura bereits heute Morgen vor deiner sehr eindrucksvollen Rede kennenlernen.«

»Erzähl keinen Scheiß.«

Er schaut mich gespielt schockiert an und fasst sich ans Herz. »Doch, im Ernst, sie war eindrucksvoll. Das sage ich nicht einfach so. Ich hab richtig mitgefühlt. Deine Worte haben mich erreicht, ganz tief hier drin.«

»Gott«, grummele ich und reibe mir über die Augen, bevor ich mich ihm ganz zuwende. »Ich verstehe nicht, wieso dich noch niemand umgebracht hat. Das meine ich ehrlich. Ich verstehe es nicht.«

»Das ist eine Gabe. Und ich habe keinen Scheiß erzählt. Ich wusste heute Morgen nur noch nicht, dass Laura hier anfängt.«

»Was?« Ian verzieht keine Miene.

»Jepp. Deshalb war sie auch zu spät dran.«

»War sie nicht«, erwidere ich irritiert und denke nach. »Aber ich. Es gab einen Notfall, und ich musste in den OP.«

»Ist auch egal.« Ian verschränkt die Arme vor der Brust. »Ich bin heute Morgen mit dem Bus gefahren, und da saß sie zufällig drin.«

»Du im Bus? Was ist mit deiner heiß geliebten Corvette passiert? Hast du es endlich geschafft, sie zu Schrott zu fahren?«

»Sie musste zur Inspektion, und die Bremsen waren hinüber. Dauert länger als gedacht. Weil Isaak auf die Bestellung warten muss, kann ich sie erst morgen abholen. Und ich würde mein

Baby nie zu Schrott fahren.« Er zeigt drohend auf mich und kneift die Augen zusammen.

»Und? Hast du sie schon die Busfahrt über so genervt?«

»Eifersüchtig?« Er grinst dämlich. Das ist mir keine Antwort wert. Irgendwann merkt er das und räuspert sich, während er beginnt, mit einem der Kugelschreiber auf dem Tresen zu spielen. »Ich hab gepennt und Musik gehört. Du weißt, ich hasse Busfahren. Irgendwann bin ich aufgewacht, vielleicht, weil wir stehen geblieben sind, vielleicht wegen eines mulmigen Gefühls. Keine Ahnung. Sie kniete neben einem Fahrgast, beatmete ihn. Kein Puls, vermutlich anaphylaktischer Schock. Ich hab 'ne Koniotomie gemacht.«

»Shit. Mit was? War es nötig?«

»Mit dem Taschenmesser und ihrem Strohhalm.« Er sieht ziemlich stolz aus. »Sieh mich nicht so an, es musste sein. Wir steckten fest, und der Rettungswagen hätte es nicht geschafft. Und glaub mir, Laura hat mir im Bus bereits gesagt, was sie davon hält.«

»Zu Recht. Das hätte schiefgehen können.«

»Genau. Er hätte sterben können«, erwidert er nachdrücklich und mit unterschwelligem Humor, was mich den Kopf schütteln lässt.

»Und es heißt Dr. Collins.«

»Wow, Nash. Du musst echt mal lockerer werden.«

»Das hier ist ein Krankenhaus, kein Stripclub. Und du solltest aufhören, junge Ärztinnen zu verführen und ihnen das Herz zu brechen.« Dabei weiß ich, dass Ian immer klar sagt, was er will. Er macht keine leeren Versprechungen. Entweder es geht nur um Sex, oder es ist die große Liebe. Beides behagt mir gerade nicht.

»Wow, du *bist* eifersüchtig. Das ist eine Premiere. Möchtest du darüber reden?«

Dieser Kerl macht mich fertig. Als ich etwas erwidern will, meldet sich sein Pager. Er holt ihn hervor, wirft einen Blick darauf und stößt sich vom Tresen ab, ohne mich noch einmal anzusehen.

»Schade, wir müssen das verschieben. Ich muss los«, murmelt er, dann steckt er den Pager weg und klopft mir auf die Schulter. »Mach dir keine Gedanken, wir sind alle erwachsen. Bis nachher.« Hoffentlich nicht. Ich vertrage Ian nur in sehr geringen Dosen.

Ein paar Sekunden später ruft er noch im Laufen meinen Namen, und ich drehe mich um. »Sie hat sich gut geschlagen. Verdammt gut sogar.« Er provoziert mich, will mich nur ärgern. Aber scheiße, es funktioniert.

8. Kapitel

Laura

Okay, keine Panik. Auch wenn mir klar ist, dass es immer noch schlimmer werden kann. Besonders in einem Krankenhaus, am Anfang einer Schicht.

Ich wollte zu meinem ersten Patienten, habe mir aber vorher doch erst kurz Zeit genommen, einen Blick in alle Akten zu werfen. Danach habe ich sie bei dem Pflegepersonal zwischengelagert und meine, Dr. Brooks erkannt zu haben, wie er um die Ecke verschwand. Bei der Gelegenheit habe ich mich den beiden Pflegerinnen, Isabella Danes und Sofie Vega, am Empfang der Station vorgestellt. Ein halbrunder großer Tresen, indirekt beleuchtet, an der Seite eine Tafel mit allen nötigen Informationen und einem Wegweiser. Gerade weil das Whitestone Hospital eines der ältesten Krankenhäuser des Landes ist, wird es regelmäßig instand gesetzt und den aktuellen Anforderungen angepasst. Einer der Gründe, warum es so einen guten Ruf hat, natürlich neben dem ganzen renommierten Fachpersonal, das hier arbeitet.

Zimmer 322. Gefunden. Ms Vega und ich desinfizieren uns die Hände, bevor wir anklopfen und eintreten.

»Guten Tag, Mr Hanson. Mein Name ist Dr. Collins, das ist Ms Vega, Ihre Pflegerin«, begrüße ich den älteren Mann und schlage seine Akte auf, um mir einen Überblick zu verschaffen. »Wie geht es Ihnen?«

»Was soll die dumme Frage?« Er holt schwer Luft. »Was denken Sie, warum ich hier liege?« Atemnot, ganz klar. »Bestimmt nicht, weil es mir gut geht.« Und wieder ein schwerer Atemzug.

Ich liebe diesen Job, aber in Sachen Menschenkontakt fühle ich mich das eine oder andere Mal unfähig. Als könnte ich nie das Richtige sagen oder fragen, als gleiche jedes Wort einer Tretmine. »Sind Sie wirklich Ärztin?«, fragt er, und jetzt schaue ich von der Akte auf.

»Das bin ich.« Mr Hanson wurde vor etwas mehr als einer halben Stunde wegen akuter Atemnot eingeliefert. Kein Fieber, keine Auffälligkeiten bis auf die Dyspnoe. Weil der Patient eine kardiologische Vorgeschichte hat und der Atemnot mehrere Ursachen zugrunde liegen können, wurde er sofort auf Station gebracht. Besonders da einige davon nicht gerade ungefährlich sein können.

»Sei nicht unhöflich, Frank! Da ist man einmal kurz nicht da.« Eine ältere Dame steht plötzlich neben mir und funkelt Mr Hanson an. »Entschuldigen Sie meinen Mann, er meint es nicht so.« Sie geht zu ihm ans Bett und setzt sich auf den Rand.

»Doch, ich meine es genau so, wie ich es gesagt hab, Ruth.« Seine Erwiderung lässt mich schmunzeln. Die zwei wirken so vertraut miteinander. So liebevoll in all den Blicken und kleinen Gesten, die sie tauschen. Ich spüre ihre Sorgen und ihre Zuneigung bis hierher.

»Können Sie mir sagen, was mein Mann hat?«

»Zuerst müssen wir ein paar weitere Untersuchungen machen, um es einzugrenzen. Wann haben Sie angefangen, schlecht Luft zu bekommen?«

»Keine Ahnung. Seit gestern«, grummelt er.

»Unsinn! Er beschwert sich darüber schon seit Tagen.« Seine Frau nimmt seine Hand und tätschelt sie.

»Gibt es andere gesundheitliche Probleme außer den Atembeschwerden?« Ich übergebe der Pflegerin die Akte, trete ans Bett und greife nach meinem Stethoskop. »Bitte heben Sie Ihr Shirt an, damit ich Sie abhorchen kann.«

»Das hat man mich doch alles schon gefragt«, brummt er, bevor er mir trotzdem antwortet. »Nein, sonst geht es mir gut.« Er setzt sich etwas aufrechter hin und lüftet sein Shirt.

»Himmel, Frank.«

»Schön. Ich fühl mich etwas müde, hatte letzte Woche eine Erkältung, aber die ist wieder weg.«

»Husten Sie bitte einmal für mich.« Er kommt meiner Bitte nach. »Noch einmal.« Klingt leicht belegt. »Danke, Sie können sich wieder bedecken. Mussten Sie die letzten Tage häufiger husten?«

»Ja, war aber nicht schlimm.«

»Natürlich war es das. Und er hat starke Kopfschmerzen.« Mr Hanson nickt und bestätigt damit die Aussage seiner Frau.

»Das haben Sie in der Notaufnahme wohl weggelassen«, meine ich, und er weicht meinem Blick aus. »Trocken oder mit Auswurf?«, hake ich nach.

Er verzieht das Gesicht und muss wie auf Kommando noch einmal husten. »Trocken«, bringt er heraus.

»In Ordnung. Ms Vega wird Ihnen Blut abnehmen für ein großes Blutbild. Außerdem wird ein Röntgenbild Ihres Brustkorbs gemacht, damit ich mir Ihre Lunge genauer ansehen und bestimmte Ursachen ausschließen kann.«

»Ist es etwas Schlimmes?«

»Genaueres wissen wir erst, wenn wir die Ergebnisse haben. Machen Sie sich keine Sorgen und versuchen Sie, sich auszuruhen. In Ordnung?« Er nickt, und seine Frau bedankt sich. »Ich …« Laute Stimmen dringen ins Zimmer, und sie klingen wütend. »Ich werde später erneut nach Ihnen sehen.« Ich notiere schnell alles in der Akte, überreiche sie abermals Ms Vega und bedanke mich, bevor ich hinausgehe und nach dem Ursprung des Tumults suche. Ich finde ihn direkt im Zimmer schräg gegenüber.

Die Tür ist lediglich angelehnt, aber der Höflichkeit halber klopfe ich, auch wenn ich nicht davon ausgehe, dass mich bei der Lautstärke jemand hören wird.

Im Zimmer finde ich einen laut schimpfenden Mann Anfang oder Mitte dreißig mit Vollbart, empörtem Gesichtsausdruck und einem Verband um den Oberkörper, an den er fest seine Arme presst, um ihn zu verdecken. Am Ende des Bettes steht eine meiner Kolleginnen. Eine Assistenzärztin. Ich bin mir sicher, dass sie mit mir heute früh angefangen hat und somit ebenso neu ist wie ich.

»Endlich!«, ruft der Mann und sieht mich erleichtert an. Mindestens so erleichtert wie die Ärztin neben mir. Dr. Zeenah Awan.

»Ist alles in Ordnung?«, frage ich sie vorsichtig, und gerade als sie antworten will, brüllt der Patient wieder los.

»Ich will einen Arzt!«

»Mr …«

»Owens, Kent Owens«, hilft er mir, und ich lächle.

»Dr. Awan ist Ärztin.« Er lacht humorlos auf und zeigt auf sie.

»Ich lass mich von der da nicht behandeln.«

»Mr Owens, ich muss mir nur Ihre OP-Naht ansehen, damit Sie entlassen werden können«, versucht sie ihm nachdrücklich zu erklären, und so, wie sie klingt, tut sie das bereits zum hundertsten Mal. Ich verstehe das Problem nicht, bis der Patient mit dem Finger herumfuchtelt und weiterredet.

»Sie und Ihr Kopftuch bleiben mir vom Leib, ist das klar?«

Vollkommen perplex starre ich ihn an. Ist das sein Ernst? Er will sich nicht von ihr behandeln lassen, weil sie ein Kopftuch trägt? Was denkt er denn, was das Kopftuch tut? Selbstständig werden und ihn ersticken?

»Nur damit ich das richtig verstehe: Sie möchten nicht von Dr. Awan«, sage ich und zeige kurz auf sie, »behandelt werden, weil sie ein Kopftuch trägt?«

»Ja. Untersuchen Sie mich einfach, dann kann sie gehen«, murrt er, und ich werde langsam richtig wütend und stemme die Hände in die Hüften.

»Sie denken also, das Kopftuch würde sie zu keiner guten Ärztin machen?«

»Das sollte verboten werden!«, tobt er, und während Dr. Awan mit vor Zorn geröteten Wangen neben mir steht, antworte ich mit den einzigen Worten, die für mich richtig erscheinen. Wie Dr. Brooks sagte: *Jedes Leben zählt.* Auch die unseren.

»Dr. Awan ist eine gute Ärztin, sonst wäre sie nicht hier. Ihr Kopftuch ändert nichts an ihrer Kompetenz. Sie wird nicht zu einer besseren Medizinerin, wenn sie es nicht trägt, und wenn sie es trägt, tut sie Ihnen damit nicht weh. Das Kopftuch hat kein Eigenleben. Es wird Sie nicht essen oder angreifen. Es geht Sie eigentlich auch überhaupt nichts an.«

»Aber …«, will er mich unterbrechen, doch ich hebe die Hand und rede energisch weiter.

»Entweder Sie lassen sich von ihr untersuchen, damit sichergestellt werden kann, dass sich Ihre OP-Naht nicht entzündet hat, oder Sie werden von niemandem untersucht und verlassen das Krankenhaus auf eigenen Wunsch.« Ich atme schwer, und mein Herz trommelt regelrecht von innen gegen meine Brust. Am liebsten hätte ich noch mehr gesagt. Dazu, wie kleinkariert und dämlich das alles ist. Das alles und er! Doch die Stimme, die plötzlich von hinten zu mir dringt, hindert mich daran.

»Ich denke, damit ist alles gesagt.« Erschrocken drehe ich

mich um und sehe in die Augen von Dr. Brooks, der mich fixiert und meinen Blick festhält. Er nickt mir zu, verlässt den Raum, und ich frage mich, wie lange er schon dort gestanden hat.

»Das … das ist … eine Frechheit. Das ist eine Frechheit«, murmelt der Patient aufgebracht und unsicher zugleich, während ich Dr. Brooks noch nachsehe, obwohl er längst fort ist.

»Danke«, höre ich eine freundliche Stimme neben mir und wende mich ihr zu.

»Sehr gerne. Ich hoffe, du kommst klar?«

Sie lächelt. »Immer. Irgendwie. Ich müsste lügen, wenn ich behaupten wollte, das wäre mir eben zum ersten Mal passiert.« Das ist verdammt traurig. »Trotzdem bin ich für deinen Beistand sehr dankbar.«

»Jederzeit«, antworte ich und meine es ernst.

»Und ich bin dankbar, dass Dr. Brooks hinter mir steht, sonst hätte er dir eben widersprochen. Das tut gut. Und jetzt probiere ich es noch mal.« Sie zwinkert mir zu, bevor wir uns verabschieden und sie sich dem Patienten zuwendet. »So, Mr Owens. Was darf es sein? Eine Untersuchung oder eine Entlassung auf eigene Verantwortung?«

Grinsend verlasse ich den Raum und schnappe mir die zweite Patientenakte an diesem Morgen.

Fünf Stunden später lasse ich mich in der Mensa auf einen Stuhl fallen, direkt neben Sierra.

»Mann, siehst du fertig aus.«

»Danke, gleichfalls«, sage ich und beiße in meinen mit Salat und Käse belegten Bagel.

»Hier, trink mal was.« Sie schiebt mir einen Energydrink rüber, und ich nehme einen kräftigen Schluck. Hätte ich es mal gelassen.

»Bah, der schmeckt schlimmer als der Kaffee hier.«

»Aber er hilft«, antwortet sie lachend und trinkt das Ding ex, während ich mir den Nacken massiere. »Außerdem kann man das Gebräu nur schwer als Kaffee bezeichnen.«

»Das stimmt. Wie sind deine Patienten und Patientinnen?«, frage ich und schaue sie erwartungsvoll an. Sierra lehnt sich in ihrem Stuhl zurück und verschränkt die Arme vor der Brust.

»Einer hat Demenz. Ich musste ihm immer wieder erklären, wer ich bin und warum er in diesem Zimmer ist. Das ist fast so nervig wie es traurig und erschreckend ist. Beim letzten Mal habe ich ihm gesagt, dass er eine Reise gewonnen hat und hier auf den Shuttleservice warten muss. Zum einen, weil es für ihn lustig war, zum anderen, weil es besser war, als ihm zum fünften Mal mitteilen zu müssen, dass er einen Tumor im Endstadium hat, der gestreut hat. In die Leber, den Magen, die Lunge … Und dass er allein sterben wird, weil seine Frau längst tot ist und er keine anderen lebenden Verwandten hat.« Der Job kann so grausam wie schön sein. Jedes Leben zählt – leider können wir nicht jedes retten. Sierra schluckt schwer, fasst sich jedoch schnell wieder. »Und deine?«

»Ganz okay. Keine ernsthafteren Verletzungen oder Krankheiten bisher. Noch nichts, das mich emotional stark mitnimmt. Aber viel Papierkram.«

»Papierkram. Wem sagst du das. Wenigstens ist das System gut, mit dem sie hier arbeiten. Hast du deinen Dienstplan schon eingesehen?«

»Vorhin habe ich einen Blick darauf werfen können. Die ersten Nachtschichten stehen an.«

Sierra nickt. »Bei mir auch. Hoffentlich nicht mit Mitch oder Ryan.«

Ich kaue weiter auf meinem Käsebagel herum. »Warum das?«

»Mitch ist ein Klugscheißer und nervt mich. Wenn das so weitergeht, reiße ich ihm noch die Zunge raus wegen all seiner dämlichen Bemerkungen.« Sie lächelt diabolisch. »Natürlich wäre das ein Unfall.«

Nun lache auch ich auf. »Natürlich.«

»Ryan ist … Puh. Ich kann ihn noch nicht einschätzen. Ich glaube, er ist nicht gemacht für den Job. Zu nervös. Und das ist ansteckend. Mein Lid fängt schon an zu zucken, wenn ich nur seinen Namen sage.« Dann beugt sie sich vor, legt ihre Arme auf den Tisch und ihr Kinn darauf ab. Eine dunkle Locke hat sich aus ihrem Dutt gelöst und umrahmt ihre linke Gesichtshälfte. »Und jetzt erzähl. Was war das heute Morgen? War besser als Trash-TV.«

»Freut mich, dass du dich amüsiert hast.«

»Du hattest keinen Sex mit denen?«

Ich verdrehe die Augen, wische mir mit einer Serviette über den Mund und knülle sie im Anschluss zusammen.

»Ziemlich persönliche Frage dafür, dass wir uns erst seit heute kennen.« Sie hebt ihre Augenbrauen.

»Ich kann auch morgen noch mal fragen.«

»Sehr witzig. Und nein, hatte ich nicht. Wäre es schlimm, wenn es so wäre?«

Sie zuckt mit den Schultern. »Hey, wenn du dich durch das Krankenhaus vögeln willst, tu das. Ich will einfach nur jedes Detail wissen.«

»Wusste gar nicht, dass wir Freundinnen sind.«

»Du meinst, weil wir uns erst seit heute kennen?« Sie schmunzelt. »Wenn wir in diesem Job keine sind, gehen wir unter. Worauf willst du dich spezialisieren?«

»Keine Ahnung, was das damit zu tun hat, aber … ich denke auf die Herz-Thorax-Chirurgie.«

»Verdammt, Herzchirurgie. Würdest du dich auf etwas anderes spezialisieren, könnten wir sogar richtig gute Freundinnen werden. Dann machst du mir meinen Platz nicht streitig.«

Wir grinsen uns an, weil klar ist, dass es bei uns keinen Unterschied macht. Weil wir uns mögen. »Und jetzt sag schon, was das vorhin war.« Ich seufze auf und erzähle ihr die Geschichte von heute früh.

»Nicht schlecht. Ich bin beeindruckt.«

»Wieso das?«, frage ich irritiert, und sie setzt sich auf, streckt sich dabei.

»Weil du für den ganzen Scheiß doch noch recht gut aussiehst.« Sie lacht mich aus. Super. »Gehst du mit dem Thoraxchirurgen aus?«

»Mit Ian?«

»Oh, wir sind schon beim Vornamen? Eben war er noch Dr. Rice. Vielleicht sollte ich mir für ihn einen so schönen Decknamen wie für Nashville ausdenken.«

»Dir ist klar, dass der ziemlich auffällig ist.« Das bringt sie zum Schnauben.

»Auf keinen Fall. Das ist so offensichtlich, dass es *unoffensichtlich* ist. Glaub mir.«

»Ich denke nicht, dass …« Mein Pager piept und als ich draufschaue, bleibt mir fast das Herz stehen. Scheiße …

»Ich muss los.« Ich springe vom Stuhl auf, renne in Richtung Fahrstühle und als ich endlich auf Station ankomme und weiter über den Flur zu Zimmer 322 hetze, bete ich, dass es nicht zu spät ist.

Der Raum wimmelt von Pflegepersonal, ein Pfleger gibt sein Bestes, Mr Hansons Frau aus dem Raum zu bringen.

»Frank. Was ist mit meinem Mann? Frank!«, ruft sie immer wieder, während der Pfleger ihr gut zuredet. Dr. Brooks steht neben dem Bett des Patienten.

»Verdammt, Collins. Wo waren Sie?« Da ich keine befriedigende Antwort liefern kann und mein Patient hier liegt und scheinbar nur knapp einem Erstickungstod entkommen ist, entgegne ich nichts darauf, sondern desinfiziere mir die Hände und beginne zu helfen.

»Was ist passiert?«

»Akute Atemnot und starker Husten«, informiert er mich. »Mr Hanson ist vorerst stabil.« Eine Pflegerin reicht mir derweil die Akte. Blutwerte kamen eben rein, hohe Entzündungswerte. Aber kein Fieber. Dafür … Abgeschlagenheit, Müdigkeit, Kopfschmerzen. Die Symptome sind nicht eindeutig, vorhin hätte ich auf eine Entzündung der Schleimhaut in den Bronchien getippt, aber jetzt …

»Scheiße«, fluche ich leise, bevor ich mir die Röntgenbilder schnappe und ansehe. Dr. Brooks tritt neben mich.

»In der Akte steht, dass Sie eine Bronchitis vermuten.«

»Ja«, murmle ich. »Das war so.« Konzentriert betrachte ich die Bilder, und sie bestätigen mir, was mir eben in den Sinn gekommen ist. »Er hat keine Bronchitis, sondern eine Pneumonie.«

Dr. Brooks nimmt die Röntgenaufnahmen und wirft selbst einen Blick darauf. »Er hat keine erhöhte Temperatur, keinen Auswurf«, sagt er wie zu sich selbst.

»Der Patient zeigt keine klassischen Symptome.«

Jetzt schaut Dr. Brooks mich an. »Eine atypische Lungenentzündung.«

Ich nicke. Das würde das Röntgenbild, die Symptome und die radikale Verschlechterung seines Zustandes erklären.

»Wie gehen Sie weiter vor?«

»Ich würde mit einer Breitband-Antibiose beginnen und einem Legionellen-Antigentest im Urin, danach, falls nötig, mit einer bronchoalveolären Lavage weitermachen, um eine Legionellen-Pneumonie auszuschließen.« Er hört mir aufmerksam zu, nickt knapp.

»Fangen Sie an.«

9. Kapitel

Laura

»Ich bin wach!«, rufe ich erschrocken und setze mich dabei ruckartig auf. Blinzelnd schaue ich mich um und wische mir etwas Sabber aus dem Mundwinkel. Erst den dritten Tag im Dienst, und schon mache ich schlapp, unglaublich.

»Das sehe ich, du Schnarchnase«, meint Mitch, der eine Tupperdose aus seinem Spind holt und sich damit zu mir an den halbrunden Tisch setzt, der an der Seite des Raumes steht.

»Haha. Ich hab nur kurz die Augen ausgeruht.«

»Das habe ich, wie gesagt, gesehen – und gehört. Du schnarchst wirklich niedlich. Wie ein Minibär oder so.«

Ich verziehe das Gesicht und schnappe mir mein Handy, das vor mir auf dem Tisch liegt. Neue Nachrichten von Jess und Logan ploppen auf meinem Display auf, dabei habe ich es bisher nicht mal geschafft, die alten zu beantworten oder einen von beiden anzurufen.

Ich lese zuerst die neuen von meinem Bruder, um mich langsam ranzutasten.

Hey, ich schon wieder. Ich bin mir sicher, dass es dir gut geht und du nur im Stress bist. Schreibe dir nur noch mal wegen Jess. Sie steht kurz vor einem Herzinfarkt, weil du dich nicht meldest – und sie geht mir auf den Sack. Also, ruf sie an. Liebe dich.

Na toll. Aber es nützt ja nichts. Ich schreibe Logan schnell zurück, dass alles okay ist, und bedanke mich, bevor ich die Nachrichten von meiner Schwester lese. Zwölf Stück seit Dienstagabend. Nicht übel. Aber auch kein neuer Rekord von ihr. Ich weiß, sie macht sich nur Sorgen.

Herrgott, Laura. Eine Antwort. Nur eine. Mehr brauche ich nicht. Von mir aus nur ein Okay. Ein Okay mit zwei Buchstaben? Ich nehme sogar ein Emoji, verflucht.

Sie hasst Emojis in Nachrichten. Nicht die einfachen Smileys, sondern diese gelben Dinger. Die machen sie verrückt.

Ich hoffe wirklich, dass du gerade viele Leben rettest. Oder Sex hast. Ansonsten sehe ich keinen Grund, mich in den Wahnsinn zu treiben.

Ihre Worte bringen mich zum Lachen und sofort ernte ich einen neugierigen Blick von Mitch, der jedoch glücklicherweise keinen Kommentar dazu abgibt. Entweder schreibe ich ihr jetzt zurück, oder sie steht spätestens nächste Woche vor meiner Tür, um mir die Hölle heißzumachen.

Du solltest dringend mit jemandem über deine Gefühle reden, Jess. Sie sind sehr … intensiv. Mir geht es gut. Rette ein paar Leben, habe aber keinen Sex und noch weniger Schlaf – oder keinen Schlaf und noch weniger Sex? Keine Ahnung. Liebe dich. Hoffe, dir geht es auch gut? Also, nachdem ich dir jetzt geschrieben habe.

Ich habe nach jedem Satz irgendein Emoji eingebaut. Fühle mich ziemlich gut damit. Rasch scrolle ich weiter. Was sind das für Nachrichten? Unbekannte Nummer. Und ein verpasster Anruf. Ich stutze und bete, dass es nicht wieder Josh ist.

Denk dran, morgen ist unser Mindestens-drei-Drinks-Date. Treffen wir uns hier?

Ich lese die Worte noch mal, dahinter ist eine Adresse verlinkt. Das ist doch ... Ian. Wollte er nicht anrufen? Ich meine, ich bin froh, dass es nur eine Nachricht ist, damit kann ich in dieser Situation besser umgehen. Wenn ich ehrlich bin, hatte ich gehofft, er vergisst es einfach.

Ich kann nicht, hab bis sieben Schicht.

Das ist nicht gelogen. Und wenn es morgen so anstrengend wird wie heute, will ich nur in mein Bett. Abgesehen davon, dass ich mit Sicherheit nicht vor neun da wäre. Ich muss erst mal aus dem Krankenhaus rauskommen, nach Hause fahren, mich fertig machen, dann zurück in die Stadt und ... allein bei dem Gedanken verziehe ich das Gesicht.

Die nächste Nachricht ploppt auf.

Dann eben danach. Freu mich schon.

Er wird nicht lockerlassen. Mist. Ich lasse das Handy in meine Kitteltasche gleiten und stöhne genervt auf.

»Alles in Ordnung?«, fragt Mitch mit vollem Mund, und ich schiele zu ihm rüber, als mir ein köstlicher Duft in die Nase steigt.

»Ja, wird schon. Was ist dadrin?« Ich zeige auf das Essen und rutsche etwas näher heran.

»Enchiladas. Selbst gemacht.« Anerkennend ziehe ich die Augenbrauen nach oben. »Nicht schlecht. Ein Chirurg, der kochen kann.«

Lächelnd reicht er mir die Gabel. »Probier mal.«

Das lasse ich mir nicht zweimal sagen. Ich hab seit dem Frühstück nichts mehr gegessen, und jetzt ist es schon früher Abend.

»Oh, du heilige …« Ich stöhne genüsslich auf und nehme ihm die Dose weg, als die Tür aufgeht und Sierra mit finsterer Miene hereinmarschiert kommt.

»Auf keinen Fall!«, sagt er lachend.

»Stöhn ruhig weiter, ich will eure Orgie nicht unterbrechen.« Sie klingt genervt und bedrückt zugleich.

Mitch lacht immer noch, während ich antworte: »Das hier ist besser als eine Orgie, glaub mir.«

»Redest du aus Erfahrung?«, fragt er und nimmt mir das Essen direkt aus dem Himmel wieder weg.

Ich verziehe die Lippen zu einem Schmollmund. »Das wirst du nie erfahren.«

Jetzt lacht Sierra auf – nur kurz und keineswegs belustigt –, ehe sie etwas aus ihrem Spind nimmt, nur um es direkt danach wieder reinzuknallen. »Sie hat mit Sicherheit keine Ahnung von Orgien.« Damit setzt sie sich auf die Bank und fährt sich immer wieder durch die Haare und über das Gesicht.

Ich schlucke die Reste von Mitchs Essen herunter und gehe zu ihr. Das eben war sogar für Sierra etwas harsch, und es ist nicht zu übersehen, dass sie etwas belastet. Ich kenne sie erst seit wenigen Tagen, aber bei manchen Menschen dauert es nicht lange, bis man ein Gefühl für sie bekommt.

»Was ist passiert, querida?«, fragt Mitch mit vollem Mund, während ich mich neben Sierra setze. In dem Moment dreht sie sich zu ihm und zeigt mit dem Finger auf ihn.

»Hör auf, mich so zu nennen. Ich bin mir ziemlich sicher zu wissen, was das bedeutet, und es gefällt mir nicht.« Das entlockt Mitch ein Grinsen, aber er kommentiert das Ganze nicht weiter. Und ich entschließe mich, ihr nicht zu erklären, dass er sie eben tatsächlich *Liebste* genannt hat.

»Ach, guck mich nicht so an, Laura, mit diesen großen hellen Augen und dem Dackelblick. Mir geht es gut.« Sierra befeuchtet ihre Lippen mit der Zunge und atmet tief durch. »Es ist die erste Woche. Wir sind keine Freunde … nicht wirklich. Wir arbeiten zusammen. Wir konkurrieren miteinander, klar?«

Letztens hat sich das noch ganz anders angehört. Und im ersten Augenblick tun ihre Worte weh, sind wie ein Stich, aber im zweiten mache ich mir klar, dass sie nur um sich schießt, weil sie sich in die Enge gedrängt fühlt. Sie ist gerade ein vollkommen anderer Mensch als die Tage zuvor. Ich bin mir sicher, irgendetwas Unschönes ist passiert. Deshalb antworte ich nicht, sitze nur da und warte, weil ich glaube, dass es ihr guttut, das einfach rauszulassen.

»Wir machen Fehler«, fügt sie irgendwann leise an, und ich stoße leicht mit meiner Schulter gegen ihre, wie Jess das stets bei mir getan hat, um mich zu trösten.

»Das tun wir. Wir sind keine Maschinen.«

»Es ging ihm verdammt schlecht. Ich hab alles getan, ich war da und habe ihn auf die passende Medikation eingestellt … Scheiße! Es war nirgendwo vermerkt, dass er eine starke Allergie gegen Penicillin hat. Ich hätte eine zweite Anamnese machen müssen.«

»Hier. Du brauchst das dringender als ich.« Mitch steht plötzlich vor uns und hält Sierra sein Essen hin, das mir eben größtenteils verwehrt wurde. »Mexikanisches Essen kann beschissene Dinge nicht ungeschehen machen, aber es macht wieder glücklich. Vertrau mir.« Ich nehme es ihm ab, danke ihm lautlos und stelle es Sierra auf den Schoß, weil sie ihn lediglich mit Blicken erdolcht, sich aber kein Stück rührt.

»Nimm es. Und dann geh dort raus und mach weiter. Du kannst das.« Ich stehe auf, gehe mit Mitch Richtung Tür, doch anstatt wie er einfach zu verschwinden, verharre ich im Rahmen und drehe mich noch einmal zu ihr um.

»Sierra?« Sie schaut zu mir auf. »An manchen Tagen sind wir beide möglicherweise Konkurrentinnen, aber an jedem einzelnen Tag sind wir Kolleginnen. Das ist mehr wert. Und …« Ich lächle knapp. »… ich wette, du findest mich gar nicht so übel und gewöhnst dich schnell an mich. Ich geb dir Rückendeckung, *Freundin*.« Sie verdreht die Augen, aber ich sehe den Schalk darin aufblitzen, bevor ich in den Flur trete.

Vielleicht bleiben wir nur Kolleginnen. Vielleicht habe ich aber auch gleich am ersten Tag eine Freundin gefunden. So oder so sollten wir füreinander da sein. Dieser Job kann einen kaputtmachen, innerlich zerbrechen lassen – und wenn man niemand hat, der einem den Rücken stärkt, geht man irgendwann unweigerlich unter. So, wie Sierra es selbst gesagt hat. Man wird begraben unter dem Druck, den Anforderungen, seinen eigenen und denen der anderen, unter den Wünschen, der Arbeit, all den Krankheiten, den Möglichkeiten und den Sackgassen, dem Leid und dem Tod. Wenn wir damit anfangen, untereinander Krieg zu führen, können wir niemandem mehr helfen.

Ein paar ellenlange Schichten nach meinem ersten Tag hier im Whitestone würde ich gerne behaupten, dass ich angekommen bin. Dass ich mich selbstsicherer fühle und ruhiger, dass Arztbriefe diktieren richtig Spaß macht oder ich wenigstens die verfluchten Handelsnamen der hier verwendeten Medikamente kenne, damit ich nicht ständig nachschlagen muss, wie sie heißen oder was sie sind.

Es braucht Zeit. Zeit, viel Geduld und auch in Zukunft harte Arbeit. Es kommt mir nicht schwerer vor als das Studium oder all das, was ich bisher gemacht habe, es ist nur anders schwer.

Die ganze Theorie, das ganze Wissen in meinem Kopf … das sind perfekte Anamnesen, Diagnosen und Behandlungskonzepte. Das sind Zahlen und Prozente und Gleichungen. Wenn Patient X die Symptome XY zeigt, kommen Krankheiten wie XYZ in Betracht. Aber was, wenn es atypisch ist? Was passiert, wenn Krankheiten sich überlappen und Symptome einen in die Irre führen? Oder die Menschen selbst? Menschen lügen. Andauernd. Es gibt so viele Möglichkeiten. Es gibt so viele Chancen. Und es gibt so viel Raum für Fehler. Darauf kann einen niemand richtig vorbereiten.

Und während ich hier stehe und eine Krankenakte suche, fühle ich mich das erste Mal wieder so unwissend wie zu Beginn der Med School.

All das Wissen ist nichts wert, wenn man den Bogen zwischen Theorie und Praxis nicht schlagen kann. Wenn man nicht weiß, wie man es anwenden, wie man es biegen und formen muss, damit man die Patienten bestmöglich behandeln kann. Das lerne ich noch. Ich glaube, das werde ich jahrelang lernen und mit dem Gefühl leben müssen, dass ich irgendwann unweigerlich versagen werde. Dass irgendwann dieser eine Mensch kommt, den ich nicht retten kann. Der sterben wird. Wegen mir. Und zwar nicht nur, weil ich dabei bin.

Der Tag wird kommen, ganz sicher. Und ich warte schon lange auf ihn … Er wird mich verändern. Prägen. Verletzen. Aber ich hoffe, er wird mich nicht brechen.

»Das gibt es doch nicht«, murmle ich. Dabei lege ich verzweifelt meine Hände auf den mobilen Aktenwagen neben dem Dienstzimmer des Pflegepersonals, das an die Anmeldung samt Empfangstresen anschließt.

»Nichts ist hier unmöglich!«, ertönt es unerwarteterweise direkt neben mir, als ein Pfleger den Kopf um die Ecke schiebt und sich zu mir beugt. Ich zucke vor Schreck zusammen und gebe einen knappen Schrei von mir, was ihn zum Lachen bringt. »Verzeihen Sie, ich wollte Sie nicht erschrecken. Kann ich Ihnen helfen? Sie wühlen schon eine ganze Weile in den Akten herum … Dr. Collins.«

Während ich mich bemühe, zu Atem zu kommen, blicke ich in sein Gesicht und mustere ihn. Nettes Lächeln, gepflegtes Äußeres, hellblondes Haar mit leicht rötlichem Schimmer und grüne Augen, ungefähr in meinem Alter. Ich kenne ihn. Ich habe ihn bereits öfter gesehen, da bin ich mir sicher. Er war derjenige, der sich nach meinem Patzer bei Mr Hanson, der glücklicherweise auf die Medikation angesprochen hat und auf dem Weg der Besserung ist, liebevoll um dessen Frau gekümmert hat.

»Ja, ich … danke. Dr. Laura Collins, ich bin eine der Neuen hier«, sage ich und reiche ihm die Hand. »Verzeihung, dass ich mich bei Ihnen anscheinend noch nicht vorgestellt habe …«

»Grant Masterson«, erwidert er. »Und kein Problem. Zu Ihrem Glück bin ich nicht nachtragend und nehme das nicht persönlich.« Er zwinkert mir beinahe verschwörerisch zu, bevor er sich noch etwas weiter nach vorne beugt. »Trotzdem ein kleiner Tipp: Auch wir Pflegekräfte sind zart besaitete Geschöpfe. Sie werden unsere Hilfe vermutlich öfter brauchen, als Ihnen und uns lieb ist, daher sollten Sie sich bei allen auf der Station vorstellen, falls Sie das noch nicht getan haben. Nur aus Respekt, versteht sich.« Ich fühle mich mies und lächle ihn entschuldigend an, denn er hat recht.

»Ich weiß. Es tut mir so leid. Die Woche war einfach … verrückt und aufregend. Ich war gestern so müde, dass ich eine halbe Stunde in der Dusche geschlafen habe, bis ich mit dem Kopf die Fliesen entlanggerutscht bin.« Ich kneife die Lippen zusammen. »Das waren mehr Informationen, als ich Ihnen geben wollte«, gestehe ich kleinlaut und zeige auf die Akten vor mir. »Ich suche die Akte von Mrs Helen Tatum, Zimmer 321, und dachte, ich hätte hier vielleicht Glück. Ich hatte die Hoffnung, jemand vom Pflegepersonal hätte sie mitgenommen, um ein paar Werte nachzutragen, aber ich kann sie nicht finden. Sieht so aus, als hätte ich sie selbst verlegt und, glauben Sie mir, ich hasse mich dafür.«

»Okay. Verstehe. Darf ich trotzdem?« Er tritt direkt neben mich und zeigt auf den Wagen mit den Akten, ich mache ihm sofort Platz.

»Natürlich. Ich bringe Ihnen eine Woche lang Kaffee mit, wenn Sie die Akte finden.« Das lässt ihn schmunzeln.

»Sie wissen, dass Kaffee die eine Flüssigkeit im Krankenhaus ist, die uns nie ausgehen wird, oder?«

»Oh ja, aber … er schmeckt hier schlimmer als Maschinenöl.«

»Erzählen Sie das bloß nicht Edith. Sie macht ihn für uns. Oder meinen Sie den im Ärztezimmer? Nein, warten Sie … das ist der gleiche.«

»Oje.« Ich blicke mich um. »Hat Edith mich gehört?«

»Nein. Sie arbeitet in der Mensa und füllt jeden Tag regelmäßig den Kaffee auf den Stationen auf. Es ist so etwas wie ihre persönliche Mission, dass er niemals irgendwo ausgeht. Außer sonntags, da macht es jeder, der gerade Zeit hat, weil Edith den Tag immer mit ihrer Tochter verbringt.« Er schielt zu mir. »Verraten Sie ihr nicht, dass der Kaffee sonntags am besten schmeckt.«

»Auf keinen Fall. Und … würde es Ihnen etwas ausmachen, mich nicht zu siezen?« Es ist mir fast unangenehm, das zu fragen, aber ich mag es einfach nicht so gerne.

»Nein, im Gegenteil. Das macht es mir viel leichter«, sagt er fröhlich und richtet sich wieder auf. Seine Lippen sind fest zusammengekniffen und seine Hände in die Hüfte gestemmt. Er hat alles durchsucht.

»Nicht da. Ich nehme an, in der Aktenablage von Zimmer 321 wird sie genauso wenig zu finden sein?«

»Wäre ich sonst so verzweifelt?« Frustriert flechte ich mir einen neuen Zopf. »Ich muss zur Visite bei ihr und bin mir nicht sicher, ob sie einen Zugang braucht.«

Irritiert schaut er mich an.

»Mrs Tatum hat Rollvenen – und wenn der Zugang gelegt werden muss, werde ich das gleich tun. Bei der Blutabnahme gestern hat sie mich angeschrien, ich würde sie umbringen. Ich gehe nicht davon aus, dass es heute besser laufen wird«, erkläre ich.

»Ah, das war also deine Patientin.« Er grinst fies.

»Ach, sei still.«

»Mit den Jahren wird man immer besser, glaub mir. Aber wenn du nett fragst, übernehme ich das. Die Patienten und Patientinnen lieben mich.«

Ich pruste los. »So bescheiden.«

»Bescheidenheit steht niemandem«, entgegnet er ernsthaft, und das bringt uns beide zum Lachen. Und zwar genau so lange, bis ein Arzt mit kreidebleichem Gesicht und schnellen Schritten den Flur entlanghechtet, direkt auf uns zu. Er schiebt sich zwischen zwei Pflegern und einzelnen Familienangehörigen vorbei, die die letzten Minuten der Besuchszeit nutzen.

»Ein Anfänger. Wie du«, murmelt Grant.

»Woher weißt du das? Er könnte nur ein neuer Kollege sein, der die Wege hier noch nicht kennt.« Obwohl der Arzt ein gutes Stück entfernt ist, kommt er mir bekannt vor.

»Nein, vertrau mir, er ist ein Frischling. Die haben immer noch diese *Oh-mein-Gott-hoffentlich-merkt-niemand-dass-ich-keine-Ahnung-habe-was-ich-hier-tue-*Aura um sich herum. Du übrigens auch. Nur nicht so stark wie der da.« Er ruckt mit dem Kopf zu meinem Kollegen.

»Ryan?«, murmle ich, weil ich mir nicht mehr sicher bin, ob er so heißt, aber als er stehen bleibt, erkenne ich, dass ich mich nicht geirrt habe. Das ist Dr. Ryan Sanders. Er hat mit uns angefangen, und Sierra hat mir von ihm erzählt. Ich bin ihm bisher eher selten über den Weg gelaufen. »Ist alles okay?«, frage ich ihn.

»Ja … ich meine … wird es bestimmt«, brabbelt er etwas neben der Spur vor sich hin.

Blasse Haut, Schweiß auf der Stirn und auf der Oberlippe, erweiterte Pupillen, zittrige Hände. Hat er Kreislaufprobleme?

»Du solltest dich setzen«, meine ich ernst, und Grant kommt bereits mit einem Glas Wasser auf uns zu. Er reagiert schnell. Doch Ryan kommt gar nicht dazu, es zu trinken. Ich sehe die Anzeichen, kurz bevor er versucht, sich den Mund zuzuhalten und sich wegzudrehen.

Einen Moment später übergibt er sich. Auf den Flur. Direkt an den Tresen. Sein Mageninhalt bleibt an dem milchigen Glas kleben, das indirekt beleuchtet wird, und landet zum Teil auch auf den cremefarbenen Fliesen davor.

Scheiße. Ich stütze ihn, so gut es mir möglich ist.

»Okay, der Deal hat sich geändert. Ich erledige das mit den Rollvenen und du machst hier sauber.« Grant begutachtet das Malheur mit angewiderter Miene, und ich schnaube leise, während ich Ryan aufrichte. Eine Pflegerin kommt mit offenem Mund hinzu. Ich glaube, ihr Name ist Ellen Martens.

»Für kein Geld der Welt.« Etwas ernster füge ich an: »Jemand sollte ihn begleiten. Er sollte sich hinlegen und etwas trinken. Wenn es dann nicht besser wird, der Kreislauf sich nicht stabilisiert und er sich wieder übergibt, sollte der Flüssigkeitshaushalt kontrolliert werden.«

»Ich mache das!« Die Pflegerin drängt sich an Grant vorbei und stützt Ryan, der vollkommen benommen mit ihr mitgeht.

Grant blickt mich verdattert an.

»Wieso?«, fragt er nur, und ich zucke mit den Schultern.

»Keine Ahnung. Aber ich hoffe, dass es ihm bald besser geht.«

»Das meine ich nicht. Ich dachte, wir hätten einen Draht zueinander.« Seine Finger zeigen abwechselnd auf ihn und dann auf mich. »Aber du lässt mich einfach hängen mit dieser Schweinerei hier. Dabei hätte ich für dich Rollvenen punktiert. Rollvenen!«, betont er nochmals, während ich ihn milde anlächle.

»Das weiß ich auch sehr zu schätzen. Du schaffst das. Ruf das Reinigungspersonal.« Bevor er weiter vor sich hin grummeln kann, stürmt eine andere Pflegerin auf uns zu, aus derselben Richtung, aus der Ryan eben aufgelöst angelaufen kam. Es ist Sofie. Sie habe ich gleich am ersten Tag kennengelernt, und wir sind bereits ein gutes Team.

»Alles okay?«, fragt Grant besorgt.

»Bis darauf, dass einer unserer Bambini gerade fast einen Patienten wie einen Ballon aufgeblasen hätte? Klar!«

»Redest du von Ryan?«, frage ich alarmiert.

Sofie sucht etwas in den Schubladen am Empfang, während sie mir antwortet: »Dr. Sanders, ja. Ms Jonas stand unter Beobachtung, noch bevor alle Befunde eingesehen werden konnten, kam es zu einer Hypoxämie. Dr. Sanders hat den Notfallknopf gedrückt, ich war vor Dr. Brooks da und habe gesehen, wie die Patientin bereits intubiert wurde.« Sie nimmt eine Akte und steht auf, schaut uns intensiv an. »Er hat die Speiseröhre intubiert und ihren Magen stark überbläht, sodass, als ich reinkam, sogar Erbrochenes über den Tubus und den Druck nach oben kam. Er hat die Fehlintubation nicht bemerkt und ihren Magen statt ihrer Lunge beatmet. Wir hätten sie beinahe verloren. Dr. Brooks war unglaublich wütend. Er hat ihn angesehen und ihn rausgeschmissen. Wir haben die Patientin glücklicherweise rechtzeitig stabilisieren können.«

»Scheiße!«, flucht Grant.

»Hat Dr. Brooks ... geschrien?«, hake ich nach, weil ich ihre Worte nicht mit der Beschreibung *unglaublich wütend* vereinbaren kann.

Sie schnaubt. »Nein. Dann gäbe es kein Problem. Wenn Dr. Brooks wütend ist, sieht man, wie sich dieser eine bestimmte Muskel an diesen beiden Stellen ...« Sie deutet zuerst an ihre Schläfe, danach an ihren Wangenknochen. »... bewegt und er es kaum noch schafft, etwas zu sagen. Das ist schlimmer als Schreien«, betont sie und atmet durch, bevor sie zurück in die Richtung eilt, aus der sie gekommen ist.

Ich kann mir das kaum vorstellen. Viel Zeit bleibt mir auch nicht, um darüber nachzudenken, denn wenige Sekunden später geht mein Pager los. Wenn man vom Teufel spricht.

»Entschuldige, ich muss los.« Mitleidig verziehe ich das Gesicht und winke Grant im Gehen zu.

»Es tut dir nicht leid ...« Er hat recht. Tut es nicht. Okay, vielleicht ein bisschen. Vor allem tut mir Ryan leid.

Als ich im Zimmer der Patientin ankomme, steht Dr. Brooks – oder Nashville, wie Sierra ihn so gerne nennt – bereits vor dem Bett und studiert die Akte, während Sofie das Sauerstoffgerät gegencheckt, das Ms Jonas mit Sauerstoff versorgt. Vermutlich so lange, bis ihre Hypoxämie abgeklärt ist.

Hier zu sein, fühlt sich falsch an. Ryan sollte hier sein. Eine zweite Chance bekommen und ...

»Dr. Collins, das ist jetzt Ihre Patientin. Machen Sie sich mit den Umständen vertraut und studieren Sie die Akte. Ich will morgen früh ein Update von Ihnen.« Ohne eine Miene zu verziehen, reicht er mir alles, und während sich unsere Blicke treffen, frage ich mich, was diesen Mann, diesen Arzt vor mir ausmacht. Wie gut er ist. Für wie gut er sich hält. Warum er diesen Job gewählt hat. Ist er emotional? Es macht den Anschein, wenn man Sofies Erzählung von eben glaubt, und gleichzeitig wirkt er so … so … unnahbar und unterkühlt. Genau in diesem Moment. Kein Hallo. Kein Lächeln. Kein freundlicher Blick. Nur ein schönes, fast geheimnisvolles Gesicht. Ist es der Job? Seine Art? Ist er nur bei mir so?

Ich nehme die Akte entgegen, und es fühlt sich noch falscher an, als überhaupt hier zu sein.

Er nickt, tritt an mir vorbei, und ich weiß, ich sollte den Mund halten. Ich weiß, dass dies nicht mein Kampf ist, nicht meine Aufgabe und irgendwie auch nicht meine Liga. Ich habe nicht einmal die erste Woche als Assistenzärztin im Whitestone hinter mich gebracht, und er ist Stationsarzt und mir gegenüber weisungsbefugt. Wir sind keine ebenbürtigen Kollegen. Noch nicht …

»Dr. Brooks«, beginne ich, während ich mich zu ihm umdrehe, und sofort hält er inne, wendet sich mir erneut zu. Ich drücke die Akte an meine Brust, als wäre sie ein Panzer, der mich vor allem schützen könnte. »Sie ist Ryans Patientin. Ich finde, sie sollte es bleiben.« Meine Stimme klingt klar. Nicht laut oder piepsig, sondern ruhig und bestimmt.

Ich halte seinem Blick stand und recke das Kinn.

Meine Regungen folgen oft einem Automatismus, ich kann nicht anders. Je weniger ich einen Blickkontakt ertrage, umso weniger kann ich ihn unterbrechen. Dann flutet meinen Körper eine Art Unnachgiebigkeit. Vor allem, wenn ich der festen Überzeugung bin, das Richtige zu tun.

Und das bin ich – fest überzeugt –, auch wenn ich weiß, dass ich womöglich nicht in der Position bin, das anzusprechen.

Dr. Brooks fixiert mich. Aus dem Augenwinkel erkenne ich, wie sich rechts von mir jemand bewegt. Sofie schleicht aus dem

Zimmer, stoppt hinter ihm und deutet stumm auf Dr. Brooks, danach auf ihre Schläfe und den Kiefer, wie vorhin. Das entlockt mir fast ein Lächeln. So wütend mache ich ihn mit Sicherheit nicht. Oder?

»Sie möchten mir also sagen, dass Dr. Sanders weiterhin die Patientin betreuen sollte, die wegen ihm nun eine Schleimhaut- sowie eine Kehlkopfverletzung hat und deren Magen er mit Sauerstoff aufgepumpt hat, während ihre Blutsättigung immer weiter sank und sie aufgrund dessen kurz vor einem Herzstillstand war?« Seine Stimme ist so gelassen wie meine. Fast ein wenig Obi-Wan-mäßig. Nicht direkt von oben herab, aber doch so, dass mein Trotzlevel steigt, weil etwas in mir ahnt, dass das hier zu einem Lehrmoment werden könnte. Zu etwas, das mich erkennen lassen soll, dass ich noch viel zu lernen habe.

»Wir alle machen Fehler«, betone ich und rechne fast damit, dass er jetzt geht und das alles nicht weiter mit mir ausdiskutiert. Aber nicht damit, dass er zurückkommt, sich, die Hände in den Kitteltaschen, vor mich stellt und mich auffordert, weiterzureden. Und doch tut er genau das. Nein. Nichts an diesem Mann ist unterkühlt oder gefühllos. Er kann seine Emotionen nur verdammt gut verbergen.

»Klären Sie mich auf, Dr. Collins. Was hätte ich tun sollen?« Eine Falle, ich spüre es genau und hätte es ahnen müssen. Aber ich werde auf keinen Fall sagen, dass ich das nicht weiß.

»Sie sind unser Betreuer. Es obliegt Ihnen, Alternativen zu finden und für uns da zu sein.«

»Das stimmt. Ich bin Ihr Betreuer, jedoch nicht Ihr Kindermädchen. Nur weil ich Ihnen gegenüber weisungsbefugt bin und Sie anleite, muss ich Ihnen nicht die Lösung für jedes Problem auf einem Silbertablett servieren.«

Vollkommen schockiert starre ich ihn an. »Wie bitte?«

»Sie haben studiert, Sie haben sich alle für diesen Job entschieden, treffen hier eigene Entscheidungen – und müssen es aushalten, wenn Ihnen jemand sagt, dass diese Entscheidungen schlecht waren. Sie sind für andere verantwortlich, für jeden Menschen, der in diesem Krankenhaus liegt und in Ihrer Obhut ist. Jede Entscheidung betrifft nicht nur Sie, sondern auch die Betroffenen, deren Familien und am Ende auch mich.«

»Sie hätten mit ihm reden können. Sie könnten noch mit ihm reden. Das würde ihm guttun. Ihn ohne Weiteres rauszuschmeißen und ihm die Patientin wegzunehmen, statt für ihn da zu sein – was denken Sie, hat das für einen Effekt?« Ich werde immer lauter und muss mich zügeln. Wir stehen immer noch in einem Patientenzimmer, verdammt. Und ich frage mich, wo meine Beherrschung hin ist. Wieso mich der Arzt vor mir derart aus der Fassung bringen kann.

»Er wird das überstehen und daran wachsen.« Seine Antwort gleicht einem Zischen. Mittlerweile atme ich schwer und stehe so dicht vor ihm, dass ich ihm ohne Probleme mit den Daumen die Augen eindrücken könnte. Es gibt nicht viele Menschen, die mich mit so wenigen Mitteln derart wütend gemacht haben. Ich kann nicht mal ausmachen, was mich an ihm so ärgert.

»Er wird das überstehen? Daran wachsen?«, zische ich zurück. »Machen Sie es sich so leicht wie bei Zeenah? Einfach dastehen und nichts tun, in der Hoffnung, es würde sich schon von allein regeln?« Dabei weiß ich, dass es nicht so war. Dass er ein Risiko eingegangen ist, indem er uns seinen Zuspruch gab. Denn der Erkrankte hat für gewöhnlich, ob es gefällt oder nicht, ein Recht darauf, das ärztliche Fachpersonal abzuweisen und sich jemand anderen zu wünschen.

»Das Gespräch ist hiermit beendet.« Er sagt es ruhig und dennoch so ganz anders. Trotzdem geht er nicht, sondern bleibt, wo er ist. Direkt vor mir. Mit zusammengepresstem Mund und ernstem Blick. Er wird immer ruhiger und angespannter zugleich, ich sehe es an seinen Schultern, seiner ganzen Haltung. Meine Alarmglocken schrillen, als ich das verräterische Zucken der Muskeln sehe, vor denen Sofie mich gewarnt hat.

»Ryan wird den Fehler kein zweites Mal machen, aber bestimmt nicht, weil er etwas gelernt hat, sondern weil er Angst hat – vor Ihnen!«, höre ich mich dennoch sagen. Ich kann nicht aufhören. »Erinnern Sie sich noch an Ihre ersten Monate in diesem Krankenhaus? An Ihre Fehler und schlechten Entscheidungen, an denen man angeblich so toll wächst? War da niemand für Sie da?«

Seine Nasenflügel beben, sein Blick gleitet über mein Gesicht, und ich bilde mir ein, er würde für einen winzigen Moment an meinen Lippen kleben bleiben. Unwillkürlich tue ich es ihm gleich, mustere sein Gesicht – wie am ersten Tag – und schlucke schwer. Ich atme heftig und umklammere die Akte an meiner Brust so fest, dass sie mir an manchen Stellen in die Haut meiner Hände schneidet.

»Das ist nicht Ihr Problem.« Seine Stimme klingt belegt, bedrohlich leise und trotzdem wie eine warme Decke, die sich in einer kalten Nacht über mich legt. Der Gedanke verwirrt mich. Er erschreckt und ärgert mich zugleich, und ich habe keine Ahnung, was mit mir los ist. Ich wünschte nur, er würde nicht so schön klingen, während er so einen Scheiß von sich gibt.

»Gott … sind Sie immer so ein Arsch?« Wäre Jess hier, würde sie mir applaudieren. Logan würde mir erklären, dass man eine Beleidigung zur Anzeige bringen kann. Und meine Eltern? Ich hoffe, sie würden sagen, dass sie stolz sind, dass ich mich für das, was ich für richtig halte, einsetze. Boss hin oder her. Wenn auch auf eine fragwürdige Art und Weise.

»Laura, ich …«, presst Dr. Brooks ungehalten hervor und

verstummt sofort. Er verzieht verärgert das Gesicht, als ihm klar wird, wie er mich genannt hat. Nur einen Moment, aber lange genug für mich, um es zu bemerken. Damit hat er eine Grenze überschritten, und das weiß er. Ich ziehe die Augenbrauen nach oben, weil es mich überrascht, dass ihm mein Vorname rausgerutscht ist. »Kümmern Sie sich um Ihre Patienten und Patientinnen. Machen Sie Ihren Job. Und ich mache meinen.«

Mit diesen Worten verschwindet er, und ich entgegne nichts mehr darauf, weil ich das Gefühl habe, soeben eine Handgranate entsichert zu haben. Und ich will nicht dabei sein, wenn sie hochgeht.

10. Kapitel

Nash

Ich liebe meinen Job. Und manchmal hasse ich ihn. In den letzten Tagen hasse ich vor allem mich. Und zwar dafür, den Posten als betreuender Arzt nicht abgelehnt zu haben, als mich Chris darum gebeten hat. Dr. Chris Gardner ist Chefarzt der Chirurgie und über die Jahre auch ein guter Freund geworden. Letzteres war der einzige Grund, warum ich zugesagt habe. Nicht, weil ich dachte, ich wäre besonders geeignet für den Posten – nach so kurzer Zeit. Doch Chris war überzeugt davon.

Er hat sich geirrt …

Ja, ich habe meinen Facharzt, ich bin kein Anfänger mehr und kein Assistenzarzt. Aber das eben war eine Katastrophe. Ich bin sicher, dass irgendjemand mein Gespräch mit Dr. Collins mitbekommen hat, und ich weiß nicht, was mich mehr ärgert: das oder der Umstand, dass ich sie aus Versehen bei ihrem Vornamen genannt habe. Scheiße. Das ist mir noch nie passiert.

Die Naivität der Neulinge im ersten Jahr macht mir zu schaffen, und es ist grausam, dass ich mal genauso war. Dass sie mich an Ian und mich und unsere Anfängergruppe erinnern. Es ist fast immer das Gleiche: Es gibt die lustigen Klugscheißer-Typen, die Theorie-Genies, die in der Praxis versagen, die direkten und erfolgsorientierten Typen, die stillen und unauffälligen, die tollpatschigen, aber bemühten und – Laura.

Ehrgeizig, aber nicht aufdringlich, es sei denn, es berührt sie etwas, aufmerksam und klug. Ian hat einen Narren an ihr gefressen, sie hilft den anderen ohne Murren oder Aufforderung und ist nicht überheblich.

Und sie hat mich eben zur Schnecke gemacht, und zwar ohne mit der Wimper zu zucken. Bei jedem anderen hätte ich es gar nicht so weit kommen lassen. Oder ich hätte es besser erklärt. Keine Ahnung, warum ich mich in ihrer Gegenwart wie ein Depp fühle und benehme. Wie sie mit mir redet, ist … Das nervt mich so sehr, wie ich es bewundere. Und gleichzeitig würde ich mir gern in den Arsch beißen dafür, dass ich so harsch zu ihr gewesen bin. Oder dafür, dass ich für einen kurzen Moment auf ihre Lippen geschaut habe, während sie mich angeschnauzt hat …

Getrieben fahre ich mir durch mein Haar und versuche, meine Gedanken zu sortieren, als mir ein seltsamer Geruch in die Nase steigt.

Riecht es hier nach Erbrochenem und starkem Reinigungsmittel? Ich runzle die Stirn und schaue mich irritiert um, kann jedoch nichts erkennen. Die Theke ist sauber, der Boden, die Wände. Seltsam.

Grant sitzt am PC und arbeitet, Sofie erzählt ihm gerade etwas, die anderen wuseln in irgendwelchen Krankenzimmern herum. Als ich bei den beiden ankomme, wenden sie sich mir zu.

»Habt ihr Dr. Sanders gesehen?«, frage ich und schaue mich um.

»Vermutlich drüben im Bereitschaftsraum oder in einem der nicht belegten Zimmer, zusammen mit Ellen.« Grant zeigt den Gang runter.

»Warum das?« Meine aufgestaute Wut verraucht, und mein angeknackstes Ego ist kaum noch spürbar. Trotzdem gehen mir

Lauras Worte nicht aus dem Kopf und geistern wie schlechte Omen in meinen Gedanken herum. Am schlimmsten ist, dass ich sie immer wieder bei ihrem Vornamen nennen möchte.

Und dass ich das möchte, macht mir Angst.

»Sein Kreislauf hat schlappgemacht.« Grant zuckt mit den Schultern.

»Er hat sich übergeben, direkt da, wo du gerade stehst«, fügt Sofie an und freut sich angesichts dieser Tatsache für meinen Geschmack ein wenig zu sehr.

Ich kann nicht anders, bedanke mich und begebe mich auf direktem Weg zum Bereitschaftsraum, um mit Dr. Sanders zu reden. Dabei verfluche ich bei jedem Schritt Dr. Laura Collins.

Dreimal klopfe ich an die Tür, bevor ich eintrete und Ellen knapp zunicke, die den Wink versteht und den Raum verlässt. Ich bedanke mich leise auch bei ihr und setze mich auf den Hocker, den sie sich neben das Hochbett gezogen hat. Dr. Sanders liegt unten – mit dem Arm über dem Gesicht. Er sieht blass aus, und als ich ihn frage, wie es ihm geht, zuckt er zusammen und schaut mich verwundert an. Verwundert und verunsichert.

»Dr. Brooks. Verzeihung, ich wollte gerade …«

»Bleiben Sie liegen«, unterbreche ich ihn schroffer als beabsichtigt, weil er dabei war, sich aufzurichten und aufzustehen, und weil ich immer noch das Gesicht einer wütenden Assistenzärztin vor Augen habe.

»Hören Sie«, versuche ich es erneut, hole Luft und wähle meine Worte mit Bedacht. »Ich muss Ihnen nicht sagen, dass auch wir nur Menschen sind und uns Fehler unterlaufen oder dass Sie noch am Anfang stehen und viel zu lernen haben. Dass Sie das auch nach Ihrer Assistenzzeit tun werden. Aber ich muss Ihnen erklären, dass Fahrlässigkeit nicht zu den Fehlern gehört, die wir machen dürfen oder sollten. Sie haben sich nicht vergewissert, ob Sie die Lunge erwischt haben. Sie haben Ihre theoretischen Kenntnisse benutzt und sind davon ausgegangen, diese richtig angewendet zu haben. Der Patientin geht es wieder besser. Dieses Mal.« Ich will ihm kein schlechteres Gewissen machen, als er ohnehin schon hat, aber es ist meine Aufgabe, ihm das vor Augen zu führen, wenn ich schon mit ihm darüber rede. »Die eine Sache, die Sie für die Zukunft mitnehmen sollten, ist, sich selbst zu kontrollieren. Daran zu denken, dass die Theorie oft zu glatt verläuft, zu einfach und es etwas vollkommen anderes ist, das, was man im Kopf hat, ins echte Leben zu holen.«

Er fährt sich mit der Hand übers Gesicht. »Danke, Dr. Brooks.«

Ich nicke. »Also, wie fühlen Sie sich?«

»Besser.«

»Gut. Seien Sie in einer halben Stunde wieder auf Station. Früher nur, wenn Sie direkt angepiept werden.« Dann stehe ich auf, verlasse den Bereitschaftsraum und gehe zurück nach vorne, um ein paar Akten einzusehen. Morgen stehen zwei wichtige OPs auf dem Plan, und ich möchte noch ein paar Dinge nachschlagen.

Während ich die entsprechenden Akten raussuche, taucht Grant neben mir auf und lehnt sich an die Wand.

»Hast du schon Feierabend?«, frage ich gedankenversunken und blättere weiter.

»Nope. Aber gerade ist nicht viel los, und ich steh hier wirklich gern neben dir an der Wand.«

»Ian ist zu oft in eurer Nähe. Er färbt auf euch ab.« Dabei ist Grant längst wie Ian – genauso nervig, nur etwas unschuldiger.

»Warst du bei Ryan?« Jetzt blicke ich auf und seufze.

»Eben. Ich habe nach ihm geschaut und mit ihm geredet.«

»Wann fängst du noch mal an, die Bambini zu duzen?«

»Gar nicht. Ich bin ihr Vorgesetzter.« Sein Blick sagt so was wie ›Erzähl keinen Scheiß‹. »Frühestens im zweiten Jahr. Zufrieden?« Er starrt mich weiter an und lächelt seltsam.

»Grant, was ist? Sag es einfach.«

»Laura hat dir ganz schön eingeheizt.«

»Hat sie nicht.«

»Sie hat dich wütend gemacht.«

»Mich machen viele Menschen wütend«, sage ich so gelassen wie möglich und lege die Akte, die ich gerade lesen wollte, nieder, weil ich ahne, dass er noch nicht fertig ist.

»Nur die, die du magst, können dich *so* wütend machen.«

»Ich mag sie nicht.« Bereits bevor die Worte meinen Mund verlassen, weiß ich, dass ich in die Falle getappt bin.

Grant fasst sich schockiert an die Brust und stößt sich von der Wand ab. »Die Arme. Hat einen Betreuer, der sie nicht leiden kann.«

»Das habe ich nicht gesagt …« Ich kann hier nicht gewinnen.

»Du hast sie Laura genannt.« Shit. Wenn er das weiß, wer noch?

»Wer …«

»Ach, frag nicht. Du weißt es.« Alle. Alle wissen es. Das Krankenhaus ist wie eine Klatsch- und Tratschhöhle. Stille Post wird hier zu einer Kunstform erhoben.

»Willst du die besten Versionen hören?«

»Das Ganze ist keine halbe Stunde her.«

»Die Menschen hier sind in Höchstform.« Er verkneift sich ein Lachen. Ist auch besser so.

»Schieß los, dann habe ich es hinter mir.«

»Ich erzähle dir nur meine Lieblingsversion.« Er hebt den Zeigefinger. »Laura hat dich gemaßregelt, danach hast du sie angeschrien, und sie hat geweint, weil du gemein warst. So richtig gemein. Als hättest du einen dieser Tage, an denen du keine Zeit hattest, ausreichend Kaffee zu trinken, dabei weiß ich, dass es heute schon sechs waren. Auf jeden Fall hast du sie dann geküsst. Die Story ging noch weiter, aber das ist hängen geblieben.«

Mit offenem Mund starre ich ihn an. »Wie kann man sich so was zwischen OPs und Patienten- und Patientinnenversorgung zusammenreimen? Wie?«

»Hast du sie geküsst?«

»Nein!«, antworte ich empört und genervt zugleich.

»Wolltest du sie küssen?«

»Was soll der Scheiß?«

Grant lacht los. »Oh mein Gott, du wolltest es. Du hast die Frage nicht beantwortet, das ist eindeutig.«

»Geh an die Arbeit«, murre ich, schnappe mir die Akten und haue ab, bevor er sich umentscheidet und mir doch noch von den anderen skurrilen Geschichten erzählt, die im Krankenhaus kursieren.

Mein Pager meldet sich. Ich ziehe ihn aus der Tasche und …

Du hast Laura geküsst?

Ian. Hat er das gerade ernsthaft über die Zentrale versenden lassen, oder was? Sind hier alle verrückt geworden?

Ich stecke den Pager wieder weg, versuche dabei, die Akten nicht fallen zu lassen und … Verdammt!

»Entschuldigung, ich war …« Mit den Gedanken woanders, das wollte ich sagen, aber als ich erkenne, in wen ich reingelaufen bin, bleiben mir die Worte im Hals stecken.

11. Kapitel

Laura

Mein Karma ist so im Eimer. Ich werde im nächsten Leben bestimmt als Schmeißfliege wiedergeboren – oder als Kartoffelkäfer.

»Entschuldigung«, murmle ich nur und hebe mit Dr. Brooks zusammen die zwei, drei Akten auf, die ihm durch unseren Zusammenstoß aus der Hand gefallen sind. Es fühlt sich seltsam an, angespannt. Doch nicht auf eine schlechte Weise, sondern auf eine für mich eher unbekannte Art. Vielleicht, weil ich ihn nicht derart hätte anfahren sollen, auch wenn meine Intention richtig war. Vielleicht aber auch, weil mich seine Nähe irritiert. Sein Duft und seine Wärme. Und der Blick, den er mir gerade zuwirft.

Doch er schaut schnell wieder weg, räuspert sich und ist der erste von uns beiden, der aufsteht.

Nachdem wir uns erhoben haben, überreiche ich ihm die Akten, und er bedankt sich knapp. Er sieht irgendwie genervt und geknickt zugleich aus.

»Hören Sie, es tut mir leid, dass die Leute, die hier arbeiten, einen so seltsamen Humor haben.« Wovon redet er da? »Ich möchte nicht, dass Sie sich deswegen unwohl fühlen.«

»Wieso sollte ich mich deswegen nicht wohlfühlen?«, spiele ich mit, obwohl ich absolut keinen Schimmer habe, was er meinen könnte.

»Weil ich nicht geschrien habe, sie haben nicht geweint, und wir haben uns nicht … geküsst.« Ich bin so sprachlos, dass ich kurz vergesse zu atmen. Geküsst? Was?

Es war ihm sichtlich unangenehm, das auszusprechen, und ich frage mich nur, was ich verpasst habe und wer so etwas erzählt. Dr. Brooks presst die Lippen zusammen und stößt geräuschvoll Luft aus. »Sie haben sie nicht gehört. Die Story, meine ich.«

»Nein«, entgegne ich und kämpfe, nachdem der erste Schock über diese Gerüchte verflogen ist, gegen ein Grinsen an. Währenddessen fährt er sich leise fluchend und etwas verzweifelt wirkend mit der freien Hand über den Nacken.

»Die Leute hier sind kompetent, freundlich und hilfsbereit – leider sind sie auch neugieriger und erzählfreudiger als jede Klatschpresse der Welt.«

»Verstehe.« Ich hab immer noch keine Ahnung, worum es genau geht, aber es klingt witzig. »Sie haben mich also geküsst?«, frage ich und kann mein Grinsen nicht mehr verbergen. Wir sehen uns an, und es ist, als würde für einen Moment alles stillstehen. Wir stehen mitten im Gang, und ich nehme all den Trubel um uns, die Pflegekräfte, die Besucher und Besucherinnen, die an uns vorbeigehen und reden, kaum wahr.

»Wieso gehen Sie davon aus, dass ich damit angefangen habe?« Er hebt herausfordernd eine Augenbraue und egal, wie witzig ich die Situation finde, ich kann nicht anders, als ihn anzustarren und zu denken, wie schön ich seine Stimme finde. In diesem Augenblick ist es mir gleich, dass sie meinem Betreuer gehört. Es ist egal, wie wütend er mich gemacht hat und auch, wie wenig ich ihn kenne: Seine Stimme lässt mich das vergessen.

Gerade jetzt und viel zu oft in den letzten Tagen.

Ich möchte die Augen schließen, wenn er spricht. Wie bei

einem guten Lied. Ein Lied, das in jede Pore des Körpers dringt, dein Blut zum Singen bringt und dich wünschen lässt, es möge nie enden. Ein Lied, das nur für dich geschrieben scheint …

Ich lächle, während mir eine passende Antwort durch den Kopf schießt. »Warum? Na, weil ich geweint habe.« Er lacht unerwarteterweise auf, und ich mache mit.

Es ist das erste Mal, dass ich ihn so sehe. So gelassen und frei und ohne Mauer. Wenn auch nur für diesen Moment. Er ist tatsächlich nicht so ein unnahbarer Kerl, wie er alle anderen gern glauben machen würde. »Und danke, dass Sie bei Ryan waren«, ergänze ich, während mein Lachen versiegt und ich ihm weiterhin in die Augen schaue. Ohne eine Antwort zu erwarten, verabschiede ich mich und gehe um ihn herum in Richtung meines nächsten Patienten.

Ich bin kurz davor, mich noch einmal zu ihm umzudrehen. Weil ich ihn noch immer in Gedanken lachen höre und da dieses Gefühl ist, das mich wie ein unsichtbares Band zwischen uns dazu verleiten will; und im Geheimen, weil ich wissen will, ob er noch dort steht und mir nachsieht. Aber ich beherrsche mich und gebe diesem Gefühl nicht nach.

Innerlich schüttle ich über mich selbst und diesen Gedanken den Kopf und bin froh, dass das Vibrieren meines Handys mich davon abhält und mich ablenkt.

Ich ziehe es im Gehen aus der Hosentasche, wo es normalerweise nicht sein sollte. Mit einem schlechten Gewissen, weil ich es nach meiner Pause nicht zurück in den Spind gepackt habe, und einem Blick auf das Display erkenne ich, dass meine Schwester sich gemeldet hat.

Kein Sex, kein Schlaf? Scheiße. Kriegst du wenigstens ein paar tolle Patienten ab? Heiße Kollegen? Guten Kaffee?

Jess ist verrückt. Amüsiert will ich das Handy wieder wegstecken, als es erneut vibriert. Ich verharre kurz in einer Ecke und schaue ein weiteres Mal nach.

Eine neue Gruppe. Seltsam. Ich kenne die Nummer nicht und klicke irritiert drauf.

¡Hola! Hier ist Mitch. Hab grad fünf Minuten Pause und dachte, eine Gruppe wäre doch nett. Eure Nummern hat mir ein Vögelchen gezwitschert …

Bei mir war es mit Sicherheit Sierra. Sie ist die Einzige, die meine Nummer bekommen hat, während einer der Pausen. Und Ian. Ich hätte mir wirklich ein Diensthandy zulegen sollen.

Was ich sagen will: Ein paar von uns gehen heute Abend einen trinken. Wer früh Schluss hat, morgen spät anfängt, keinen Dienst hat oder nichts trinkt – einfach jeder, der Lust hat, ist willkommen. Es gibt ein paar Straßen weiter eine kleine Bar, die wohl als Ärztetreff bekannt ist. Soll ganz cool sein. Adresse liegt bei. Gebt kurz Bescheid, wenn …

»Laura?« Ich unterbreche das Lesen der Nachricht, senke das Handy und schaue mich um.

»Hey, Zeenah. Wie geht es dir?« Ich stecke mein Smartphone endgültig weg und warte, bis sie zu mir aufgeschlossen hat.

»Etwas übermüdet. Meine Mutter ist zu Besuch und kocht andauernd leckeres Essen. Am schlimmsten ist, dass sie nicht aufhört, Ras Malai und Jalebi zu machen. Ich liebe sie, aber wenn das so weitergeht, brauche ich die Hose und den Kasack eine Nummer größer.« Sie fasst sich an den Bauch, pustet die Luft kraftvoll aus und als ihr Blick schließlich meinen trifft, redet sie sofort weiter, als könnte sie mir ansehen, dass ich noch darüber nachdenke, was für Gerichte sie meint. »Oh, entschuldige. Ras Malai und Jalebi sind Süßspeisen aus meiner Heimat. Meine Eltern kommen aus Pakistan. Jalebi zum Beispiel sind kleine Streifen, sie sehen ähnlich aus wie Nudeln, und werden zu Spiralen geformt. Sie werden aus raffiniertem Mehl gemacht, und ich sag dir, davon bekommt man ziemlich schnell einen Zuckerschock. Letztlich sind es frittierte Weizenmehlkringel mit Zuckersirup.« Passend dazu knurrt mein Magen.

»Du hast nicht zufällig etwas dabei? Es klingt wirklich verdammt lecker. Bei Zucker bin ich nicht mehr zu bremsen.« Sie lacht und winkt ab.

»Hätte ich das gewusst – dabei wissen wir, was Zucker mit dem Körper macht. Wäre er nur nicht so schmackhaft … Hast du denn morgen Dienst? Ich bring dir eine Wagenladung Jalebi mit.«

»Morgen ist mein freier Tag. Vermutlich werde ich trotzdem hier sein und schauen, ob mir jemand bei einer Sonografie helfen kann. Ich würde das gerne üben.«

»Gute Idee. Ich müsste das auch mal machen. Allerdings würde ich dir vorerst raten, deinen freien Tag zu genießen. Die ersten Wochen sind hart, das sind sie immer, wenn ein neuer Lebensabschnitt beginnt.«

»Welche Pläne hast du denn für deinen ersten freien Tag?«

»Ich sag nur drei Worte: Pizza, Pyjama und Netflix.« Sie wackelt grinsend mit den Augenbrauen, und ich nicke anerkennend, während ein Lächeln an meinen Lippen zupft.

»Verlockend. Ich werde es mir durch den Kopf gehen lassen.« Das werde ich wirklich, aber mein Gefühl sagt mir, dass ich am Ende doch hier im Whitestone landen werde. Seit der Sache mit Josh und dem Lesen des Briefes, der mir die Tür zu diesem Ort geöffnet hat, fühle ich mich ruhelos. Als hätte ich verlernt, wie man abbremst, sich selbst runterfährt.

»Wie ist die Geschichte mit deinem seltsamen Patienten ausgegangen?«

»Na, was denkst du? Ich durfte ihn untersuchen und siehe da – mein Kopftuch hat ihn nicht umgebracht. Er wurde quicklebendig mit gut verheilender Wunde entlassen und kann nun die Welt weiter mit seiner Engstirnigkeit beglücken.« Ich schüttle bei dem Gedanken an das, was der Typ gesagt hat, den Kopf.

»Du spezialisierst dich auf die Herzchirurgie, richtig?«, fragt sie, und ich nicke.

»Genau, Herz-Thorax-Chirurgie. Zumindest ist das der Plan. Und du?«

»Ich würde gern in die Unfallchirurgie.«

»Dann freust du dich bestimmt auf die Schichten in der Notaufnahme.«

»Und wie! Ich muss hier lang«, sagt sie direkt danach an der Kreuzung und zeigt nach links.

»Und ich in die andere Richtung.«

»Es war schön, mit dir zu quatschen. Sonst hetzen wir eher aneinander vorbei. Genieß den freien Tag, Laura. Pausen sind wichtig, und die letzten Tage war viel los.«

»Ich gebe mir Mühe. Machs gut.« Sie winkt zum Abschied, und als sie ein paar Schritte gegangen ist, fällt mir etwas ein. Ich rufe ihr hinterher: »Zeenah?« Im Gehen wendet sie sich um. »Gehst du nachher zu der Party?« Oder was auch immer das wird.

»Du meinst das Treffen in der Bar?«

»Genau«, antworte ich, und sie bleibt stehen, damit wir nicht so laut sein müssen.

»Leider nicht. Es ist eine Bar, und ich mag und trinke keinen

Alkohol. Aber wenn es das nächste Mal ein Kinobesuch wird, wir in ein Café gehen oder eine Wandertour machen, bin ich dabei.«

»Sehr gut, darauf freue ich mich schon.«

»Gehst du hin?«

»Ich denke nicht.« Ich bin ziemlich sicher, dass ich nicht hingehe. »Bis dann«, rufe ich, und sie winkt mir erneut zu.

Mr Hanson. Atypische Pneumonie. Stabil. Erreger nachgewiesen: Mycoplasma pneumoniae. Behandlung: Ampicillin/Sulbactam 2/1g i.v., 1–1-1, Clarithromycin 500 mg p.o., 1–0-1. Behandlungsdauer: fünf bis sieben Tage. Wird Montag entlassen, sofern die Behandlung weiterhin gut verläuft.

Ms Jonas. Das ist Ryans Patientin. Wurde auf der Arbeit ohnmächtig, kam mit dem Krankenwagen in die Notaufnahme. Es wurde Wasser in der Lunge festgestellt, daher sofortige Aufnahme auf Station und im Zuge einer Hypoxämie und plötzlich auftretender hochgradiger Atemnot eine fehlerhafte Behandlung durch Ryan. Sie bekam leicht gräuliche Haut, feuchte Rasselgeräusche waren bei der Untersuchung zu hören, das EKG weist Unregelmäßigkeiten auf. Ich habe ein Lungenödem diagnostiziert und Dr. Brooks während der Visite die Ergebnisse mitgeteilt. Er war meiner Meinung, dass die Patientin Flüssigkeit in ihrer Lunge habe. Ursache ist eine Linksherzinsuffizienz. Da die linke Herzkammer geschwächt ist und nicht genügend kontrahieren kann, staut sich das sauerstoffreiche Blut in der Herzkammer bis zurück in die Lunge, die nur begrenzt Flüssigkeit aufnehmen kann. Wird diese Menge überschritten, überschwemmt sie das umliegende Gewebe, und es kommt zu einem Lungenödem. Behandlung: ACE-Hemmer und Beta-Blocker, Spironolacton, zusätzlich Schleifendiuretika aufgrund der Flüssigkeitsretention in der Lunge.

ICD-Implantation – implantierbarer Kardioverter-Defibrillator – wird nicht ausgeschlossen.

Mrs Grayson. Ist aufgrund einer Appendizitis eingeliefert worden. Der Wurmfortsatz wurde heute erfolgreich entfernt. Keine postoperativen Komplikationen. Bleibt zur Beobachtung.

Mr Daniels. Ist die Treppe hinuntergefallen und hat sich drei Wirbelkörper gebrochen. Ein glatter, kein komplizierter Bruch. Eine OP ist aktuell nicht angedacht, jedoch nicht ausgeschlossen. Vorerst Bettruhe oder entspannte Spaziergänge, nicht sitzen oder stillstehen, entsprechende Medikation und anschließend eine Physiotherapie, sofern alles gut geht.

Ich sitze im Ärztezimmer, gehe den Rest der Akten durch und trage nach, was ich heute nicht sofort sauber einpflegen und dokumentieren konnte. Auch bei der von Mrs Tatum, deren Rollvenen mich nicht davon abgehalten haben, einen Zugang zu legen.

Die wichtigsten Punkte kommen ins System, alles andere in die Akte. Bis ich endlich bei der letzten Akte ankomme, die nun vor mir liegt.

Jeder Knochen tut mir nach dieser langen Schicht weh. Ich bin müde und dennoch hellwach. Es ist schwer zu erklären, was der Job nimmt und was er gibt. Ich denke, die kleine Ria ist das beste Beispiel. Ich bin froh und stolz darauf, Menschen zu helfen. Ihnen helfen zu wollen und zu können. Aber es gibt auch Menschen, die nicht hier sein sollten …

Ria Tomas. Nashs Patientin, die ich mitbetreuen darf. Erst zehn Jahre alt und steht bereits seit zwei Jahren auf der Warteliste für ein neues Herz, weil ihres immer schwächer wird. Sie wurde jetzt das siebte Mal in diesem Jahr eingeliefert. Und wenn ich ihre Werte sehe, zieht sich alles in mir zusammen. Ich atme tief durch. Wenn sie nicht bald ein Spenderherz bekommt, wird sie vermutlich dieses Jahr Weihnachten nicht erleben.

Schwermütig reibe ich mir über die Augen, schließe die Akte und bringe die anderen zurück in die entsprechende Ablage.

Zuerst habe ich mich gewundert, dass sie zu uns kam. Schließlich haben wir hier keine Kinderchirurgie. Doch Grant hat mir die Situation erklärt. Dr. Gardner ist eine Koryphäe auf dem Gebiet der Herz-Thorax-Chirurgie, das war mir klar. Während des Studiums habe ich jeden seiner wissenschaftlichen Berichte gelesen. Doch dass er auch in der Pädiatrie so gut ist, wusste ich tatsächlich nicht. Er hat laut Grant nur damit aufgehört, weil er es menschlich kaum verkraften konnte, mit so vielen kranken Kindern zu arbeiten, die er viel zu oft verloren hat.

Ria ist die Ausnahme. Ihre Eltern haben Dr. Gardner gebeten, ihre Tochter zu behandeln. Sie wollten sie nicht in ein anderes Krankenhaus schicken, sie wollten zu ihm, und sie waren so hartnäckig, dass er irgendwann zusagte. Natürlich wurde das alles mit dem Whitestone abgesprochen und sich abgesichert. Aber ja, er hat zugesagt, und seitdem behandelt er sie zusammen mit Dr. Brooks. Nachdem Grant mir das erzählt hat, ist mir schnell klar geworden, dass Ria sich ganz heimlich in die Herzen aller hier geschlichen hat.

Es ist nach zwanzig Uhr, meine Schicht ist längst vorbei, und in den Gängen ist langsam Ruhe eingekehrt. Ich schaue in kein einziges Zimmer, doch bei Ria steht die Tür ein winziges Stück offen, und ich kann nicht anders, als stehen zu bleiben. Besonders, weil ich bis eben noch über sie nachgedacht habe. Es brennt Licht, aber es ist still. Zumindest dachte ich das, aber als ich noch näher komme, höre ich sie reden. Ich glaube, sie liest etwas vor, und das zaubert mir ein wehmütiges Lächeln auf die Lippen.

Ich kenne die Geschichte. Es ist ein Kinderbuch über Freundschaft, Abschied und Mut. Meine Eltern haben es Jess, Logan und mir oft vorgelesen.

Und während Ria liest, lehne ich mich mit dem Rücken an den Türrahmen, schlucke schwer, spüre, wie sich ein Kloß in meinem Hals bildet und die Erinnerungen an alte Zeiten sich ihren Weg nach oben bahnen. Erinnerungen, die Wunden aufzeigen, die längst nicht geheilt sind. Also stoße ich mich ruckartig ab, wische mir die eine Träne von der Wange, die es aus meinem Auge geschafft hat, und verschwinde. Eile den Gang hinab zu den Umkleiden und stopfe mein Zeug in den Spind, nachdem ich mich umgezogen habe.

Dann atme ich tief durch. Einmal, zweimal.

Ich vermisse Jess und Logan. Auf eine gute Art.

Und ich vermisse meine Eltern. Auf eine schmerzhafte Art. Die Art von Schmerzen, die durch keine Medikation der Welt vermindert oder abgeschwächt werden kann …

Hartnäckig schiebe ich die Erinnerungen zur Seite, schnappe mir meinen Rucksack und mache endlich Feierabend. Vielleicht hat Zeenah recht, vielleicht sollte ich den freien Tag morgen genießen und nicht herkommen. Ich weiß es nicht.

»Hey, Sonnenschein.« Ich schaue auf und entdecke Grant, der sich gerade über die Theke beugt und die Arme darauf verschränkt. »Harten Tag gehabt?«

Meine Schritte werden langsamer, und ich bleibe vor ihm stehen, obwohl ich fest vorhatte, endlich heimzugehen. Ohne Umwege.

»Geht so. Es war einfach nur etwas viel. Die letzten zwei Tage kamen einige Fälle rein, drei davon Notfälle und … Ria, ich meine …«

»Ich weiß«, sagt er nur und presst die Lippen zusammen. »Sie gehört praktisch zum Team.« Er versucht es mit Humor zu nehmen, doch ich sehe ihm an, dass es ihn so sehr beschäftigt wie mich.

»Ja«, murmle ich, und wir beide schauen für einen Moment den Gang hinunter in Richtung ihres Zimmers, als könnten wir sie von hier aus sehen.

»Ist Dr. Brooks noch da?«

Grant verzieht entschuldigend das Gesicht. »Ist er. Allerdings im OP. Die sollte längst vorbei sein, läuft aber immer noch. Ist im Saal 1b. Du kannst zuschauen, wenn du willst. Es ist der große mit Zuschauerraum am anderen Ende der Station.«

»Was wird gemacht?«

»Herzklappen-OP.«

»Verstehe«, murmle ich. Der Wunsch, ihm zuzuschauen, kämpft mit dem, nach Hause zu fahren und auf dem Weg etwas Warmes zu essen zu besorgen.

»Mach Feierabend. Du siehst aus, als bräuchtest du den.«

»Wow. Danke.« Ich ziehe eine Grimasse, und er hebt halb abwehrend, halb entschuldigend die Hände.

»Nur die Wahrheit. Aber falls es dich tröstet, du bist nicht die Einzige, die von der ersten Woche kaputt ist.«

»Gut zu hören.«

»Was wolltest du denn von ihm?«

»Wem?«, frage ich, und Grant lacht mich aus.

»Dr. Brooks.« Stimmt. Gott, ich gehöre wirklich ins Bett.

»Nichts Wichtiges, nur … persönliches Interesse. Ich wollte fragen, ob oder wann Ria …« Ich schlucke schwer.

»… ein neues Herz bekommt?« Seine Züge werden weich, und ich nicke bedrückt. Ich würde gerne so viel sagen. Sie ist zu jung, zu zart, zu fröhlich. Sie hat ihr ganzes Leben noch vor sich. Den ersten Kuss, die erste Liebe, die erste Reise allein, den Abschluss. Da wartet die ganze Welt auf sie, und ihr Herz kann sie ihr nicht zeigen. Das ist nicht fair.

»Das weiß niemand. Sie steht ganz oben auf der Liste, aber … Du weißt, wie das läuft.«

»Ja«, wispere ich. Jemand müsste sterben und Spender sein. Jemandes Herz müsste zu ihrem Körper passen. Bei dem Gedanken daran, dass sie es nicht schaffen könnte, zieht sich mein Hals zu, und meine Brust wird ganz eng. Ich sollte dringend an etwas anderes denken. »Okay. Dann bis Sonntag. Dir eine schöne Nachtschicht.« Ich klopfe auf den Tresen und gehe los.

»Danke. Aber Sonntag hab ich frei. Am Tag mit dem besten Kaffee«, höre ich ihn murren und verlasse lächelnd, aber mit vielen schweren Gedanken die Station.

12. Kapitel

Laura

»Hör auf, mich zu kritisieren, ich hatte eine heftige Woche«, erkläre ich nachdrücklich, bevor ich erneut in meine Pizza Peperoni mit doppelt Käse beiße.

»Manchmal denke ich, du wärst meine ältere Schwester und nicht ich deine«, sagt Jess seufzend, und ich sehe, wie sie sich kurz mit der linken Hand über die Stirn reibt. »Oder meine Oma.«

»Jetzt übertreib mal nicht.«

»Man redet nicht mit vollem Mund! Besonders dann nicht, wenn vor der Schwester keine Pizza steht, sie aber gerne eine hätte.«

»Was hast du gesagt? Du kennst keine Etikette? Was hat das mit meiner Pizza zu tun? Hallo? Bist du noch da. Kacke«, nuschle ich. Skype hängt. Ich tippe wahllos auf der Tastatur des Laptops herum. »Ah, da bist du wieder.« Die festgefrorene Grimasse meiner Schwester hat sich wieder in Bewegung gesetzt und zeigt erneut ihren sorgenvollen und zugleich vorwurfsvollen Blick.

»Wo waren wir? Ach ja: Du bist eine Oma!«

»Ich hab eine sehr lange Schicht hinter mir und die ersten Tage in einem neuen Krankenhaus überstanden. Ich bin gern Zuhause, langweilig und müde.« Ich lasse den Rand in den Karton fallen und reibe mir die Hände an einem Taschentuch sauber. Es ist nur noch ein großes Stück übrig, doch das schaffe ich echt nicht mehr.

»Hast du wenigstens Freundschaften geschlossen? Heiße Typen kennengelernt? Noch heißere Kollegen?« Sie wackelt übertrieben mit den Augenbrauen.

»Freundschaften? Vielleicht. Wir werden sehen. Aber vor allem ein paar nette Mitleidende.«

»Muss ich dir alles aus der Nase ziehen?«

»Was willst du denn hören?«

»Dass jemand dir Josh aus dem Kopf gevögelt hat.« Jetzt verschlucke ich mich und muss kräftig husten. Dann lache ich richtig laut – kann mich kaum noch auf der Couch halten.

»Du weißt, dass das so nicht funktioniert? Außerdem habe ich das längst überwunden. Mir muss niemand was reinstecken, damit *das* rausgedrückt wird.«

Sie verzieht das Gesicht. »Bah, das ist ja ekelhaft, Laura. Ich bin deine Schwester!«

»Du hast damit angefangen«, sage ich empört und nehme einen großen Schluck meiner Zitronenlimo.

»Ich hoffe, es kommt bald jemand, der dein Herz wieder in Schwung bringt.«

»Sagt man das so?«

»Bestimmt. Steht vielleicht sogar auf einem Zettel in einem dieser Glückskekse.«

»Dir ist klar, dass man keinen Partner braucht, um vollständig zu sein oder glücklich?«

Sie winkt ab. »Natürlich. Schau mich an. Aber …« Ein weicher Ausdruck legt sich auf ihr Gesicht, und sie lächelt selig. »Aber wenn man die Chance hat, so etwas zu haben wie Mom und Dad, dann wünsche ich das jedem. Also, mit jemand anderem so glücklich zu sein, wie man es auch allein sein kann.«

Ich verstehe, was sie meint, auch wenn sie es nicht so gut erklären kann.

»Ja. Ich denke, das ist ein guter Wunsch.« Wir lächeln uns an. »Nashville ist interessant.«

»Du willst nach Nashville? Kann man einen Ort sexuell anziehend finden?« Sie legt die Stirn in Falten und verzieht den Mund.

»Ich liebe dich, Jess, aber … wenn du nicht genug Schlaf bekommst, bist du echt schräg drauf.«

Sie stöhnt gequält auf. »Mein Rhythmus ist im Arsch, die letzten Aufträge waren Nachtshootings. Ich kann nichts dafür.«

»Dein Job als Fotografin läuft so gut wie noch nie. Muss dein Leben nicht gerade superspannend sein? Oder Berlin? Warst du die Tage denn mal aus?«

»Nein«, gibt sie grummelnd zu.

»Dann erzähl mir doch zuerst mal, warum *du* nicht ausgegangen bist und …« Ich stutze, denke kurz nach, danach macht es klick. »Es ist Freitagabend. Scheiße.« Ich schmeiße fast den Karton von der Couch, als ich panisch nach meinem Handy greife.

»Hast du gerade einen Schlaganfall?«

»Nein, nein, nein«, murmle ich.

»Klingt für mich wie ein Ja.«

Heute ist Freitag. Mein vermeintliches Drei-Drinks-Date mit Ian. Ich wollte ihm die ganze Zeit schreiben und absagen und habe es vergessen.

Ich erzähle Jess die ganze Story, während ich eine Entschuldigung tippe und hoffe, dass er mich nicht lyncht, wenn wir uns das nächste Mal in der Klinik sehen.

»Ich bin ein schlechter Mensch.«

»Wieso gehst du noch mal nicht hin?«

»Hast du nicht zugehört?«

»Natürlich. Er ist Arzt, süß, sieht gut aus, hat Humor und will nur was mit dir trinken gehen. Doch du sitzt mit Peperoniresten zwischen den Zähnen und einem ausgeleierten Shirt samt kurzer Pyjamahose auf deiner Couch und schwitzt, weil deine Klimaanlage erst Ende des Monats repariert wird.«

»Nash ist …« Oh, oh.

Meine Schwester kneift die Augen zusammen. »Nash … wie in Nashville? Wir reden gar nicht über einen Ort, oder?«

Ich atme tief durch, schicke die Nachricht ab und lege das Handy neben mich. »Dr. Nash Brooks ist mein Betreuer und der Stationsarzt. Ich denke, er und Ian verstehen sich nicht gut, aber ehrlich gesagt, weiß ich es nicht. Vielleicht ist das auch ihr Ding – dieses sich gegenseitig nerven, bis der andere kurz vor einem Zusammenbruch steht. Ich bin noch nicht lange genug dort, um das beurteilen zu können.«

»Deshalb gehst du nicht mit Ian aus? Bullshit.«

»Dann, oh weise, Jess, verrate mir doch, warum ich es nicht tue.«

Sie grinst wissend. Das gefällt mir nicht. »Du hast es dir selbst verraten. Du findest Nash interessant.«

»Hab ich nicht gesagt.«

»Doch, hast du. Vor ein paar Minuten.«

Ich kenne Jess. Sie wird nicht lockerlassen, also reibe ich mir die Schläfen und gebe zu, woran ich mich eigentlich nicht erinnern kann. »Er ist ein interessanter Mensch, ja. Und Arzt. Zufrieden?«

»Dein Leben ist jetzt wie eine dieser Arzttelenovelas.«

»So stellst du dir meinen Alltag vor? Ich …« Es klingelt, und ich hebe den Finger, um meiner Schwester zu signalisieren, dass sie einen Moment warten soll. Ich höre jedoch, wie sie weiter über heiße Arztromanzen schwafelt und wie man sich die Kleider im Dienstzimmer vom Leib reißen kann.

Ich muss zum Glück nur über die Couchlehne hüpfen und ein paar Schritte gehen, um zur Wohnungstür zu gelangen, wo ich meine Schwester kaum noch verstehen kann.

Bisher dachte ich, nur der Lieferdienst, mein Vermieter und meine Geschwister würden meine Adresse kennen.

Als ich jedoch die Tür öffne, merke ich, wie falsch diese Annahme war.

»Ian.«

»Hey, Kollegin. Bereit für die drei Drinks?«

Ich glaube, ich stehe unter Schock. Ich starre ihn an wie einen Geist und habe keine Ahnung, was ich sagen soll.

»Ian?«, dröhnt es laut aus meinem Laptop, und als der versucht, an mir vorbeizuschauen, versperre ich ihm den Weg.

»Hast du meine Nachricht bekommen? Es tut mir so leid. Ich kann heute nicht, ich …«

»Hast du Besuch?«

»Nein, das ist meine Schwester. Wir skypen.«

Er grinst bis über beide Ohren. »Sie kennt also meinen Namen?«

»Hat er Nash mitgebracht?«, ruft sie in dieser Sekunde, und ich kann den verzweifelten Laut, der mir über die Lippen kommt, nicht unterdrücken.

»Und sie kennt Nashs Namen.« Aus irgendeinem Grund wird sein Grinsen immer breiter.

»Ignorier sie, das tue ich auch.«

»Hey, das hab ich gehört!«

»Also, bist du fertig?«, fragt Ian belustigt, weil eindeutig klar ist, dass ich das nicht bin. Ich stehe im Schlabberlook, barfuß und mit chaotischem Haar vor ihm, höchstens absolut bereit für mein kuscheliges Bett.

»Es tut mir wirklich leid, es war so viel los, ich … Hast du meine Nachricht bekommen?«, frage ich erneut.

»Klar. Aber zu spät, also zählt das nicht. Außerdem hab ich mir gedacht, dass du kneifen willst, deshalb hab ich deine Adresse rausgefunden. Um dich abzuholen.«

»Du weißt, dass du durchaus gruselige Züge besitzt?«

»Ein paar«, gibt er schulterzuckend zu. »Aber ich kann ein ernst gemeintes Nein durchaus akzeptieren. Willst du echt heute allein hier herumsitzen, nach deiner ersten Woche als Assistenzärztin in einer neuen Stadt, und bereits jetzt damit anfangen, deinen Job als das einzige Leben zu sehen, das du hast?« Irgendwie trifft er damit einen Nerv. Seine Worte durchfluten mich. Überschwemmen mich. Reißen mich mit. Begraben mich unter sich … Bis ich zurück an die Oberfläche finde und den ersten tiefen Atemzug mache.

Dieser Job *ist* mein Leben. Und das ist in Ordnung. Das wird er auch sein, wenn ich mich entscheide, hierzubleiben, einen Film zu sehen und danach im Bett zu verschwinden. Und das wird er sein, wenn ich mich entscheide, auszugehen und Spaß zu haben, auch wenn die zu behandelnden Menschen im Whitestone in dieser Sekunde um ihre Gesundheit kämpfen.

Es fällt mir schwer, einfach loszulassen.

»Was sagst du?«, hakt Ian beinahe vorsichtig nach.

»Drei Drinks«, erwidere ich, öffne die Tür ganz und gehe ein Stück zur Seite, damit er eintreten kann.

Drei Drinks, weil ich Ian nett finde und ich zwar müde bin, aber auch sehr gerne noch einmal rausmöchte, um etwas anderes zu sehen als das Krankenhaus. Also ja, ich gehe mit. Ich gehe aus. Und es fühlt sich plötzlich aufregend an.

»Hat sie Ja gesagt?«, ruft Jess, und Ian marschiert sofort in Richtung Laptop.

Shit.

»Hallo, Schwester von Laura.«

Ich hechte zur Couch, springe James-Bond-mäßig über die Lehne und keuche: »Okay, Jess, bis die Tage. Liebe dich!«, während sie Ian mustert.

Einen Moment später können wir sie noch sagen hören: »Es stimmt, er ist wirklich süß und …«

Aufgelegt. Puh.

»Du findest mich süß?« Ian setzt sich auf die Couch und zeigt auf die Pizza.

»Bediene dich ruhig. Ich brauche noch ein paar Minuten, okay?«, sage ich und gehe nicht auf den Rest ein. Ich stehe bereits im Fettnäpfchen, ich muss mich nicht noch darin suhlen.

»Lass dir Zeit. Der Abend ist jung, und ich hab morgen erst um eins Dienstbeginn.«

Keine halbe Stunde später sitze ich frisch geduscht und wacher als gedacht in einer Corvette mit offenem Verdeck.

»Gefällt dir das Auto?«, fragt Ian, als er losfährt, während ich den schwarzen Zweisitzer mit seinen gepflegten roten Ledersitzen, dem edlen Lenkrad und dem einzigartigen Sound bestaune.

»Eine Corvette C3 Stingray«, murmle ich und strahle Ian an. »Ich bin beeindruckt.«

»Und ich erst. Wenn mein Bruder hört, dass ich in diesem Wagen saß …« Ich schüttle ungläubig den Kopf. »Es ist sein Traumauto, seit wir klein waren. Ich kenne die Daten für seine Wunschcorvette auswendig: 69er Modell, 390 PS, 427er Big Block, in Schwarz oder dunklem Blau und mit dunklen Ledersitzen«, rattere ich herunter.

»Dein Bruder hat einen guten Geschmack. Meine ist aus den Siebzigern. Eine 454 mit 365 PS.« Ian wirft mir einen Seitenblick zu, während der Fahrtwind die Strähnen, die sich aus dem lockeren Zopf gelöst haben, durcheinanderwirbelt und meine Haut kühlt. Es ist immer noch warm, aber nicht zu vergleichen mit den Temperaturen des Tages. Die dauerhafte Hitze bin ich nicht gewohnt.

»Ich kenne wirklich nur dieses eine Auto, weil Logan, als wir jünger waren, mindestens ein Mal die Woche davon geschwärmt hat. Und zwar eine sehr lange Zeit.«

»Verstehe ich. Dieses Auto … ist ein Erbstück.« Sein Zögern ist mir nicht entgangen, aber ich werde ihn nicht darauf ansprechen. Mein Gefühl sagt mir, dass wir uns dafür noch nicht lange genug kennen. Und meistens hat es recht. Deshalb wechsle ich das Thema und meine, so etwas wie Dankbarkeit und Erleichterung in Ians Ausdruck erkennen zu können.

»Wo fährst du uns hin? Ist das nicht der Weg zum Krankenhaus?«

»Gut aufgepasst. Keine Sorge, ich zwinge dich nicht, noch zu arbeiten. Bei den Beinen würden unsere Herzpatienten reihenweise Herzrhythmusstörungen bekommen.« Er zeigt vage auf meine kurzen Jeans, und ich verdrehe die Augen.

»Ich glaube, ich sollte dir einen Crashkurs darin geben, wie man Eindruck bei Frauen schindet.«

»Ich bin witzig!«, empört er sich, während er in die nächste Straße abbiegt und die Lichter der Stadt an mir vorüberziehen wie gewaltige Sternschnuppen.

»Witzig und irgendwie unbeholfen und gruselig. Eine seltsame Mischung.«

»Du hast süß vergessen. Und sexy!«

»Von sich selbst überzeugt und frech«, ergänze ich die Liste und schmunzle.

»Ich kann unmöglich alles falsch machen.«

»Wieso bist du dir da so sicher?«

Er hält an einer roten Ampel und dreht sich grinsend zu mir. »Weil du nicht hier sitzen würdest, wäre es anders.«

»Stimmt. Ich glaube, wir können Freunde werden.«

»Freunde«, sagt er lachend. »Schauen wir mal, was du nach den drei Drinks dazu meinst.«

»Das hier ist kein Date, Ian«, erwidere ich belustigt.

»Sollen wir es einen Ausflug unter Kollegen nennen?« Er schneidet alberne Grimassen, und ich amüsiere mich so gut wie lange nicht mehr.

Danach genießen wir für ein paar Minuten die Fahrt, ohne zu reden, und ich merke, dass ich mich bei Ian trotz seiner fragwürdigen Momente sicher und gut aufgehoben fühle. Er wirkt vielleicht etwas übereifrig, aber ich glaube, dass er ein richtig guter Kerl ist. Ich würde gerne abschalten und meinem Kopf erklären, dass ich Feierabend habe, aber es will nicht funktionieren. Meine Gedanken springen immer wieder zum Krankenhaus, zu meiner Zukunft …

»Wieso bist du Chirurg geworden?«, frage ich ohne Vorwarnung und durchbreche die Stille.

»Ich wollte zuerst Internist werden.« Er befeuchtet seine Lippen und schaltet einen Gang runter, weil wir langsamer werden. »Aber habe dann doch mit der Herzchirurgie angefangen, um kurz darauf in die Thoraxchirurgie zu wechseln. Die Innere wäre genauso stressig gewesen, aber eben doch anders. Nur minimal invasive Eingriffe, viel mehr auf Station als im OP. Es ist familien- und freizeitfreundlicher, wenn man es als Ganzes betrachtet. Trotzdem habe ich mich dagegen entschieden. Ich stehe gern im OP. Ich brauche das und liebe diesen Job. Doch ich habe für mich erkannt, dass ich nicht für ihn leben will. Nicht nur. Es hätte mich kaputtgemacht. Deshalb gehe ich das Ganze etwas lockerer an – nicht verantwortungsloser, aber lockerer.«

Ich schlucke schwer, versuche, seine Worte zu verdauen. Ja, ich weiß, was er meint. Trotzdem habe auch ich es mir ausgesucht. Trotzdem genieße ich es. Und doch frage ich mich nicht das erste Mal, ob es mir wirklich für immer reichen wird. Ob mich dieser Job, etwas, das ich so sehr liebe, kaputtmachen wird. Denn das kann es. Das, was man liebt, kann einen zerbrechen. Leichter, schneller und schmerzhafter als alles andere.

13. Kapitel

Nash

»Harter Tag?« Ich muss meinen Kopf nicht heben, um zu wissen, wer sich neben mich an die Theke gesetzt hat.

»Danke, Faye«, sage ich zu der Barkeeperin, als sie mir das Glas mit meinem Single Malt hinstellt. Sie arbeitet hier schon so lange, wie ich denken kann.

»Ein Wasser – on the rocks«, bestellt mein Sitznachbar scherzend, und Faye lacht über den schlechten Witz.

»Musst du noch arbeiten, Chris? Oder gehst du den Feierabend langsam an?«, frage ich meinen Freund und zugleich den Chefarzt der Chirurgie, während ich den ersten Schluck meines Getränks nehme. Verdammt guter Jahrgang.

»Ja, muss noch mal ins Büro. Ist viel Papierkram im Moment.« Er fährt sich durchs Haar und sieht dabei erschöpft aus. Weit mehr als sonst. »Die Zahlen könnten besser sein. Und in der Unfallchirurgie sind wir momentan unterbesetzt. Jefferson hat eine Stelle in New York angenommen, Fierce und Owens wollen in die Mayo Clinic wechseln.«

Scheiße, das ist nicht gut, denke ich.

Faye bringt ihm sein Wasser, er bedankt sich und trinkt einen großen Schluck, bevor er sich samt Hocker zu mir dreht.

»Jefferson ist ein Verlust.«

»Die anderen beiden genauso.«

»Menschlich nicht«, murre ich und drehe das Glas zwischen

meinen Fingern. »Soll ich unsere Bambini etwas früher auf die Notaufnahme loslassen?«

Chris lacht humorlos auf. »Es ist verrückt, nicht wahr? Das Leben meine ich. Vor gar nicht allzu langer Zeit habe ich dich so genannt. Erinnerst du dich?«

»Kommt mir vor wie eine Ewigkeit.«

»Das ist der Job«, antwortet er und seufzt. »Wenn du denkst, dass sie so weit sind, hab ich nichts dagegen. Ob in ein, zwei Monaten oder jetzt. Du machst das schon.«

Jetzt bin ich es, der lacht. »Ich hätte Nein sagen sollen.«

»Haben dich die Neuen etwa schon an den Eiern, Nash? Du wirst das hinkriegen. Du weißt, worauf es ankommt, und du bist einer der besten Chirurgen, die wir haben. Ich weiß, du denkst, ich hätte dir den Job gegeben, weil ich verzweifelt war oder dich bevorzuge, aber ich gab ihn dir vor allem, weil du der Beste dafür warst – und noch bist.«

Ich nicke nachdenklich. »Danke. Ich versuche, es ihnen so schwer zu machen wie du mir im ersten Jahr.«

»Das will ich hoffen!« Er prostet mir zu und trinkt den Rest seines Wassers in einem Zug. »Und jetzt verrate mir, warum du nicht zu Hause bist, sondern hier und teuren Whiskey trinkst.«

»Mir geht viel durch den Kopf, das ist alles.«

»Wie lief die OP heute?« Ich antworte nicht, aber das ist ihm Antwort genug. »Scheiße. Tut mir leid.« Ja. Mir auch.

Ich nehme wieder einen großen Schluck und genieße das leichte Brennen, als mir der Alkohol die Kehle hinabrinnt. »Und Ria wurde wieder eingeliefert.« Chris flucht.

»Also ganz so, wie ich vermutet habe. Ein harter Tag.« Er steht auf, bleibt aber noch bei mir stehen. »Es kommen auch wieder bessere. Leichtere. Schönere. Das weißt du. Sonst würden wir diesen Job weder machen noch durchhalten.« Dann klopft er mir dreimal auf die Schulter, und wir verabschieden uns voneinander.

Ich sollte auch gehen und das, was passiert ist, vergessen. Es war nicht meine Schuld. Manchmal schafft es das Herz einfach nicht. Manchmal schafft es der Patient oder die Patientin nicht. Wir sind keine Götter. Wir sind nur Menschen, die ihr Bestes geben. Und das Beste reicht manchmal eben nicht.

Dennoch ändert das nichts daran, dass man ein Leben verloren hat. Dass man aus dem verschissenen OP rausgeht und weiß, man muss den Familienmitgliedern sagen, dass ein Mensch, den sie lieben, es nicht überlebt hat. Dass *ich* das tun musste ... Von all den Dingen, die ich am meisten hasse, ist das mit Abstand das Schlimmste. Egal, wie oft man gewinnt, dieses eine Mal, das man verliert, setzt alles Gute zurück auf Anfang. Als würde man von vorne beginnen, wieder und wieder und wieder, und keinen Schritt vorwärtskommen.

Aber Chris hat recht: Die guten Tage sind es wert, die schlechten zu ertragen. Egal, wie oft sie einen brechen.

Ich lasse meinen Blick schweifen. Die Bar ist voll. Wie immer, wenn ich hier bin. Voller Mediziner und Medizinerinnen, Pflegepersonal und vereinzelt ein paar Feuerwehrleute. Ich kenne viele von denen, die heute Abend hier sind, mache sogar ein paar der Frischlinge aus, die nun die erste Woche im Whitestone hinter sich haben. Touristen verirren sich selten hierher, Einheimische ebenso wenig.

Fayes Bar gibt es bereits seit den Siebzigern, und sie hat sich über die Jahre als Treffpunkt etabliert für Menschen, die sich tagtäglich durch ihren Job mit Unfällen, dem Tod und Krankheiten auseinandersetzen müssen.

Das Whitestone liegt quasi um die Ecke, keine zwei Straßen weiter. Die Feuerwache auf der anderen Seite. Und auch von den anderen Krankenhäusern ist es nicht weit bis hierher. Selbst wenn, es wäre egal.

Die Leute kommen gerne her. Weil wir unseren Job mit nach Hause nehmen – immer – und es dennoch nicht wollen. Das hier ist ein Zwischenstopp, um loszulassen, Dampf abzulassen, den Tag Revue passieren zu lassen und sich einen Song an der Jukebox auszusuchen. Hier wird geredet und geschwiegen, Billard gespielt und Fayes Spezialsoße mit selbst gemachten Fries gegessen.

Manche Menschen hier wollen alles – nur nicht nach Hause.

An diesem Punkt bin ich noch nicht. Wenn man nicht mehr nach Hause will, dann gab es zu viele harte Tage, zu viele Verluste, zu viele Anrufe. Wenn man nicht mehr nach Hause will, wartet dort nichts mehr als die Schatten der Dinge, die man jeden Tag erlebt hat.

Vielleicht ist das in Wirklichkeit unser Anreiz. Leben zu retten, damit wir unser eigenes nicht verlieren.

Ich sitze da, lasse meinen Blick über die Gesichter gleiten, die vom warmen Licht der Bar beleuchtet werden, und ich merke, woran ich denke. An meinen Job, ja. An das, was heute passiert ist, und an meine neue Herausforderung. Aber auch an einen ganz bestimmten Menschen – der vermutlich gerade mit dem nervigsten Typ der Welt auf einem Date ist.

Fuck. Keine Ahnung, was mit mir los ist.

Weil Faye beschäftigt ist, stecke ich das Geld unter mein Glas und … Was zur Hölle?

Wie versteinert bleibe ich auf dem Hocker sitzen, als ich sehe, wer gerade die Bar betritt.

Ian. Und Laura. Er bringt sie für das Date hierher? An diesen schwermütigen Ort, der so viel zu erzählen hat? Ich schnaube kurz und heftig. Womöglich nervt es mich auch nur, weil ich nicht früh genug aus der Bar rausgekommen bin, um ihnen aus dem Weg gehen zu können. Entgegen dem allgemeinen Getratsche haben Ian und ich kein Problem miteinander. Wir könnten Freunde sein. Wer weiß, vielleicht werden wir das irgendwann, doch im Moment begnügen wir uns weiterhin damit, gute Kollegen zu sein, die sich jeden Tag aufs Neue in den Wahnsinn treiben. Ian ist arrogant, hat ein großes Maul und zu viel Blödsinn im Kopf. Er ist sprunghaft. Nichtsdestotrotz respektiere ich ihn. Er ist ein guter Arzt, ist loyal und ehrlich.

Auch wenn wir nicht oft einer Meinung sind – manchmal kommt es vor. Und wie auf Kommando mustere ich das Gesicht seiner Begleitung. Unserer neuen Assistenzärztin.

Lauras Wangen sind gerötet, ihre Haut glüht regelrecht, und ihr halb zerzaustes blondes Haar umrahmt ihre feinen Züge, auf denen ein wunderschönes Lächeln liegt. Sieht aus, als hätte Ian sein Auto wieder.

Die Tage habe ich zu viel an sie gedacht. Sie wird eine fantastische Ärztin, wenn sie ihr Temperament etwas mehr zügelt, ohne ihre Leidenschaft zu verlieren.

Und ich hoffe, dass sie nie hier sein und sich wünschen wird, nicht nach Hause zu müssen.

»Nash, alles klar?« Ian kommt auf mich zu, und ich erhebe mich, um ihn und Laura zu begrüßen. »War das Chris dort draußen? Warum ist er schon wieder los?« Er reicht mir die Hand, und ich drücke seine fest.

Lauras Ausdruck verändert sich nach seinen Worten, sie wirkt nachdenklich – und auf einmal vollkommen geschockt. »Chris wie in Dr. Chris Gardner? Unser Chefarzt? Er ist eine Legende!«

Das bringt mich zum Lächeln. »Lassen Sie ihn das nicht hören. Er hält auch so bereits zu große Stücke auf sich selbst.« Das darf er auch. Er ist ein brillanter Arzt und noch dazu ein menschlich gebliebener.

Das ist das erste Mal, dass ich Laura seit dem kleinen Zusammenstoß und dem seltsamen Gespräch über unseren Flurfunk begegne. Ich war fast nur im OP und mit ein paar anderen Neulingen beschäftigt. Und es ist das erste Mal, dass ich sie außerhalb des Whitestone sehe. Ohne Kasack und Kittel. Nicht als Arzt und Ärztin.

»Hey«, begrüßt sie mich, während sie mir fest in die Augen schaut und lächelt. Und ich bilde mir ein, dass sie damit sagt: *»Schön, dich zu sehen.«*

Wir hatten einfach einen seltsamen Start.

»Hey.«

Sie sieht großartig aus. Das tut sie aber auch in Arbeitskleidung mit weiter Hose und Kittel, mit Augenringen und vor Wut geröteten Wangen oder wenn sie ihr Kinn herausfordernd in die Höhe reckt.

»Ok-ay«, sagt Ian gedehnt. »Ich bin dann mal dort hinten. Ruft mich, wenn ihr zum Tequila wechselt, klar?« Er zwinkert mir zu, und ich könnte schwören, er würde seine Lippen zu einem »Versau es nicht!« bewegen. Er ist schneller in Richtung Billardtisch am anderen Ende der Bar verschwunden, als ich es schaffe, Einspruch zu erheben. Ich erkenne Evelyn und ein paar andere unseres Pflegepersonals, die er begrüßt.

Irgendwann schnalle ich ihn an den OP-Tisch und schneide ihn mit einem stumpfen Messer auf, damit er mich nicht mehr in den Wahnsinn treiben oder in unangenehme Situationen bringen kann.

»Vielleicht sollte ich …«, beginnt Laura, hält aber sofort wieder inne, als mein Blick zurück zu ihr wandert. Sie neigt den Kopf zur Seite und mustert mich, schürzt ihre Lippen. »Sie sehen immerzu unglücklich aus, wenn ich Sie treffe. Oder mürrisch. Langsam bekomme ich das Gefühl, es liegt an mir.« Sie atmet tief durch. »Entschuldigung. Ich wollte nicht … Was ich damit sagen möchte: Ich gehe besser zurück zu Ian. Ihnen einen schönen Abend.« Sie möchte an mir vorbeigehen, und obwohl ihre Worte mich für einen Moment sprachlos machen, reagiere ich reflexhaft und fasse sie sacht am Oberarm.

»Warten Sie. Bitte.« Als ich begreife, was ich da gerade tue, lasse ich sofort von ihr ab und räuspere mich. »Ich bin … einfach etwas mürrischer als Ian«, bringe ich hervor und muss fast über meine eigenen Worte schmunzeln. Ihr geht es genauso. »Und ich möchte ungern Ihr Date stören.«

»Dann passt es gut, dass es kein Date ist«, antwortet sie und lächelt dieses Lächeln, das mir durch Mark und Bein geht. Mich entwaffnet.

Scheiße.

»Was ist es dann?«, frage ich und weiß, dass mich das nichts angeht.

»Ein Einsehen, dass es vielleicht ganz guttut, etwas Spaß zu haben und sich von der Arbeit abzulenken. Unter Kollegen, versteht sich.« Das Letzte führt sie sehr nachdrücklich, beinahe neckend an. »Und ich schulde ihm wohl drei Drinks.«

»Wenn es nur das ist.«

»Klingt, als könne man bei Ian weit mehr verlieren.«

»Vor allem seine Nerven …«, murmle ich, was sie zum Lachen bringt. Ich ertappe mich dabei, es zu mögen. Sie zum Lachen zu bringen.

Ich sollte wirklich verschwinden. Wieso bewegen sich meine verschissenen Beine nicht?

»Ich werde wohl nur einen Cider trinken oder eine Weinschorle. Ist das Ihrer?« Sie zeigt auf den Whiskey hinter mir und setzt sich auf einen Hocker. »Möchten Sie noch einen?«

Statt zu gehen und den restlichen Abend mit Jax zu verbringen, der mittlerweile bestimmt meine Bude samt Futterautomaten auseinandernimmt, höre ich mich »Gern« antworten und setze mich zurück auf meinen Hocker. Ich bin so ein Idiot.

»Sie haben morgen frei, nicht wahr?«, höre ich mich fragen.

»Mein erster freier Tag am Whitestone. Fühlt sich seltsam an. Und Sie?«

»Nicht mein erster freier Tag, aber ich habe morgen auch keine Schicht.« Faye schaut vorbei, und wir bestellen unsere Getränke, als jemand auf einmal hinter mir laut grölt.

»Laura! Du bist ja doch hier!« Rivera umarmt sie und freut sich riesig, sie zu sehen. »Ich hab dich nicht erwartet, du hast nicht geschrieben und …« Er lallt ein wenig und verstummt, als er mich erkennt. »Dr. Nash … ich meine Brooks. Sorry, ich wollte nicht stören.« Dann beugt er sich zu Laura und sagt in ihr Ohr: »Ich bin schon etwas betrunken, aber verrate es Nashville nicht, okay?« Er wollte wohl flüstern, aber das hat nicht funktioniert. Gut gelaunt hebt er beide Daumen und freut sich. »Sierra und Maisie sind auch da und ein paar andere. Der Rest hat noch Schicht oder muss morgen früh raus. Kommt später mal rüber.« Er seufzt, bevor er sich noch mal an Laura wendet. »So schön, dass du da bist. Du kannst Sierra nachher helfen, mich zu mögen.«

Himmel, zum Glück hat er morgen erst die Nachtschicht. Vorher wird er auch nicht wieder nüchtern. Er umarmt Laura so schwungvoll, dass sie auf dem Hocker beinahe das Gleichgewicht verliert, und ich zucke aus Reflex zusammen, halte ihr rechtes Bein, das bereits in der Luft hing.

»Na, hier geht ja richtig die Post ab«, kommentiert Faye das Ganze hochamüsiert, während sie Lauras Cider und meinen Whiskey vor uns abstellt und mir danach zuzwinkert. Faye ist für mich fast wie eine Ersatztante. Trotz ihrer vierundfünfzig Jahre ist sie so energiegeladen wie ein Teenager und immer gut drauf. Keine Ahnung, wie sie das macht.

»Bis nachher«, murmelt Rivera und schwankt davon. Endlich.

»Wow«, staunt Laura und löst ihre Haare ganz aus dem Zopf. »Vielleicht sollte er nichts mehr trinken.«

»Alles okay?«

»Klar. Mitch ist ein netter Kerl.« Sie zuckt mit den Schultern und in dem Moment, in dem sie ihre Hände auf ihre Beine sinken lässt, wird uns beiden klar, dass meine Hand noch immer auf ihrem Knie liegt. Wir starren sie beide an, und ich nehme sie augenblicklich weg.

Mit einem Räuspern greife ich nach meinem Glas und finde gerade noch so meine Höflichkeit wieder, indem ich warte, bis Laura es mir gleichtut, bevor ich einen großen Schluck nehme.

»Hm, der ist fantastisch«, meint sie begeistert. »Ich habe ewig keinen mehr getrunken.«

»Faye kauft nur das Beste ein. Hier findet man keinen zweitklassigen Fusel.«

»Ist das die Besitzerin?«

»Und die Bedienung.« Ich deute in ihre Richtung.

»Wirklich schön. Sind Sie oft hier?«

»Oft genug«, antworte ich ehrlich. »Manchmal kann man nicht nach Hause.«

Sie atmet tief durch. »Nein. Manchmal kann man das nicht«, wispert sie, und ihr Blick wird wehmütig. Nicht lange, aber lange genug, damit es mir auffällt. Es ist das, was der Job mit einem macht. Und es ist okay, weil uns bewusst ist, worauf wir uns einlassen. Aber dennoch tut es mir weh, dass sie genau weiß, was ich meine. Ich wünschte, es wäre nicht so.

»Das wegen Ryan – ich wollte Sie nicht so anfahren.«

»Doch, wollten Sie. Und das zu Recht.« Ein Schmunzeln ziert ihre Lippen.

»Stimmt. Ich hätte es trotzdem auf eine freundlichere Art tun können.«

Sie nimmt einen großen Schluck ihres Getränks und leert damit beinah das halbe Glas. Ich beobachte sie, wie sie dasitzt und die Umgebung in sich aufnimmt. Wie sie lächelt, nachdenkt, wie sie trinkt, seufzt und … Scheiße, ich merke, dass ich das den ganzen Abend lang tun könnte. Die ganze Nacht.

Heute und morgen.

Und den Tag danach.

14. Kapitel

Nash

»Mir lochst du nichts mehr ein!«, ruft Laura, während sie sich mit ernstem Blick an ihren Queue lehnt und Ian fixiert, der auf der anderen Seite des Billardtisches steht. Ich lache leise und schüttele den Kopf, weil Ian deshalb die Kugel um Längen verfehlt – und weil er angetrunken ist. Nicht so schlimm wie Laura, aber er baut ab.

»Wieso sagst du so was Gemeines?«, fragt Ian verzweifelt, und Laura kichert hinter vorgehaltener Hand.

»Jetzt bin ich dran.« Hoch konzentriert stellt sie sich neben mich an den Tisch, beugt sich vor und setzt den Queue an. Dabei steckt sie sich die Zunge leicht zwischen die Lippen und sieht unendlich niedlich aus. Vor allem, weil sie die Kugel so auf keinen Fall treffen wird.

Also trete ich vorsichtig näher und lege meinen Finger etwas weiter hinten gegen den Stock – ohne dass sie es merkt –, damit sich der Winkel ändert. Ich halte dagegen, spüre, wie das Holz sich an meiner Haut bewegt, und als ich aufsehe, merke ich, dass Ian mich drohend anfunkelt.

»Du!« Er zeigt auf mich, aber mehr bekommt er nicht raus, und ich grinse bis über beide Ohren, als Laura zustößt, die weiße Kugel perfekt trifft und eine andere dadurch einlocht. In dem Moment, als sie zu jubeln anfängt, trete ich zurück, damit sie nicht bemerkt, dass ich etwas nachgeholfen habe.

»Das ist Beschiss. Nash hat dir geholfen.«

»Du hast zu tief ins Glas geguckt, Ian. Ich stand die ganze Zeit unschuldig hier rum. Mehr nicht.«

»Ja, total unschuldig«, meint Harris sarkastisch von ihrem Sitz aus, den sie sich an den Billardtisch gezogen hat. Rivera sitzt neben ihr, ist mit dem Kopf auf ihrer Schulter schon vor einer halben Stunde eingepennt.

»Willst du sagen, ich bräuchte beim Zustoßen Hilfe?«

Verwirrt und belustigt zugleich schaut Ian sich um. »Leute! Kann ich hier überhaupt gewinnen?«

»Ich denke nicht«, meint Sierra, bevor sie einen Schluck ihrer Limonade trinkt. Rivera schnarcht lauter, als die Jukebox Musik abspielen kann, und Laura tut so, als würde sie darüber nachdenken. Wir sind mit die Letzten, die noch hier sind.

Diese Abende sind selten. Dass wir trinken, dass wir loslassen. Dafür wissen wir viel zu gut, was zu viel Alkohol mit einem Menschen machen kann und wie sehr er dazu verleitet, ihn zu trinken, um schlimme Dinge zu vergessen. Das Einzige, das man dabei vergessen kann, ist, dass Alkohol dir dabei nicht helfen wird.

Und weil wir es nicht aus diesem Grund tun, macht es Spaß. Ich hätte nicht gedacht, dass ich heute aus einem anderen Grund als wegen schlechter Gedanken und Schuldgefühlen nicht nach Hause gehen wollen würde …

»Hey, Nash. Darfst du eigentlich mit uns hier Spaß haben? Du weißt schon, mit uns Anfängern?«, fragt Ian und ihm ist klar, dass er damit einen wunden Punkt trifft. Der Arsch.

»Mach weiter und hör auf zu reden, das klappt nicht mehr so gut, wie du denkst.« Ich sage das in dem Versuch, nicht antworten zu müssen, doch Laura hat sich zu mir umgedreht, steht direkt vor mir. Sie schaut mich an, als würde sie eine Diagnose stellen wollen. Als suche sie nach Antworten. Und dieser Blick geht mir durch und durch, jagt mir einen Schauer nach dem anderen über den Rücken.

»Und?«, fragt sie mich, als wären wir allein in dieser Bar. »Dürfen Sie?« Dabei lallt sie ein wenig, auch wenn sie sich sehr viel Mühe gibt, es nicht zu tun.

»Wollen Sie die einfache oder die komplizierte Antwort?«

»Wenn es eine einfache gibt, ist die komplizierte nicht nötig. Oder?« Wenn es nur so wäre …

»Die einfache lautet ja, ich darf.«

»Die komplizierte?« Sie lehnt den Kopf an den Queue, den sie mit dem Ende auf den Boden gestellt hat und der genauso schwankt wie sie.

»Ich dachte, die sei nicht nötig.«

»Ich bin zu neugierig, um darauf zu verzichten.«

»Okay, sie lautet, dass ich es vermutlich nicht tun sollte, weil ich Ihr Betreuer und direkter Vorgesetzter bin und man mir unterstellen könnte, manche von Ihnen zu bevorteilen.«

Sie gibt ein empörtes Geräusch von sich, das einer Mischung aus Lachen, Grunzen und Schnaufen gleicht. Danach bekommt sie Schluckauf. Und verliert den Faden.

»Oh nein. Was, wenn der nie wieder weggeht?« Sie sieht mich erschrocken an und scheint das absolut ernst zu meinen.

»Die Prävalenz dafür liegt bei etwa eins zu hunderttausend. Wenn ich auf dem aktuellen Stand bin.«

»Ich weiß nicht, was mich mehr erschreckt – hicks: Dass mein Schluckauf vielleicht bleibt oder dass Sie – hicks – die Statistik für die Wahrscheinlichkeit dafür kennen.«

Im Hintergrund knallen zwei Kugeln aufeinander, und jemand beginnt schadenfroh zu lachen. Harris.

»Okay, das reicht. Ich hab grad die schwarze Kugel versenkt.

Ich hasse Billard!«, flucht Ian und lenkt meine Aufmerksamkeit auf sich. »Was macht ihr jetzt noch?«

»Heimgehen. Vorausgesetzt, ich kriege die Sabbernase hier von mir runter«, murrt Harris und schielt zu Rivera, der wie ein Baby schläft.

Laura möchte das kommentieren, hält jedoch inne und holt das Handy aus ihrer kleinen Tasche, weil es ununterbrochen Töne von sich gibt. Als sie einen Blick auf das Display wirft, verändert sich ihr Ausdruck, sogar ihr Hicksen wirkt beinahe wütend.

»Alles okay?«

Sie macht ihr Handy aus. »Jetzt schon. Und wenn ich meine Nummer gewechselt habe.«

Steckt sie in Schwierigkeiten? Es geht mich nichts an, aber der Gedanke behagt mir nicht.

»Ex-Freund«, sagt sie. »Josh«, ergänzt sie gedehnt, »ist der Meinung, er würde mich noch immer lieben, und alles andere würde nicht zählen, und wir sollten es noch mal versuchen. Ich solle zurück nach San Francisco kommen.« Sie schnaubt und schluckt schwer. »Er liegt falsch ... Die Dinge, die wir tun, die Entscheidungen, die wir treffen, zählen. Immer. Ob wir wollen oder nicht.«

»Er ist ein Idiot.« Nicht nur, weil er sie hat gehen lassen, sondern weil ich sicher bin, dass er irgendeinen Scheiß gebaut hat. Sonst würde Laura nicht so auf ihn reagieren.

Sie kneift gedankenversunken die Lippen zusammen. »Er ist eigentlich ein guter Kerl. Aber er hat eine Entscheidung getroffen – und mit der muss er nun leben. Ohne mich.«

»Er ist fremdgegangen, oder?«, fragt Harris freiheraus, und Laura lächelt es weg.

Das bedeutet: Ja. Wirklich, was für ein Idiot. Und ein Arschloch.

»Das schreit nach Ablenkung!«, ruft Ian laut. »Ich trinke jetzt.« Er kneift die Augen zusammen, holt tief Luft und zeigt auf Laura. »Tequila!«

»Was?«, frage ich entsetzt, und Laura hickst laut.

»Klar, sie schuldet mir noch drei Drinks.«

»Wir habens doch getan. Mehrmals!«, meint Laura, und als sie das erste Mal an diesem Abend merkt, wie anzüglich sie klingt, werden ihre Wangen noch röter, und ihre Augen weiten sich. »Das klang wie in einem schlechten Porno. Oder einer Pornotelenovela. Oh mein Gott, meine Schwester hat recht.« Keine Ahnung, was sie damit sagen will, aber ich muss mich zusammenreißen, mich nicht über sie lustig zu machen. Oder sie aus dieser Bar zu schleifen, damit sie nicht noch mehr trinkt. Dabei geistern mir ihre Worte über ihren Ex weiter im Kopf herum …

»Nein. Nicht zusammen. Jedenfalls nicht richtig«, betont Ian und ist bereits an der Bar.

Laura seufzt und legt den Queue weg. »Nicht richtig. Wie kann man das denn falsch machen? Ich meine, man hält es, man nimmt es, man schluckt es und dann ist gut.«

Jetzt kann ich nicht anders, ich lache, und es tut mir nicht leid.

»Ich habs wieder getan, oder? Seltsam geredet, meine ich. Ich verstehe das nicht«, meint sie und reibt sich über die Schläfen. »Ich hab sehr lange nichts getrunken, und ich denke – hicks – ich werde danach wieder eine sehr lange Pause einlegen.« Sie will Ian zur Theke folgen, schwankt jedoch etwas zu viel für meinen Geschmack. Bevor ich reagieren kann, schnappt sie sich meinen Arm, hält sich fest und sagt: »Sie wackeln so komisch hin und her, ich halte Sie fest, damit Sie nicht hinfallen.« Diese Frau macht mich fertig.

Grinsend begleite ich sie zu Ian, der bereits ganze sechs

Tequilashots vor sich stehen hat. Und in dem Moment, als wir stehen bleiben, sackt Laura komplett gegen mich, sodass ich sie stützen muss.

»Selbst wenn sie nicht bereits halb am Schlafen wäre, würde ich sie das nicht trinken lassen«, sage ich entschlossen. Ian zwinkert – irgendwie mit beiden Augen. Er sieht bescheuert aus dabei.

»Ich weiß. Aber ich werde die auch nicht mehr schaffen. Hey, Faye. Schieb die mal zu denen dort hinten, gehen auf mich.« Er zeigt auf die drei Feuerwehrleute, die mit uns bis jetzt durchgehalten haben und entspannt in einer Runde sitzen, um zu quatschen. Faye nickt und schnappt sich die Shots.

»Gute Nacht, Jungs. Passt auf euch und eure Begleitung auf.«

»Nacht, Faye«, sagen wir beide und schauen danach zu Laura.

»So viel zu deinen guten Vorsätzen, Nash.«

»Was zur Hölle willst du damit sagen?«

»Wirst du schon noch verstehen. Ich hau ab.«

»Du lässt sie doch nicht etwa hier?«

»Natürlich.« Verwirrt zieht er die Augenbrauen zusammen. »Ich bin betrunken. Ich fahre sie doch jetzt nicht. Ich leg mich ins Bereitschaftszimmer.«

»Scheiße, Ian, ich rede von Laura, nicht von deinem dämlichen Auto.«

»Ja, aber ich weiß nicht, warum du das tust. Sie klebt doch an dir und nicht an mir.« Er wirkt, als wäre er glücklich darüber, und bleibt neben mir stehen, um noch etwas zu sagen. »Das tut sie schon den ganzen Abend. Und du weichst auch nicht von ihrer Seite. Hör auf Fragen zu stellen, auf die du längst die Antworten kennst.«

»Ich hasse dich«, sage ich, und er lacht los, antwortet aber nicht.

»Machts gut, bis zur nächsten Schicht, Bambini!«, verabschiedet er sich von den anderen beiden, dabei kriegt es nur noch Harris mit.

Laura rührt sich, sackt immer mehr ab. Also beuge ich mich zu ihr runter, lege meinen linken Arm um sie und den rechten schiebe ich unter ihre Beine, dann hebe ich sie in einer fließenden Bewegung hoch.

»Ich bringe dich nach Hause, okay?«

»Nash?« Ein Lächeln zupft an meinen Lippen. Und für einen Moment genieße ich es, dass es mir hier, abseits des Krankenhauses, zumindest ein wenig egal sein kann, wie gut es mir gefällt, meinen Namen aus ihrem Mund zu hören. Nur heute. Nur jetzt. »Ich finde, du riechst ganz gut – hicks.«

15. Kapitel

Laura

Ich wache langsam auf, verspüre jedoch nicht das Bedürfnis, meine Augen zu öffnen oder mich zu bewegen. Mein Körper fühlt sich so schwer an, als hätte ich einen Marathon absolviert. Hinter meiner Stirn pocht es leicht, und mein Mund ist pappig. Meine Brust ist so schwer … und warm? Rasch will ich die Decke von mir ziehen, aber als meine Hand etwas Flauschiges berührt, bin ich schlagartig wach.

Ich schaue in die aufmerksamen grauen Augen einer Katze. Sie liegt auf meinem Oberkörper und schnurrt so laut, dass es mich wundert, nicht davon aufgewacht zu sein.

Ich habe keine Katze.

Unsicher schaue ich mich um, erkenne ein riesiges Fenster, vor das dünne schwarze Vorhänge gezogen sind, durch die ein Lichtschimmer dringt, der den Raum so weit erhellt, dass ich meine Umgebung erkennen kann. Ein großes Bett, mitten im Raum mit dunkelgrau karierter Bettwäsche und ziemlich bequem. Daneben an der Wand ein stummer Diener mit eindeutig männlichen Kleidungsstücken darauf. Ein schlichter Nachttisch mit schöner Lampe, darauf zwei Bücher, eines über Pianisten und ihre Musik, das andere über Medizin.

Medizin … Der Abend kommt langsam zurück, und ich werde nervös. Ich erinnere mich an die Bar und vage daran, mit Ian und Nash Billard gespielt zu haben. Bin ich bei Nash daheim? War da was zwischen uns? Fieberhaft denke ich nach, streiche mir meine Haare aus dem Gesicht. Mir fällt nichts ein.

Shit. Ich hebe die Decke hoch, die Katze miaut protestierend und fliegt beinahe vom Bett. Natürlich kann sie sich in letzter Sekunde abfangen. Sobald ich erkannt habe, dass ich nicht nackt bin und immer noch meine Sachen vom Vorabend trage, lasse ich mich erleichtert zurückfallen und entschuldige mich bei besagter Katze, die mich mit anklagenden Blicken straft.

»Es tut mir wirklich leid, okay? Aber du wirst dich bewegen müssen, ich muss aufstehen.« Es ist so still hier, dass ich es nicht wage, lauter als im Flüsterton mit ihr zu reden. Vorsichtig schnappe ich sie mir und hebe sie zur Seite, damit ich aus dem Bett schlüpfen und auf Zehenspitzen aus dem Zimmer schleichen kann. Ich schaue verschlafen um die Ecke, durch einen kleinen, aber hell erleuchteten Flur samt Deckenfenster. Zwei Türen gehen davon ab, ich sehe meine Schuhe und meine kleine Tasche.

Bin ich hier wirklich bei meinem Betreuer daheim? Oder woanders? Ist er wach, ist er hier, sollte ich gehen oder mich verabschieden? Ich bin verdammt schlecht in so was, vermutlich, weil ich keine Meisterin dieser One-Night-Stands oder Mein-Vorgesetzter-musste-mich-betrunken-mitnehmen-Dinge bin. Ich bekomme Panik, spüre, wie sie sich anbahnt. Und während ich dastehe und fieberhaft nachdenke, was ich tun soll, fühle ich etwas an meinem Bein und gebe einen erschrockenen Laut von mir.

Es ist nur die Katze. Heilige Scheiße. Ich fasse mir an die Brust, während sie mich mustert. Sie ist wunderschön und einzigartig. Schwarz mit weißer Brust, weißen Schnurrhaaren und eine Seite ihres Gesichts ist rot-orange. Fast, als hätte man vergessen, den Rest auch noch in den Farbtopf zu stecken. Eine Katze mit zwei Gesichtern.

Ich beuge mich zu ihr und streichele sie, was sie mit einem lauten Schnurren quittiert, das weniger wie ein *Danke* als vielmehr wie ein *Das wurde auch Zeit* klingt.

»Sein Name ist Jax.« Ich falle vor Schreck auf den Hintern und drehe mich nach links, in Richtung der Stimme. Dieser unverwechselbaren Stimme …

Nash. Bereits gestern Abend habe ich ihn ohne seinen Kittel gesehen, legerer und doch schicker. Eben ganz anders in seinem Shirt und den locker sitzenden Jeans. Aber jetzt? Jetzt steht er barfuß da, an die Wand gelehnt mit zwei Tassen Kaffee in den Händen, in einer dunkelgrauen Jogginghose und einem weißen Shirt, das weniger verdeckt, als es sollte. Er sieht mich so intensiv an, dass mir eine Gänsehaut über die Arme läuft. Sein dunkles Haar wirft heute leichte Wellen, wirkt, als wäre er selbst eben erst aufgestanden, sein Dreitagebart, den er hat wachsen lassen, kommt in dem Licht mehr zur Geltung als gestern – genauso wie seine sportliche Statur.

Ich erhebe mich, ohne den Blick abzuwenden, und merke, wie der Kater, nicht die Katze, weiter um mich herumschleicht.

»Sieht so aus, als könnte er dich ganz gut leiden.« Nash lächelt, stößt sich von der Wand ab und kommt auf mich zu. »Hier. Dachte, nach gestern könnte dir Kaffee guttun. Eine Ibuprofen ist in der Küche, falls du eine brauchst.«

»Danke«, murmle ich und nehme die Tasse entgegen.

»Möchtest du Milch oder Zucker?«

»Milch wäre toll«, bringe ich leise hervor, und Nash ruckt mit dem Kopf in die Richtung, aus der er gekommen ist.

»Dann müssen wir in die Küche.«

Ich folge ihm still mit beiden Händen um die Tasse und schaue mich dabei weiter um. Die erste Tür links ist geschlossen, wir gehen jedoch geradeaus und treten in einen riesigen

Raum. Ich glaube, dieses Zimmer ist größer als meine gesamte Wohnung. Nicht dass das schwer wäre, dennoch beeindruckt es mich. Links ist die offene Küche mit einer wunderschönen Kochinsel, an der drei Hocker stehen, und eine riesige Glasfront, die den Blick auf einen Garten freigibt. An der Wand mir gegenüber steht ein Schallplattenspieler, daneben ein ganzes Regal mit Vinyls. Es gibt auch ein kleineres, in dem ein paar Bücher und Magazine ihren Platz gefunden haben. Doch das wirklich Beeindruckende ist das, was in der Mitte des Raumes, zwischen Küche und Couch steht. Ein Flügel. Ich habe noch nie einen von Nahem gesehen. Auf eine Art, die ich nicht beschreiben kann, ist es magisch. Musik ist wundervoll, aber ich habe nie das Spielen eines Instruments erlernt. Wie in Trance gehe ich auf den schwarz glänzenden Flügel zu und lasse meine Finger ehrfürchtig über den Rand gleiten.

»Spielst du?«, frage ich gedankenversunken und schaue zu Nash, der gerade Milch aus dem Kühlschrank holt und sie – zusammen mit seiner Tasse – auf die Kochinsel stellt. Danach beugt er sich nach vorne und stützt sich mit den Unterarmen auf der Platte ab. Er lächelt. Und das sorgt dafür, dass ich ihn anstarre. Dass sich etwas in meiner Brust und Magengegend zusammenzieht. Dafür, dass sich mein Atemrhythmus verändert.

Ich hoffe, er merkt es nicht.

»Gibt es Menschen, die sich einen Flügel in ihr Haus stellen, ohne darauf zu spielen?«

»Mit Sicherheit. Es geht um Besitz, um Prestige oder einfach um die Schönheit solcher Dinge.« Obwohl man nichts mit ihnen anfangen kann oder will. Doch das spreche ich nicht aus.

»Aber für so jemanden hältst du mich nicht, Laura«, erwidert Nash, und darin stecken eine Feststellung und Frage zugleich. Außerdem eine Erkenntnis.

»Es tut mir leid, ich würde Sie nicht einfach so duzen. Ich meine, ich wollte Sie nicht …« Verdammt. Ist mir das gestern Abend auch schon passiert?

»Schon okay. Ich habe normalerweise kein Problem damit. Wir sind, was das angeht, ohnehin nicht zu streng. Dazu verbringen wir zu viel Zeit zusammen und haben schon zu viel durchgemacht. Bei den Bambini ist das allerdings etwas vollkommen anderes.« Amüsiert trinkt er einen Schluck seines Kaffees, während ich zu ihm schlendere.

»Also bei mir.«

»Richtig. Aber solange du mich vor den zu behandelnden Personen oder während der Visiten richtig ansprichst, sollte es kein Problem sein.«

»Ich denke, ich hatte noch einen gut.« Ich schütte mir Milch in meine Tasse und setze mich auf einen der Hocker ihm gegenüber. Dann lächle ich ihn an. Wir wissen beide, dass ich auf das eine Mal anspiele, als er mich versehentlich bei meinem Vornamen genannt hat. Im Beisein einer Patientin.

»Das ist Auslegungssache«, murmelt er, und ich unterdrücke eine weitere kleine Spitze gegen ihn. Stattdessen schaue ich mich genauer um. Der Garten, den ich durch die Glasfront hinter Nash erkennen kann, ist klein, aber wunderschön. Etwas wild, aber dennoch gepflegt. Nur sieht man auch deutlich, wie sehr die Pflanzen und das Gras unter der Hitze leiden.

»Wird das Gras hier je richtig grün?«

Nash folgt meinem Blick für einen Moment, danach schaut er wieder zu mir. »Wird es. Es gibt durchaus ein paar Regentage im Jahr. Ansonsten malt man es halt an.«

»Ich dachte immer, das wäre ein Witz, aber eine Kommilitonin aus Kalifornien hat mir das auch mal erzählt. Auf wasserbasierte Farbe, die erst beim nächsten Mähen verschwindet, wird wohl oft zurückgegriffen. Ich konnte bis dahin nicht glauben, dass die Leute sich ihr Gras mit Farbe anmalen, nur damit es schön aussieht.«

»Wenn das Wasser knapp ist und man nicht bewässern darf, ist das eine Alternative. Solange es der Umwelt nicht schadet.«

»Dir ist es egal, wie ich sehe.«

»Ist es. Meinem Gras ist es auch egal.« Er sagt das dermaßen ernst, dass ich ein schallendes Lachen dieses Mal nicht verhindern kann. Und ich genieße es.

Ich hätte gedacht, es wäre unangenehmer. Anstrengender oder peinlicher mit ihm. Wie auch immer so eine Nacht alkoholisiert im Bett des Chefs eben sein kann. Aber es ist nichts davon. Trotzdem brennt mir eine Frage auf der Zunge.

»Ich war ziemlich betrunken, oder?«

»Es wundert mich, dass du die Kopfschmerztablette noch nicht angerührt hast.«

»Okay. Das sagt alles.« Ich trinke einen letzten Schluck, nehme meine Tasse und die Milch, stehe auf und beginne, sie wegzuräumen. »Hoffentlich war ich nicht allzu seltsam«, sage ich, wobei ich mich umdrehe und nach seiner leeren Tasse greife, um sie ebenso wegzuräumen. Für einen Augenblick verharre ich, weil ich dabei seine Schulter streife, und von jetzt auf gleich wird es doch seltsam – aber auf eine gute und verdrehte Art. Auf eine Art, die mir vermutlich nicht gefallen sollte. Es aber dennoch tut.

»Ich hab auf der Couch geschlafen«, meint er. »Ich wollte dich heimbringen, nur hast du mir deine Adresse nicht nennen können, und ich wusste auf die Schnelle nicht, wo ich sie herkriegen könnte. Ian hat nicht geantwortet.«

»Danke«, erwidere ich leise und schlucke schwer, als er den Kopf hebt und sein Blick meinen trifft. Ich umklammere die Tasse in meiner Hand zu fest, zu krampfhaft und bin mir nicht sicher, ob mein Körper noch genug Sauerstoff bekommt, denn für eine halbe Ewigkeit hat er vergessen, wie man das macht. Das Atmen.

Ich habe Geschichten gehört. Von dieser Form der Stille, die in Wirklichkeit keine ist. Von diesem Gefühl, das einem so vertraut vorkommt, obwohl man es nicht kennt. Von dieser Anziehung, die man sich nicht erklären kann und die auf einmal einfach da ist. Von dieser Ehrfurcht und Angst, die einen nicht lähmen, sondern aufwecken.

Ich habe Geschichten gehört, und ich habe sie nicht geglaubt. Bis jetzt. Ich war eine Närrin.

Zittrig atme ich tief ein und wende mich ab. Als ich bei der Spüle ankomme und seine Tasse abstelle, bin ich hellwach und verwirrt.

Ich schließe die Augen, sammele mich kurz.

Dass ich Nash anziehend finde, kann ich nicht gebrauchen. Das macht die Dinge kompliziert.

Ich sollte nach Hause fahren. Also drehe ich mich schwungvoll um, weil ich mich verabschieden möchte. »Danke für gestern, ich sollte jetzt aber wirklich …« Ich erstarre. Er lehnt nicht länger an der Kücheninsel, auf der nun Jax sitzt. Nein … er steht vor mir.

Und wir sehen einander an wie zwei Menschen, die nur stumm bleiben, weil es zu viel zu sagen gibt. Wie zwei Feinde, die nicht wissen, wie man sich bekriegt – oder wie zwei Vertraute, die nicht wissen, wie man sich liebt.

16. Kapitel

Nash

Keine Ahnung, was ich hier tue. Warum ich mich überhaupt bewegt habe. Scheiße, ich weiß ja nicht einmal, warum ich gestern Abend nicht gegangen bin, als ich es vorhatte. Warum ich geblieben bin, nachdem Laura die Bar betreten hat.

Und jetzt ist ausgerechnet die eine Frau in meinem Zuhause, die nicht hier sein sollte. Eine Kollegin. Eine Assistenzärztin im ersten Jahr.

Wieso habe ich das zugelassen? Es gibt nur zwei Regeln in meinem Leben: *Nimm deine Arbeit nicht mit nach Hause und dein Privatleben nicht mit auf die Arbeit.* Beides bringt nichts als Ärger, also habe ich mich bisher daran gehalten; so gut es eben möglich war.

Bis jetzt. Denn jetzt steht besagter Ärger in meiner Küche und schaut mich aus großen blaugrauen Augen an. Einem Himmel gleich, an dem gerade ein Sturm aufzieht. Ihr Haar umrahmt in wilden Wellen ihr überraschtes Gesicht, und ich muss den Impuls unterdrücken, sie zu berühren.

Dabei sehe ich es. Wie sie mich mustert. Wie ihr Atem stockt und ihr Brustkorb sich stärker hebt und senkt als noch vor wenigen Augenblicken. Und ich müsste lügen, wenn ich sagen wollte, dass es mir missfällt. Das – oder sie. Aber ich wäre ein Idiot, auch nur zu glauben, es könnte funktionieren. Denn das kann es nicht. Und ich wäre ein egoistischer Arsch, würde ich es dennoch versuchen. Für eine Nacht. Einen Kuss. Irgendetwas.

Ian hat ständig irgendwelche Affären und One-Night-Stands und kommt damit klar. Er sagt, es würde ihm nichts bedeuten und er bräuchte es bloß für den Ausgleich – bis die Richtige kommt. Ian, so wankelmütig er auch ist, glaubt an das Konstrukt der wahren Liebe, die nichts zerstören kann. Ich hingegen glaube, dass es nicht viel gibt, was der Realität standhalten kann. Am Ende bleibt nur eines ganz sicher: der Tod. Das Loslassen. Ich sehe es jeden Tag, Woche für Woche – und so sehr ich es möchte, ich weiß nicht, ob ich es ertragen könnte, etwas in meinem Leben zu besitzen, das ich wirklich brauche, aber jederzeit verlieren kann.

Ist es das wert?

Nein. Vielleicht. Ich weiß es nicht. Am wenigstens weiß ich es, wenn Laura vor mir steht und mich so ansieht.

Vielleicht war es aus diesem Grund für mich nicht so leicht zu ertragen, dass Ian mit ihr ausgehen wollte. Weil er sie entweder nur für eine Nacht will oder für immer. Beide Möglichkeiten haben mich einige Nerven gekostet, weil ich viel zu viel darüber nachgedacht habe.

Verdammt … eine Ärztin. Noch dazu angehende Chirurgin. Wir haben uns diesen Job und dieses Fachgebiet bestimmt nicht ausgesucht, weil der Urlaub so großzügig ausfällt, wir so kurze Schichten und immer pünktlich Feierabend haben, die Patientengespräche wie Flitterwochen sind oder die OPs so einfach, dass wir nebenbei Karaoke singen könnten. Es gibt einen Grund, warum wir so selten zu Hause sind. Warum wir vorher in Bars gehen oder direkt im Krankenhaus bleiben.

Es gibt einen Grund, warum man sich nicht mit Kollegen oder Kolleginnen einlassen sollte.

Ich habe ihn nur gerade vergessen …

Laura räuspert sich leise. »Ich sollte gehen. Ich möchte nicht unhöflich sein, aber ich habe deine Zeit bereits lange genug in Anspruch genommen. Ich sollte duschen und …« Bei dem Wort Dusche wechselt mein Kopf prompt den Kanal – von Audio zu Kopfkino. Großartig.

»Ich bringe dich heim. Ich muss nur Jax vorher füttern.«

»Nein, wirklich. Das ist nicht nötig. Ich kann laufen. Oder?« Nachdenklich zieht sie die Nase kraus.

»Wir sind hier südlich des Salt Rivers.«

»Ich kann also nicht laufen?«

»Du hast keine Ahnung, wo der langläuft, richtig?«

»Ich wohne nördlich vom Krankenhaus.« Schmunzelnd warte ich auf weitere Informationen, und sie nennt mir schließlich ihre Adresse. »Das müsste die richtige sein. Ich kann nicht klar denken«, murmelt sie und sieht ein wenig verzweifelt aus.

»Ich bringe dich gern. Es wäre eine gute Gelegenheit, mal wieder zum *Phoenix Mountains Preserve* zu fahren. Du kannst natürlich auch laufen oder den Bus nehmen, beides kostet dich aber wesentlich mehr Zeit.«

»Okay«, sagt sie schließlich und lächelt. »Ich gehe nur kurz ins Bad, wenn ich darf, und schnappe mir meine Tasche.«

Wenige Minuten später sitzen wir mit unserem Zeug in meinem Auto, und ich muss mich zwingen, auf die Straße statt auf Laura zu achten. Vor allem, weil Jax nicht mehr von ihr ablässt. Ich bringe es nicht übers Herz, ihn länger als nötig daheim zu lassen. Er liegt auf ihren Oberschenkeln und halb auf ihrem Bauch, hat sich komplett breitgemacht. Jedes Mal, wenn Laura aufhört, ihn zu kraulen, protestiert er lautstark. So ein Schleimer. Einer, mit dem ich gerne tauschen würde. Verflucht, das darf ich nicht einmal denken, ich …

»Er ist unglaublich niedlich«, meint Laura entzückt und reißt mich aus meinen Grübeleien.

»Ist er. Es sei denn, ihm ist langweilig oder er hat Hunger.«

»Hat er deshalb das Geschirr an? Nimmst du ihn immer mit, wenn du unterwegs bist?«

»Nicht zur Arbeit oder zum Einkaufen, aber ich versuche, regelmäßig mit ihm rauszugehen. Er ist speziell.« Ich werfe einen Seitenblick auf meinen Kater, der die Situation voll auskostet. Als wäre er nie zuvor in seinem Leben gestreichelt worden. »Er ist ein Einzelgänger, mag andere Katzen eher weniger. Ich habe eine Klappe in die Hintertür eingebaut, damit er selbst raus- und reinkann, wenn ich nicht da bin.« Einer der Vorteile eines Bungalows.

»Hast du ihn aus dem Tierheim?«

»Er war … ein Geschenk.« Ich kann Lauras Blick auf mir spüren und die Fragen, die sie nicht stellt. Als ich gezögert habe, war klar, dass sie misstrauisch wird.

Mist.

»Du musst es mir nicht erzählen«, sagt sie mit ruhiger Stimme. Ich weiß das. Aber ich denke, gerade weil sie es nicht erwartet, sprudeln die Worte nur so aus mir heraus, während wir durch Phoenix fahren, um zu ihr nach Hause zu gelangen.

»Jax war der Name des Jungen, den wir … den ich nicht retten konnte. Es war im dritten Jahr meiner Assistenzarztzeit, mehrere Unfallopfer durch ein starkes Unwetter, das zu heftigen Regenfällen geführt hat. Eher selten hier, aber möglich.« Noch heute höre ich die Stimmen, den Trubel, die Hektik, sehe die Panik in den Augen der Menschen und fühle meine eigene, als nach und nach immer mehr Verletzte eintreffen. »Sein Vater und er kamen gerade aus dem Tierheim, mit Jax. Er hatte ihn keine zehn Minuten, bevor sein Vater wegen der überschwemmten Straße und der schlechten Sicht in einen

Massenunfall geriet und noch am Unfallort verstarb. Jax hatte ...« Ich muss mich sammeln, um weitererzählen zu können. »Er wurde von der Feuerwehr aus dem Auto befreit. Eine breite Stange hat seinen Bauch durchbohrt, direkt die Aorta und bei seiner Größe auch andere Organe wie Bauchspeicheldrüse, den Magen ... Als ich ihn gesehen habe, war mir klar, dass er kaum eine Chance hat. Wir waren schnell – und trotzdem zu langsam. Wir haben es nicht mal geschafft, die Stange zu entfernen.«

»Es war nicht deine Schuld.«

Ich schnaube. »Das sagen wir anderen immer, aber uns selbst können wir es nie glauben.« Darauf erwidert Laura nichts. Denn es gibt nichts, was sie erwidern könnte. Es ist die Wahrheit. Wir sind nachsichtiger mit der Welt als mit uns selbst.

»Der Kater hatte in seiner Box keinen einzigen Kratzer abbekommen. Nicht einen! Und der Junge hat ihn nicht losgelassen, der Notarzt hat uns also auch einen Kater mit eingeliefert. Und irgendwann in all dem Chaos beugte ich mich zu dem Jungen, fragte ihn, wie er heißt, und stellte mich vor. ›Jax‹, sagte er und erkundigte sich, wie es seinem Kater ginge. Ich meinte, dass ich mich um ihn kümmern würde und ...« Ich gerate aus dem Konzept, als ich Lauras Hand vollkommen unerwartet auf meinem Unterarm spüre, den ich auf der Armlehne zwischen uns abgelegt habe. Ich muss mich einen Moment sammeln, bevor ich weiterreden kann.

»Jax sah mich aus diesen großen braunen Augen an und flüsterte: ›Versprochen?‹.«

»Und du hast es versprochen«, wispert Laura.

»Ja. Der Kater war keine zwölf Wochen alt, und ich habe ihn nach dem Jungen benannt, weil ... Ich konnte nicht anders. Ich weiß, trotz des Jobs und der wenigen Zeit, ich konnte ihn nicht abgeben und mein Versprechen brechen.«

17. Kapitel

Laura

Keine Ahnung, was in mich gefahren ist. Ohne weiter darüber nachzudenken, bin ich meiner Intuition und dem Impuls gefolgt, Nash berühren zu wollen. Nicht auf eine aufregende Art wie vorhin, aber dennoch auf eine nicht weniger besondere. Als Trost. Es war ein klassischer Ich-bin-für-dich-da-Moment. Ein Ich-kenne-das-Gefühl. Ein Es-wird-nie-leichter-Gedanke.

Es gibt nicht viele Dinge im Leben, die so verbinden können wie Verständnis.

Trotzdem kommt es mir nach wenigen Sekunden falsch vor, ihn weiterhin zu berühren.

Er sagt nichts dazu, und ich merke, dass er mit den Gedanken weit weg ist. Da wir bisher nicht mehr sind als Betreuer und Assistenzärztin, also Kollegen und keine Freunde, sollte ich mich zurückziehen.

Langsam und behutsam löse ich mich von seinem Unterarm, der unter meiner Hand riesig wirkt.

Gerade als meine Finger ihn fast nicht mehr berühren, greift er nach mir und drückt meine Hand für einen kurzen Augenblick. Ein stummes Danke. Ich drücke zurück, dann entzieht er sich mir, und ich streichle Jax, der auf mir eingeschlafen ist.

Ich lehne meinen Kopf an, schaue aus dem Fenster und bekämpfe die Müdigkeit, die mich befällt und meine Lider schwer werden lässt. Phoenix zieht an mir vorbei, die Sonne steht mittlerweile hoch über uns und blendet mich. Ich bin dankbar, dass hier im Wagen die Klimaanlage funktioniert, obwohl sie wegen der Hitze draußen ziemlich arbeiten muss. Wir schweigen den Rest der Fahrt. Nashs Auto ist ein minimalistischer kleiner Pick-up. Ich mag das. Das Einfache, das Schlichte und Praktische. Natürlich ist auch Ians Wagen wunderschön. Klassisch, schick. Aber dieser hier strahlt mehr Ruhe aus, mehr Wärme, auch wenn das schräg klingt. Es geht schließlich nur um ein Auto.

»Wir sind da.« Nash reißt mich aus meinen Gedanken, parkt vor der Wohnanlage und stellt den Motor ab, während Jax sich enger an mich kuschelt.

»Danke. Fürs Nach-Hause-Bringen, aber vor allem für gestern.«

»Gern.«

»Es war ein schöner Abend«, meine ich und grinse. »Zumindest das, woran ich mich erinnere.« Das entlockt ihm endlich den Anflug eines Lächelns und vertreibt die angespannten Züge aus seinem Gesicht.

»Wie viel ist das?«

»Das wirst du nie erfahren.« Ich muss seinem forschenden Blick ausweichen. Manchmal ist er mir zu viel. Zu fragend, zu aussagekräftig, zu nachdenklich – zu wissend.

Seine Hände schieben sich plötzlich in mein Blickfeld, greifen nach Jax, der lautstark protestiert, bevor Nash ihn auf dem Armaturenbrett absetzt, wo der Kater sich wieder hinlegt.

Während ich nach dem Gurt greife, überlege ich, was ich noch sagen kann. Was ich sagen sollte. Ob das überhaupt nötig ist.

Ich versuche, mich abzuschnallen, aber kriege es nicht hin. Ich fasse es nicht. Wieso geht das nicht?

»Warte, ich helfe dir.« Nashs Fingerspitzen touchieren meine, als er an dem Gurtschloss herumfummelt und am Band selbst ruckelt. Meine Haut kribbelt an den Stellen, an denen er mich berührt hat.

»Der klemmt manchmal.« Seine Stimme ist tiefer, rauer als zuvor. Leiser. Sie ist wie eine zarte Berührung, ein Hauch, der sich anfühlt wie ein Tsunami.

Es ruckelt erneut daran, dann klickt es laut, der Gurt löst sich, und ich hebe den Kopf. Ich hätte einfach aussteigen sollen. Stattdessen sitze ich noch immer da, leicht nach links gelehnt und schaue in Nashs Augen, die die Farbe eines Waldes im Morgengrauen haben. Dunkles Grün, helles Braun, ein paar Schatten, ein paar hellere Nuancen. Ich bin ihm so nah, dass ich seine Atemzüge spüre. Dass ich die Narbe an seiner Lippe erkenne und die kleinen Unebenheiten rundherum. Ich bin ihm so nah – eine falsche Bewegung und es würde etwas passieren, das ich nicht rückgängig machen kann. Von dem ich nicht wüsste, ob ich das wollte … Das Rückgängigmachen.

Keine Ahnung, woran er gerade denkt, ob er über dasselbe nachdenkt wie ich oder nur darauf wartet, dass ich gehe. Doch er bewegt sich nicht, und er sagt nichts. Nash sitzt zu mir gebeugt da und mustert mich, und in dem Moment, als seine Kiefermuskulatur sich bewegt, er einmal etwas tiefer einatmet und seine Lippen sich teilen, weiß ich: Würde er diese winzige Lücke zwischen uns überbrücken, würde er mich jetzt küssen, würde ich es zulassen. Ich würde nicht zurückweichen. Ich würde ihm entgegenkommen.

Und das ist der Grund, warum ich blinzle und schwer schlucke, warum ich mich zurückziehe und mich aus dem Gurt schlängle. »Wir sehen uns morgen?« Mein Versuch, unbeschwert zu klingen, geht gerade wahrscheinlich genauso in die Hose wie mein Vorhaben, unbeteiligt auszusehen.

Nash nickt, lässt sich in seinen Sitz zurückfallen und startet den Motor. Er ist verärgert, ich kann es ihm ansehen. Ich will danach fragen, will fragen, warum und öffne den Mund. Ich hole Luft – und überlege es mir anders. Nein, ich will den Grund nicht wissen. Vielleicht gefällt er mir nicht.

»Danke nochmals. Bis dann. Tschüss, Jax.« Ich steige aus – und sehe Nash und seinem Wagen hinterher wie Baby Johnny in *Dirty Dancing*. Das ist nicht gut … das ist ganz und gar nicht gut.

»Ich muss wirklich Schluss machen, ich bin jetzt da, Jess.«

»Ich verstehe dich nicht. Du hast heute frei. Leg dich hin, nimm ein Bad, starte einen Serienmarathon, lauf nackt durch die Wohnung oder so. Aber geh nicht zur Arbeit.«

»Der Tag ist fast rum.«

»Das ist deine Ausrede? Es ist erst Mittag.« Jess' Stimme nimmt ungeahnte Höhen an. »Du bist genauso schlimm wie Logan. Ich glaube, der lebt sogar auf der Polizeistation.« Sie schnaubt laut.

»Leg auf, Schwesterherz. Unsere Rechnung wird explodieren.«

»Ach Quatsch. Ich hab so einen Daten-Dingsbums-Tarif.«

»Fürs Ausland?«

»Ja, na klar. Also, denke ich. Ich bin mir sicher. Fast.« Sie macht eine Pause. »Ich sollte das checken.«

Ich lache trocken auf. »Solltest du.«

»Okay, dann bis die Tage. Pass auf dich auf, ja?«

»Mache ich. Du auch.«

»Oh, und Laura? Du solltest es tun.«

Ich bleibe vor dem Haupteingang des Whitestone Hospitals stehen und lege die Stirn in Falten. »Was denn?«

»Nash küssen.«

Leise stöhnend schließe ich für zwei Sekunden die Augen. »Ich hätte dir das nicht erzählen sollen.«

»Du hattest keine Wahl. Wenn es nicht heute passiert wäre, hätte ich irgendwann anders alle Details über diesen Abend aus dir rausgequetscht.«

»Ich …«

»Er mag dich.«

»Was? Du kennst ihn nicht. Ich kenne ihn ja auch nicht. Ich meine …«

»Ich fühle das.«

»Bis nach Berlin, ja?«

»Lass den Blödsinn. Ich meine das ernst. Du stehst auf ihn.« Ihr Schulterzucken sehe ich bildlich vor mir. »Also, warum nicht? Versuch es. Tu, was sich gut anfühlt. Frag dich ausnahmsweise mal nicht, ob du dem gewachsen bist, ob du versagen könntest oder was passiert, wenn du loslässt. Frag es dich nicht – erlebe es!«

»Du hörst dich immer mehr an wie ein Glückskeks. Oder wie diese schlechten Tageshoroskope.«

»Die haben nicht immer unrecht.«

»Bei Josh habe ich auch los- und mich auf etwas eingelassen. Und ich habe dadurch einen Freund verloren und eine Beziehung geführt, die keinen von uns richtig erfüllt hat.«

»Hör auf, alles und jeden mit diesem Penis-Hopper zu vergleichen.«

»Was bitte ist ein Penis-Hopper?«

»Na, der hüpft mit seinem Ding halt überall rum. Mal hier, mal da.«

Ich lache so laut los, dass sich die ersten Leute, die hier ein und aus gehen, zu mir umdrehen.

»Ich meine es ernst, Laura. Es gibt Dinge, die sollen nicht sein, und es gibt Dinge, die … sind wie für uns gemacht. Hast du dich bei Josh am Anfang so gefühlt? Oder je wann anders?«

»Du weißt genau, dass Josh meine einzige und auch erste feste Beziehung war.«

»Deshalb frage ich. Den einen seltsamen One-Night-Stand kann man ja schlecht mitzählen. Und die paar Mal, die du gefummelt und geknutscht hast.«

»Okay«, murmle ich »Ich meine, was willst du jetzt von mir hören?«

»Dass du es nicht sabotierst. Das mit Nash. Dass du dir nicht selbst ein Bein stellst.« Ich möchte etwas sagen, öffne bereits den Mund, aber Jess ist schneller. »Und mir ist klar, dass er dein Betreuer ist, du wirst schließlich nicht müde, das zu erwähnen. Auch nicht, dass dir dieses Krankenhaus und diese Stadt viel bedeuten oder der Job. Vergiss nur nicht, dass ganz am Anfang, auf der Nummer eins der Liste mit Dingen, die dir wichtig sein sollten und die etwas bedeuten, dein Name steht. Du bist wichtig. Also: Solltest du für jemanden etwas empfinden, schieb es nicht weg, weil du denkst, es hätte keinen Platz in deinem Leben. Wenn das keinen Platz hat, was dann, Laura? Was dann?«

Mir steigen Tränen in die Augen. »Ich hab dich lieb.«

»Ich dich auch. Jetzt geh da rein, mach Menschen gesund und dich selbst glücklich. Das kann zusammen funktionieren.«

Ich lege auf, doch statt reinzugehen, starre ich auf den kleinen Park vorm Krankenhaus, der sich einmal rundherum erstreckt und nach hinten hin ausläuft. Ich beobachte die Menschen, die ihre Liebsten besuchen, die mit ihnen Hand in Hand oder Arm in Arm spazieren gehen, die sie in einem Rollstuhl schieben, mit ihnen lachen, mit ihnen weinen. Ich beobachte all die Leben, die in den Händen der Mediziner liegen, die ich meine Kolleginnen und Kollegen nenne. In ihren und in meinen. Ich sehe meine Eltern, die beide in ihrem Job aufgegangen sind, die sich für ihn geopfert haben, aber nie ihre Liebe. Nie uns. Jess hat recht, aber das bleibt mein Geheimnis.

Grinsend recke ich mein Gesicht der Sonne entgegen, und obwohl es mir viel zu heiß ist, verweile ich einen weiteren Moment, atme die Hitze ein, die Hoffnung und alles, was die Zukunft bringen kann. Dann erst gehe ich hinein.

Auf dem Weg besorge ich mir einen frischen Kasack, das habe ich gestern vergessen, und ziehe mich im Ärztezimmer um. Ich begegne Ryan, der freundlich grüßt, aber schon wieder viel zu gestresst aussieht, sowie ein paar anderen Kollegen und Sofie, die mir über den Flur zuwinkt.

Ich komme am Bereitschaftsraum vorbei und stutze, bleibe stehen, gehe wieder zurück, um mir die Tür anzusehen. Da klebt ein Zettel, auf dem steht: *Wer mich stört, stirbt.*

Staunend setze ich mich erneut in Bewegung. Nicht alltäglich, aber trotzdem keine ungewöhnliche Nachricht.

»Hey, Kollegin.« Die Stimme kenne ich bereits zu gut, ich drehe mich um und sehe, wie Ian aus besagtem Bereitschaftsraum tritt und den Zettel zusammenknüllt. Ich kichere.

»Hast du hier gepennt?«

»Wie ein Baby! Grant hat mir heute Nacht noch 'ne Pizza bestellt und ans Bett gebracht.« Er gesellt sich zu mir und geht ein Stück mit mir, und ich schüttle gespielt empört den Kopf. Insgeheim amüsiere ich mich über ihn.

»Jetzt schnappe ich mir frische Klamotten, gehe duschen und dann beginnt meine Schicht. Was machst du hier? Hast du nicht frei?«

»Ja, aber ich konnte nicht gut abschalten. Kein großes Ding.«

»Das hätte ich dir gleich sagen können, aber du hast dich ja für ihn entschieden.« Ian gähnt, und ich verziehe das Gesicht.

»Wovon redest du?«

»Von Nash.«

»Oh mein Gott, Ian!« Die Zweideutigkeit wird mir jetzt erst bewusst.

Er hebt die Hände. »Was denn? Du warst gestern die mit den versauten Sätzen!«

Die Hitze schießt mir schlagartig in die Wangen. »So schlimm war es nicht.«

»Nein, es war witzig.« Er lacht und stößt mich mit der Schulter an, wie Jess es immer macht. Für einen Moment spüre ich die Anwesenheit meiner Schwester. Es fühlt sich gut an. Schön. Vertraut.

»Ich denke, wir sind jetzt Freunde«, sage ich deshalb. Weil es sich richtig anfühlt.

»Scheint so.«

»Du klingst enttäuscht«, ziehe ich ihn auf.

»Bin ich auch. Jetzt muss ich ernste Gespräche mit dir führen, nett zu dir sein, über Nash reden und hab dich nicht nackt gesehen.«

Ich kann nicht anders, ich muss über diesen Unsinn lachen; und er macht mit.

»Hat Nash dich nackt gesehen?«

Ich lasse ihn kommentarlos hinter mir und winke. »Machs gut, Ian.«

»Ich krieg das schon raus!«

Da gibt es nichts herauszufinden. Aber dank ihm schweifen meine Gedanken andauernd ab zu Nash, zu gestern Abend, zu heute Morgen.

Ich schnappe mir also irgendwelche Akten, tigere auf und ab, um mich abzulenken, aber ich bin überall, nur nicht bei der Sache. Das merke ich, als ich irgendwann bei Rias Zimmer ankomme. Ursprünglich wollte ich heute Sonografieren üben, aber das macht keinen Sinn mehr. Der gestrige Abend, die ganze Woche und auch die Worte meiner Schwester und die von Ian geistern mir zu sehr im Kopf herum.

Ich sollte heimgehen.

Ich sollte nicht zu viel darüber nachdenken.

Ich sollte durchatmen.

Stattdessen klopfe ich an Rias Tür und trete ein.

»Ich hab dich gestern von meinem Bett aus gesehen. Im Flur«, sagt sie, und ich muss schmunzeln, während ich neben sie trete.

»Und ich dachte, ich hätte dich nicht gestört und könnte unbemerkt lauschen, während du liest. Es hat wundervoll geklungen.«

Sie lächelt unbeschwert, trotz des Sauerstoffs, den sie über ihre Nasenbrille bekommt, und der Medikamente, die sie nehmen muss. Trotz ihres schwachen Herzens. Sie ist so tapfer.

»Ich bin Dr. Collins. Aber du kannst mich Laura nennen«, stelle ich mich vor. »Darf ich mich zu dir setzen?« Sie nickt, schiebt sich ihr kurzes rotes Haar etwas mehr aus dem Gesicht und setzt sich aufrechter hin. Währenddessen ziehe ich einen Stuhl heran und nehme Platz.

»Bist du ab jetzt auch meine Ärztin?«

»Ich bin eher eine Beobachterin und lerne noch. Aber ja, ich darf dich mit betreuen. Ich wollte mich gestern schon vorstellen, aber dann habe ich dich erst einmal ankommen lassen.«

»Ich war müde«, erklärt sie, und ich nicke. »Aber Chris und Nash waren schon bei mir«, meint sie danach. Sie ist hier wirklich irgendwie zu Hause, und das ist so schön, wie es grausam ist. »Grant auch, aber der hat mir nur den neusten Tratsch erzählt, wie jedes Mal. Und er bringt mir immer Butterkekse.«

»Wie geht es dir heute?«

»Ganz okay. Es gab schlechtere Tage.«

Worte, die man von einem Kind nicht hören möchte. Man will nicht hören, dass es ihm schon mal schlechter ging, obwohl es jetzt bereits schlimm ist. »Ich habe eine Frage«, sagt Ria plötzlich ernst und umklammert ihren Teddy, wobei sie mich fixiert. »Nash und die anderen weichen immer aus oder erzählen das, was meine Eltern sagen. Dass alles gut gehen wird und dass ich mir keine Sorgen machen soll. Aber, was wenn nicht? Ich wüsste gern …« Sie presst die Lippen zusammen und denkt nach. »Ich wüsste gern, was danach kommt. Wie ist es, wenn man tot ist?«

Jedes ihrer Worte ist wie ein Schlag in die Magengrube und treibt mir die Luft aus der Lunge.

»Ich denke nicht, dass ich die richtige Person bin, um dir dazu etwas zu sagen.« Meine Stimme klingt brüchig, angeschlagen, zittrig. Und so fühle ich mich in diesem Augenblick. Weil ich mir diese Frage auch oft gestellt habe – genau wie Ria, die gerade frustriert seufzt.

»Woran glaubst du denn?«

Ich schaue in ihre wachen, aufmerksamen Augen und sehe darin kein Kind, sondern eine erwachsene Frau, die vor der Realität keine Angst hat. Die vor dem Morgen keine Angst hat. Und ich finde, ich schulde ihr diese Antwort.

»Ich weiß es nicht«, wispere ich. »Nicht wirklich. Ich habe … Ich meine, ich glaube fest daran, dass es weitergeht, dass wir nicht einfach sterben und danach ist da nichts mehr. Das kann ich nicht. Ich kann mir nicht vorstellen, nicht mehr zu sein.« Ich schlucke und atme durch. »Ich kann mir nicht vorstellen, dass die Menschen, die ich liebe, fort sind.«

»Glaubst du an einen Himmel?«, fragt sie interessiert und beugt sich ein Stückchen vor.

»Nein. Dann würde ich auch an eine Hölle glauben. Daran, dass böse Menschen an den einen und gute an einen anderen Ort kommen. Dass es ein Schwarz und Weiß gibt. Oft begehen Menschen Fehler, tun Dinge, die sie bereuen, oder schlechte Dinge, weil sie etwas Gutes damit bezwecken möchten. Das Leben ist komplizierter als Gut und Böse.« Ich denke weiter nach, wie ich ihre Frage beantworten soll. »Ich glaube daran, dass wir bleiben.« Jetzt lächle ich. Es ist ein wehmütiges und hoffnungsvolles Lächeln. Eines, das ein bisschen wehtut, in der Seele und im Herzen. »Wenn wir sterben, gehen wir nicht weg. Wir verteilen uns auf die Herzen derer, die uns geliebt haben und die wir geliebt haben, und leben dort weiter. Als Schutz und Trost. Als Erinnerung. Als Liebe.« Ria läuft eine Träne über die Wange. Noch eine und noch eine. Doch sie erwidert mein schmerzhaftes Lächeln.

»Das ist ein schöner Gedanke. Darf ich auch daran glauben?«

»Natürlich«, flüstere ich. »Es wird alles gut werden«, sage ich schließlich, was ihr Nash und die anderen bestimmt schon Dutzende Male gesagt haben.

»Versprochen?«

»Versprochen.«

18. Kapitel

Nash

Jax sitzt leicht hechelnd auf meinem Rucksack, die Vorderpfoten auf meiner linken Schulter, und schaut sich alles an. Ich habe ein Tuch über ihn gelegt, weil die Sonne heute ziemlich stark ist, und beschlossen, gleich den Rückweg anzutreten und nicht den ganzen Trail zu gehen. Abgesehen von der Hitze und all den Menschen, kann ich das hier gerade nicht genießen. Die Anstrengung, die schwüle und staubige Luft und der tolle Ausblick können mich weder entspannen noch ablenken.

Das *Phoenix Mountains Preserve* ist großartig, aber wir sind den Piestewa Peak Trail so lange nicht gewandert, dass ich vergessen habe, wie gut besucht er ist. Besonders an den Wochenenden. Hinzu kommt die sengende Hitze und dass wir spät los sind, weil wir Laura noch abgeliefert haben.

Meine Gedanken finden immer wieder zurück zu ihr, zu gestern Abend und heute Morgen. Zu ihren Blicken, ihrem Lächeln, ihren Worten und ihrer Berührung. Zu dem Moment, als wir in meiner Küche standen.

Scheiße. Ich wische mir den Schweiß von der Stirn und atme tief durch.

Der Bungalow und Jax sind mein Rückzugsort. Mein Sicherheitsnetz. Der einzige Ort, an dem ich einfach nur ich sein und mich fallen lassen kann. Der einzige Ort, an dem mir nichts und niemand wehtun kann.

Ich habe nie jemanden mit nach Hause genommen. Nie. Bis gestern. Und das Schlimmste daran ist, dass es mir nicht leidtut. Dass es mir gefallen hat. Aber es macht mir auch Angst. Ich bin nicht wie Ian. Ich glaube nicht daran, dass Liebe die eine Macht sein kann, die alles überwindet, heilt und übersteht. Liebe ist vieles, aber nicht perfekt. Ich habe es gesehen. Was Liebe anrichten kann. Meine Eltern haben in London in derselben Kanzlei gearbeitet, als sie sich kennenlernten. Mein Vater hat meine Mutter geliebt, aber nicht genug, um sie zur Priorität zu machen. Sie und mich. Und meine Mutter hat meinen Vater geliebt, genug, um ihr Leben hintanzustellen. Sie ist in London geblieben, obwohl sie verreisen und die Welt sehen wollte. Sie ist geblieben, hat den Job aufgegeben für eine Familie und irgendwie sich selbst. Dann kam das Leid, die Vorwürfe und am Ende hat es beide kaputtgemacht.

Es hat alles kaputtgemacht.

Ich will das nicht. Ich möchte nicht, dass es mir passiert oder Laura. Ich will ihr nicht wehtun. Wir arbeiten im selben Bereich im selben Krankenhaus, und ich bin sicher, dass das auf Dauer nicht gut gehen würde. Schon gar nicht jetzt, während ich ihr gegenüber weisungsbefugt bin, ihr Betreuer, ihr Ansprechpartner.

Jax miaut, und es klingt, als würde er mich auslachen. Ich kraule sein Fell.

»Komm, wir gehen heim«, sage ich leise. Und ab morgen sollte ich dringend wieder mehr Abstand zwischen mich und Laura bringen. Das Letzte, was wir gebrauchen können, ist, dass jemand schlecht über sie denkt, weil ich mich nicht im Griff habe. Dass jemand meint, ich würde sie bevorteilen oder anders behandeln. Das bringt am Ende nur Probleme.

Das – und die Schwere auf meinem Brustkorb, wenn ich an sie denke.

19. Kapitel

Laura

> Josh hat mir übrigens vor ein paar Tagen geschrieben, weil du ihm nicht antwortest. Der muss richtig verzweifelt sein. Hab ihn gefragt, ob er zufällig wüsste, dass beim Penis-Hopping einzelne Gehirnzellen absterben, weil sie so viel Dummheit nicht ertragen können. Er hat nicht geantwortet.

Grinsend tippe ich Jess eine Antwort, während ich auf meinem Schokomuffin herumkaue.

> Nicht schlecht. Ich hab ihn blockiert und die Nummer gelöscht. Wie gesagt, das liegt hinter mir. Muss jetzt wieder los. Pass auf dich auf.

Ich stecke das Handy weg, stürze den Rest meines Kaffees runter und verabschiede mich von Maisie und Jane, die gerade Feierabend machen. Mir stehen noch ganze sechs Stunden bevor.

Die ersten zwei Wochen sind um, es ist wieder Montag, und es fühlt sich an, als wäre ich schon ewig hier und irgendwie auch, als wäre ich erst gestern das erste Mal durch diese Tür marschiert.

Es ist später Nachmittag, und der Morgen war recht ruhig. Unter anderem kam Mrs Callahan als neue Patientin auf die Station, ihr wird morgen ein Herzschrittmacher eingesetzt. Ms Piers bekommt Stents, also Gefäßstützen, in ihrem Fall aus

Metall, die ihre Verengungen der Herzkranzgefäße aufgrund einer koronaren Herzkrankheit stützen und offen halten. Mr Baker kam aus dem Aufwachraum auf Station und bleibt zur Beobachtung. Er hat eine mechanische Herzklappenprothese erhalten.

Die Visite mit Dr. Pine und Nash heute früh war gut und verlief reibungslos. Bis auf die Tatsache, dass ich Nash heute das erste Mal seit meiner Übernachtung bei ihm länger als zwei Minuten gesehen habe. Geredet haben wir nur über Krankenakten, Behandlungen und die Visite. Er war nicht unfreundlich, aber jedes Mal kurz angebunden. Keine Ahnung, warum mich das stört oder beschäftigt. Ich denke, ich hätte mich gerne so mit ihm unterhalten wie an dem Samstagmorgen, als er mich heimgefahren hat.

»Laura!« Sierra schlittert halb an mir vorbei, hält dann an und hakt sich bei mir ein. »Gleich sollen die Dienstpläne für die Notarztschichten reinkommen, diese Woche geht es los.«

»Okay. Aber deswegen bist du nicht so aufgeregt, oder?«

»Natürlich nicht. Es gibt Gerüchte, dass wir unsere ersten OPs bekommen.«

Ich bleibe stehen. »Was?«

»Ja! Wir dürfen dabei sein und assistieren. Ich hoffe, ich bekomme eine Schädelfraktur oder eine Herzklappen-OP.«

»Das wünschst du jemandem?«

»Quatsch. Ich wünsche es mir! Für die OP.« Ich versuche erst gar nicht, ihr zu erklären, dass es auf dasselbe rauskommt. Und ich verstehe ihre Euphorie. Eine eigene OP, darauf warten wir seit Beginn des Studiums, und das wäre der erste Schritt dahin.

So sehr ich mich darauf freue, so sehr bereitet es mir Magenschmerzen. Die OP und der Gedanke an die Schicht im Rettungswagen. Das wird eine andere Art von Druck, von Müdigkeit und Sorgen werden. Auf Station ist es oft ruhiger, man hat mehr Zeit für Entscheidungen. Natürlich nicht immer, aber oft. Je mehr ich über Sierras Worte nachdenke, umso klarer wird mir, dass wir uns die letzten Tage im Schongang durch diesen Job bewegt haben. Obwohl uns niemand mit Samthandschuhen angefasst oder uns bemuttert hat, die Schichten lang waren und die Patientenlisten ebenso.

Ich habe Angst. Vor falschen Entscheidungen, vor Blackouts, vor dem Versagen, dem Verlieren und dem Nicht-gerecht-werden-Können. Ich habe Angst, nicht genug zu sein. Nicht gut genug.

»Also, du und Nashville?«

»Fang du nicht auch noch an. Da war nichts.«

»Ich hab mich die Tage extra zurückgehalten und frage jetzt erst. Sei dankbar! Und du weißt, was man sagt, oder? Was nicht ist …«

»… kann auch nichts bleiben?« Ich lächle zuckersüß, und sie kneift die Augen zusammen.

»Nee, das ist unwahrscheinlich. Andererseits seid ihr beide nicht gerade die superlockeren Typen, die es drauf ankommen lassen.«

»Hey! Ich kann locker sein.«

»Höchstens, wenn du dicht bis unter den Haaransatz bist, Laura.«

Murrend verziehe ich das Gesicht und versuche, sie zu ignorieren.

Während Sierra sich noch immer freut, erreichen wir den Empfang der chirurgischen Station, wo sich ein paar der Pflegekräfte versammelt haben. Mir fällt sofort Grants freches Grinsen auf, auch Isabella hat so einen seltsamen Ausdruck auf dem Gesicht.

»Okay, was ist hier los?«, frage ich neugierig, und sofort schiebt Grant eine Zeitung über den Tresen zu uns.

Whitestone Hospital News.

Sierra ist genauso irritiert wie ich. Wir starren auf das riesige Schwarz-Weiß-Foto von mir auf der Titelseite, auf dem ich eine Akte in der Hand halte und übers ganze Gesicht strahle. Ich erinnere mich an den Moment. Grant hat irgendeinen seltsamen Witz gemacht, wie so oft. Die Headline lautet: *Neue Bambini stürmen das Whitestone.*

»Und, was sagt ihr?«

Ich hebe den Blick und schaue Grant sprachlos an. »Ist das eine Zeitung der Klinik? Woher kommt das? Wer schreibt das?«

»Schön, dass du fragst. Die Zeitung gibt es nur hier innerhalb des Krankenhauses, sie erscheint einmal im Monat in kleiner Stückzahl. Ein paar Pflegerinnen und Pfleger haben vor drei Jahren damit angefangen und es bis heute beibehalten.« Er lächelt glückselig, und seine ganze Miene drückt Stolz aus. »Sie fasst die wichtigsten Themen des Krankenhauses, Humorvolles, Medizinisches und allgemeine Dinge zusammen. Es gibt Empfehlungen für Bücher, Musik, die Weisheit des Monats und mehr.«

»Ziemlich cool«, meint Sierra. »Ist ein schickes Foto von dir, Laura.«

Ich blättere weiter und lese andere Headlines wie: *Diebische Kobolde in der Chirurgie?, Wieso Zweibettzimmer mehr Spaß bringen, Das passiert gerade in Phoenix, Wieso Sie sich keinen Duschkopf in den Hintern stecken sollten,* und die Weisheit des Monats: *Wenn du von einem Toilettengang träumst, ist dein Schicksal besiegelt.*

»Kobolde?«, frage ich und hebe die Augenbrauen.

»Mittlerweile glaube ich dran. Seit Wochen verschwindet irgendwelches Zeug, und keiner findet es wieder. Es ist mysteriös. Aber wir sind den Dingen auf der Spur.«

»Wow.« Ich bin immer noch erstaunt über diese Zeitung.

»Die Patienten lieben es.« Grant deutet auf die Rückseite. »Und am Ende haben wir einen Weg für uns gefunden, uns zu verabschieden.« Als ich sehe, was er meint, wird mir ganz warm ums Herz. Auf der letzten Seite steht in großen Buchstaben: *Für jedes Herz, das in diesem Monat aufgehört hat zu schlagen. Wir werden dich nie vergessen. Du bist Teil dieser Familie.*

»Das ist wunderschön«, murmle ich, und Grant nickt.

»Leute!«, ruft Mitch auf einmal von der Seite, und unsere Köpfe rucken sofort zu ihm herum. »Die Listen sind raus.« Sierra will mit ihm Richtung Ärztezimmer rennen, aber Grant hält sie beide auf.

»Schön langsam, Bambini. Wir können auch hier nachschauen.« Er setzt sich an den PC, und Sierra, Mitch und ich eilen zu ihm, stellen uns hinter seinen Stuhl und starren wie gebannt auf den Bildschirm, auf dem er das interne Programm öffnet. »So, was haben wir denn da? Hier sind die ersten Schichten für die Fahrten mit den Notfallsanitätern und -sanitäterinnen. Morgen ist Laura dran, herzlichen Glückwunsch. Und zwar mit Nash.« Er wackelt mit den Augenbrauen, und ich haue ihm sanft, aber bestimmt auf die Schulter. »Übermorgen ist Sierra dran mit … Dr. Ortiz, Thoraxchirurg. Oh, Mitch, du bist auch dabei. Interessant.«

»Wir fahren zusammen im Rettungswagen«, flüstert Mitch Sierra verschwörerisch zu, und ich bilde mir ein, ihr rechtes Lid würde vor Genervtheit zu zucken anfangen. Süß, dass ihre Wangen sich trotzdem leicht röten. Aber ich kommentiere das nicht, sondern kneife die Lippen fest zusammen.

»Was ist mit den OPs?«, fragt Sierra aufgeregt und geht nicht auf Mitch ein.

»Bin schon dabei. Muss dafür ins andere Programm.« Grant ist schnell. »Und da haben wir sie. Die ersten OPs für unsere

Neuen.« Sierra beugt sich so weit vor, dass ich zuerst nichts erkennen kann.

»Entfernung einer Leberzyste. Nicht schlecht, besser als deins«, meint Sierra und sieht Mitch an.

»Eine Polypen-OP. Was?«

»Es kommen danach bestimmt bessere Eingriffe auf uns zu«, versuche ich, Mitch aufzuheitern, doch der sieht weiterhin ziemlich niedergeschlagen aus.

»Und Laura hat …« Sierra sucht nach meinem Namen in der Liste. »Eine Thyreoidektomie. Entfernung der Schilddrüse. Nicht übel.«

»Wartet mal. Hier kommt gerade was rein«, murmelt Grant. »Laura darf bei einer weiteren OP dabei sein, und zwar …« Er dreht sich geschockt zu mir um. »Ria«, murmelt er perplex, dann sammeln sich Tränen in seinen Augen.

Sofort beuge ich mich vor – und tatsächlich, da steht es: *Herztransplantation, Ria Tomas.*

Und genau in dieser Sekunde geht mein Pager los.

20. Kapitel

Laura

Was in der letzten Stunde passiert ist, kann ich nicht begreifen. Aber ich weiß, es ist wahr, denn ich spüre die Euphorie und das Glück in jeder einzelnen Zelle meines Körpers.

Ria bekommt ein Spenderherz.

Es passt, es wurde freigegeben und ist auf dem Weg hierher.

Gleichzeitig ist da dieser Funke an Trauer und Dankbarkeit. Trauer um das andere Leben und Dankbarkeit dafür, dass diese Person sich dafür entschieden hat, ein Spender zu werden. Wenn man in einem Krankenhaus arbeitet, gibt es genug Momente, die einen zweifeln lassen, jedoch mindestens ebenso viele, die einen mit Ehrfurcht fluten.

Dies ist so ein Moment.

Ria ist nicht entlassen worden, ihre Prognose für die Zukunft war schlecht. Jetzt könnte sie in ihrer Lage kaum besser sein.

Nash und ich stehen in Rias Zimmer, vor ihrem Bett, an dem zu jeder Seite ein Elternteil sitzt und die Hand der Tochter hält. Mit Tränen in den Augen und voller Hoffnung im Blick.

»Haben Sie noch Fragen, Mrs und Mr Tomas? Oder du, Ria?«, fragt Nash, und ich stehe abwartend neben ihm.

»Nein. Danke, dass Sie uns über die Risiken der Operation aufgeklärt haben, Dr. Brooks. Und dass Sie sich jedes Mal, wenn Ria hier war, so gut um sie gekümmert haben.«

Jeder in diesem Raum lächelt, er ist erfüllt von so vielen Gedanken und Gefühlen, dass ich glaube, gleich müssten sie die Mauern einreißen, weil sie hier keinen Platz mehr finden.

»Es werden die letzten Werte geprüft, und leider müssen wir uns jetzt noch ein wenig gedulden.«

Rias Vater lacht auf. »Wir haben so lange gewartet, was sind da ein paar weitere Stunden?«

Nichts, antworte ich in Gedanken und kämpfe mit meinen Emotionen, während ich diese Familie beobachte, der eine neue Chance gegeben wird. Ein paar Stunden sind gar nichts ... im Vergleich zu einem neuen Leben.

»Sehr gut.« Nash nickt. »Kurz bevor es in den OP geht, wird Dr. Gardner nach Ihnen und Ria sehen. Er wird die Transplantation durchführen, Dr. Collins und ich werden assistieren.«

Ria zwinkert mir zu, und ich zwinkere zurück. Sie ist müde, und das Atmen fällt ihr schwer, doch man sieht ihr die Freude über das Kommende an.

Gerade als Ärztin sollte ich nicht auf diese Art mitfühlen, mich nicht all diesen Emotionen hingeben. Nicht vor einer OP. Ich kenne die Risiken. Die währenddessen und die danach. Es kann so viel schiefgehen. Doch daran will ich nicht denken. Ich lasse das nicht zu.

Ich habe es versprochen.

»Wir sehen uns später«, sage ich zu Ria und nicke ihren Eltern zu. Nash verabschiedet sich ebenfalls, und als wir vor ihrem Zimmer stehen, die Tür hinter uns zufällt, fühle ich mich, als wäre ich einen Marathon gelaufen. Mein Herz rast, ich atme schwer, ich spüre die Hitze in meinem Gesicht und das Adrenalin in meinen Venen.

Nash setzt sich in Bewegung, und ich tue es ihm gleich. Wir gehen Seite an Seite durch den Gang, grüßen hier und da ein paar bekannte Gesichter, und irgendwann frage ich ihn, was ich ihn bereits seit Tagen hatte fragen wollen, hätte ich die Chance dazu bekommen. Oder den Mut dazu gehabt.

»Wie war die Wanderung mit Jax?«

Überrascht schaut er mich an, vermutlich hat er damit nicht gerechnet. »Gut. Jax war danach kaputt, aber glücklich.«

»Das ist schön.« Er klingt nicht unfreundlich, aber eben auch nicht besonders erfreut, mit mir darüber zu sprechen. Eher distanziert.

»Er hat noch eine Weile geschmollt, nachdem du weg warst.« Als er diesen Satz sagt und seine ernsten Züge sich auflockern, merke ich, wie sich etwas in meiner Brust löst. Ich spüre, wie angespannt ich war und wie erleichtert ich nun darüber bin, dass anscheinend alles okay ist zwischen uns.

All die Worte und Gedanken über Nash, mein Leben, meine Zukunft gehen mir durch den Kopf. Von Jess, Ian, mir selbst. All die Dinge, mit denen ich mich beschäftige, seit ich hier bin. Ich bin sicher, da ist etwas zwischen uns, aber ich möchte mir Zeit nehmen. Und zwar so viel, wie nötig ist, für was auch immer kommen mag.

»Danke, dass ich bei der OP dabei sein darf.«

»Ria ist auch deine Patientin.«

»Trotzdem. Das ist eine besondere OP und ich …«

»Du führst die OP ja nicht durch, du bist nur dabei, schaust zu und lernst. Das hast du dir verdient. Du machst deine Arbeit gut. Ich hätte jemand anderen vorgeschlagen, wäre es nicht so.«

Ich kann nicht anders. Ich bleibe stehen. »Ist alles okay? Ich meine, habe ich irgendwas Falsches getan?«

»Nein. Ich wollte nur nicht, dass du denkst, ich würde dich bevorteilen.«

Ich lache trocken auf. »Wieso? Weil wir so viel Sex hatten und so viele heiße Nächte?«, frage ich sarkastisch und werde wütend. »Was soll der Blödsinn?«

Nash reckt das Kinn, wie ich es normalerweise tue, während ich mit in die Hüften gestemmten Händen vor ihm stehen bleibe.

Er antwortet nicht. Aber dieser beschissene Muskel in seiner Wange zuckt.

»Weißt du, was ich denke? Egal, ob du mich magst – als Kollegin, als Frau oder Freundin, wie auch immer –, das mit der Bevorteilung ist dein Problem. Deine eigene Angst. Und zwar davor, jemand könnte dich für einen Menschen halten, der so etwas tut.« Ich schlucke schwer, lasse die Hände sinken und schaue ihm in die Augen. In ihnen tobt ein Sturm. »Und was am schlimmsten ist: Du denkst, ich würde das zulassen. Ich würde mir durch dich einen Vorteil verschaffen wollen.« Dass ich immer leiser und verletzender werde, kann ich nicht verhindern. So wenig wie die ungesagten Worte, die mitschwingen: *Das tut weh. Ich hätte mehr von dir erwartet.*

Ich lasse ihn stehen, in all dem Trubel um uns herum, und gehe. Wir sehen uns, wenn die OP beginnt, das reicht. Bis dahin muss ich mich ablenken und meine Gedanken sortieren. Muss ruhiger werden und vielleicht auch verstehen, dass manche Menschen eben nicht zu Freunden werden können. Auch wenn es wehtut.

»Heilige Scheiße. Ich wollte gerade fragen, wie es dir geht, aber jetzt frage ich nur: Was ist dir denn über die Leber gelaufen?« Ian kommt mir entgegen, die Hände in den Kitteltaschen, ein besorgter Ausdruck in den Augen.

»Nichts. Hast du nichts zu tun?« Ich hole tief Luft. »Entschuldige, ich bin einfach nur etwas gestresst. Mehr nicht. Wir sehen uns später, ja?«

»Laura, komm schon. Du kannst es mir sagen oder es lassen, aber Blödsinn erzählen musst du mir nicht.«

»Ich habe mich nur geärgert. Es geht schon wieder.«

Ian schaut sich um, und als sein Blick an einer Stelle hängen bleibt und sein Ausdruck sich verändert, etwas weicher und verstehender wird, ahne ich, was, oder besser gesagt wen, er gesehen hat. Na toll.

»Was hat er getan?« Er mustert mich ernst und verschränkt die Arme vor der Brust.

»Er hat nichts getan.«

»Klar, deshalb weißt du auch genau, von wem ich rede. Also?«

Ich will an ihm vorbeigehen, aber Ian stellt sich vor mich. »Fein, er war komisch, und ich fand es kacke. Zufrieden?« Doch Ian hebt nur die linke Augenbraue, deshalb mache ich weiter. Und weil ich merke, dass es rausmuss, dass es guttut. »Er hat betont, mir Rias OP nur gegeben zu haben, weil ich es auch verdient hätte, nicht, dass jemand noch etwas anderes denkt. Im Sinne einer Bevorzugung.« Ich lächle übertrieben. »Ich kann mich gar nicht entscheiden, welche der unterschwelligen Nachrichten ich davon am beschissensten finde.«

»O Mann«, murmelt Ian und reibt sich die Stirn. »Er ist manchmal speziell, aber … das hat nichts mit dir zu tun.«

»Schon okay. Er ist mein Boss. Ist nicht so, als hätten wir einen heißen Abend miteinander verbracht oder würden eine Beziehung führen. Ich hab nur bei ihm geschlafen. Das davor war ein Abend in einer Bar mit ein paar Drinks. Es ist keine große Sache.« Jetzt schiebe ich mich an ihm vorbei.

»Er wollte dich nicht verletzen.«

Ich kann nicht anders, ich bleibe stehen und drehe mich noch einmal um. »Wieso gibst du dir solche Mühe, ihn zu verteidigen, Ian? Wieso denkst du … Ich weiß auch nicht! Es ist keine große Sache«, wiederhole ich und gehe Richtung Ärztezimmer.

Drei Stunden später ist das zwischen mir und Nash nicht vergessen, aber es spielt keine Rolle. Es gibt wichtigere Dinge, zum Beispiel Rias neues Herz, das in wenigen Minuten eintrifft.

Ich stehe nicht das erste Mal vor dieser Tür mit der Aufschrift *Zutritt für Unbefugte verboten*, aber es ist das erste Mal, dass ich sie hinter mir lasse und über die Schwelle trete. Es herrscht reger Betrieb, und die Atmosphäre ist erfüllt von Vorfreude, Ehrfurcht, Konzentration.

Es geht los. Es gibt kein Zurück mehr.

Ich begebe mich in die Umkleideschleuse. Mein Herz schlägt so laut, dass ich glaube, niemand hier könne es überhören. Es unterstreicht meine Schritte in Richtung Toilette. Ich war bereits dreimal, bevor ich hergekommen bin, aber meine Nervosität drückt mir auf die Blase. Zurück in der Umkleide, ziehe ich meine Schuhe und die Stationskleidung aus und flechte mir einen ordentlichen, straffen Zopf. Mein Zeug verstaue ich in den Schließfächern.

Ich stehe in Unterwäsche da und atme schwer, mein Puls rast mit meinen chaotischen Gedanken um die Wette, und die Angst hüpft fröhlich hinterher. Was, wenn ich etwas falsch mache? Wenn ich mich blöd anstelle? Was, wenn …? So viele Fragen, so viele Möglichkeiten, aber nur eine Art, Antworten zu finden.

Also atme ich tief durch, schließe bewusst für ein paar Sekunden die Augen, bevor ich mich in Bewegung setze und meine Hände desinfiziere. Grüne OP-Kleidung liegt für mich bereit. Eine OP-Haube, unter der ich meine Haare verstecke, eine Hose, ein Kasack, den ich in die Hose schiebe und bis zur Schulter hochkrempele, OP-Schuhe samt Socken und ein Mundschutz, dessen Nasenbügel ich an meine Gesichtsform anpasse.

Ich betrete den reinen OP-Bereich, gehe in den Saal und dort wartet Nash auf mich. Es kann losgehen. Mit ihm, meiner Angst und meinen zu lauten Gedanken.

Im OP-Saal, der bereits vorbereitet wurde, genau wie die sterilen Instrumente, ist auch der Tischaufbau schon erledigt. Nash zeigt mir die wichtigsten Dinge im OP, und ich stelle mich dem Team vor.

Jetzt wird Ria in den Saal gefahren, die Anästhesistin begleitet sie. Ria schläft und sieht unendlich friedlich aus. Zusammen mit dem Springer lagern wir sie um, während wir auf Dr. Gardner warten, der diese OP mit Nash durchführen wird. Ich kontrolliere die Lagerung so gut ich kann, danach tritt Nash näher an den Tisch und korrigiert sie ein Stück. Ich kann nicht anders, ich schaue ihn an, mustere ihn. Aber in diesem Moment denke ich nicht an uns, sondern an Ria. Und bete, dass alles gut geht.

Jetzt gehen wir in den Waschraum, um uns zu desinfizieren. Ich kannte die chirurgische Händedesinfektion, habe sie mir jedoch vorsorglich noch einmal vorführen lassen. Nur um sicherzugehen.

Nash ist schneller als ich und fertig angezogen, als ich zurückkomme, während ein OP-Pfleger zu mir tritt, um auch mich steril anzuziehen. Doch Nash hat auf mich gewartet, damit ich mit ihm Ria desinfizieren und abdecken kann. Wir waschen und desinfizieren das OP-Gebiet, also Rias Brustbereich, und ich muss beim Anblick des kleinen Mädchens vor mir und der anstehenden OP schwer schlucken. Danach decken wir sie ab und Nash erklärt mir, wie ich die sterilen Tücher zu halten habe und wie ich sie auf Ria ablegen muss, ohne die Sterilität zu brechen.

»Sieht gut aus«, sagt er, und ich nicke.

Wir sind fertig. Alles ist bereit.

21. Kapitel

Laura

Ich stehe im OP-Saal zwischen operationstechnischem und medizinischem Fachpersonal, das all seinen Aufgaben nachkommt, und bei Nash, der sich auf den Eingriff vorbereitet und vollkommen fokussiert ist. Es ist unglaublich, hier zu sein und mit eigenen Augen sehen zu können, wie alles ineinandergreift.

Das, was da vorhin zwischen uns war, hat hier nichts zu suchen. Hier zählt nur unsere Patientin. Hier zählt nur Ria.

Und die liegt gerade auf dem OP-Tisch.

Dr. Gardner wird gleich zu uns stoßen, und bei dem Gedanken, ihm und Nash in wenigen Minuten zuschauen zu dürfen, vielleicht sogar zu assistieren, wird mir ein wenig übel. Es ist eine Mischung aus Vorfreude, Adrenalin und Panik, die mich gerade erfüllt. Weil das eine wichtige und große OP ist. Weil es um ein Kind geht.

Die Luft hier drin ist angenehm, ich fühle mich noch etwas fehl am Platz, jedoch nicht direkt unwohl.

Das wird. Das alles wird gut werden, und ich werde das schaffen. Einatmen. Ausatmen. Und nicht vergessen, die Hände verschränkt auf Brusthöhe anzulehnen, um sie steril zu halten.

Dann ist es so weit, und Dr. Gardner kommt hinzu, begrüßt das ganze Team und wir ihn, während wir an den OP-Tisch und somit direkt an Ria herantreten. Bevor es richtig losgeht, erfolgt ein Team-Time-out. Der Springer des Teams, derjenige, der den steril eingekleideten Personen assistiert, steht bereit, genauso wie der Rest von uns, als Dr. Gardner die Checkliste für diese Operation laut vorliest. Nach und nach werden die beteiligten Personen und ihre Aufgaben genannt und vorgestellt, außerdem die Identität der Patientin bestimmt – in diesem Fall die von Ria – sowie Formalien wie Eingriffsort und -art, korrekte Lagerung angesprochen. Mögliche kritische Punkte während des Eingriffs werden zwischen Dr. Gardner, Nash und der Anästhesistin geklärt. Sobald all diese Informationen bestätigt und besprochen wurden, wird es ernst. Das Spenderherz liegt bereit, die Anästhesistin überwacht Rias Werte und ihre Narkose. Alles sieht gut aus.

Das Grundinstrumentarium zur Thoraxöffnung ist einsatzbereit, außerdem diverse andere Dinge wie Sternumsperrer, der die Arbeit am Herzen erleichtert und den Thorax offen hält, oder der Schocklöffel.

Dr. Gardner wird das Skalpell gereicht, und ich höre Nash neben mir murmeln: »Jedes Leben zählt. Oder keines.« Danach atmet Dr. Gardner sichtbar durch, bevor er das Skalpell oberhalb des Brustbeins ansetzt und deutlich sagt: »Schnitt.« Ab da beginnt die OP.

Als er den ersten Schnitt macht, halte ich die Luft an.

Der Standardzugang zum Herzen ist eine mediane Sternotomie. Also wechselt er danach vom Skalpell zur Sternumsäge und durchtrennt das Brustbein längs Stück für Stück und macht weiter, bis der Schnitt groß genug ist.

Nachdem auch der knöcherne Brustkorb geöffnet ist, höre ich ihn sagen: »Dr. Collins, halten Sie die Haken.« Ich bin froh, dass meine Hände nicht zittern, als ich die Haken von einem Assistenten übernehme und sie von unten greife, um die Wunde mit genug Druck und gleichzeitig mit wenig Kraftaufwand halten zu können, bis der mechanische Sternumsperrer eingesetzt wird. Die beiden Brustbeinhälften und der Rippenthorax werden auseinandergedrängt, sodass der Zugang zu Herz und herznahen Gefäßen optimal ist.

Das Perikard, also der Herzbeutel, wird geöffnet. »Um die Herz-Lungen-Maschine über die Aorta und die beiden Hohlvenen anzuschließen«, murmle ich leise.

Dr. Gardners Blick huscht kurz zu mir, Nashs ebenso. Ich hatte nicht vor, laut zu reden.

»Entschuldigung.«

»Sie sind die Tochter von Dr. Elias Collins, richtig?«, fragt Dr. Gardner, während er konzentriert weiterarbeitet.

»Ja, die bin ich«, antworte ich knapp und versuche, mir meine Verwirrung nicht anmerken zu lassen.

»Ihr Vater und ich haben gemeinsam studiert und später ein Jahr zusammengearbeitet. Bis er Ihre Mutter kennenlernte.«

Das wusste ich nicht. Wieso wusste ich das nicht? Mein Herz stolpert und lächelt dabei.

Ich komme nicht dazu, ihm zu antworten, und ich bin froh darum, denn gerade erscheint mir diese Unterhaltung unpassend.

»Abklemmen.« Nash reagiert sofort.

Alle sind fokussiert, während wir vor dem offenen Herzen eines zehnjährigen Mädchens stehen, das nur noch schwach schlägt und bald gar nicht mehr.

In dieser Sekunde bringt Dr. Gardner die Anschlüsse in die Blutgefäße ein, damit das Blut um das Herz herumgeleitet und das kranke Organ entnommen werden kann. Über die Herz-Lungen-Maschine wird die Körpertemperatur von Ria leicht gesenkt und das Herz ausgeklemmt. Hoch konzentriert und mit geübten Handgriffen durchtrennt er die Hauptschlagader. Anschließend die Lungenarterie sowie Teile des rechten und linken Vorhofs.

Es ist so weit. Rias Herz wird entfernt, und das ist der Augenblick, in dem meines schneller schlägt, mir warm wird und meine Finger für einen Moment zittern, sodass Nash mir aushelfen und meine Hände mit seinen stützen muss. Nicht lange, dennoch für eine gefühlte Ewigkeit.

Da ist es. Das Herz, das alles gegeben hat – und am Ende war es nicht genug. Ria liegt ohne da, und es kommt mir falsch vor. Falsch und seltsam, und ich bekomme eine Gänsehaut. Ihre Werte sind stabil, Blutdruck, Sauerstoffsättigung …

Dann wird das Spenderherz präpariert und eingepasst. Dr. Gardner zuckt nicht mit einer Wimper, seine Hände zittern nicht, er zögert nicht. Er ist ein guter Arzt. Mehr noch, ein hervorragender Arzt. Das hier ist vielleicht nichts, was er jeden Tag macht, aber bereits so oft tun musste, dass es zur Routine wurde. Man sieht es ihm an. Man spürt es. Ich kann es nicht erklären. Es ist, als würden diese Ruhe und Zuversicht ihn umgeben und mir zuflüstern, dass alles unter Kontrolle ist.

Jetzt folgen die Verbindungsnähte.

»Dr. Brooks, übernehmen Sie.« Nash nickt und führt die Operation fort. Linker und rechter Vorhof, Pulmonalarterie, Aorta – alles wird geprüft und verbunden.

Das Herz ist drin. Alle vier Herzhöhlen werden gelüftet. Und als das Blut durch das neue Herz geleitet und von ihm aufgewärmt wird, traue ich mich kaum zu atmen. Es ist ruhig. Es ist, als würde die Zeit stillstehen, während wir vor diesem kleinen Mädchen stehen und auf ihr Spenderherz schauen, das jede Sekunde zu schlagen beginnen sollte.

Doch das tut es nicht.

Und die Ruhe und Zuversicht von Dr. Gardner, die sich eben noch wie ein Mantel des Schutzes über uns gelegt haben, werden mit einem Hauch weggeweht. Von einem Sturm, der seinesgleichen sucht.

Herzdruckmassage mit den Fingern. Dr. Gardner versucht, das Herz zu unterstützen, doch es passiert nichts. Es passiert einfach nichts.

»Komm schon«, flüstert er und macht weiter. Dann wird das Herz mit Stromstößen durch den Schocklöffel angeregt, um wieder in Gang zu kommen, und ich habe längst aufgehört, auf das offene Herz vor mir zu schauen. Ich beobachte die Anästhesistin an Rias Kopfende und warte, dass sie Entwarnung gibt.

Ich bete zu einem Gott, an den ich nicht glaube.

Ich bete so sehr, dass es wehtut.

Und als der erste Schlag kommt, das Nicken der Anästhesistin und ihre Bestätigung, dass alles okay ist, ist die Erleichterung so groß, dass ich mich dazu zwingen muss, nicht alles fallen zu lassen und aus Reflex die Hände vors Gesicht zu schlagen.

Das Herz schlägt, es pocht, es lebt.

Ria lebt. Nein, Ria wird leben. Mir steigen die Tränen in die Augen vor Glück, aber ich kämpfe sie nieder. Das ist nicht der richtige Ort dafür. Ich muss konzentriert bleiben. Ich muss auf Distanz bleiben. Mit Emotionalität kann man im OP keine guten Entscheidungen treffen. Das ist eine der ersten Regeln, die man lernt.

»Sieht doch gut aus.« Die Herz-Lungen-Maschine wird nach der Entlüftung ausgeschaltet. Dekanülierung, eine letzte Blutstillung, und Dr. Gardner vernäht das Brustbein mit Stahldraht. »Dr. Brooks, schließen Sie den Brustkorb.«

Die Naht wird von Nash gekonnt gesetzt, Stich um Stich, sorgfältig und geschickt.

Etwas piept. Wir nehmen den Alarm wahr.

»Kammerflimmern«, flüstere ich und will es nicht glauben.

»Defi!«, ruft Nash, und sofort wird er rangeschoben.

Aufladen.

»Weg!«

Rums.

Nichts passiert.

»Noch mal«, meint Nash, und ich trete einen weiteren Schritt zurück. »Alle weg.«

»Rums.«

Stabil. Ich atme zitternd aus. Ein und aus. Immer wieder.

Bis es wieder anfängt. Das kann nicht wahr sein …

»Scheiße!«, flucht Nash. Dr. Gardner übernimmt, aber die Anästhesistin schüttelt irgendwann den Kopf.

Herzstillstand.

Aufgeregte Stimmen.

Ich will Dr. Gardner zuhören, ich will helfen, ich will eine gute Ärztin sein, aber meine Beine bewegen sich nicht. Ich schnappe einzelne Wörter wie »Adrenalin« und »Kalziumglukonat« auf, bevor ich nur noch das Rauschen meines eigenen Blutes hören kann – und meine Gedanken, die viel zu laut sind.

Ich stehe da, sehe zu, wie sie alle um Rias Leben kämpfen, doch das Einzige, worum ich kämpfe, ist, mich nicht übergeben zu müssen. Es geht um ein Kind. Ein Kind …

Bis es irgendwann vorbei ist.

Der Lärm, die Hektik.

Bis es vorbei ist …

»Zeitpunkt des Todes: Dreiundzwanzig Uhr und acht Minuten.« Dr. Gardner verlässt mit gesenktem Kopf den OP, und mir ist klar, wie schwer das für ihn sein muss. Das war der Grund, warum er nicht in der Pädiatrie arbeiten konnte. Und ich? Ich spüre ihn, den ersten Riss in meiner Mauer. In meiner Mauer und in mir. Die Träne, die über meine Wange rinnt, als Nash sich umdreht und mich voller Bedauern und Trauer ansieht.

Ich wünschte, ich könnte Haltung bewahren, aber da ist nichts mehr in mir, das mich hält. Erst bewege ich mich stockend, dann werde ich schneller und schneller, renne aus dem OP, durch den Waschraum, lasse alles und jeden hinter mir, bis ich durch die Tür in den Gang trete und mich erst die Wand gegenüber stoppt. Ich bleibe stehen, ziehe mir die Maske vom Gesicht und die Haube vom Kopf und schluchze los, während ich sie zu Boden werfe und meine Stirn gegen die Wand lehne. Es ist mir egal, ob mich jemand sieht. Es ist egal, wer mich sieht oder hört.

Ich breche zusammen und auseinander. Ich kann es spüren. Das Fallen und Brechen.

Ich kriege kaum Luft, alles dreht sich. Die ganze Welt dreht sich, dreht sich weiter und weiter. Aber Rias steht still.

Meine Hände ballen sich zu Fäusten, meine Augen brennen, mein Hals kratzt, mein ganzer Körper steht in Flammen, und ich verstehe nicht, wieso ich zittere.

Ich bin nicht schuld. Ich denke, das ist niemand. Ich war nur dabei, aber bei Ria fühlt es sich das erste Mal an, als wäre es meine Schuld.

Ich weine eine gefühlte Ewigkeit.

Als ich irgendwann eine Berührung an meiner Schulter wahrnehme, zucke ich zusammen, wische mir schnell die Tränen weg und drehe mich um.

Nash.

Ich halte die Scherben, aus denen ich bestehe, zusammen, damit er sie nicht sieht.

»Laura«, beginnt er, und ich sehe, dass es ihm genauso wehtut wie mir. Genauso und doch anders. Schmerz ist immer anders. Vielleicht gleich schmerzhaft, aber in seiner Essenz immer verschieden. Schmerz und Liebe haben viel gemeinsam.

Ich recke das Kinn, weiche ihm nicht aus. Nicht ihm, nicht seinem Blick. Und auch nicht seiner Hand, die auf meiner Schulter liegt. Die meinen Arm hinabgleitet bis zu meiner und deren Finger stumm die meinen fragen, ob sie bleiben dürfen.

Ich atme bebend ein und aus. »Es geht mir gut.«

Er lächelt traurig. »Du bist eine schlechte Lügnerin.«

»Du solltest gehen«, sage ich mit gebrochener Stimme, aber erhobenen Hauptes.

Seine Finger berühren mich wie Schmetterlingsflügel, und ich habe nicht die Kraft, mich von ihnen zu lösen.

»Ich konnte erst abtreten, als wir fertig waren. Ich muss gleich noch einmal kurz rein, aber …«

»Es tut mir leid, dass ich die Fassung verloren habe und nicht besonders professionell war. Es kommt nicht wieder vor.«

Seine Augen verengen sich zu Schlitzen, und er kommt einen Schritt näher. Noch einen. Er steht direkt vor mir, so nah, dass sich unsere Nasenspitzen beinahe berühren, und trotzdem ist da ein ganzes Universum voller ungesagter Worte zwischen uns.

Ich will ihn wegschubsen.

Ich will ihn anschreien.

Ich will, dass er geht, und ich will, dass er bleibt.

»Nimm dir morgen frei. Dr. Gardner ist gerade dabei, es ihren Eltern zu sagen, und ich …«

»Es geht mir gut«, wiederhole ich und werde lauter. Verzweifelter. Dachte nicht, dass das möglich wäre. Ich entziehe mich ihm. Wäre keine Wand hinter mir, würde ich einen Schritt zurückgehen. Stattdessen bleibe ich standhaft, weiche nicht aus.

Wenn nur dieses Zittern nicht wäre, dieses Brennen, dieser Schmerz.

Nash möchte noch etwas sagen, aber ich kann das jetzt nicht. Ich will nicht hören, dass wir nichts mehr tun konnten. Dass so etwas passieren kann. Ich will nicht hören, dass es mir *nicht* gut geht, das weiß ich selbst. Und bei Gott, ich will nicht so angesehen werden … So sorgenvoll, voller Mitleid.

»Ich hab es ihr versprochen«, wispere ich. »Ich hab ihr versprochen, dass alles gut wird.«

Ganz langsam hebt er seine Hand, greift nach meiner und mit jedem Stückchen, das sie näher kommt, schüttle ich mehr den Kopf.

Ich hab es ihr versprochen …

Und dann nimmt er sie, zieht sie an seine Brust. Sie und mich und all die Scherben, all den Schmerz. Ich lehne mich an ihn, weine und schluchze und lasse mich halten, während meine Beine unter mir nachzugeben drohen. Ich weine und weine, bis nichts mehr übrig ist, und gebe mich dem Schmerz hin und der Verzweiflung. Der Ohnmacht und dem Schuldgefühl.

Ich habe es versprochen.

Ich konnte es nicht halten.

Wie lange ich mit Nash so dastehe, der mich umarmt und hält und mit mir schweigt, weiß ich nicht. Ich weiß nur, dass er mein Schutzschild ist, mein Anker, mein Kompass. Ich wollte wütend auf ihn sein, aber noch mehr wollte ich ihn nicht mögen. Manche Dinge laufen nicht nach Plan.

Viel zu viele …

Rias Herz schlägt nicht mehr. Meines zu sehr. Und ich frage es in diesem Moment: *Was machst du nur? Wo willst du hin, wo willst du bleiben?*

Und es antwortet: *Das Richtige. Wir gehen dorthin, wo wir hingehören. Und bleiben; genau hier.*

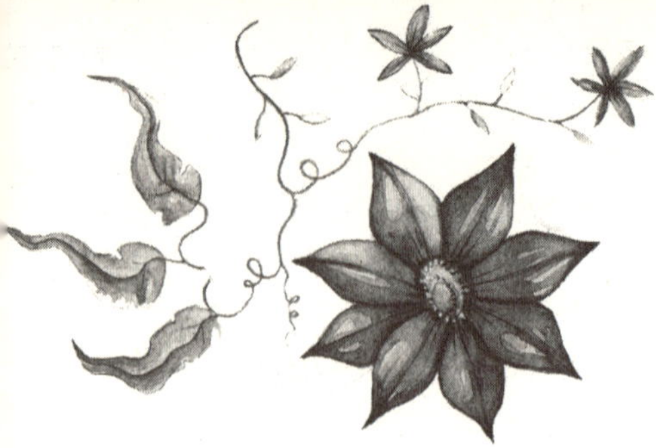

22. Kapitel

Nash

Ich hätte mich gerne bei Laura entschuldigt. Für meine Worte und mein Verhalten – nach ihrer Übernachtung bei mir und besonders nach dem letzten Besuch vorhin bei Ria und ihren Eltern. Doch ich habe es immer wieder aufgeschoben, habe nicht den richtigen Zeitpunkt abgepasst und irgendwann war es Zeit für die OP. Andere Dinge hatten Priorität.

Jetzt bin ich hier, im Gang vor der Tür, hinter der es zu Rias OP-Saal geht. Dem Raum, in dem zwei Herzen liegen, die beide nicht mehr schlagen. Ich stehe hier und umarme Laura, deren Beine sie kaum mehr tragen und die nicht damit aufhört, an meiner Brust zu schluchzen und zu weinen. Ihre Finger krallen sich in meine OP-Kleidung, sie hält sich an mir fest, als wäre ich das Letzte, das sie aufrecht halten kann.

»Es tut mir leid«, wispere ich ihr ins Ohr und halte sie fester. Ich drücke sie an mich, lege meine Wange auf ihren Kopf und schließe die Augen und lasse sie trauern.

Es tut mir leid, dass ich so mit dir geredet habe.
Es tut mir leid, dass ich so einen Blödsinn erzählt habe.
Es tut mir leid, dass wir Ria verloren haben.
Es tut mir leid, dass du dein Versprechen nicht halten konntest.
Es tut mir leid, dass du das durchmachen musst.
Es tut mir leid, dass ich dich mag.
Es tut mir unendlich leid …

Wir stehen eine halbe Ewigkeit da, und es ist mir egal, ob es jemand sehen könnte. Es ist mir egal, was jemand darüber denken könnte.

Wir stehen da, bis Lauras Weinen weniger wird, ihr Körper erschöpft ist und ihre Kraft schwindet.

Behutsam löse ich mich von ihr, bringe sie dazu, loszulassen. Ich kann mich gerade noch davon abhalten, meine Hand an ihre Wange zu legen … Stattdessen schaue ich sie nur an und warte, bis sie sich so weit gefasst hat, dass sie mir zuhören kann, bis sie ihre Tränen wegwischt und den Kopf hebt.

»Bitte. Geh heim und ruh dich aus. Deine Schicht ist längst vorbei und … es war ein harter Tag«, sage ich mit ruhiger Stimme. »Nimm dir morgen frei.«

In ihrem Blick liegt nichts. Keine Freude, keine Trauer, keine Leidenschaft, kein Trotz. Nichts. Und das jagt mir eine Scheißangst ein.

Sie nickt langsam, als wäre sie mit ihren Gedanken ganz weit fort, dann löst sie sich von mir, ihre Arme hängen schlaff an ihrer Seite, und ich sehe die letzte einsame Träne ihre Wange hinabrinnen, bevor sie sich umdreht und geht.

So etwas wird nie leichter. Nie. Und ich kann Lauras Verzweiflung verstehen, kann sie nachfühlen, auch wenn ich sie mittlerweile oft ziemlich tief in mir vergrabe. Würde ich sie jedes Mal zulassen, würde sie mich zerbrechen. Es wird kein Trost für ihre Eltern sein und auch nicht für Laura, aber mit der Zeit versteht man, dass schlimme Dinge passieren und man kaum etwas dagegen tun kann. Dass man Trost nur in einer Sache findet: dem Gedanken, alles getan zu haben, was man tun konnte.

23. Kapitel

Laura

Ich bin nicht ganz da, nicht ganz wach, nicht ganz bei mir. Es ist, als würde ich träumen, mit dem Wissen, es nicht zu tun. Es ergibt keinen Sinn, aber das ist es, was ich fühle, während ich mich von Nash abwende und in den Umkleiden verschwinde. Das und Schmerz und Taubheit und Hilflosigkeit.

Ich konnte Nash kaum in die Augen sehen, nachdem ich eben direkt vor ihm zerbrochen bin. Vor ihm, an ihm, in seinen Armen. Ich konnte es kaum, weil ich ihm verraten habe, was neben Rias Verlust am meisten schmerzt: ein Versprechen gegeben zu haben, das ich nicht halten konnte. Eines, von dem ich nicht wusste, ob ich es überhaupt halten kann. Es war ein typischer Anfängerfehler, der mich sehr lange verfolgen wird. Und obwohl ich erwartet habe, dass er mir genau das sagen würde, hat er es nicht getan. Das ist etwas, das mich nachhaltig beeindruckt. Er war einfach nur da – und ich fühle mich so schwach, weil ich das genossen habe. Weil ich es überhaupt so weit habe kommen lassen, jemanden auf diese Art zu brauchen.

Dabei ist nichts davon schlimm. Spätestens, wenn meine Welt nicht länger kopfsteht, weiß ich das wieder.

Ich bin allein, als ich die Tür zu den Umkleiden hinter mir schließe. Allein mit weißen Wänden, grellem Licht, ein paar Bänken und Spinden. Allein mit meinen Gedanken.

Schwer atmend lehne ich an der Tür, zuerst nicht fähig, mich erneut zu bewegen, doch dann schaue ich an mir hinab und sehe das Grün meiner OP-Kleidung. Abermals fange ich an zu zittern. Ich renne in Richtung Duschen, reiße mir auf dem Weg dorthin die Klamotten vom Leib, weil ich mich vor ihnen und mir selbst ekele, und stelle mich unter heißes Wasser. Es ist, als würde ich im Regen stehen und warten, dass etwas passiert. Dass sich etwas ändert. Aber das tut es nicht. Das tut es einfach nicht.

Also weine ich wieder, weine Tränen, die niemand sieht, bis ich das Gefühl habe, das nichts mehr übrig ist.

Irgendwann wird das Wasser kälter, und ich habe inzwischen jegliches Zeitgefühl verloren. Immer wieder habe ich Stimmen gehört von Menschen, die ein und aus gingen, aber sie waren zu weit weg. Fast in einer anderen Welt.

Ich fange an, mich unkonzentriert zu waschen, eher mechanisch als mit dem Kopf dabei, und steige danach aus der Dusche. Ich zittere, habe vergessen, ein Handtuch zu holen, also gehe ich nackt rüber, schnappe mir eines und wickele mich darin ein. Keine Ahnung, wie, aber ich schaffe es, mich anzuziehen. Schaffe es in meine Stationskleidung, die ich drüben im Ärztezimmer gegen meine eigenen Sachen wechseln muss, und allein der Gedanke daran ruft Übelkeit in mir hervor.

Ich werde aus dem OP-Bereich rausgehen, den anderen begegnen und egal, was kommt, es wird falsch sein. Sich falsch anfühlen. Zu lächeln und so zu tun, als würde es mir gut gehen, oder zutiefst geknickt da entlanglaufen und mitleidige Blicke – oder schlimmer –, Dutzende Fragen gestellt zu bekommen. Aber so ist es. So wird es immer sein. Wir kennen den Job, wir kennen ihn und hassen ihn so sehr, wie wir ihn lieben. Wir hassen diese Tage, an denen wir ihn nicht lieben können …

Ich gehe hinaus. Vor die Tür, in den Flur und in Richtung Chirurgie. Auf Station.

Ich fühle mich ausgelaugt und müde, aber ich glaube, selbst wenn ich es wollte, würde ich jetzt keine Ruhe und keinen Schlaf finden. Ich möchte nicht nach Hause, nicht wirklich – und deshalb beeile ich mich auch nicht.

Aber irgendwann komme ich trotzdem bei meinem Spind an. Nur Ryan, Maisie und Jane sind da, er liest in einem Buch, Maisie hört Musik, die ich über ihre Ohrhörer hinaus wahrnehmen kann, und hält dabei ein Nickerchen mit dem Kopf auf dem Tisch. Jane macht sich Notizen in einem kleinen Heft, und mir wird klar, wie selten ich sie sehe. Sie ist eine Anfängerin wie ich, und trotzdem haben wir bisher kaum ein Wort miteinander gewechselt. Ich glaube, sie redet generell nicht viel und genießt es, für sich zu sein.

Sie bemerken mich kaum, grüßen nur knapp, und ich bin dankbar, dass sie keine Fragen stellen. Dass wir uns dafür nicht gut genug kennen, uns zu wenig unterhalten oder gar gesehen haben. Wären Mitch, Sierra oder Zeenah hier, hätte ich ein Problem. Sie würden sofort erkennen, dass etwas passiert ist. Dass es mir nicht gut geht. Und sie würden genau das wollen, was ich im Moment am wenigsten will: reden.

Still und leise ziehe ich meine Alltagskleidung an, schnappe mir meinen Rucksack und gehe. Es ist nicht meine Absicht, unfreundlich zu sein, aber ich habe kaum Kraft, aufrecht zu stehen und meine Beine zu bewegen. Wahrscheinlich bemerkt nicht mal jemand, dass ich ohne ein *Auf Wiedersehen* verschwinde.

Ich schaffe es sogar in den Aufzug, ins Erdgeschoss und aus dem Krankenhaus raus, ohne Fragen gestellt zu bekommen oder aufgehalten zu werden. Es ist dunkel draußen und ruhig, nicht mehr so laut und hektisch wie am Tag, nicht mehr so heiß und drückend.

Während ich einen Fuß vor den anderen setze, mich meine Beine Stück für Stück weiter vom Krankenhaus wegbringen, werde ich immer langsamer, weil mir klar wird, dass ich jetzt in meine Wohnung muss. Allein. Dass da niemand wartet, dass da niemand ist. Mein Bruder, meine Schwester – sie sind meilenweit weg. Josh ist Vergangenheit, und alte Freundschaften gibt es nicht mehr. Nicht richtig. Ich habe niemanden, den ich um diese Uhrzeit anrufen kann. Jess startet wahrscheinlich in den Tag, und ich will ihn ihr nicht versauen. Ich will nicht, dass sie sich Sorgen macht. Ich will nicht allein sein und irgendwie doch, und dieses Chaos in mir, dieser Schmerz, sind kaum auszuhalten.

Ich ertrage es nicht.

Nicht jetzt.

Nicht heute.

Und ich kann so nicht nach Hause.

Also halte ich inne, sehe mich um und steuere auf eine der Sitzbänke zu, die am Rand des kleinen Parks vor dem Krankenhaus stehen. Direkt am Weg Richtung Ausgang.

Vollkommen erschöpft lasse ich mich nieder, ziehe die Beine an und lege mein Kinn auf die Knie. Starre die Büsche und Bäume an, hinter denen die Lichter der vielen Gebäude der Stadt leuchten.

Wind kommt auf, aber ich trage nur ein dünnes Top, deshalb bekomme ich sofort eine Gänsehaut. Vermutlich ist mir kälter, als mir sein sollte. Ich habe nicht genug getrunken, nicht viel gegessen und so viel geweint, dass mich Kopfschmerzen plagen.

»Hey, Laura.« Als ich meinen Namen höre, zucke ich zusammen und hebe überrascht den Kopf.

Es ist Mitch.

»Hast du nicht längst Feierabend?«

»Ja.« Ich muss mich räuspern, weil ich kaum einen Ton rausbekomme. »Ich brauche noch einen Moment.« Er tritt einen Schritt näher heran, betrachtet mich skeptisch.

»Ist alles in Ordnung? Mit Verlaub, du siehst beschissen aus.«

»Es geht schon. Aber danke.«

Er lacht trocken auf und fährt sich durchs Haar. »Für mein Nachfragen oder für meine Taktlosigkeit?«

»Beides«, antworte ich ehrlich.

»Soll ich vielleicht Sierra holen, sie hat gerade Pause. Ich meine …«

»Nein, wirklich. Es geht schon. Danke.« Ich versuche mich an einem Lächeln und bin sicher, dass es grauenvoll aussieht. Dennoch hoffe ich, Mitch würde verstehen, dass er mir nicht helfen kann. So sehr er es auch möchte.

Kurz teilen sich seine Lippen erneut, er wirkt, als wolle er noch etwas dazu sagen, überlegt es sich aber anders und schultert stumm seine Tasche, bevor er rückwärts losgeht. »Okay. Bis dann. Pass auf dich auf.«

»Gute Nacht«, murmle ich und bin ehrlich dankbar für Mitchs Fürsorge, auch wenn ich ihm das gerade nicht zeigen kann.

Mittlerweile überlege ich, einfach bis morgen hier sitzen zu bleiben und danach mit meiner Schicht zu beginnen. Ich will nicht freinehmen. Oder ich gehe direkt wieder rein, arbeite weiter … Nein. Das kann ich nicht. Das wäre nicht fair. Nicht fair gegenüber den Menschen dort drin. Ich bin unendlich weit entfernt davon, richtige oder gute Entscheidungen für andere treffen zu können. Reinzugehen wäre egoistisch. Fahrlässig. Falsch.

Trotzdem muss ich dagegen ankämpfen. Denn es wäre auch Ablenkung.

Verdammt. Wieso tut mein Kopf so weh?

»Laura?« Hat Mitch etwas vergessen? Ich hebe den Kopf erneut, drehe mich zur Seite und lasse die Beine von der Bank gleiten.

»Nash.« Überrascht blicke ich für den Bruchteil einer Sekunde auf. Wieso habe ich seine Stimme nicht erkannt?

Er kommt näher. Sogar in dem schwachen Licht der einzelnen Laternen und Lichter, die den Park und den Weg zum Haupteingang säumen, sieht er erschöpft aus. Und erinnert mich damit daran, was wir heute erlebt haben. Dass wir versagt haben …

»Was tust du noch hier?« Es ist kein Vorwurf, sondern eine ehrlich gemeinte Frage. Vielleicht sogar eine sorgenvolle. Und erneut versuche ich mich an einem Lächeln, an dem ich kläglich scheitere.

»Nachdenken.«

Er steht neben mir. Bei mir. Schweigt mit mir. Und das treibt mir abermals die Tränen in die Augen. Dabei dachte ich, das wäre heute nicht mehr möglich – so leer, wie ich mich fühle.

»Es war nicht … Ach, verdamme Scheiße!«, flucht er und seufzt.

Es war nicht meine Schuld. Ich weiß. Fühlt sich nur leider nicht so an.

»Soll ich dich nach Hause bringen?«

Ich schüttle den Kopf, weiche seinem Blick aus. Ich kann nicht nach Hause. Ich kann einfach nicht.

»Kann ich …« Ich höre, wie schwer es ihm fällt, mit mir zu reden. »Kann ich etwas tun?«

»Nein«, wispere ich, und ohne es verhindern zu können, hebe ich wieder den Blick, schaue ihn an, und der Kloß in meinem Hals wächst und wächst. Ich wünschte, die Antwort wäre Ja, aber das Leben bewegt sich oft fernab von unseren Wünschen.

»Nimm dir morgen frei. Ich meine das ernst. Ich habe deine Schicht bereits anderweitig besetzen lassen.« Darauf antworte ich nicht, auch wenn ich gerne würde. Ich würde gern zur Arbeit gehen, und gleichzeitig bangt es mir davor. Momentan weiß ich kaum, was richtig ist und was nicht.

Ich weiß nicht, warum ich es ihr versprochen habe.

Ich weiß nicht, warum sie gehen musste.

Warum wir sie verlieren mussten.

Sie war erst zehn Jahre alt. Das ist nicht fair.

Ich nicke, schlinge die Arme um mich und unterdrücke ein Frösteln und meine Müdigkeit.

»Gute Nacht, Laura.«

Seine Stimme. Wie konnte ich sie nur nicht erkennen?

»Gute Nacht, Nash.«

24. Kapitel

Nash

Jeder Muskel schmerzt nach dieser Schicht. Ich bin nicht oft auf diese Art erschöpft. So tiefgehend, so allumfassend. Physisch wie psychisch. Aber heute schon. Heute ist so ein Tag, der mir alles abverlangt hat. Und es immer noch tut. Wir hätten Ria nicht verlieren dürfen. Alles war gut vorbereitet, das Spenderherz hat gepasst, die OP verlief ohne Komplikationen – und dennoch ist es passiert. Ich kann das nicht fassen.

Es ist nicht fair. Es hätte nicht passieren dürfen.

Als dann auch noch Laura vorhin beinahe an Rias Verlust zerbrochen ist, bin ich vollkommen an meine Grenzen gekommen. Und jetzt finde ich sie eine gefühlte Ewigkeit nach der OP und dem Ende ihrer Schicht auf einer Bank vor dem Whitestone, blass und leicht zitternd, auch wenn sie alles dafür gegeben hat, dass ich es nicht bemerke. Sie hat ein Lächeln aufgesetzt, so getan, als würde sie nur nachdenken. Ich kenne das.

Diese Art von Schmerz.

Scheiße.

Ich wünschte, ich hätte verhindern können, dass sie das jetzt durchmachen muss, auch wenn es dazu gehört.

Als ich mich längst ein Stück von ihr entfernt habe, nachdem wir uns verabschiedet haben, bleibe ich mit dem Rücken zu ihr stehen. Ich kann keinen einzigen Schritt mehr vorwärts machen. Ich kann sie unmöglich so zurücklassen.

Ich habe sie bereits nach wenigen Stunden geduzt und in der ersten Woche mit zu mir nach Hause genommen …

Mit einem tiefen Atemzug lege ich den Kopf in den Nacken, bevor ich den dritten Fehler begehe, seit wir uns kennen. Ich drehe mich um, gehe zu ihr zurück.

Ich höre ihr leises, unterdrücktes Schluchzen, bevor ich sehe, wie ihr Körper bebt. Es tut mir so leid.

Unwillkürlich frage ich mich, ob sie das alles schafft. Ob sie diesen Job ausüben kann. Nicht, weil sie nicht kompetent wäre, denn das ist sie. Aber sie ist auch sensibel. Und so lobenswert und wünschenswert diese Eigenschaft ist, so sehr macht sie einen am Ende kaputt.

Mir wird es schwer ums Herz. Ich kriege schlecht Luft, mein Brustkorb fühlt sich an, als würde ein Laster darauf stehen, während ich zusehen muss, wie sie weint. Ihr Gesicht verbirgt sie hinter ihren Händen. Auf dieser Bank, die halb im Schatten der Laternen liegt, hätte ich sie vorhin beinahe nicht erkannt. Aber eben nur beinahe …

Vorsichtig, um sie nicht zu erschrecken, trete ich wieder näher, setze mich neben sie und zögere ein, zwei Sekunden, bevor ich meinen Arm um sie lege. Ich spüre, wie sie sich versteift. Nur für einen Augenblick – dennoch lange genug. Ich warte. Dann lässt sie die Hände auf ihre Beine sinken und betrachtet sie.

»Es tut weh«, flüstert sie. »Wird das … wird das je besser?«

»Manchmal«, antworte ich. »Nicht immer. Nicht bei jedem.« Ich wünschte, ich könnte ihr etwas anderes sagen. Etwas Besseres. Etwas, das ihr Kraft gibt.

Meine Hand streicht wie von selbst über ihren nackten Arm, der sich recht kühl anfühlt. Ihre Haare sind klamm, wahrscheinlich hat sie geduscht und sie nicht getrocknet. So holt sie sich, wenn sie Pech hat, eine dicke Erkältung. Gerade jetzt, wenn sie so angeschlagen ist.

Ich sitze hier, schweige mit ihr und habe keine Ahnung, was ich sonst tun oder sagen kann. Verdammt, ich habe keine Ahnung, was ich hier mache.

»Du solltest gehen. Jax wartet bestimmt auf dich.« Und als ich das leise Lächeln in ihrer Stimme höre, ein echtes Lächeln, wird mir klar, welche Sorgen ich mir um sie gemacht habe. Darüber, dass sie dieser einschneidende Moment und diese Trauer nicht mehr loslassen. Dass es sie zu tief und zu stark verletzt. Aber dieses Lächeln zeigt mir, dass sie es schaffen wird.

»Der vermisst mich weniger, als mir lieb ist«, brumme ich. Dann lehnt Laura sich nach hinten, gegen die Bank, und ich lasse meinen Arm automatisch nach oben wandern, sodass er auf ihren Schultern zur Ruhe kommt. Sie schiebt ihren Kopf langsam von meinem Arm herüber an meine Schulter. Es sollte mir egal sein. Es sollte sich nicht so gut anfühlen. So vertraut.

»Komm, wir sollten fahren.«

Ich spüre, wie sie den Kopf schüttelt. »Nein. Ist schon okay. Ich kann nicht …« Sofort hält sie inne, aber ich beginne zu begreifen, was wirklich los ist. Sie kann nicht nach Hause. Sie will nicht nach Hause. Das ist der Grund, warum wir oft in die Bar gehen … Genau das ist der Grund.

Ich drücke sie an mich, atme durch und begehe Fehler Nummer vier.

»Wir fahren zu mir.«

»Ich weiß nicht, ob das eine gute Idee ist«, sagt sie leise, und das bringt mich zum Lächeln.

»Ich auch nicht«, gebe ich zu. Aber ich tue es, weil ich nicht anders kann. Ich kann Laura nicht hier- oder alleinlassen. Nicht jetzt.

»Okay.«

»Okay.« Ich warte, bis sie sich bewegt und aufsteht, ehe ich mich ebenfalls von der Bank erhebe und mit ihr zu meinem Auto gehe. Wir haben auf dem großen Parkplatz für uns ausgeschriebene Stellplätze, aber an manchen Tagen suche ich mir direkt vorne an der Straße einen Parkplatz. Das geht oft schneller.

So wie heute.

Ich öffne Laura die Beifahrertür, lasse sie einsteigen und schlage sie hinter ihr zu, bevor ich um die Motorhaube herum auf meine Seite gehe, mich hinters Lenkrad setze und den Motor anlasse.

Mein Herz schlägt mir bis zum Hals, und mit einem Mal bin ich hellwach, dabei war ich beim Rausgehen total im Eimer von diesem Tag. Doch jetzt, mit Laura neben mir, die ich nicht irgendwo abliefere, sondern wieder mit zu mir nehme, ist alles anders.

Es ist nicht das erste Mal.

Doch das erste Mal, dass sie es mitbekommen und sich dessen bewusst sein wird. Und ich irgendwie eine Wahl hatte.

Ich fahre los, keiner von uns sagt ein Wort, wir hängen nur still unseren Gedanken nach. Mein Bungalow liegt etwas außerhalb und kam mir für mich allein samt Jax bisher immer recht groß vor. Ich habe mir nie Gedanken um einen weiteren Schlafplatz machen müssen, denn ich habe nie jemanden mit nach Hause genommen.

Da war stets die Grenze. Immer.

Aber auch ein *Immer* ist irgendwann zu Ende.

Das Klicken der Haustür, als das Schloss aufspringt, klingt lauter als sonst. Bedeutender.

Sofort ist Jax da und miaut mich vorwurfsvoll an, weil ich so spät bin, und ich kann es ihm nicht verübeln. Die letzten Tage war ich wenig daheim. Also mache ich das Licht an und nehme ihn auf den Arm, was er sich trotzdem nur unter Protest gefallen lässt.

Laura schaut sich etwas unsicher um, während sie in meinem Flur steht, und erst jetzt erkenne ich wirklich, wie blass sie ist und wie erschöpft sie aussieht.

»In dem Schrank im Bad findest du Handtücher und eine Zahnbürste. Ich kümmere mich kurz um Jax und bin in der Küche. In Ordnung?«

»Ja.« Dieses eine Wort bringt sie kaum heraus.

Mit Jax auf dem Arm gehe ich los und …

»Nash?« Wenn sie meinen Namen sagt, macht das etwas mit mir. Keine Ahnung, was, aber … Ich denke, es macht es kompliziert.

Ich wende mich um, schaue sie an.

»Danke.«

»Gern geschehen.« Für einen Moment vergesse ich, was ich vorhatte, bis Jax laut miaut und mir ins Ohr beißt.

Autsch, verdammt.

»Wir gehen ja schon«, zische ich und höre Lauras leises Lachen. Das ist schön. Sie kann es noch.

»Ja, ich habe es verstanden, du musst mir nicht die Haut vom Leib reißen«, meine ich zu Jax, als ich ihn auf der Kücheninsel absetze, eine Schale aus dem Schrank nehme und ihm sein Nassfutter gebe. Das Trockenfutter im Futterautomaten ist fast leer, und ich fülle es schnell auf, während Jax sich über sein Fressen hermacht. Dann stehe ich einfach nur da, starre Löcher in die Luft und denke an die Frau, die sich vermutlich gerade in meinem Bad die Zähne putzt.

Gott, was ist nur los mit mir? Seufzend fahre ich mir über den Nacken und reibe mir über die verspannten Muskeln.

»Du kommst klar, oder?«, frage ich den Kater, der mich längst wieder ignoriert, und mache das Licht in der Küche aus.

Laura kommt in der Sekunde aus dem Bad, als ich mit frischen Klamotten für mich auf dem Arm aus dem Schlafzimmer in den Flur trete.

»Du kannst in meinem Bett schlafen. Ich hab dir ein Shirt und Boxershorts rausgelegt, falls du was brauchst. Sie werden dir zu groß sein, und ich hab sonst nichts da, aber …«

»Das ist mehr als okay. Ich danke dir«, unterbricht sie mich und streicht sich eine Strähne hinters Ohr. »Gute Nacht.« Sie geht an mir vorbei, und ich schaue ihr nach. Viel zu lange.

»Gute Nacht.« Keine Ahnung, ob sie das noch hört.

Vollkommen erledigt von diesem Tag mache ich mich bettfertig und gehe danach ins Wohnzimmer, um es mir auf der Couch bequem zu machen. Sie ist gemütlich, keine Frage, aber zum Schlafen etwas zu klein. Vielleicht sollte ich mal über ein Schlafsofa nachdenken …

»Nash?« Mein Name aus ihrem Mund jagt Schauer über meine Haut, durch meinen ganzen Körper, und ich kann nichts dagegen tun.

Ich stehe mit dem Rücken zu ihr und nehme mir einen Augenblick, bevor ich mich zu ihr umdrehe. Ihre Haare sind offen, leicht gewellt fallen sie auf ihre Schultern und in meinem ihr viel zu großen Shirt sieht sie verdammt zierlich aus. Es ist nicht das erste Mal, dass ich sie so ansehe. Es ist nicht das erste Mal, dass ich ihre schönen Beine sehe und sie bei mir übernachtet. Was ohnehin verdammt verrückt ist. Doch es ist das erste Mal, dass ich sie in meinen Sachen sehe. Dass sie hier vor mir in meinem Wohnzimmer steht, in meinem Shirt und meinen Boxershorts, und es mir vorkommt, als würde sie hierhergehören. Zu mir.

Als wäre es nie anders gewesen.

Das Atmen fällt mir schwer, wenn sie in meiner Nähe ist.

Als Jax plötzlich neben mir auf die Couch springt und laut miaut, zucke ich zusammen. Schon wieder.

»Verflucht, Jax!«

»Miau«, erwidert er empört.

»Du mich auch.«

»Ich wollte nicht stören«, beginnt Laura und lächelt Jax an. Der Kater wird angelächelt – und ich bin eifersüchtig. Ganz toll. Dabei spielt sie mit ihren Fingern, als wäre sie nervös, bevor sie tief Luft holt und mich wieder ansieht. Mit festem Blick und gerecktem Kinn, aber ich erkenne die Spuren, die der Tag hinterlassen hat, in ihren Augen. In ihrer Stimme. Im Rest ihrer Haltung. »Es ist ... Ich meine ...« Sie presst die Lippen für einen Moment zusammen. »Was ich sagen wollte, nein, ich ... Verdammt.« Sie reibt sich über die Stirn, und ich bemerke, wie sie mit den Tränen kämpft und sich danach selbst umarmt. Als wollte sie verhindern, noch einmal die Fassung zu verlieren.

»Was ist los, Laura? Was ist wirklich los?«, frage ich ruhig und gehe auf sie zu. Die erste Träne rollt ihre Wange hinab, und sie wirkt, als würde sie das verärgern.

»Ich kann gerade nicht ...« Sie schluckt. »Nicht gut allein sein«, bringt sie hervor und weicht meinem Blick aus. Gäbe es die Tränen nicht, würde ich nicht sehen, dass sie innerlich zu kämpfen hat. »Tut mir leid, das klingt seltsam. Ich hab keine Ahnung, was mit mir los ist.«

»Ich schon. Und ich würde dir gern sagen, dass es leichter oder besser wird, doch das wird es nicht. Aber du lernst mit der Zeit, dich mehr an den guten Dingen festzuhalten. Mehr und stärker.« Ohne weiter darüber nachzudenken, hebe ich meine Hand an ihre linke Wange und streiche mit dem Daumen die Tränen weg.

Dann begehe ich Fehler Nummer fünf.

»Soll ich bei dir bleiben?«

»Ich sollte Nein sagen, schätze ich.« Sie hebt den Blick und lächelt. »Aber ich bin heute egoistisch.«

Nickend lasse ich meine Hand sinken und warte, bis sie sich umdreht und sich in Richtung Schlafzimmer in Bewegung setzt. Jax folgt uns, überholt uns irgendwann und springt aufs Bett, auf dem er sich anschließend schnurrend im Kreis dreht, bevor er sich am Fußende niederlässt.

Laura geht auf die linke Seite, und ich bleibe vor dem Bett stehen, fühle mich wie ein unsicherer Junge, der keinen Schimmer hat, was er hier tut.

Das Licht an ihrer Seite brennt. Sie kriecht unter meine dünne Decke, die leicht raschelt, als sie sich zudeckt – und ich lege mich dazu. Lege mich auf meine Seite, mit dem linken Arm unter dem Kopf, den Blick an die Decke gerichtet und Jax zu meinen Füßen.

»Gute Nacht, Nash«, flüstert sie und löscht das Licht, während ich davon überzeugt bin, sie müsse jeden verdammten Atemzug und jeden Herzschlag von mir hören.

Laura liegt mit dem Rücken zu mir, hat sich zusammengerollt und versucht, wie ich, in den Schlaf zu finden.

Ich höre sie, ich rieche sie, ich spüre sie – all meine Sinne sind auf sie ausgerichtet, und ich kann nichts dagegen tun. Ich werde wahnsinnig!

Mein Körper ist vollkommen verkrampft, nicht nur, weil ich mich nicht traue, mich zu bewegen, sondern vor allem, weil ich den Drang, mich zu Laura zu drehen, mit aller Macht unterdrücken muss.

Wir liegen eine halbe Ewigkeit wach nebeneinander in der Dunkelheit, bis ich es nicht länger aushalte und mich Fehler Nummer sechs hingebe. Ich drehe mich zur Seite. Direkt zu

Laura. Bis ich zu ihr rutsche – direkt hinter sie, jedoch ohne sie zu berühren – und warte.

Ich schlucke schwer, als sie sich schließlich fest an mich schiebt, sich an mich drückt und leise seufzt. Wie sie daliegt, wie sie sich anfühlt … Ich habe aufgehört, die Fehler zu zählen, aber ich weiß, diesen werde ich nie wieder vergessen.

Ich atme sie ein, presse meine Lippen sanft an ihren Hinterkopf, spüre ihre Rückseite an meiner Brust, jeden ihrer Atemzüge und schließe die Augen. Als sie irgendwann nach meiner Hand greift und sie nach vorne zieht, um meinen Arm um sich zu legen, und Sekunden später einschläft, wird mir erst richtig klar, was hier passiert. Wie sehr ich das genieße – und dass ich das nie gebraucht oder gewollt habe. Bis eben.

Mir wird bewusst, dass ich verdammt tief in der Scheiße stecke.

25. Kapitel

Laura

Ich wache auf und fühle mich unendlich müde. Erschöpft. Aber es ist über Nacht zu einer besseren Art der Erschöpfung geworden, als es gestern Abend war. Das ist ein Anfang.

Meine Lider sind noch geschlossen, doch ich spüre bereits die ersten Sonnenstrahlen des Tages auf meiner Haut. Es ist angenehm warm in meinem Bett, gemütlich. Es riecht nach Hitze, nach Schlaf, nach …

Ich reiße die Augen auf und starre auf Haut. Auf Bartstoppeln. Da ist ein anderer Atem als meiner, ein anderer Herzschlag unter meiner Hand und ein Brustkorb, der sich hebt und senkt. Da ist warme Haut und ein Arm, der mich hält. Ich weiß, wer das ist. Selbst wenn mir jetzt nicht eingefallen wäre, wo ich bin und bei wem, würde ich es wissen.

Langsam lasse ich meinen Kopf nach hinten gleiten, über seinen Arm, dabei wandern meine Lippen eine Sekunde lang hauchzart über seine untere Kieferpartie, verharren danach über seinem Dreitagebart und seiner Wange. Ich mustere ihn, schaue ihm beim Schlafen zu und bin mir unsicher, ob ich einfach liegen bleiben oder von ihm abrücken und ihn damit wecken sollte. Mich beschleicht das Gefühl, dass ich hier nur verlieren kann …

Oder?

»Willst du mich den ganzen Morgen beobachten?«, murmelt Nash verschlafen, was seinen leicht britischen Akzent besonders zur Geltung bringt.

Meine Wangen werden warm, aber ich weiche nicht zurück. »Natürlich. Aber mir fallen auch noch andere Dinge ein«, necke ich ihn und versuche, die Situation aufzulockern. An seinen Lippen zupft ein Lächeln.

»Witzig.« Seine Stimme ist noch ganz rau und belegt vom Schlaf, und ich mag das.

»Wann musst du zur Arbeit?«

Plötzlich ist er hellwach und dreht sich ruckartig von mir weg in Richtung Nachttisch. Sofort wird mir kalt, dabei hat die Klimaanlage das Zimmer auf eine angenehme Temperatur gebracht. Draußen ist es mit Sicherheit längst unerträglich heiß.

»Halb neun«, flüstert er erleichtert und lässt sich neben mich in die Kissen sinken, nachdem er den Wecker zurückgestellt hat. Er reibt sich die Augen und gähnt, und ich mache mit, weil das so furchtbar ansteckend ist.

Mir geht es besser. Besser als gedacht. Und für einen Moment fühle ich mich schuldig deswegen. Gefühle sind seltsam. Man kann es ihnen selten recht machen. Sie sind wankelmütig und entschlossen zugleich, mal wie ein Unwetter auf hoher See, dann wieder wie der Fels in der Brandung. Egal, was davon zutrifft, eines stimmt immer: Sie machen, was sie wollen.

Nash dreht seinen Kopf in meine Richtung, und jetzt berühren wir uns, Nase an Nase. Atem an Atem. Als würden zwei Stürme aufeinanderprallen und zu einem werden, Hitze auf Hitze. Er ist mir so nah, dass ich am liebsten die Augen schließen würde. Aber ich tue es nicht. Ich bewege mich nicht, und er bewegt sich nicht – es ist, als würden wir feststecken, als gäbe es kein Vor und kein Zurück. Nur dieses *Fast* und *Eigentlich-Nie*, auf das unsere viel zu heftig klopfenden Herzen zurasen. Sie rennen und rennen und kommen nie ans Ziel.

Mein Verstand sagt: *Ich weiß nichts von ihm.*

Mein Herz schreit: *Ich fühle alles, ich muss nichts wissen!*

Meine Hand krallt sich in sein Shirt, ich spüre, wie sein Brustkorb sich hebt und senkt, registriere die Muskeln unter dem Stoff und seinen Herzschlag.

Ich kann nicht anders, ich bewege mich noch einen Hauch vorwärts, fast unmerklich, wären da nicht unsere Nasenspitzen, die sich streifen. Wären da nicht seine Lippen, die plötzlich auf meine treffen. So zart, dass ich im ersten Moment nicht sicher bin, ob es passiert.

So zart – und so kurz. Nash zuckt zurück, räuspert sich, und ich sehe, wie sein Adamsapfel auf und ab hüpft, wie seine Kiefermuskulatur arbeitet und seine Augenbrauen sich zusammenziehen.

Was habe ich mir nur dabei gedacht?

»Nimmst du mich mit zur Arbeit? Zum Whitestone? Von da aus kann ich den Bus nach Hause nehmen«, bitte ich ihn und setze mich aufrecht hin, um ihn besser anschauen zu können. Vielleicht auch, um Abstand zwischen uns zu bringen, weil ich für den Bruchteil einer Sekunde versucht war, es noch einmal zu probieren.

Und ich weiß, das wäre nicht gut.

Nicht, weil es falsch wäre. Nichts ist falsch daran, wenn man sich zu einem anderen Menschen hingezogen fühlt. Aber es wäre aufgrund seiner Reaktion auf meine Worte falsch. Er versteift sich, denkt nach, und ich kann ihm förmlich ansehen, dass ihm gerade dämmert, was er über die letzten Stunden verdrängt zu haben scheint. Dass er mein Chef ist und mein Kollege. Dass er mich zum zweiten Mal mit zu sich genommen hat und andere denken könnten, ich würde mir so Vorteile verschaffen wollen. Und er würde diese Situation ausnutzen wollen, weil er in einer machtvolleren Position ist. Wir beide wissen, dass es nicht so wäre. Trotzdem bleibt der Rest der Welt. Mich kümmert das nicht, aber ihn. Und das respektiere ich. Zumindest gebe ich mir Mühe …

»Klar. Kein Problem«, erwidert er und gibt sein Bestes, gelassen zu wirken. Er versagt jämmerlich.

Also stehe ich auf, noch immer in seinen Boxershorts und seinem Shirt, das nach ihm riecht, und gehe ins Bad, um mich fertig zu machen.

Ich brauche nicht lange und trinke anschließend einen Kaffee. Während Nash duscht, beobachte ich Jax bei seinem Frühstück, und dann fahren wir. Ziemlich schweigsam. Wie bereits den ganzen Morgen.

Im Auto schaue ich aus dem Fenster und versuche, nicht über ihn und die letzten Stunden nachzudenken. Gleichzeitig steigt der altbekannte Trotz in mir hoch. Wieso nicht? Wieso darf ich nicht an ihn denken? Als Mann? Als mein Kollege? Wieso darf ich das, verflucht noch mal, nicht? Wäre es anders, wenn ich seine Chefin wäre?

»Ist alles okay?«, fragt Nash irgendwann und reißt mich aus meinen Grübeleien.

»Ja. Warum?«

»Du schnaufst und gibst frustrierte Laute von dir. Deine Gedanken sind so laut, trotzdem hab ich keine Ahnung, was dich gerade beschäftigt.«

Mein Blick wandert zu ihm. »Doch«, widerspreche ich leise. »Ich denke, die hast du.«

Seit zwanzig Minuten starre ich auf mein Handy und überlege, was ich Sierra zurückschreiben soll, die mir bereits gestern Abend eine Nachricht geschickt hat. Ich habe sie erst gesehen, nachdem Nash mich vor einer Stunde am Whitestone abgesetzt hat und ich danach mit dem Bus heimgefahren bin.

Jetzt sitze ich auf meiner Couch und verfluche ihn. Ihn und mich. Dafür, dass ich heute freihabe, obwohl ich gern arbeiten würde, und dafür, dass ich diesen freien Tag nach Rias Verlust besser gebrauchen kann, als ich mir eingestehen möchte. Dafür, dass ich meinen ersten Einsatz mit dem Rettungswagen nicht wahrnehmen kann. Dafür, dass ich ihn geküsst habe und er es nicht wollte.

»Mist«, murmle ich und reibe mir über die Stirn. Zum hundertsten Mal muss ich Sierras Nachricht lesen, weil ich andauernd mit den Gedanken woanders bin und die Hälfte vergesse. Wenn das so weitergeht, kann ich ihr die Antwort direkt morgen im Krankenhaus während unserer gemeinsamen Schicht geben. Vorher habe ich sie dann nämlich nicht getippt …

Hey. Mitch hat geschrieben, dass ich mal nach dir sehen soll, aber habe die Nachricht erst jetzt gelesen. Sorry. Hab das von Ria eben gehört. Scheiße. Gehts so weit? Kann ich was tun?

Ich versuche, nicht mehr allzu sehr über alles nachzugrübeln, und schreibe einfach, was mir gerade einfällt.

Danke. Wird schon irgendwie. Habe freibekommen und bin morgen wieder da.

Keine Minute später ploppt eine neue Nachricht von ihr auf.

Hab gerade Pause. Soll dich von Mitch und Maisie grüßen. Er geht mir auf die Nerven, und sie ist viel zu fröhlich dafür, dass sie bereits sechs Stunden arbeitet und ihr neuer Patient ein Problem mit seiner Verdauung hat. Sehen uns dann morgen. Warst du über Nacht bei Nashville?

Ich lache humorlos auf. Wow. Das ging schnell.

Grüße zurück. Wieso die Frage?

Klick, und die Nachricht ist abgeschickt.

Erzählt man sich so. Man hat euch heute Morgen gesehen, wie ihr aus seinem Auto gestiegen seid.

Ich schreibe nicht zurück. Wieso auch? Sie weiß, dass es stimmt, ich muss es ihr nicht auch noch bestätigen. Was die Leute sich zusammenreimen, interessiert mich nicht. Nur eines ist klar: Es wird mehr sein, als zwischen uns war. Viel mehr. Verdammt.

Eine weitere neue Nachricht. Wenn Sierra jetzt nachhakt, schmeiße ich vielleicht mein Handy aus dem Fenster und …

Hab gehört, was los war. Bin da, wenn du reden willst. Ian.

Ich lächle, weil die Nachricht nett ist.

PS: Hat Nash dich gestern Nacht nackt gesehen?

Das Lächeln schwindet. Genervt und mit einem verzweifelten Stöhnen lege ich den Kopf in den Nacken und schließe für ein paar Minuten die Augen. Ich atme tief durch und bilde mir ein, dass es mir dadurch besser geht. Zumindest einen Augenblick lang.

Ich möchte mit jemandem reden. Zuerst denke ich an meine Schwester, aber aus irgendeinem Grund kann ich mich immer noch nicht dazu durchringen, ihr zu schreiben oder sie anzurufen. Möglicherweise, weil sie mir dann wieder mit ihren

Glückskekssprüchen kommt. Oder weil ich weiterhin nicht möchte, dass sie sich noch mehr um mich sorgt als ohnehin schon.

Deshalb tue ich etwas, das ich seit einer halben Ewigkeit nicht mehr getan habe: Ich rufe meinen Bruder an.

»Laura?« Er klingt überrascht, und ich lächle sofort.

»Gehst du immer mit meinem Namen ran, wenn Leute dich anrufen? Sind sie dann nicht verwirrt?«

»Unwitzig wie eh und je.«

»Ich hab deine Stimme vermisst.« In der Sekunde, in der ich es ausspreche, merke ich, wie wahr das ist. »Stör ich dich gerade?« Es ist laut im Hintergrund, und ich verstehe Logan kaum.

»Nein, nein. Bin eben aus der Polizeiwache raus, hab nur was geholt. Alles okay bei dir?«

»Darf ich meinen Bruder nicht anrufen?«

Er lacht. »Klar. Aber du weißt, wie sehr ich es hasse, zu telefonieren, und für gewöhnlich tobst du dich bei Jess aus. Heißt, die Kacke muss irgendwie am Dampfen sein, wenn du meine Nummer wählst. Was ist passiert? Bist du nackt im Krankenhaus rumgelaufen?«

Ich ziehe meine Beine in einen Schneidersitz und nestele an meinen Shorts herum. »Ich weiß es nicht«, flüstere ich gedankenverloren.

»Was? Ob du nackt durch das Krankenhaus gelaufen bist?«

Jetzt lache ich, obwohl mir Tränen in die Augen steigen. Ich schniefe leise, aber Logan muss es gehört haben, denn seine Stimmfarbe ändert sich, wird wärmer, einfühlsamer.

»Komm schon, Laura. Was ist los bei dir? Muss ich bis nach Phoenix fahren, um jemanden zu verhaften? Oder muss ich jemanden verprügeln?«

»Nein. Ich … Wir haben ein Mädchen verloren«, beginne ich und erzähle Rias Geschichte, ohne Namen zu nennen, und irgendwie auch meine. Bis zu diesem Moment. »Und jetzt sitze ich hier und telefoniere mit dir.«

»Das tut mir leid. So richtig.«

»Wie gehst du damit um? Mit der Verantwortung, deiner Waffe und all dem, was passieren kann.«

»Ich nehme an, ich versuche, nicht zu viel darüber nachzudenken. Es nicht kaputtzudenken. Denn das macht einen nur selbst kaputt. Ich nehme mir nur vor, meinen Job jeden Tag so zu machen, dass ich mich nicht für mich oder meine Handlungen schämen muss. Auch nicht für meine Fehler. Für Dinge, die nicht gut liefen.«

»Danke, Logan.«

»Du weißt, was ich darüber denke … über diesen Job und all den Mist, der mit Mom und Dad passiert ist. Dir ist klar, dass ich mir was anderes für dich gewünscht habe.«

Ich nicke, still, nur für mich.

»Aber vor allem will ich, dass du glücklich bist. Trotz all dieser Dinge. Also … willst du mit mir jetzt über diesen Typen reden, damit wir es hinter uns haben?«

»Ich mag ihn.«

»Was ist mit ihm? Mag er dich auch?«

»Keine Ahnung. Euer Gehirn funktioniert anders.«

»Einfacher?«, schlägt Logan vor.

»Auf keinen Fall.«

»Ist da schon was gelaufen?«

Ich spiele mit einer Strähne, die in meine Stirn gefallen ist, und wickele sie immer wieder um meinen Finger. »Fast.«

»Also nein.«

»Ich weiß einfach nicht, was ich tun soll. Bei Josh ging alles viel leichter. Es fügte sich alles zusammen.«

»Und es hat beschissen geendet, wenn ich dich daran erinnern darf. Es läuft nicht immer so glatt und wie im Märchen.

Manchmal ist es kompliziert, und man muss am Ball bleiben – und manchmal …«

»… wird es nichts.«

»Ja. Das wusstest du alles schon.«

»Manchmal tut es gut, Dinge zu hören, die man längst weiß. Und ich wollte nicht bemitleidet werden.« Ich liebe Jess. Sehr. Nur kann ich dieses Übermaß an Fürsorge heute nicht verkraften.

»Verstehe.«

»Was soll ich nur tun?«, frage ich leise.

»Da fragst du den Falschen, Laura. Ich versau es jedes Mal, wenn ich jemanden mag.« Er seufzt. »Ich kann dir nur raten, gib nicht auf, bevor es wirklich vorbei ist.«

»Du bist genauso ein Glückskeks wie Jess.«

»Was?«

»Vergiss es. Noch einmal: danke.« Ich mache eine kleine Pause, bevor ich weiterrede. »Wie geht es dir? Und ich meine, wie es dir wirklich geht.«

»Es ist okay. Es gibt bessere Tage, aber es ist okay. Ich frage mich in letzter Zeit öfter, ob ich genug für euch da war. Ob ich eine Versetzung beantragen und zu dir ziehen soll und …«

»Halt, Logan. Langsam«, unterbreche ich ihn. »Was redest du da? Du warst für uns da. So viel du konntest.« Ich schlucke schwer. »Du hast Mom und Dad auch verloren. Das haben wir alle. Mach dir keine Gedanken. Bitte. Und ruf an, wenn du reden möchtest. Ich weiß, das ist meist nicht dein Ding, aber falls doch …«

»Bist du da.«

»Genau. Pass auf dich auf, ja?«

»Immer. Bis dann, Schwesterherz.«

Vielleicht kaufe ich mir nachher eine Ladung Glückskekse

und mache jeden Tag einen auf. Das ersetzt möglicherweise meine um Rat suchenden Anrufe bei meinen Geschwistern.

Mein Handy vibriert. Unbekannte Nummer, deshalb zögere ich einen Moment, bevor ich rangehe.

»Hallo?«

»Laura, ich bins. Bitte leg nicht auf.«

»Verflucht, ist das dein Ernst, Josh?« Ich kann es nicht glauben und begreife nicht, was er noch von mir möchte.

»Es tut mir leid.«

Ich reibe mir über die Stirn. »Wir hatten das schon. Das mit uns ist vorbei. Hör auf, mir zu schreiben oder anzurufen. Und hör auf, dir ständig neue Nummern zu besorgen. Ich will nicht mit dir reden.«

»Ich vermisse dich …« Ich will das nicht hören. Entschlossen beende ich das Gespräch und blockiere ihn, dann lege ich das Handy weg. Ich brauche eindeutig eine neue Nummer.

Ich atme kräftig aus und schließe die Augen. Doch statt zu Josh finden meine Gedanken beim nächsten Atemzug ihren Weg zurück zu Ria, meinen Eltern. Und vor allem zu Nash.

Ich mache Fehler, ich unterliege meinen Emotionen.

Ich verliere die Kontrolle.

Über meinen Job und mein Leben.

Über mein Herz.

Und das ist das Schlimmste an der ganzen Sache.

26. Kapitel

Nash

»Was zur Hölle ist das?« Meine Wortwahl ist beschissen, aber abgesehen davon, dass ich selbst nicht bei der Sache bin und mit den Gedanken die ganze Zeit bei Laura, ist das, was ich hier sehe, große Kacke.

»Die Krankenakte von Mr Holden, Dr. Brooks.«

Leicht genervt mustere ich das Gesicht des Assistenzarztes vor mir und lasse die Akte langsam sinken.

»Das sollte man meinen, Dr. Sanders. Ich frage mich allerdings, warum hier eine Operation zur Entfernung der Mandeln vermerkt ist, Ihr Patient Mr Jack Holden auf einmal Elana Callahan heißt und um dreißig Jahre jünger geworden ist. Ein Wunder, finden Sie nicht?« Ich bin der Meinung, mit meinem Sarkasmus kommt Ryan noch gut weg.

»Was?« Vollkommen entgeistert starrt er mich an, danach die Akte in meiner Hand. Ich kann förmlich sehen, wie sich die Rädchen in seinem Kopf zu drehen beginnen, während er rot anläuft. Scheiße. Das ist nicht das erste Mal, dass ihm so etwas passiert. Ryan hat richtig was im Köpfchen, aber er ist nicht nur zu langsam für diesen Job, sondern vor allem nicht belastungsfähig genug. Er wird zu schnell hektisch, verliert den Überblick und trifft infolgedessen schlechte Entscheidungen. Dann passieren Fehler wie diese, die am Ende im schlimmsten Fall dafür sorgen könnten, dass Patienten eine falsche

Medikation erhalten, falsch behandelt oder operiert werden. Dass sie sterben.

»Nehmen Sie die Akte und bringen Sie das in Ordnung. Und beten Sie, dass Ms Callahan noch kein Herzschrittmacher eingesetzt wurde.« Ernster und nachdrücklicher als beabsichtigt drücke ich ihm die Akte an die Brust. »Diese Art von Fehler dürfen wir uns nicht leisten. Es geht hier um Menschenleben. Es geht nicht darum, dass Sie einen Fehler gemacht haben, wir alle machen Fehler, sondern darum, dass Sie den gleichen immer wieder begehen. Und dabei ist mir egal, wie klein oder unbedeutend er ist. Verstehen Sie das?«

»Natürlich, Dr. Brooks«, antwortet er mit zusammengebissenen Zähnen und umklammert die Akte. Ich sehe ihm an, dass er gerne noch etwas erwidern würde und es ihm schwerfällt, einfach so zu gehen.

Sein Glück, dass er es sich verkneift.

»Sei nicht so streng mit den Bambini, Nash.«

Ian. Der hat mir gerade noch gefehlt. Mit seinem breiten Grinsen stößt er sich von der Wand ab und schlendert auf mich zu, während Ryan an ihm vorbeihuscht und in einem der Zimmer verschwindet.

Ich setze mich in Bewegung und hoffe, dass Ian keine Lust hat, mir zu folgen. Nicht heute.

»Tut mir leid wegen Ria«, sagt er, und natürlich folgt er mir. Wäre auch zu schön gewesen …

»Mir auch.«

»Hast du Laura gesehen?«

»Du hast doch längst auf den Plan geschaut und weißt, dass sie ausgetragen ist.«

»Du bist so klug, Nash.«

»Herrgott, was willst du, Ian?« Ich bleibe stehen und drehe mich genervt zu ihm um. Er hat die Arme vor der Brust verschränkt und den Kopf leicht schief gelegt, als würde er mich ganz genau mustern.

»Nein, du siehst viel zu unzufrieden aus.«

Verwirrt ziehe ich die Augenbrauen zusammen. »Wofür?«

»Um sie nackt gesehen zu haben.«

»Was?«

»Laura. Du hast sie nicht nackt gesehen.«

»Ich weiß, von wem wir reden. Die Frage ist, warum wir das tun.« Ich gehe weiter, und Ian hält zu meinem Unglück Schritt.

»Du kennst doch die Nachrichten.«

»Du meinst den Tratsch und das blöde Gequatsche!«, meckere ich und öffne die Tür zur nächstbesten Toilette.

»Du kannst es nennen, wie du willst.«

Ich stehe vorm Pissoir und starre Ian an, der sich neben mich stellt. »Ist das dein Ernst? Willst du mich nicht mal in Ruhe pinkeln lassen?«

»Du hast recht, das ist scheiße. Ich mach mit«, erwidert er und fängt an, bevor ich begreife, was hier passiert.

Nachdem wir fertig sind und zu den Waschbecken gehen, um uns die Hände zu waschen, hört er nicht auf, nachzubohren und mich zu nerven.

»Wieso nimmst du sie mit zu dir?« Ich antworte nicht. »Wieso machst du das, wenn da nichts ist zwischen euch? Und wieso trägst du ihre Schicht einfach um?«

»Stalkst du sie oder mich?«, frage ich ungehalten und trockne meine Hände.

»Wieso teilst du sie jemand anderem zu? Wieso holst du die Fahrt im Rettungswagen nicht selbst mit ihr nach? Wieso zum Teufel benimmst du dich so?«

»Ich benehme mich ganz normal.«

»Schwachsinn. Du schmachtest, sie schmachtet, du bist seltsam, sie ist seltsam, dann weint jemand, und am Ende nimmst du sie zum zweiten Mal mit zu dir. Verflucht, Nash. Wir sind vielleicht keine Blutsbrüder, und du hast noch nie gerne aus dem Nähkästchen geplaudert, aber du hast auch noch nie eine Kollegin mit heimgenommen. Oder überhaupt jemanden. Ich weiß nicht mal, ob du noch Jungfrau bist, so, wie du über mein Sexleben redest …«

»Ian, ich bin so kurz davor«, presse ich hervor und halte ihm wütend Daumen und Zeigefinger vor die Nase, zwischen denen kaum noch ein Abstand besteht, »dich mit dem Kopf in der Kloschüssel zu versenken.«

»Schon gut, schon gut«, rudert er zurück und hebt abwehrend die Hände, während ich an ihm vorbei zur Tür gehe.

»Aber, Nash?«

»Was?«, brumme ich und schaue über die Schulter.

»Ich weiß, wir haben verschiedene Ansichten, und ich weiß auch, dass du da etwas verbohrter und verklemmter bist …«

»Ian!«, zische ich warnend.

»Was ich sagen möchte, ist, ich denke, dass Laura dich mag. Und ich denke, du magst sie.«

»Und?«

»Vergiss das nicht, wenn du deine nächsten Entscheidungen triffst.«

»Geh arbeiten, Ian. Ich komme klar.« Schlecht gelaunt trete ich aus der Tür und höre ihn laut lachen.

27. Kapitel

Laura

Es fühlt sich gut an, mir ein neues Paar Hosen und einen Kasack zu besorgen, damit auf Station zu gehen und in fünfzehn Minuten meine Schicht zu beginnen. Es fühlt sich nach Halt an, nach etwas, das mir Sicherheit gibt. Einen Rahmen.

So ausgelaugt ich nach Rias Verlust auch war, bin ich nicht wirklich zur Ruhe gekommen. Der freie Tag hat es fast noch schlimmer gemacht, weil es kaum etwas gegeben hat, das mich ablenken konnte. Keine Serie, kein Film, nicht der atemberaubende Sonnenuntergang über Phoenix, nicht das Essen, das ich über zwei Stunden gekocht habe und das dann im Ofen verbrannt ist, und auch nicht der kleine Spaziergang, den ich mit einer meiner Kameras gemacht habe. Ich habe Fotos geschossen, die Gegend erkundet, aber schnell gemerkt, dass es mich nicht glücklich macht, weil ich nicht bei der Sache sein konnte.

Jetzt bin ich wieder hier, und es fühlt sich großartig an. Großartig, berauschend – und bedrückend zugleich. Denn irgendwann werde ich wohl oder übel das erste Mal an Rias Zimmer vorbeilaufen müssen und mit etwas Pech einen neuen Patienten oder eine neue Patientin darin vorfinden.

Nein, daran will ich nicht denken. Noch nicht. Ich brauche noch etwas Zeit.

Also schiebe ich das alles weg, atme die nach Desinfektionsmitteln riechende Luft ein und biege um die nächste Ecke.

»Guten Morgen, Grant!«, flöte ich übertrieben fröhlich, und er schaut skeptisch von seinen Unterlagen auf.

»Guten Morgen, Sonnenschein.«

»Hier.« Ich stelle einen Becher vor ihm ab und lächle, während er ihn neugierig mustert.

»Was ist das?«

»Probier mal«, meine ich geheimnisvoll und beuge mich mit meinem eigenen Becher ein Stück vor. Grant nimmt einen Schluck, dann weiten sich seine Augen, und er gibt ein glückseliges Geräusch von sich.

»Heilige Kaffeegötter. Ich wiederhole mich, aber: Was ist das?«

»Ein richtig guter Kaffee? Mit einem Hauch Zimt und Karamell und dazu perfekter Milchschaum.«

Er gönnt sich einen weiteren Schluck. »Du hast mich verdorben. Verdorben! Wie soll ich jetzt die Tage hier überstehen mit Ediths Kaffee?«

»Tut mir leid?«, frage ich halb entschuldigend, halb amüsiert. Ich hatte keine Ahnung, dass ich Grant damit in eine ausgewachsene Kaffeekrise stürzen würde.

Doch als der Schalk aus seinen Augen verflogen ist, schauen wir einander an und müssen nichts mehr sagen. Wir erzählen uns auch ohne Worte genug. Wir nicken, wir seufzen, wir pressen die Lippen zusammen, und wir trauern einen Moment um Ria. Er noch mehr als ich. Grant hat sie viel öfter gesehen und manches mit ihr erlebt, sie durch einige schwere Jahre begleitet.

Ich umarme ihn schnell. »Wir sehen uns gleich. Ich mach mich jetzt für die Schicht fertig.«

»Hast du gesehen, dass deine Fahrt mit dem Rettungswagen auf heute gelegt wurde? Deine Schicht endet um sechzehn Uhr, danach geht es los.« Stimmt, die ist heute. Normalerweise fahren nur Notfallsanitäter und -sanitäterinnen mit dem Rettungswagen, aber ich mag es, dass das Whitestone das anders handhabt und uns die Möglichkeit gibt, diese Erfahrung zu machen.

»Super, danke für die Info. Dann muss ich gleich nicht im System nachgucken.«

»Mit Nash«, fügt Grant hinzu und lächelt mich übertrieben süß an, während meine Gesichtszüge mir für eine Sekunde entgleisen, weil ich an ihn denken muss und mich ertappt fühle.

»Oje. Dich hats erwischt.«

»Bis später, Grant.« Ich drehe mich schnell um, winke knapp und hoffe inständig, dass er nicht bemerkt hat, wie die Hitze in meine Wangen gestiegen ist.

Es ist okay, Nash zu mögen. Aber ich will nicht, dass mich das definiert. Ich will nicht, dass mich die Leute hier kennen als die, die Nash mag, sondern als gute Ärztin und Kollegin. Dass sie mich um meinetwillen und meiner Arbeit wegen respektieren und schätzen.

Im Ärztezimmer finde ich eine Box auf der Bank vor meinem Spind, mit einem Zettel versehen, auf dem mein Name steht. Ich falte ihn auseinander und muss lächeln.

Wie versprochen, ein bisschen Nervennahrung. Ich hoffe, das Jalebi schmeckt dir. Zeenah.

Das ist so lieb von ihr. Ich kann nicht anders, als die Box direkt zu öffnen und etwas davon zu probieren.

Oh mein Gott. So süß! So verdammt lecker!, rauscht es durch meine Gedanken.

Während ich mich umziehe, nasche ich immer wieder, nehme Happen um Happen und habe am Ende fast alles verdrückt. Sie hatte recht, man kann kaum aufhören, davon zu kosten, dafür schmeckt es zu fantastisch.

Ich schiebe den Rest in meinen Spind, schließe ab und gehe mir schnell die Hände waschen, bevor ich zufrieden und im totalen Zuckerrausch hinaus auf Station gehe.

»Hier, deine Neuen«, sagt Grant und schiebt mir ein paar Akten rüber. »Nash meinte, ich solle sie dir geben.«

»Wo ist er denn?«, frage ich, als ich die erste Akte einsehe und mir einen Überblick verschaffe.

»OP und danach Schicht in der Notaufnahme bis zu eurer Fahrt mit dem Rettungswagen.«

»Okay. Kannst du die hierbehalten?« Ich reiche ihm alle bis auf zwei zurück. »Ich hole sie, wenn ich bei diesen beiden mit der Visite durch bin.«

»Kein Problem.«

»Danke!«, sage ich und winke im Gehen noch Evelyn und Isabella zu, die gerade um die Ecke kommen.

Er geht mir aus dem Weg, schießt es mir durch den Kopf, aber diese fiese Stimme dränge ich sofort zurück. Er hat einfach keine Schicht auf Station – nicht mehr, nicht weniger.

Die erste Akte ist von einem Patienten mit einem Vorhofmyxom. Gutartiger primärer Tumor im linken Vorhof. Vor der OP soll nochmals eine Echokardiografie gemacht werden. Die andere ist von einem Patienten mit Verdacht auf Herzkontusion. Langzeit-EKG und Kreislaufüberwachung.

Im Kopf gehe ich bereits die einzelnen Schritte durch, überschlage, wie viel Zeit ich dafür brauche und was ansonsten ansteht, bevor ich nach unten muss, um zum Dienst im Rettungswagen anzutreten – bis ich vor *ihrer* Tür stehe. Rias Zimmer wurde neu belegt, eine ältere Dame liegt darin. Ich kann es sehen, weil Sofie gerade bei ihr ist und Blut abnimmt. Die Tür ist nicht geschlossen, und ich stehe davor, sehe nicht länger die alte Frau, sondern das junge Mädchen, das voller Hoffnung auf sein neues Herz wartet.

Hier hat es mich gefragt, ob ich an den Himmel glaube, und ich habe Nein gesagt. Ich glaube immer noch nicht daran, aber falls es einen gibt, weiß ich, dass sie dort ist. Es muss einfach so sein.

Leise wiederhole ich die Worte aus dem Kinderbuch, das ich selbst halb auswendig kenne, und die Ria vorgelesen hat.

Und es tut verdammt weh.

Erst als Sofie rauskommt und mich erkennt, erwache ich aus meiner Starre und versuche, nicht so verkrampft auszusehen. Doch letztlich ist es egal, denn sie weiß genau, warum ich hier stehe. Jeder weiß es. Jeder hat davon gehört.

Und auf gewisse Weise tut es gut, ihr mitfühlendes Lächeln zu sehen und ihre tröstende Hand für einen Augenblick auf meiner Schulter zu spüren, bevor sie weiter ihre Arbeit macht – und ich endlich richtig mit der meinen beginne.

Meine Schicht mit Nash im Rettungswagen geht gleich los. Ich bin in der Notaufnahme, in der reger Betrieb herrscht, aber kein Chaos und auch keine Ausnahmesituation. Es ist viel zu tun, aber alles wirkt unter Kontrolle. Jeder arbeitet konzentriert, alle sind gut koordiniert, und ich beobachte begeistert, wie jeder Schritt und jede Handlung nahtlos in eine andere übergeht. Das klappt nur, wenn man ein eingespieltes Team ist.

Ich stehe interessiert an der kreisrunden Anmeldung der Notaufnahme, vor und hinter der eine Handvoll Pflegekräfte umherhuschen, Daten aufnehmen, eintragen und alles tun, damit der Laden hier läuft. Dieser Job ist nichts für Einzelkämpfer. Nicht hier im Krankenhaus. Das ist Teamwork, und Ärztinnen und Ärzte sind nicht allmächtig oder allwissend, auch wenn bei manchen kaum noch das Ego durch die Tür passt. Was wären wir ohne helfende Hände, die uns tagtäglich unterstützen? Wie weit würden wir kommen?

Fasziniert von der Atmosphäre, die sich von der auf Station vollkommen unterscheidet, bemerke ich fast nicht, dass Nash aus dem Dienstzimmer in einer der hinteren Ecken tritt und auf mich zukommt. Noch hat er mich nicht entdeckt. Er lässt seinen Blick schweifen, saugt alles in sich auf – bis er mich sieht. Seine Schritte stocken, seine Züge verrutschen für eine Sekunde, und ich frage mich, wieso das so ist. Bin ich zu früh? Hat er mich nicht erwartet? Habe ich etwas im Gesicht?

»Laura«, sagt er, und ich lege den Kopf leicht zur Seite, als er bei mir ankommt und mich fragend mustert.

»Nash«, antworte ich ebenso kryptisch, wie er mich begrüßt hat, und warte … auf was immer jetzt kommen mag.

»Ist mit den neuen Patienten alles okay?«

»Das hoffe ich doch.« Irritiert ziehe ich die Augenbrauen zusammen.

»Brauchst du sonst etwas?«

Ich sehe mich einmal um. Nur kurz, um zu prüfen, ob ich wirklich in der Notaufnahme stehe. »Nein. Ich bin nur hier, weil wir jetzt Notdienst zusammen haben.«

Er wendet sich einem Pfleger zu, der gerade etwas an einem der Computer macht. »George, öffnest du für mich bitte mal den Einsatzplan des Rettungswagens?« George nickt. »Wer hat jetzt Dienst?«

»Du und … Dr. Collins.«

»Hey, das bin ich«, meine ich und hebe lächelnd die Hand. George sieht mich an, als hätte ich einen Sprung in der Schüssel. Super. Immer noch besser als der Ausdruck auf Nashs Gesicht, der mir eindeutig zeigt, wie begeistert er von dieser Tatsache ist.

»Du wusstest es nicht«, spreche ich das Offensichtliche aus. »Und du hattest nicht vor, diesen Dienst mit mir nachzuholen.«

George wittert die Gefahr und macht sich aus dem Staub, während dieser eine Muskel in Nashs Wange zuckt.

»Das ist nichts Persönliches.«

Ich schnaube. »Glaubst du das, was da aus deinem Mund kommt?«, frage ich ruhiger als gedacht.

»Laura …« Gott, ich wünschte, er würde aufhören, meinen Namen zu sagen. Mit seiner Stimme. Mit diesem Unterton. Mit diesem leicht englischen Akzent.

»Bitte, lass es. Ich versteh das schon. Das hier ist unser Job. Also … lass uns das hinter uns bringen. Danach kannst du dafür sorgen, dass wir uns weiterhin aus dem Weg gehen.«

Er widerspricht mir nicht, auch wenn er mit sich ringt, und als ich mich umdrehe, aus der Notaufnahme rauswill und in Richtung Rettungswagen gehe, um ihn mir anzusehen und mich gleich dem Team vorzustellen, das uns abholt, folgt er mir. Und zwar so, dass ich seinen Blick in meinem Nacken spüre, auf meiner Haut und mir ein Schauer über den Rücken läuft.

Ein Sanitäter steht draußen an dem Wagen gelehnt und kommt uns entgegen, als er uns sieht.

»Hallo, ich bin Dan Evans. Dan reicht vollkommen. Meine Kollegin Stephanie ist gerade noch am Funk.« Er reicht mir die Hand, und ich schüttle sie.

»Hey, ich bin Dr. Laura Collins, aber Laura reicht vollkommen«, übernehme ich seine Art sich vorzustellen, weil ich es sehr sympathisch finde.

Nash begrüßt ihn ebenfalls, und Dan nickt freundlich. »Dr. Brooks.« Anscheinend kennen sich die beiden schon. »Ich würde gerne eine kleine Einführung geben für dich, Laura. Wenn das okay ist. Und euch entsprechende Arbeitskleidung aushändigen.«

»Aber natürlich. Sehr gern.«

Wir folgen ihm, und bevor wir in den Rettungswagen steigen, begegnet uns für einen Moment nichts als Stille, die uns wie eine Wolke aus Chaos umfängt. In sie hinein sage ich: »Ich kann verstehen, worüber du dir Gedanken machst. Dieser Job, unser Alltag, unser Ruf. Trotzdem solltest du dir – unabhängig davon, wie wir zueinander stehen – irgendwann überlegen, ob du die Meinung der anderen Menschen wirklich über deine eigene stellen möchtest. Und ob du bereit bist, die Konsequenzen zu tragen.« Es ist doch nichts passiert zwischen uns. Nichts Schlimmes. Nichts Schlechtes.

Ich zwinge mich, ihn anzusehen und nicht weg. Zwinge mich, das Kinn zu recken, und würde meine letzten Gedanken gerne mit aussprechen, aber ich kann es nicht.

Und als Nash Luft holt und sein Mund sich öffnet, um mir zu antworten, geht der erste Notruf ein.

28. Kapitel

Laura

Die Zentrale meldet den Notruf aus einer Wohnung vier Straßen weiter. Unfall im Treppenhaus, eine Frau wurde bewusstlos von den Nachbarn aufgefunden.

Als wir ankommen, treffen wir ein Ehepaar an, das die Frau bereits in die stabile Seitenlage gebracht hat.

»Da sind Sie ja.«

»Sind Sie Mr Moser?«, frage ich, und der Mann nickt.

»Genau. Wir haben sie hier bewusstlos gefunden, und ich habe den Notruf abgesetzt.« Er tritt beiseite, nimmt seine Frau in den Arm, die erschüttert die Szenerie betrachtet.

»Geht es Ihnen gut?«, erkundige ich mich, bevor ich mich zu Nash, Stephanie und Dan geselle, die bereits die Vitalwerte der Patientin checken.

»Ja, es geht schon. Es war nur so ein Schock. Ich kam vom Einkaufen, und dann lag sie da. Wir wohnen direkt hier«, erklärt sie und zeigt auf die Tür hinter sich. »Ich bin mir sicher, dass sie im zweiten Stock wohnt, nicht bei uns im Erdgeschoss.«

»Bewusstlos«, bestätigt Nash. »Aber riechst du das?«

»Oh, du heilige …«, murmle ich. Alkohol.

»Vermutlich Alkoholvergiftung. Vielleicht wurden auch andere Substanzen konsumiert.«

»Siehst du das?« Ich zeige auf einen Punkt an ihrem Kopf, hinter ihrer rechten Schläfe, die fast vollständig von ihrem dichten langen Haar verdeckt wurde. Beinahe hätte ich es übersehen, doch jetzt wird das viele Blut sichtbar.

»Shit. Eine Platzwunde.« Ich nicke und bin mit Dan bereits dabei, die Blutung zu stillen.

»Verdacht auf Schädel-Hirn-Trauma.«

Nash nickt. Durch die Platzwunde in Kombination mit dem Alkoholkonsum ändert sich einiges. Es könnte eine intrakranielle Blutung vorliegen, also eine Hirnblutung. Zum Unfallhergang kann niemand etwas sagen, die Frau wurde auf dem Boden liegend und bewusstlos aufgefunden. Stärke des Aufpralls ist somit unklar. Sie könnte auf den Treppenstufen direkt hier vorne gestürzt oder aus dem ersten Stock übers Treppengeländer gefallen sein. Basischeck zeigt, dass sie nicht ansprechbar ist, die Atmung leise, aber mühsam geht. Ich beginne mit der Sauerstoffgabe mittels einer Sauerstoffbrille.

Währenddessen holen Dan und Stephanie die Trage, und wir legen der Patientin einen Stützkragen an. Sobald sie da sind, machen wir das EKG, eine Pulskontrolle. Ich spüre dabei mein eigenes Herz wie wild in meiner Brust schlagen und das Blut in meinen Ohren rauschen. Das Adrenalin, die Angst, die Aufregung, all das Wissen in meinem Kopf, das gerade ein einziges Chaos ist.

Keine Asystolie. Ich atme auf.

Jetzt lagern wir die Patientin um, und zwar mithilfe einer Schaufeltrage, die sie auf eine Vakuummatratze hebt, damit sie sich nicht mehr bewegen kann und optimal gestützt ist. Danach wird sie damit auf die eigentliche Trage umgelagert. Denn noch wissen wir nicht, ob sie Verletzungen an den Wirbeln hat, sie muss im Whitestone dringend ins CT.

Wir machen uns auf den Weg zum Rettungswagen.

»Funk das Whitestone an. Wir sind in fünf Minuten da mit …«

»… einer alkoholisierten und bewusstlosen Frau, schätzungsweise Mitte vierzig. Verdacht auf Schädel-Hirn-Trauma. Eine Hirnblutung kann nicht ausgeschlossen werden. Alles klar.«

Kurze Zeit später, nachdem der Rettungswagen samt dem benutzten Equipment gereinigt und vorbereitet wurde, sind wir auf dem Weg zu unserem nächsten Einsatz. Bis auf einzelne Dinge zur letzten Patientin, die wir umgehend im Whitestone in der Notaufnahme abgeliefert haben, sowie Punkte in Bezug auf das Notarzteinsatzprotokoll, haben Nash und ich kein Wort miteinander gewechselt. Wir haben Dan und Stephanie zugehört, haben hier und da Small Talk gehalten, und das wars.

Ich schiele zu ihm rüber, während wir hinten drinsitzen, lege mir einzelne Sätze zurecht, aber am Ende bringe ich nichts davon heraus. Weil mir immer wieder durch den Kopf schießt, dass er nicht hier bei mir sein möchte. Nicht in dieser Schicht, nicht in diesem Wagen. Nicht bei mir, nicht neben mir, nicht mit mir … Das ist wie eine Endlosschleife in meinem Kopf. Und so gern ich ihn fragen würde, warum das so ist, tue ich es nicht. Stattdessen mache ich mir einfach nur Gedanken darüber und frage mich, warum das alles so kompliziert sein muss.

Warum ich ausgerechnet ihn mögen muss.

»Hab ich da was? Also im Gesicht?«, murmelt er, während sein Blick konzentriert nach vorn gerichtet bleibt.

»Was?«

»Du starrst mich die ganze Zeit an.« Mir entgeht die Andeutung eines Lächelns nicht, aber er sieht mich nicht an. Nicht einmal eine Sekunde lang.

»Nein«, sage ich erstickt. Da ist nur sein Gesicht. Sein markantes Kinn, mit dem kleinen Grübchen darin, sein Dreitagebart, seine Lippen und die etwas breitere, aber sehr passende Nase. Die markanten Wangenknochen, die Augen mit den langen Wimpern … Ich hole tief Luft und zwinge mich, endlich wegzusehen. Dabei könnte ich schwören, dass er jetzt doch zu mir schaut. Vielleicht wünsche ich es mir auch nur.

Ich lenke meine Gedanken fort von ihm und weg von meinen Wünschen, von meinen seltsamen Gefühlen und richte sie auf unseren bevorstehenden Einsatz. Die Leitstelle weiß nicht, was uns genau erwartet, und konnte keine Details liefern. Die Anruferin hat zwar ihre Adresse bestätigt, jedoch undeutlich und leise gesprochen und nach wenigen Sekunden wurde die Verbindung unterbrochen, sodass keine weiteren Fragen gestellt werden konnten. Sie können einen medizinischen Notfall nicht ausschließen – sonst hätten sie uns nicht losgeschickt –, und wir treffen vor Ort auf Beamte, die das Ganze prüfen.

Als wir ankommen, blicke ich auf ein Mehrparteienhaus mit bereits an manchen Ecken abgesplitterter Fassade. Wir schnappen uns unsere Ausrüstung, gehen zum Eingang und klingeln. Der Summer ertönt, und Dan drückt die Tür auf. Ich lasse ihm und Stephanie den Vortritt, dann trete auch ich in den Flur und kann nicht glauben, dass Nash plötzlich doch anfängt zu reden.

»Laura, kann ich … kann ich dir das mit vorhin erklären?«

»Da gibt es nichts zu erklären«, antworte ich ehrlich und unaufgeregt. Die anderen sind ein Stück vor uns, und ich möchte nicht, dass sie davon etwas mitkriegen. Es geht sie nichts an. »Ich bin nicht blöd, Nash. Du wolltest diese Schicht nicht mit mir machen, du hast den Plan geändert und nicht damit gerechnet, dass ihn jemand anderes *wieder* zurückändern würde. Wusste gar nicht, dass das im Whitestone so leicht geht, aber egal. Das ist kein Ding.« Ich glaube, das, was ich hier mache, nennt man Professionalität. Scheißwort. »Ich hätte nicht mit dir heimgehen sollen«, füge ich leise an. Das sage ich, aber ich bin mir nicht sicher, ob ich es rückgängig machen würde, hätte ich die Chance dazu. Denn es war schön. Es hat mir gutgetan.

Und … ich mag Nash. Ich mag ihn wirklich.

»Das ist nicht das Problem«, erwidert er, und ich höre ihm an, wie er mit sich ringt. »Wir besprechen das später.«

Später, hallt es in meinem Kopf wider. Vielleicht sollten wir es einfach ruhen lassen.

Wir kommen im zweiten Stock an und treffen auf eine Polizistin und ihren Kollegen, die wir höflich begrüßen.

»Wollen wir?«, fragt der Polizist, und Nash nickt knappt. Er klingelt, drückt auf den Knopf über dem Schild mit dem Namen Fisher.

Die Tür wird geöffnet, ein Mann mittleren Alters mustert uns und wirkt vollkommen irritiert.

»Hallo?«, sagt er zögerlich.

»Hallo, sind Sie Mr Fisher?«, fragt die Polizistin freundlich, aber bestimmt.

»Das bin ich«, bestätigt er »Aber Sie müssen mich verwechseln.« Er steht nun im Türrahmen seiner Wohnungstür. Breitbeinig, aufmerksam, abschätzend. Gepflegtes Äußeres, angenehme Stimme.

»Wir sind hier, weil ein Anruf in der Leitstelle einging, in dem diese Adresse bestätigt wurde. Allerdings wurde die Verbindung unterbrochen.« Der Polizist redet weiter, erklärt ihm, warum wir hier sind, fragt, ob alles okay sei, doch ich höre kaum zu. Meine Aufmerksamkeit gilt der Frau, die hinter Mr Fisher steht. Genauso gepflegtes Äußeres, etwas blass und nicht so selbstbewusst wirkend, hektischer Blick.

»Ist das Ihre Frau?«, frage ich. Mr Fisher dreht sich nicht um, lächelt nur liebevoll.

»Das ist sie. Aber sie hat auch niemanden angerufen. Oder, Schatz?« Sie verneint kopfschüttelnd. »Da hat sich vielleicht einer der Nachbarn einen Scherz erlaubt.«

Der Polizist bedankt sich, seine Kollegin ebenso, und auch auf die erneute Nachfrage von Dan bestätigt der Mann nachdrücklich, dass es kein Problem gäbe und niemand den Notruf gewählt habe. Dan verabschiedet sich, entschuldigt sich für die Störung und alles in mir sträubt sich, jetzt wieder zu gehen. Alles in mir schlägt Alarm, dabei weiß ich nicht, warum.

Die Frau steht immer noch hinter ihm und fixiert mich, während ihr Mann abgelenkt ist und Nash beobachtet, der sich mit dem Polizisten unterhält. Sie hebt unauffällig ihre linke Hand nach oben, als wolle sie mir winken, und ich erkenne, wie viel Kraft sie das kostet. Nicht körperlich, sondern psychisch. Ihre Handinnenfläche zeigt zu mir, dann knickt sie den Daumen nach innen ein, sodass er darauf zum Liegen kommt, und während Mr Fisher einen Schritt zurücktritt, um die Tür zu schließen, legt sie alle anderen vier Finger langsam über den Daumen zur Faust.

Dann geht die Tür zu, und ich stehe atemlos da, starre auf die dunkelgrüne Farbe und die verschiedenen Kerben im Holz.

Unter meinem Shirt schwitze ich noch mehr als zuvor, und das hat nichts mit den Temperaturen draußen oder in diesem Treppenhaus zu tun. Ich kenne dieses Zeichen. Ich kenne es … Fieberhaft denke ich nach, kneife dabei die Augen zusammen, suche verzweifelt nach der Bedeutung – und keuche leise, als es mir endlich einfällt. Verdammt.

Ich öffne die Augen wieder, erkenne, dass alle längst fort sind und Nash ebenfalls gehen will. Raus hier, weil es auf den ersten Blick nichts zu tun gibt.

Ich greife reflexartig nach seinem Arm, halte ihn auf.

Haut trifft auf Haut, meine Finger krallen sich fest, und so schön sich das anfühlt, so sehr ich es genieße, wie er mich in dieser Sekunde ansieht, so wenig kann ich vergessen, weshalb ich ihn gerade berühre.

»Wir müssen die Polizei zurückholen«, flüstere ich. »Schnell.« Sein Blick verändert sich, auf seiner Stirn bilden sich Falten, seine Augen verengen sich. »Das war kein Fehlalarm.«

»Was hast du gesehen?«, fragt er, und ich schaue zur Tür, wieder zurück zu ihm und schlucke schwer. Ich halte mich an seinem Arm fest und spüre, wie er meine Finger löst, wie er meine Hand in seine nimmt und sich vor mich stellt.

»Zuerst war da nur dieses Gefühl – bis ich gesehen habe, wie die Frau hinter ihrem Mann diese Bewegung macht.« Ich ahme sie mit meiner freien Hand nach und bemerke, wie es hinter seiner Stirn arbeitet. »Ich musste auch einen Moment überlegen, aber … das ist das Zeichen für häusliche Gewalt.«

»Sicher?«, fragt er nur, und ich nehme ihm das nicht übel.

»Ja, sicher.«

Er flucht leise, lässt meine Hand jedoch nicht los, und ich weiß immer weniger, wo wir zwei stehen. Was da liegt – zwischen uns. Vor uns. Aber dafür ist jetzt keine Zeit, es geht um die Frau.

»Verständige die Zentrale und halte die Officer auf, wenn möglich. Gib Dan und Stephanie Bescheid. Ich werde noch einmal klopfen«, sage ich gelassener als ich bin.

»Auf keinen Fall. Ich bleibe hier.«

»Du siehst besorgt aus«, meine ich beruhigend lächelnd, obwohl mir übel ist, mir flau im Magen wird.

»Das täuscht.« Er drückt meine Hand.

»Lügner. Und jetzt geh. Ich muss das tun.« Besser kann ich es nicht beschreiben, besser kann ich es nicht erklären. Womöglich, weil sie mir in die Augen gesehen hat und ich das

Zeichen erkannt habe. Weil weggehen bedeutet: wegzusehen – selbst wenn Nash bleibt. Und ich bin verdammt froh, dass er mir das irgendwie zutraut. Das Hierbleiben und Helfen und Starksein.

»Sei vorsichtig. Wenn das stimmt, dann …«

»… ist er nicht ungefährlich. Ich weiß. Aber jede Sekunde, die ich ihn von ihr ablenken kann, ist eine wertvolle Sekunde.« Sein Ausdruck zeigt mir, dass er hin- und hergerissen ist und zu gern noch etwas sagen möchte, doch ich komme ihm zuvor. »Los. Du musst dich beeilen«, dränge ich, und er drückt ein letztes Mal meine Hand, bevor er loslässt und die Treppen hinuntereilt.

Ich atme tief durch und lausche. Kein Geschrei. Keine Rufe. Keine anderen verräterischen Geräusche.

Keine Ahnung, ob das gut ist oder besonders schlecht, denn abgesehen von diesem Zeichen, das ich kenne, bin ich nie zuvor mit häuslicher Gewalt in Berührung gekommen. Nicht daheim, nicht während des Studiums oder im Krankenhaus. Oder doch? Habe ich es einfach nur nicht gesehen?

Ich schüttele vehement den Kopf. Für solche Gedanken gibt es jetzt keinen Platz. Ich klopfe an die Tür, kräftig und laut.

»Mr Fisher?« Niemand antwortet, und die Panik kriecht langsam durch mich hindurch. Ich klingele. »Hier ist noch einmal Dr. Collins, die Notärztin.«

»Was wollen Sie denn noch?«, kommt es freundlicher als erwartet zurück, doch niemand öffnet die Tür.

»Leider brauche ich ein paar Angaben und eine Unterschrift.« Ich krame einen Zettel heraus, ein falsch beschriftetes Notarzteinsatzprotokoll, das ich vorhin in meine Tasche gesteckt habe, und hoffe, er liest sich das nicht durch, wenn er unterschreibt. Und ich hoffe, dass Nash die Polizei noch erwischt hat.

Ich schaue über die Schulter, aber das Treppenhaus bleibt leer. Und still. Zu still.

»Wir haben Sie nicht gerufen!«, tönt es hinter der Tür, deutlich genervter als zuvor. Gut. Wenn er hier bei mir ist, ist er nicht bei ihr. »Verschwinden Sie.«

»Das würde ich wirklich gern, aber … ich brauche diese Unterschrift. Damit bestätigen Sie, dass Sie unverletzt sind und keinen Notarzt brauchen.«

Keine Antwort.

Schweiß bildet sich auf meiner Stirn, und ich spüre, wie das Adrenalin meinen Körper in Alarmbereitschaft versetzt. Alles läuft auf Hochtouren.

Ich klopfe erneut. »Mr Fisher, es dauert nur einen Moment.«

Noch immer keine Antwort.

»Mr Fisher!«, rufe ich eindringlich, und als Schritte erklingen, weiche ich automatisch zurück. Als wüsste ich bereits, was gleich passieren wird …

Die Tür wird aufgerissen, und ein wütender Mann steht vor mir. Derselbe wie eben und doch ein anderer. Seine Miene ist zu einer Fratze verzogen, zornig, ungehalten, und seine Haltung drohend. Er zeigt auf mich und zischt: »Ich sagte bereits, wir haben Sie nicht gerufen. Verschwinden Sie.«

Keine Ahnung, warum, aber ich tue, was ich immer tue, wenn ich eigentlich Angst habe oder es gut sein lassen sollte – ich recke das Kinn und halte dagegen. Ich gehe nicht.

Seine Augen verengen sich zu Schlitzen, seine Lippen sind fest zusammengepresst, und er füllt gefühlt den ganzen Türrahmen aus.

»Hör zu, du kleine …« Er will nach mir greifen, aber ich reagiere schnell.

»Wenn Sie sie anfassen, werde ich Ihnen wehtun«, erklingt Nashs Stimme links von mir. Bedrohlich leise, aber bestimmt und sehr klar. »Ich bin Arzt, und ich habe mir geschworen, Leben zu retten und nicht, andere zu verletzen. Aber wenn Sie ihr wehtun, werde ich das vergessen und dann werden Sie es bereuen.« Mit jedem Wort kommt er näher, steigt die letzte Treppenstufe hoch und stellt sich so dicht neben mich, dass ich zitternd einatme. Fast unmerklich schiebt er mich hinter sich, und erst wenige Sekunden später verstehe ich, warum er das tut.

Gleich könnte es ungemütlich werden.

Schritte und lautes Gemurmel tönen durch das Treppenhaus und als wüsste Mr Fisher, was ihn erwartet, zieht er sich blitzschnell zurück und verriegelt die Tür. Nash bekommt ihn nicht schnell genug zu fassen, weil er mich halb an sich drückt, und ich bin dankbar dafür. Das soll die Polizei regeln, nicht er.

Nicht er …

Die Officer von eben nicken knapp zur Begrüßung, und wir geben ihnen den Raum, den sie benötigen.

Doch die Tür bleibt verschlossen.

Schreie, Gebrüll und Gepolter dringen aus der Wohnung und die Worte »Gefahr in Verzug!« jagen mir einen Schauer nach dem anderen über den Rücken.

Sie brechen die Tür auf, gehen rein. Noch mehr Schreie, noch mehr Krach, und ich atme so schnell, so laut, als wäre ich mittendrin. Ich spüre Nashs Hand, die auf meiner Hüfte liegt, und seinen Arm, der mich hinter ihm hält. Ich drücke dagegen, heftiger, und will vorbei.

»Laura«, zischt er und sieht mich ernst an.

»Sie braucht uns«, gebe ich zurück und löse sanft seinen Griff.

Bevor ich es zur Tür schaffe, kommen die beiden Officer mit dem gesicherten Mr Fisher heraus. Er hat eine kleine Platzwunde am Kopf, scheint aber in Ordnung zu sein, wenn man seinen lauten Flüchen und dem Geschrei Glauben schenken darf.

»Ihr Hurensöhne. Ihr Wichser. Finger weg von meiner Frau. Ich bring euch alle um. Die Schlampe gehört mir!« Ich bekomme Gänsehaut, als ich ihm nachschaue. Erste Eindrücke können täuschen.

»Wir verarzten ihn unten«, höre ich Dan aus dem Treppenhaus, der anscheinend gerade auf dem Weg nach oben war, jetzt aber wieder kehrtmacht.

Ich setze mich erneut in Bewegung, eile in die Wohnung und einer weinenden Mrs Fisher entgegen. Sie sitzt auf einer kleinen Bank neben der Garderobe, ihre Hände zittern fürchterlich, und ihre Haut ist, wenn möglich, noch blasser als zuvor. Immer wieder will sie sich ihr dunkelblondes Haar aus dem Gesicht streichen, dabei wäre das nicht nötig. Denn es fällt keine einzige Strähne nach vorn.

Ich gehe davon aus, dass Nash draußen alles regeln wird, die Formalien erledigt und wir Mrs Fisher erst mit ins Krankenhaus nehmen können, bevor sie befragt wird. Bis dahin muss ich sichergehen, dass sie so weit okay ist.

Als ich vor ihr stehe, rede ich in leisem, ruhigem Ton mit ihr und gehe langsam in die Hocke. Ich möchte, dass sie mich ansehen kann und nicht das Gefühl bekommt, dass ich von oben herab mit ihr spreche.

In der Sekunde, als sie den Blick hebt und mich ansieht, brechen ihre Dämme. Ihr Körper wird von Schluchzern geschüttelt, und ohne Vorwarnung wirft sie sich in meine Arme, hält mich fest, und ich höre, wie sie sagt: »Danke.« Nur dieses eine Wort. Immer und immer wieder.

Es fällt mir nicht leicht, Haltung zu bewahren, nicht zu weinen und ihre Umarmung zu erwidern. Es fällt mir nicht leicht, sie zu halten, zu trösten und das genau so lange, wie sie es gerade braucht. Bis ihr Griff lockerer wird und ihre Schluchzer in größeren Abständen kommen, weniger und leiser werden. Nein, es ist mehr als schwierig.

Sie wischt ihre Tränen und die verschmierte Mascara fort, zieht die Nase hoch und atmet tief durch.

»Wir nehmen Sie jetzt mit ins Krankenhaus. Dort werden Sie untersucht und betreut. Danach … sobald Sie bereit sind, wird die Polizei ein paar Fragen an Sie haben.« Ich halte ihre Hand. »In Ordnung?«

Sie nickt und sieht dabei so stark aus. Ich kenne diese Frau nicht, aber neben dem Mitleid und all den anderen Emotionen fühle ich gerade vor allem eines: Stolz. Ich bin verdammt stolz auf sie.

»Ich bin übrigens Laura«, sage ich, und als sie mich anlächelt, tue ich es ihr gleich.

»Ich heiße Holly«, erwidert sie mit belegter, kratziger Stimme.

»Ein wunderschöner Name.« Ich stehe auf, halte dabei ihre Hand weiter in meiner. »Können Sie aufstehen? Können Sie mit meiner Hilfe laufen? Oder möchten Sie, dass wir die Trage holen?«

Sie weint ein weiteres Mal, und es dauert einen Augenblick, bis sie sich gefangen hat. »Es hat …« Sie räuspert sich, seufzt und ihre Unterlippe bebt. »Es hat mich lange niemand mehr gefragt, was ich möchte.«

Mein Atem stockt, weil es sich anfühlt, als würde etwas Schweres und Großes auf meinem Herzen liegen. Dass sie jetzt hier sitzt, hat nichts damit zu tun, dass sie schwach ist. Nichts damit, dass sie das, was ihr passiert ist, verdient oder gewollt hätte. Häusliche Gewalt und Missbrauch sind oft schleichende Prozesse. Schleichend, heimtückisch und erdrückend. Der

Mensch, den man liebt, dem man vertraut, ändert sich jeden Tag ein Stückchen mehr, und es wird immer nur ein bisschen schlimmer. So, dass man es fast nicht merkt. Dass man noch sagen kann, es sei ein Versehen, weil man ihn ja liebt. Und diese kleinen Veränderungen sind irgendwann so groß, dass man zu spät merkt, was passiert ist. Wo man sich befindet und was mit einem geschehen ist. Dass man keine Freunde mehr hat, keine Familie mehr.

Irgendwann registriert man, dass man in einem dunklen, kalten Kellerverschlag steht, zu dessen Tür der Schlüssel längst weggeworfen wurde.

»Sie werden das schaffen, Holly. Sie werden leben, und Sie werden wieder glücklich sein. Wenn wir beide gleich aus dieser Tür gehen, wird alles besser. Es wird … nicht leichter. Zu Beginn wird es schwer und anstrengend sein, aber es wird besser. Sie haben den ersten Schritt längst getan – und ich glaube, das war der schlimmste von allen, die noch folgen werden.«

29. Kapitel

Nash

Heute wäre ein guter Tag, um mal wieder in die Bar zu gehen und einen Whiskey zu trinken. Doch entgegen diesem Gedanken will ich einfach nur nach Hause und mich auf die Couch legen, um zur Ruhe zu kommen.

Wir haben Holly im Whitestone abgeliefert. Laura hat sie nicht allein gelassen und ihr gut zugeredet, sie blieb standhaft und gefasst, obwohl sie so erschüttert war wie ich. Selbst während der Fahrt und auch dann noch, als Holly längst untersucht wurde, war sie an ihrer Seite, um ihr Halt zu geben. So lange es eben möglich war, bevor der nächste Notruf einging. Das hat mich schwer beeindruckt.

Vorgestern habe ich darüber nachgedacht, ob dieser Job etwas für sie sei. Ob Laura dafür geschaffen wurde oder ob sie irgendwann unweigerlich daran zerbrechen würde. Heute habe ich meine Antwort erhalten. Sie ist dafür gemacht. Selbst wenn sie daran zerbricht, wird sie weitermachen, heilen, daran wachsen. Und noch stärker sein als zuvor.

Hollys Schicksal ist dieses eine, das mir besonders nahegeht. Dabei war das nicht der erste Kontakt mit diesem Thema. Nur ist es mir eben dieses Mal nicht aufgefallen, und ich schäme mich dafür. Ich mache mir Vorwürfe.

Denn … ich wäre gegangen.

Wäre Laura nicht gewesen, wäre ich gegangen, und Hollys

stummer Hilfeschrei wäre untergegangen – genau wie sie danach. Gefangen in dieser Hölle aus Gewalt und Missbrauch.

Ich habe während der Gespräche mit Laura und der psychologischen Betreuung nicht alles mitbekommen, da ich der Patientin nicht zu nahetreten und ihr den nötigen Freiraum geben wollte, den sie verdient. Nicht alles, aber genug.

Jason war ihre große Liebe, sie lernten sich auf dem College kennen und heirateten früh. Sie wünschten sich Kinder, doch Holly wurde nicht schwanger. Bei einer Untersuchung fand man schließlich heraus, dass es für die beiden zwar nicht unmöglich, aber unwahrscheinlich war. Die Chancen waren sehr gering.

Jason veränderte sich ob diesem Wunsch und der Trauer darüber, dass er nicht in Erfüllung ging. Gab ihr die Schuld und begann zu trinken. Er wurde zum Workaholic, trank, schrie – und eines Tages schlug er zu. Danach immer häufiger, immer heftiger. Und irgendwann … Ich schließe die Augen bei diesem Gedanken, weil ich ihn kaum ertrage. Irgendwann vergewaltigte er sie.

Er hat den Respekt vor sich selbst und der Person, die er geliebt hat, verloren.

Kein Mensch sollte jemand anderen auf diese Weise behandeln. Niemand hat das verdient. Niemand.

»Woran denkst du?«, fragt Laura, und ich wäre fast zusammengezuckt, weil ich sie nicht habe kommen sehen. Ich stehe noch immer vorm Fahrstuhl und habe damit aufgehört, zu zählen, wie oft ich auf den Knopf gedrückt habe. Ich bin mit den Gedanken woanders.

»Willst du auch runter?«, frage ich und betrachte sie von der Seite. Sie sieht erschöpft aus, aber nicht betrübt. Das ist gut. Sie ist so viel stärker, als ich dachte. So viel stärker als ich. Ihre Hände hat sie locker in die Hosentaschen gesteckt, ihren

Kittel trägt sie ausnahmsweise nicht, und ihr Zopf hängt über ihre rechte Schulter.

»Netter Versuch, vom Thema abzulenken. Aber nein, ich bin nur hierhergekommen, weil du seit zehn Minuten vor dem Aufzug stehst und er schon mindestens fünfmal vor dir seine Türen geöffnet und wieder geschlossen hat. Bella meinte, ich solle mal nachschauen, ob du noch atmest.«

»Witzig«, grummele ich und höre Laura leise lachen.

»Also? Warum steigst du nicht ein?«

»Es ist alles okay.« Ich drücke wieder auf den Knopf und starre auf die geschlossenen Aufzugtüren. Es ist seltsam, in Freizeitkleidung so lange hier herumzustehen. Trotz Feierabend.

Laura verschränkt die Arme vor der Brust, und ich mache den Fehler, ihr in die Augen zu schauen. Ihr Blick sagt mir sehr eindeutig, dass sie mir das nicht abkauft.

»Denkst du an Holly?«, fragt sie, und es ist erschreckend, wie gut ihr Gespür für solche Dinge ist.

»Vielleicht.«

»Sie wird das schaffen.« Laura ist voller Zuversicht, und ich reibe mir fahrig über den Nacken. »Aber das ist es nicht, was dich beschäftigt, oder?«

Bing.

Der Fahrstuhl ist da, und dieses Mal steige ich ein.

»Denk daran, ab Montag beginnt die erste Schicht in der Notaufnahme. Gib den anderen Bescheid, wenn du magst. Der Dienstplan wird morgen fertig.«

»Nash …«, wispert sie, und das Letzte, was ich sehe, bevor sich die Türen schließen, sind ihre besorgten, wunderschönen blaugrauen Augen.

30. Kapitel

Laura

Ich hasse Staus. Besonders, wenn ich im Bus sitze. Dann bete ich jedes Mal, dass mir nicht noch einmal so etwas Schräges passiert wie an meinem ersten Arbeitstag.

Mit einem Caramel Frappuccino in der linken und einem Mocca Macchiato in der rechten Hand hechte ich den Gang entlang.

»Hier!«, rufe ich und stelle den mit Mocca in einer flüssigen Bewegung auf dem Tresen ab. Grant, der nach seiner Nachtschicht erst in einer Stunde Feierabend hat, blickt auf. Ich verschütte keinen Tropfen und bin ziemlich stolz – auf mich und das Getränk –, denn heute ist es besonders gut gelungen.

»Oh mein Gott!«, sagt Grant freudig, ehe er sich den Becher schnappt, als würde sein Leben davon abhängen. Noch ist es ruhig hier, deshalb höre ich sein Rufen umso deutlicher, während ich in Richtung Umkleiden verschwinde. »Heirate mich!«

Ich lache so sehr, dass ich meinen eigenen Kaffee fast verschütte. Als ich in Ian reinlaufe, entkommt mir ein überraschtes und ein bisschen genervtes Stöhnen. Der Kittel über meinem Arm ist noch sauber, nichts ausgelaufen, nichts passiert.

Puh, Glück gehabt.

»Ah, so hört sich das also an.«

Irritiert hebe ich den Kopf und schaue Ian an. Er grinst ziemlich frech, trotzdem verstehe ich nicht, was er meint, bis …

»Ian«, tadele ich ihn, muss aber selbst lächeln. Ich hoffe ja, dass ich unter anderen Umständen nicht so seltsam stöhne wie eben …

»Warum so eilig, Bambina?«

»Ich stand im Stau. Mit dem Bus.«

»Und du musstest an mich denken, richtig?«

Ich halte mich an Ians Unterarm fest. »Ich konnte gar nicht damit aufhören, an dich zu denken, Baby«, hauche ich überspitzt und lächle zuckersüß. Er spielt mit, fasst sich ans Herz und verzieht das Gesicht.

»Diese Worte, diese Stimme! Du brichst mein Herz.«

»Guten Morgen«, kommt es plötzlich von der Seite, und ich erhasche einen Blick auf Nashs undurchdringliche Miene, bevor er im Ärztezimmer verschwindet.

»Wow.«

»Was?«, frage ich und ziehe meine Hand zurück. Der witzige Moment ist längst vorbei, und meine Gedanken hängen bei dem Mann, der sich, seit meinem Zusammenbruch nach Rias Tod, immer weiter von mir zurückzieht.

»Läuft richtig gut bei euch.«

»Es gibt kein uns, Ian.«

»Das meine ich ja.« Ich schaue Nash immer noch nach, als Ian hinzufügt: »Das wird schon.« Und das lässt mich stutzen.

»Wieso grinst du so?«

»Ich grinse gern. Solltest du mal ausprobieren … kann einem den Tag retten.«

Ich lache leise. »Komm nicht auf dumme Ideen.«

»Ich? Niemals. Jetzt geh rein, Nash erzählt gleich bestimmt was Spannendes. Bis später, Bambina.«

»Bitte, nenn mich nicht so!«

»Bambina!«, tönt es laut und lang gezogen durch den Flur, als er längst um die Ecke gebogen ist.

Mist, ich bin ohnehin fast zu spät. Also beeile ich mich, zu meinem Spind zu kommen, und schaffe es noch, mich fertig zu machen, bevor Nash reinschneit. Außer mir sind noch Sierra, Mitch und Jane da. Wir haben zusammen Schichtbeginn.

»Hallo zusammen. Ich wollte Ihnen nur schnell eine kleine Information zukommen lassen, die Sie seit eben auch im System finden, genauso wie den angepassten und aktualisierten Einsatzplan.« Er hat es gestern bereits erwähnt, ich konnte die Info bisher aber nur Ryan mitteilen, die anderen waren beschäftigt und ich auf dem Sprung nach Hause. »Ab Montag sind Sie auch in der Notaufnahme tätig. Aufgrund diverser Faktoren früher als geplant – und auch deutlich häufiger. Sie werden vorerst also eher sporadisch hier auf Station sein, aber weiterhin für diverse OPs eingeplant werden. Die Fahrten mit dem Rettungswagen bleiben unverändert. Gibt es Fragen?«

Ich lege mir mein Stethoskop um und schließe den Spind. Nash weicht meinem Blick aus. Keine Ahnung, ob es überhaupt jemandem außer mir auffällt.

Sierra räuspert sich. »Werden Sie uns weiterhin betreuen? Also in der Notaufnahme, auf Station und teils im OP?«

»Ich werde weiterhin Ihr erster Ansprechpartner sein, ja. Bei den meisten Operationen werde ich, wie Sie vielleicht schon gemerkt haben, nicht anwesend sein, weil ich parallel operiere – oft ist einer von Ihnen dabei. Dann werden Sie vom jeweils anwesenden leitenden Arzt betreut. Auf Station stehen Ihnen außerdem Dr. Pine sowie die Pflegekräfte zur Seite. Da Sie früher als gedacht ins kalte Wasser geworfen werden, habe ich darum gebeten, so oft wie möglich in der Notaufnahme eingesetzt zu werden, um Sie persönlich betreuen und unterstützen zu können.«

Sierra scheint die Antwort zufriedenzustellen, denn sie nickt und hakt nicht weiter nach. Mitch neben ihr grinst breit. Weil er rechts von mir steht, kann ich genau hören, wie er ihr ins Ohr flüstert: »Wir beide in der Notaufnahme, querida. Da krieg ich direkt Gänsehaut.«

Ich muss mir die Hand vor den Mund schlagen, um nicht loszuprusten. Mitch ist so schlecht in solchen Dingen, schlechter als Ian, und trotzdem irgendwie liebenswert. Er ist wie ein kleiner Welpe, der ständig über seine eigenen Beine stolpert.

»Bitte setzen Sie Ihre Kolleginnen und Kollegen in Kenntnis und verweisen Sie sie an mich, falls Fragen aufkommen. Und denken Sie an die große Visite morgen früh.« Mit diesen Worten dreht er sich um und verschwindet schneller, als ich im ersten Moment reagieren kann.

Doch dann renne ich hinterher und hole ihn ein.

»Willst du mich die nächsten fünf oder sechs Jahre ignorieren?«

»Ich weiß nicht, wovon du redest.«

Wir gehen auf Grant zu, der gerade winkt und seinen Becher hochhebt. »Laura! Danke, dein Kaffee …«

»Hey, Grant, ich hab deinen Lieblingskaffee dabei!«, flötet just in diesem Moment eine Frau neben ihm, die gerade erst angekommen ist, und Grant wird schlagartig blass.

»Edith!« Er schaut von ihr zu mir und ruft dann: »Dein Kaffee war nett gemeint, ist aber ekelhaft! Der von Edith ist viel besser!« Stumm formt er die Lippen zu einem fetten *Sorry*, und ich verkneife mir ein Lachen.

Nash zeigt sich unbeeindruckt, bleibt nicht stehen, und ich folge ihm, während sich Grant Ediths Kaffee andrehen lässt. So leicht kommt er mir nicht davon.

»Also?«

»Ich ignoriere dich nicht. Wir reden ja augenscheinlich miteinander.« Okay, das reicht. Ich halte ihn am Arm fest, bringe ihn dazu, anzuhalten und mich anzusehen. Sofie würde jetzt panisch auf seine Wange und seine Schläfe deuten, auf die Muskeln, die arbeiten und nur zu deutlich zeigen, wie es in ihm aussieht. Sie würde mich warnen wollen.

»Hör zu, ich … Es tut mir leid, wenn dir das alles unangenehm ist, und ich wollte mich dir nicht aufdrängen. Aber dieses alberne Spielchen, das hier gerade läuft, ist nichts für mich.«

»Ich spiele nicht. Da musst du dich an Ian wenden.«

»Warte, was?« Meine Hand rutscht von seinem Kittel, und er atmet tief durch. Seine Züge werden weicher, trotzdem wirkt er genervt, als er sich zweimal zügig durch sein Haar fährt. Erst dann sieht er mich das erste Mal heute offen und direkt an.

»Ich muss jetzt los, ich hab gleich eine OP.« Er ist nicht unhöflich, nicht reserviert, und trotzdem geht er und weicht mir aus. Er weicht immerzu aus. Gott, das macht mich so wütend.

»Wehe, du gehst jetzt, du … du … Penis…arschhaar!«

Erst viel zu spät erinnere ich mich daran, wo wir sind – und wer wir sind. Keine Freunde, keine Partner, sondern Mediziner an ihrem Arbeitsplatz – umgeben von neugierigen Menschen. Ich drehe mich um und kann gerade noch so einen Blick auf Grant erhaschen, der sich schnell wieder hinter dem Tresen versteckt.

»Wie bitte?«, knurrt Nash nahezu, und ich muss mir eingestehen, dass ich das wirklich wenig bis gar nicht durchdacht habe.

Was zur Hölle ist eigentlich ein Penisarschhaar? Ein Haar vom Penis, das falsch gewachsen ist und nun sein Dasein als Arschhaar fristen muss?

Ich muss mich sehr zusammenreißen, nicht einfach wegzugehen, während Nash mit zusammengekniffenen Augen zurückkommt und direkt vor mir stehen bleibt. Seine Empörung ist nahezu greifbar.

»Wieso kannst du nicht normal mit mir reden und umgehen?«

»Das fragt mich ausgerechnet die Person, die mich gerade Penisarschhaar genannt hat? Ernsthaft? Was …«

»Bitte, zwing mich nicht, dir zu erklären, was das ist«, flehe ich, weil ich es gar nicht könnte. Ich straffe die Schultern. »Du bist so stur. Und undurchschaubar und nervig und …«

»Mach ruhig weiter, das bringt uns beide mit Sicherheit einen Schritt vorwärts«, meint er sarkastisch, und ich pikse ihn mit dem Zeigefinger in die Brust, spüre die Muskeln darunter, seine Wärme, die mich mehr und mehr einlullt. Nicht gut, gar nicht gut.

Ich spüre seinen Herzschlag … Meine Hand liegt plötzlich genau drauf, und das ist der Augenblick, in dem ich vergesse, was ich wollte.

Ich starre ihn an. Ihn, seine Lippen, die Konturen seines Gesichts – und bemerke, wie er schluckt und wie wir uns näher kommen.

Keine Ahnung, warum wir hier stehen, so nah beieinander, oder was ich genau von Nash hören wollte. Ich habe es vergessen. Da ist nur er und sein Blick, sein Atem und das Gefühl in mir.

Es fehlt nicht viel, dann lägen seine Lippen auf meinen und …

Nashs Pager piept aufgeregt und holt uns beide in die Realität zurück, lässt uns auseinanderfahren, als hätten wir uns aneinander verbrannt.

Er flucht so leise, dass ich es beinahe überhört hätte. Aber eben nur beinahe. Ich habe keinen Schimmer, was das hier mit ihm macht, aber irgendetwas macht es definitiv mit ihm.

Er zieht den Pager hervor, schaut drauf und wird verdammt ernst. »Ich muss los.«

»Okay«, sage ich nur, weil mir nichts anderes über die Lippen will, und für eine Sekunde denke ich, er würde noch etwas sagen oder tun, aber er geht.

Nach dieser seltsamen Auseinandersetzung oder eher diesem merkwürdigen Zusammentreffen – wie auch immer man es nennen möchte – und einem absolut schrägen Gefühl im Magen gehe ich zurück zu den anderen, die gerade im Nebenraum am PC hängen und die Pläne checken, und werde anders in Empfang genommen als erwartet.

»Da ist ja unsere Dienstplangöttin.«

»Lass es gut sein, Sierra«, meint Mitch eher halbherzig, und Jane klopft mir im Vorbeigehen nur mitfühlend auf die Schulter, bevor sie den Raum verlässt. Ich habe komplett den Durchblick verloren.

»Was ist los?«, frage ich und will es eigentlich gar nicht wissen.

»Läuft es gut? Der Job, die Liebe?« Wegen Sierras höhnischem Unterton kneife ich die Augen zusammen.

»Sierra«, mahnt Mitch, der noch vorm PC sitzt, und ich verstehe nur Bahnhof.

»Was? Schau dir den verschissenen Plan an. Wir reißen uns den Arsch auf, und sie bekommt die ganzen interessanten OPs. Sogar ihre Schichten sind besser. Sie wird bevorteilt!«

»Willst du damit sagen, ich würde mir nicht den Arsch aufreißen? Du solltest wirklich aufpassen, was du da von dir gibst, nur weil du gerade einen Scheißtag hast.«

Sie schnaubt. »Mag sein. Und ich gönn es dir, aber …«

»Wenn du da ein Aber ranhängen musst, Sierra, dann gönnst du mir nichts«, unterbreche ich sie sofort und kann nicht glauben, dass ich diese Unterhaltung führen muss.

Wir starren uns wütend an. Sie ist sauer, dass sie schlechter davongekommen ist in Sachen Job als ich, und ich, dass Nash so wankelmütig ist und Sierra sich nun auch noch dazugesellt. Ich dachte, wir wären Freundinnen.

»Ist bei dir alles gut, Laura? Ich meine …« Ich höre Mitch nur halb zu, und bevor einer der beiden noch eine weitere dumme Sache sagen oder fragen kann, drehe ich mich um und verlasse den Raum. Ohne ein weiteres Wort.

Was für ein beschissener Tag – dabei hat er erst angefangen.

Einen Tag später stehen wir für die große Visite in Zimmer 142, das gerade so genug Platz für uns alle bietet. Nash, Dr. Pine, Maisie, Ryan, Mitch, Sierra, Zeenah, Jane und ich. Unsere Dienste werden so geplant, dass wir alle teilnehmen können. Jane sehe ich viel zu selten, dabei ist sie immer freundlich. Bei ihr bin ich mir nicht sicher, worauf sie sich spezialisiert. Ebenso wenig wie bei Ryan. Maisie spezialisiert sich vermutlich wie Zeenah auf die Unfallchirurgie.

Die Patientin ist Mrs Daniels, einundvierzig Jahre alt und leidet seit heute früh an Fieber. Und zwar postoperativ. Sie wurde vor zwei Tagen operiert.

»Was sind die häufigsten Ursachen für postoperatives Fieber?«, fragt Dr. Pine in die Runde.

»Wund-, Atemwegs-, Harnwegsinfektionen«, antwortet Sierra, und Maisie fügt »Venenverweilkatheterinfektionen« hinzu.

»Die häufigsten Erreger?«

Bei der Beantwortung von Nashs Frage schaue ich ihm in die Augen. »Staphylokokken, gramnegative Enterobakterien, Enterokokken. Pilze und Pseudomonaden kommen zwar vor allem auf Intensivstationen vor, sollten aber nicht außen vor gelassen werden.«

Nash will bereits nachhaken, doch ich weiß, was er anmerken möchte, und komme ihm zuvor.

»Da es sich hier außerdem um einen Darmeingriff handelte, sollten wir auch eine Anastomoseninsuffizienz bedenken. Wenn die in der Operation künstlich hergestellte Verbindung zwischen Blutgefäßen oder Nerven Probleme bereitet, somit ungenügende Leistung erbringt, kann es zu einer Infektion mit Fieber kommen, ebenso später zu Peritonitis, Sepsis und im schlimmsten Fall zu Multiorganversagen.« Ich wende mich an die Patientin. »Machen Sie sich keine Sorgen, Mrs Daniels. Sie werden bestimmt schnell gesund, wir geben da unser Bestes.« Sie lacht, und ich grinse Nash an. Ich kann erkennen, dass er gegen sein eigenes Schmunzeln ankämpfen muss, während Dr. Pine anerkennend nickt und etwas notiert.

»Womit fangen Sie an?«, fragt Dr. Pine, und Mitch antwortet als Erster.

»Mit der klinischen Untersuchung. Inspektion der Wunden, suchen nach Infektionszeichen am Katheter.«

»Hinweise auf eine Thrombose suchen«, ergänzt Ryan.

»Danach werden die Entzündungsparameter gecheckt«, meint Jane, und Sierra zählt sie auf. Sie ist gut, und ich lächle sie an, vergesse dabei, wie sie sich verhalten hat, und bin erleichtert, als sie mein Lächeln erwidert.

»Sehr gut«, lobt Nash. »Was noch?«

»Röntgen des Thorax, damit eine Pneumonie ausgeschlossen werden kann«, erklärt Zeenah. »Außerdem ein CT mit Kontrastmittel, falls sich der Verdacht einer Anastomoseninsuffizienz erhärtet oder noch nicht ausgeschlossen werden kann.«

»Was würden Sie tun, wenn nichts davon eindeutige Befunde liefert?«

»Eine chirurgische Exploration«, antwortet Ryan. Dafür müsste Mrs Daniels zurück in den OP und die Wunde würde erneut geöffnet werden. Das gilt allerdings als letztes Mittel.

Während wir die therapeutischen Maßnahmen besprechen, bekommt sie als Prophylaxe ein Single-Shot-Antibiotikum.

Die Visite auf der chirurgischen Station dauerte eine weitere Stunde an, danach haben wir uns verteilt, sind unseren Aufgaben und unserem Job nachgegangen. Während ich von einem Zimmer zum nächsten eile, denke ich daran, wie selten ich daheim bin. Wie sehr mir Jess fehlt. Ich denke an Mom und Dad und an meine Angst, zu versagen. Ich bin so weit gekommen, ich will sie nicht enttäuschen. Ich will *mich* nicht enttäuschen.

Und ich denke an die letzte große Prüfung, die bald ansteht. Die USMLE – United States Medical Licensing Examination – ist eine dreigliedrige Prüfung, die wir ablegen müssen. Zwei habe ich geschafft, fehlt also nur noch eine. Und ich habe großen Respekt davor, denn diese Prüfung wird mehr als nur umfangreich sein.

Während mir all das durch den Kopf geht, fällt mir ein, dass ich Sofie fragen muss, ob die Blutergebnisse von Mrs Folder schon da sind, damit ich weiß, ob ihre Entzündungswerte weiterhin erhöht sind.

Was ich allerdings sehe, kurz bevor ich bei Sofie und Evelyn ankomme, die aus dem Dienstzimmer rauskommen und an den Tresen treten, kann ich nicht glauben. Mir steht der Mund offen, und die Krankenakte in meiner Hand wäre mir fast runtergefallen. Im letzten Moment kann ich das verhindern.

»Nein«, wispere ich. »Nein, nein, nein.«

So schnell ich kann, mache ich kehrt, um von hier wegzukommen … und schaffe es nicht.

»Laura!«

Scheiße.

Ich kneife verzweifelt die Augen zusammen, und für einen Moment weigert sich mein Körper, stehen zu bleiben und sich umzudrehen.

Aber eben nur für einen Moment – dann schaue ich Josh dabei zu, wie er mit einem gigantischen Strauß Rosen auf mich zuläuft.

»Was machst du hier?«, frage ich überraschend ruhig und verschränke die Arme vor der Brust, soweit das mit der Akte in der Hand möglich ist.

Er mustert mich von oben bis unten, sieht dabei fast verträumt aus und – wie ich zu meinem Missfallen feststellen muss – ziemlich gut. Josh ist nicht so geheimnisvoll wie Nash, nicht so groß und auch nicht so muskulös, wie ich inzwischen aus Erfahrung weiß. Nicht einmal annähernd so klug oder rücksichtsvoll, aber er hatte seine Reize. Er war ein guter Freund, aber ein beschissener Partner.

»Du siehst toll aus. Ich meine … Wow.«

»Übertreib nicht, ich sehe aus wie Schlumpfine mit Kittel. Vielleicht nicht blau, aber seltsam. Was willst du hier, Josh?«, hake ich nach und bin verwirrt, weil er hier ist und ich das nicht glauben kann. Außerdem rede ich viel zu laut. So laut, dass auf einmal ein bekanntes Gesicht um die Ecke schaut und mich fragend ansieht.

Oh Gott, bitte nicht.

»Josh?«, formt Ian mit den Lippen, und ich hab keine Ahnung, womit ich das verdient habe. Ich kann mich dunkel erinnern, seinen Namen an dem Abend in der Bar erwähnt zu haben.

»Hier, die sind für dich.« Josh überreicht mir die Rosen und drückt sie mir so vehement in die Hand, dass ich nicht anders kann, als sie zu nehmen.

»Ich will diese Blumen nicht.«

»Du liebst Rosen«, sagt er, als wäre das der einzige Grund, warum ich diesen Strauß verschmähen könnte.

»Ich liebe Blumen, aber Rosen waren nie meine Favoriten. Vielleicht hast du vergessen, dass ich Margeriten liebe, Chrysanthemen und Narzissen. Aber das kann schon mal passieren, oder? Genau wie in einer Beziehung mit einer anderen ins Bett zu steigen.« Ich lächle kalt und drücke ihm die Rosen zurück in die Hand.

»Also, Josh, was zur Hölle tust du hier? Es gibt einen Grund, warum ich nicht auf deine Anrufe und Nachrichten reagiert habe.«

»Babe, es tut mir leid.«

»Babe?« Ich verziehe das Gesicht.

»Das hätte nie passieren dürfen. Ich vermisse dich«, fährt er fort und kommt mir dabei näher. Ich mache sofort einen Schritt zurück.

»Wenn du mich anfasst, dann …«

»Früher hattest du nie was dagegen«, sagt er, und eine Gänsehaut bildet sich auf meinen Armen. Und zwar keine der guten Art.

»Früher? Früher waren wir befreundet. Früher waren wir in einer Beziehung, und ich dachte, ich würde dich lieben.« Mit jedem Wort werde ich lauter und wütender, und es ist mir egal, wer das mitbekommt. Wenn Josh so weitermacht, haue ich ihm hier vor allen Menschen eine runter. »Früher wusstest du, dass Rosen mich an meine Mutter erinnern und es ihre Lieblingsblumen waren. Dass sie an ihrem Grab standen, in Massen, und ich sie seitdem nicht mehr sehen kann.« Ich schlucke schwer und werde wieder ruhiger. »Früher … dachte ich, ich würde dir etwas bedeuten. Das war, bevor du deinen Penis in andere Vaginas gesteckt hast, Josh.« Ich bin so wütend und genervt, dass mir nicht einmal der richtige Plural für Vagina einfällt.

Er verzieht keine Miene, zeigt keine Regung, steht nur da und starrt mich an – und wenn ich nicht bereits genug Beweise dafür hätte, dass das mit ihm endgültig vorbei ist und nicht das Richtige war, dann wäre das spätestens jetzt der Fall.

»Bitte, geh.«

»Laura, ich ...«

»Hey!«, tönt es auf einmal, und Ian gesellt sich neben mich. Das hat mir noch gefehlt. Ich hatte gehofft, er würde verschwinden ... »Du musst Josh sein«, stellt er überflüssigerweise fest und legt seinen Arm um meine Schultern.

»Josh?« Eine weitere Stimme erklingt.

Ich erstarre, fange an zu schwitzen. Das hier muss ein Albtraum sein.

»Wie kann ich Ihnen helfen?«

»Wer sind denn die beiden?«, fragt Josh irritiert, und ich atme tief durch.

»Dr. Ian Rice, ein nerviger Kollege«, erkläre ich und zeige nach rechts, »und Dr. Nash Brooks, mein Betreuer und ein nerviger Vorgesetzter.« Nash ist anscheinend hinter mir aufgetaucht und im Gegensatz zu Ian, der die ganze Zeit an der Ecke gelauscht hat, habe ich ihn nicht kommen sehen.

Scheiße, verdammt.

»Ich würde gerne mit Laura reden. Allein.«

Ian und Nash schauen sich kurz an, und ich reibe mir einen Augenblick über die Nasenwurzel, weil das hier nicht nur schräg, sondern wirklich zum Verzweifeln ist.

»Ich will nicht mit dir reden, Josh. Nie wieder. Bitte geh, werd glücklich – aber ohne mich. Ich muss jetzt arbeiten.«

»Aber ...«

»Laura möchte, dass Sie gehen«, sagt Ian, und da sein Arm immer noch auf meinen Schultern liegt, streife ich ihn ab und strafe ihn mit einem bösen Blick. Ich brauche keine Hilfe.

»Persönliche Gespräche sollten Sie außerhalb des Krankenhauses führen und nicht während der Arbeitszeit«, meint Nash, und ich starre ihn entgeistert an. Hat er einen Stock im Arsch? Oder zwischen den Augen, der glatt durchs Gehirn geht?

»Ich will auch dann nicht reden«, meine ich mehr zu Nash als zu Josh und fühle mich, als hätte meine Schwester mich heimlich in die Seifenoper gebeamt, in der sie mich von Anfang an gesehen hat.

»Schläfst du mit einem von denen, oder was?«, kommt es gereizt von Josh.

»Mit mir«, sagt Ian grinsend, während ich »Nein!« rufe und Nashs Halsader gefährlich stark zu pulsieren beginnt, wie ich mit einem schnellen Blick zu ihm registriere.

»Josh, was wird das? Keine Ahnung, für wen das peinlicher ist, aber das ist hiermit beendet. Und fürs Protokoll: Selbst wenn ich mit beiden gleichzeitig Sex hätte, würde dich das nichts angehen. Nicht mehr. Sex an sich ist kein Problem. Auch nicht eine Menge Sex mit vielen verschiedenen Menschen. Aber Sex wird genau dann zum Problem, wenn es nichts anderes ist, als einen anderen Menschen zu betrügen und ihn damit zu verletzen. Das ist das, was du getan hast. Und jetzt verschwinde! Sonst schwöre ich bei allem, was mir heilig ist, dass ich dich in den OP karre und operiere – und ich hab mir noch nicht überlegt, was für ein Körperteil ich entfernen will.«

Schwer atmend stehe ich vor Josh und bin verdammt stolz auf mich. Mir egal, dass Ian und Nash da sind, mir egal, dass andere gelauscht haben und der Flurfunk hier besser funktioniert als alles andere.

Und als Josh endlich einknickt und verschwindet, mit einem herablassenden Blick im Gesicht und verzogener Miene, werden meine Knie weich.

Ich lasse Ian und Nash einfach stehen und gehe.

31. Kapitel

Nash

Das war also Josh. Der Typ hat entweder verdammt dicke Eier oder nagt am Tuch der Verzweiflung, wenn er hier auftaucht und Laura so konfrontiert. Wer macht denn so was?

Denn lieben tut er Laura mit Sicherheit nicht. Seine ganze Körpersprache, die Art, wie er mit ihr geredet hat, dieser jämmerliche Versuch, sie zurückzukriegen, haben das gezeigt. Diese Sorte Mensch ist mir zuwider.

Ich schaue zu Ian, der mich seltsam mustert, und ziehe die Augenbrauen skeptisch zusammen. »Was?«

»Persönliche Gespräche sollten Sie außerhalb des Krankenhauses führen?«, äfft er mich nach und schüttelt den Kopf. »Das war selbst für dich eine Vollkatastrophe.«

»Der Rest ging mich nichts an.«

»Ach was? Deshalb hast du dich neben sie gestellt und Josh von oben bis unten abgecheckt? Weil dich das nichts angeht?«

»Ich habe niemanden abgecheckt«, gebe ich genervt zurück und laufe los, in der Hoffnung, Ian abschütteln zu können.

»Du hast ihm in Gedanken in den Arsch getreten.« Er holt auf. »Du magst sie doch. Wieso zur Hölle kannst du ihr das nicht mal zeigen?«

»Was interessiert dich das überhaupt? Hast du nichts zu tun? Keine Bettpfannen zu wechseln oder so?«, fahre ich ihn an und gehe einen Schritt schneller.

»Witzig. Klingt vor allem so, als hätte ich den Finger genau in die Wunde gelegt.«

»Was willst du jetzt von mir hören? Dass ich sie mag?«

»Wäre ein Anfang, es mal auszusprechen.«

»Das weißt du längst«, murmle ich und betrete den Bereitschaftsraum, der zum Glück leer ist.

»Willst du mich jetzt verführen? Soll ich eine Socke an den Türknauf hängen?«

»Lass den Quatsch. Ich hab keine Zeit für deine Spielchen. Was muss ich tun, damit du mich endlich in Ruhe lässt?«

Jetzt wird Ian ernst und kräuselt die Lippen, während er nachdenkt. »Ich kann mich nicht erinnern, wann du das letzte Mal eine Frau auf diese Weise anziehend gefunden hast oder ob das generell je der Fall war, seit ich dich kenne. Und ich erinnere mich an ziemlich viel.«

»Ian!«

»Was ich damit sagen will: Wieso stellst du dich so dumm an?«

»Ich bin ihr Vorgesetzter.«

»Kommt da noch was?«

»Das sollte Grund genug sein.«

Ian lacht. »Das ist kein Grund, sondern eine Ausrede. Wenn du Laura nicht willst, kein Ding, aber falls doch, solltest du dich fragen, was dich wirklich daran hindert, endlich vor der Frau in die Knie zu gehen, du Idiot. Ich bin mir ziemlich sicher, dass sie etwas für dich empfindet, und sie versucht es dir seit Tagen zu sagen und zu zeigen, aber du Depp hörst nicht zu und siehst nicht hin.«

»Ich bin … Ach Scheiße! Warum rede ich überhaupt mit dir darüber?«, fluche ich und gehe an Ian vorbei, um das Zimmer wieder zu verlassen. Nachdem ich den ersten Schritt aus der Tür gemacht habe, halte ich noch einmal inne. Ich drehe mich nicht zu ihm um, denn es ist, als müsste ich ihm antworten. »Ich brauche einfach etwas mehr Zeit.« Weil es das erste Mal ist, dass ich so empfinde. Dass es über körperliche Anziehung oder Sympathie hinausgeht. Weil es das erste Mal ist, dass ich das auch möchte. Auch wenn es paradox klingt. Bisher brauchte ich keine Beziehung. Ich habe ab und zu Sex, wenn ich es schaffe, außerhalb des Krankenhauses jemanden kennenzulernen, und das wars. Das genügt mir. Bis jetzt …

»Mir ist klar, dass du keiner von der schnellen Sorte bist, Nash.« Er macht eine Pause, und ich atme tief ein, weil ich weiß, dass da noch etwas kommt. »Mehr Zeit ist nicht das Problem. Zu viel Zeit aber schon.«

32. Kapitel

Laura

Es ist Montagmorgen, sieben Uhr und Schichtbeginn. Ich bin nervös, denn es ist mein erster Tag in der Notaufnahme und etwas vollkommen anderes, als auf Station zu sein oder im OP. Es ist unkontrollierbarer, spontaner und aufregender. Hier kann alles passieren, hier kann alles schiefgehen.

Momentan ist es relativ ruhig, es herrscht gute Laune, einige machen gerade ihre Übergabe fertig.

»Grant! Was machst du denn hier unten?«, frage ich freudig und lehne mich zu ihm über die Anmeldung.

»Hallo, Kaffeegöttin. Ich hab gefragt, ob ich ein paar Schichten in der Notaufnahme bei euch Bambini kriegen kann.« Er beugt sich näher zu mir. »Und hab hauptsächlich deine Zeiten angegeben, aber verrate es keinem.«

»Du willst mich nur wegen des Koffeins.« Ich lache leise.

»Ja, das auch. Und ich schäme mich nicht dafür.«

»Höre ich da Koffein?«, fragt eine Pflegerin und sucht mit den Augen den Platz um sich herum ab. Ihr knallrot gefärbtes, lockiges Haar hat beinahe dieselbe Farbe wie ihr Kasack. Mit ihrer melodischen, klaren Stimme und dem verschmitzten Lächeln ist sie mir sofort sympathisch.

»Ich seh schon, morgen bringe ich dann zwei Kaffee mit.«

»Das wäre himmlisch. Hast du die ganze Woche die Frühschicht?«

»Jepp.«

»Sie ist übrigens eine unserer Bambini«, meint Grant.

»Hey, ich bin Lisha Chibudem. Willkommen in der Notaufnahme.« Sie wirft einen Blick auf mein Schild und ergänzt: »Dr. Collins.« Dann reicht sie mir die Hand, und ich schüttele sie.

»Schön, dich kennenzulernen. Bitte, nenn mich Laura, solange wir niemanden behandeln.«

»Kein Problem. Bitte, nenn mich *immer* Lisha, auf meinen Nachnamen höre ich auf der Arbeit nämlich eher nicht«, sagt sie und zwinkert mir zu.

»Guten Morgen«, murmelt Zeenah plötzlich neben mir und reibt sich die Augen. »Habt ihr auch so schlecht geschlafen? Haben wir Vollmond?«

»Ich glaube nicht, dass der Mond irgendwas an deinem Schlafverhalten ändert«, widerspricht Grant, und Zeenah sieht ihn geschockt an.

»Natürlich! Ich schlafe immer schlecht bei Vollmond.«

»Ich auch«, sagt Lisha und stellt sich noch einmal vor, als Maisie und Ryan zu uns stoßen.

»So viele neue Gesichter. So viele Bambini«, kommt es von einer weiteren Pflegerin, die im Gegensatz zu Lisha eher um die vierzig, statt um die dreißig ist. Mit blondem Haar und blauen Augen, weniger Kurven und deutlich kleiner, aber mit genauso großem Selbstbewusstsein. Freya Kent.

»Lasst uns anfangen«, sagt Grant und klatscht in die Hände, wobei sein Blick auf einen Punkt hinter uns gerichtet ist. Als ich mich umdrehe, erkenne ich den Rettungswagen, der gerade einfährt.

»Was haben wir?«, frage ich und mache mich mit den anderen bereit.

»Wurde gerade bei der Übergabe angekündigt. Mann Mitte zwanzig, hatte mit seinem Fahrrad auf dem Weg zur Arbeit einen Unfall. Ist mit einem Auto kollidiert. Offene Fraktur am linken Bein, Prellungen und Schürfwunden. Bei Bewusstsein, ansprechbar, zeigt keinerlei Symptome für ein Trauma.«

»Das ist meiner«, sagt Zeenah sofort und grinst uns an.

»Eben hast du deine Augen kaum aufgekriegt«, meint Maisie empört und reinigt ihre Brille. Heute ist sie türkis. Vor wenigen Tagen hat sie eine mit gelbem Gestell getragen. Anscheinend liebt sie bunte Farben.

»So schnell kanns gehen.« Zeenah lacht, desinfiziert sich die Hände und geht dem Patienten entgegen.

»Hier, die warten schon auf euch.« Grant zeigt auf einzelne zu behandelnde Personen, die in den Kabinen liegen oder sitzen und bereits vom Pflegepersonal erstversorgt wurden. Kleinere Verletzungen, nichts Akutes oder Lebensbedrohliches. Oft kommen die Menschen hierher, weil ihr Hausarzt noch geschlossen hat, weil sie sich unsicher sind, ob und was ihnen fehlt, und sie sich im Krankenhaus besser aufgehoben fühlen. Manchmal kommen sie ohne Grund – und manchmal viel zu spät.

Nach meiner ersten Ruhepause werde ich direkt von einem Patienten in Empfang genommen. Seit Schichtbeginn heute früh war ziemlich viel los, auch wenn es zwischendurch ruhige und entschleunigte Momente gab. Ich durfte unter anderem einen Arm untersuchen und einrenken, mit Grants Hilfe, außerdem Glassplitter aus einer Hand entfernen, einen Messerstich nähen, nachdem ich das Küchenmesser aus der Hüfte gezogen hatte, und einen Angelhaken aus der Wange eines jungen Mannes entfernen. In der Notaufnahme wird einem auf keinen Fall langweilig, so viel ist klar.

»Guten Tag, Mr …« Ich schaue schnell in der Akte nach, die Grant mir eben in die Hand gedrückt hat. »… Kane. Ich bin

Dr. Collins.« Ich ziehe den Vorhang der Kabine zu und setze mich auf den Rollhocker neben das Bett des Patienten, auf dem er seitlich liegt. »Sie haben angegeben, rektale Beschwerden zu haben.«

»Ja«, meint er und sieht bedrückt aus, kann mir kaum in die Augen sehen.

»Können Sie das spezifizieren? Haben Sie Schmerzen?«

»Mittlerweile schon, aber keine starken. Ich kann nicht sitzen.«

Ich höre aufmerksam zu und notiere alles. »Seit wann haben Sie diese Beschwerden und wie äußern sie sich ansonsten?«

»Seit heute Nacht.« Er seufzt und schließt einen Moment die Augen, bevor sein Blick ernst wird und sich eine zarte Röte über die Wangen des Mittvierzigers zieht. »Ich habe eine Banane im Arsch.«

Zuerst kann ich kaum glauben, was ich da höre, und bin versucht, weiter nachzuhaken, ob ich das richtig verstanden habe. Stattdessen räuspere ich mich leise und verkneife es mir.

»Ganz drin?«, frage ich nur, und er nickt. »Und wie genau ist das passiert?«

»Würden Sie mir glauben, wenn ich Ihnen sage, dass immer eine Schale mit Bananen neben meiner Badewanne steht, ich ausgerutscht und auf sie gefallen bin?«

»Würden *Sie* mir glauben, wenn ich mit Ja antworte?«, gebe ich zurück, und er verzieht das Gesicht.

»Hören Sie, meine Partnerin und ich haben einfach was Neues ausprobiert und dann hat mein Arsch die Banane samt Schale geschluckt, als wäre er Godzilla oder so. Kriegen Sie das wieder hin?« Das sagt er so verzweifelt, dass ich mir ein Lachen verkneifen muss.

»Ja, das kriegen wir hin. Versprechen Sie mir nur, sich keine Dinge mehr rektal einzuführen, die Sie am Ende vielleicht nicht mehr rauskriegen. Greifen Sie am besten auf Sexspielzeug zurück, das dafür gemacht ist.«

Ich stehe auf, bitte den Patienten, die Hose runterzuziehen, damit ich einen Blick drauf werfen kann. Die Banane ist nicht zu sehen, dafür ist der Anus stark gerötet. Ich ziehe mir Handschuhe über, gebe etwas Gleitgel auf meinen Finger und warne den Patienten, bevor ich nach der Banane taste.

Nichts.

»Okay, Mr Kane. Gleich wird jemand kommen und Sie zum Röntgen begleiten, damit wir schauen können, wo genau der Übeltäter sitzt und wie tief. Dann sehen wir weiter. Möchten Sie ein leichtes Schmerzmittel?«

»Nein, das geht schon so.«

»Wo ist Ihre Partnerin? Sollen wir sie informieren?«

»Die ist auf der Arbeit, nachdem sie die halbe Nacht versucht hat, die Banane wieder rauszuziehen. Ich wollte nicht, dass sie das hier mitbekommt.«

»In Ordnung. Wie gesagt, gleich wird wieder jemand bei Ihnen sein.«

Die Handschuhe landen im Mülleimer, ich desinfiziere mir die Hände und schiebe den Vorhang zur Seite. Draußen drücke ich Grant die Akte in die Hand und erwähne das Röntgenbild.

»Wärst du so lieb und erledigst das?«

»Klar, wonach suchen wir?«

»Einer Banane. Könnte sein, dass sie sich verhakt hat.«

»Nein!«, meint er grinsend. »Wenigstens keine Papaya oder Duschkopf.«

»Jemand hatte eine Papaya im Hintern?«

»Oh, Bambina. Du hast keine Ahnung, was die Leute schon alles in ihren Ärschen hatten.«

Mit diesen verstörenden Worten geht Grant, und als ich

mich umdrehe, stolpere ich fast über jemanden, dessen Duft ich sofort erkenne.

»Hey.« Ich wünschte, mir wäre diese Stimme egal. Diese schöne, tiefe Stimme, und der dazugehörige Mann. Aber ich denke zu oft an ihn. An das Gefühl, neben ihm einzuschlafen und aufzuwachen.

»Hallo«, erwidere ich höflich und warte ab, ob Nash einfach weiter stumm neben mir stehen bleiben oder noch etwas sagen will.

»Josh ist ein Arschloch.« Damit habe ich nicht gerechnet. Verdutzt erwidere ich seinen Blick und weiß nicht, was ich antworten soll.

»Bei seinem Besuch war er es auf jeden Fall. Und ich hoffe, ich sehe ihn nicht wieder.« Ich mache eine kleine Pause. »Es war nicht meine Absicht, eine Szene an meinem Arbeitsplatz zu machen. Ich hatte keine Ahnung, dass er bis nach Phoenix fahren würde. Ich hatte keine Ahnung, weil ich dachte, das Thema sei durch.«

»Laura, ich …« Er presst die Lippen zusammen und wirkt vollkommen ernst. Nicht dass er oft anders wirkt. Doch dieses Mal sieht es so aus, als würde er mit sich kämpfen. »Ich würde gerne …«

»Drei weitere Unfallopfer sind unterwegs. Schwere Quetschungen und Schnitte durch Gerätschaften auf einer Baustelle. Einer bewusstlos, einer könnte das Bein verlieren. Der dritte Patient steht unter Schock. Ankunft in ungefähr vier Minuten«, gibt Freya an Nash weiter und unterbricht ihn bei was auch immer er mir gerade mitteilen wollte.

Er nickt. »Verstanden. Schockraum vorbereiten und im OP anrufen, sie informieren. Die sollen alles vorbereiten. Grant!«, ruft er, und dieser winkt, während er bereits auf dem Sprung ist.

»Weiß, was zu tun ist, Chef!«

»Laura, du assistierst bei dem Schockpatienten. Blutdruck messen, EKG und FAST-Sono machen plus Ganzkörper-CT. Und eine BGA«, zählt er auf. Für eine Sekunde denke ich, dass da noch etwas kommt, weil er nicht sofort geht. Weil er meinen Blick erwidert, weil er genau bemerkt, dass ich darauf warte, dass er noch etwas sagt.

Aber er bleibt stumm. Er lässt mich stehen.

Ich balle beide Hände zu Fäusten und drücke sie gegen meine Oberschenkel, während ich die Zähne zusammenbeiße.

Irgendwann springe ich ihm an die Gurgel.

Irgendwann küsse ich ihn einfach.

Und irgendwann werde ich mit Sicherheit bereuen, dass ich das überhaupt möchte.

33. Kapitel

Laura

Einen Tag später habe ich bereits das Gefühl, angekommen zu sein. Ich fühle mich wohl hier, obwohl meine Ängste während der Schichten in der Notaufnahme eher durchkommen als auf Station. Die Angst, Fehler zu machen, falsche Entscheidungen zu treffen, nicht genug zu sein, nicht nur meinen Erwartungen, sondern auch diesem Job nicht gerecht werden zu können, begleitet mich jeden Tag.

Genauso wie die Fragen, die sich viel zu oft um Nash drehen, auch wenn ich das nicht möchte. Gestern habe ich deswegen mit Jess telefoniert, und sie hat mich ausgelacht. Sie meinte, es wäre fast niedlich, wie wir umeinander herumtänzeln würden, wäre es nicht so bescheuert.

»Entschuldigung? Hören Sie mir überhaupt zu? Sie sind doch Ärztin, oder?« Wenn ich eines mehr hasse, als andauernd an Nash denken zu müssen, dann ist es, gefragt zu werden, ob ich auch wirklich eine Ärztin bin. Dennoch lächle ich.

»Natürlich tue ich das, und ja, ich bin Ärztin. Sie sagten, Sie bekämen seit heute Mittag schlechter Luft als sonst und dass es ist nicht das erste Mal sei. Sie waren schon vor zwei Wochen im Whitestone wegen dieser Probleme, wie ich Ihrer Akte entnehmen kann. Bisher sah alles gut aus.« Die betuchte Dame vor mir hat sich selbst eingeliefert – aufgrund starker Atembeschwerden. Die Untersuchung hat bisher nichts ergeben, allerdings atmet sie tatsächlich etwas schwerer. Trotzdem bisher kein Grund zur Sorge. »Mrs Flanninger, wir schauen, dass wir Ihre Atemnot in den Griff kriegen. Wir nehmen Ihnen gleich Blut ab, checken danach Ihre Werte und schauen uns Ihre Lunge an. Zuerst werde ich Ihnen jetzt Sauerstoff geben, damit Sie besser Luft bekommen. Okay?«

»Nein!«, schreit sie plötzlich so laut, dass ich zusammenzucke. »Ich bin allergisch gegen Sauerstoff!«

Bevor ich realisiere, was meine Patientin da gerade von sich gegeben hat, höre ich leises Gelächter aus der Kabine nebenan, das sofort in ein Husten übergeht, um es zu überspielen. Der Vorhang lässt mich zwar nicht sehen, wer es ist, aber die Stimme verrät ihn.

Nash lacht sich gerade kaputt, auch wenn ich merke, wie sehr er versucht, sich zusammenzureißen.

Ich darf auf keinen Fall mitlachen. Dabei sieht Mrs Flanninger so schockiert aus, als hätte ich ihr mitgeteilt, flüssige Lava in ihre Lungen zu leiten. Sie meint es todernst.

»Wie wäre es dann mit etwas O_2?«, schlage ich vor, und es gelingt mir, nicht einmal mit der Wimper zu zucken, obwohl jeder Muskel in mir will, dass ich lachend zusammenbreche.

»Na, wenn es sein muss!«, gibt sie nach, und während sie sich richtig hinlegt, schließe ich sie an den Sauerstoff an. Ich werde nicht diejenige sein, die mit ihr über die Möglichkeit einer Sauerstoffallergie diskutiert. Dabei kann man nur verlieren.

»Entspannen Sie sich. Es geht in wenigen Minuten weiter«, sage ich, weil ich aus dieser Kabine rausmuss.

Nachdem ich den Vorhang hinter mir zugezogen habe, halte ich mir die rechte Hand vor den Mund, um nicht sofort loszuprusten, aber ich kann es auch nicht mehr in mir behalten, also kichere ich, und irgendwann tun meine Wangen dabei weh. Eine fiese Stimme in mir meint, es wäre absolut unprofessionell, über Menschen zu lachen, die ich behandle, und das ist mir auch klar. Deshalb fühle ich mich ein bisschen schlecht dabei. Doch manchmal darf man das. Manchmal sollte man einfach lachen, wenn es lustig ist und niemand dabei verletzt wird. Meiner Patientin geht es augenscheinlich gut, und ich gehe davon aus, dass die Untersuchungen das bestätigen werden – zumindest auf körperlicher Ebene. Dass sie glaubt, Sauerstoff könnte ihr schaden, ist ein anderes Thema.

»Wie wäre es mit O_2?«, tönt es von rechts, und Nash schüttelt grinsend den Kopf. Ich bin gerade dabei, mich wieder zu beruhigen.

»Was hätte ich denn tun sollen?«

»Das war keine Kritik, Laura«, sagt er und wird wieder ernst.

»Ich hab es auch nicht als solche aufgefasst«, meine ich ehrlich.

»Gut.« Er geht nach vorne und schiebt eine Akte über den Tresen zu Freya und will weitermachen.

»Nash?« Als er sich zu mir umdreht, gehe ich auf ihn zu, Schritt um Schritt, bis kaum noch Platz ist zwischen uns. Kaum noch Platz, kaum noch Luft, kaum noch Möglichkeiten.

Oder besonders viele, je nachdem, wie man es betrachtet.

»Was ist das mit uns?« Es sollte mich erschrecken, dass ich es einfach so ausspreche. Mitten in der Notaufnahme, während der Arbeit, zwischen Notfällen und Krankenbetten. Aber das tut es nicht. Es war längst überfällig.

»Was meinst du?«

»Wenn ich dir das erklären muss, hat sich meine Frage ohnehin erledigt.« Enttäuscht lasse ich die Schultern sinken.

»So leicht ist das nicht, Laura.«

Ich reiße die Augen auf. »Das ist Schwachsinn, Nash.« Seine Miene verfinstert sich. »Ich will keine Liebesbekundungen, und ich bitte dich nicht, vor mir auf die Knie zu gehen. Ich will nur wissen, warum du dich so seltsam benimmst und was da zwischen uns ist. Ob da etwas ist. Du wirst doch irgendeine Meinung dazu haben? Was sind wir? Sind wir überhaupt etwas? Oder …« Ich schlucke schwer und senke meine Stimme. »… interessiere ich dich einfach nicht?«

»Willst du das jetzt hier besprechen? Wirklich?« Er weicht wieder aus und geht weiter. »Wir müssen arbeiten.«

»Es sind drei Personen in der Notaufnahme, der Rest wird auf Station gebracht. Und von den dreien werden zwei gerade behandelt und umsorgt, auch dein Patient, während meine Patientin denkt, sie könnte von Sauerstoff sterben. Also ja, ich würde das verdammt gerne jetzt besprechen«, sage ich nachdrücklich und folge ihm, dabei habe ich den Eindruck, er hätte keine Ahnung, wo er hinwill. Hauptsache weg von mir.

Er stoppt, dreht sich zu mir um und sieht mich wütend an.

»Manche Dinge brauchen Zeit.«

»Wovor hast du Angst?«, frage ich und kneife die Augen zusammen.

»Vor nichts.«

»Kannst du deine ganzen Halbwahrheiten überhaupt noch auseinanderhalten?«

»Es reicht, Dr. Collins.« Er funkelt mich an, und ich erkenne, wie es in ihm brodelt.

»Ah, da befinden wir uns also. Gut zu wissen. Dann mache ich jetzt weiter meine Arbeit und belästige Sie nicht länger, Dr. Brooks.«

Keine Ahnung, was ich fühle, keine Ahnung, was ich gerade denke oder was ich mir generell dabei gedacht habe. In diesem Augenblick wünschte ich, ich hätte etwas zu tun. Ich wünschte, ich hätte Stress und eine richtige Aufgabe, in der ich versinken kann.

Ich gehe – und komme genau fünf Schritte weit, bis ich in eine der freien Kabinen gezerrt werde und der Vorhang schwungvoll zugezogen wird. Schwer atmend steht Nash vor mir, in meinen Ohren rauscht es, mein Herz klopft, schlägt, tanzt, meine Brust hebt und senkt sich viel zu schnell. Keine Ahnung, was jetzt passiert, aber dieser Moment jagt einen Schauer nach dem anderen über meinen Körper.

Es ist, als wüssten wir nicht, wie das geht. Das Reden, das Mögen, das Miteinander.

Ich sehe in sein Gesicht, in seine Augen, auf seine Lippen, und es liegen so viele Worte auf meiner Zunge, dass ich mich an ihnen verschlucke. Ich bringe keinen Ton heraus und warte, warte, warte.

»Es ist nicht so einfach«, stellt er erneut klar, wobei er sich zu mir beugt und jedes einzelne Wort betont.

»Das sagtest du bereits«, erwidere ich, immer noch wütend und genervt, aber mit durchaus verständnisvollerer Stimme als vor wenigen Minuten. Mich weiterhin zu ihm hingezogen fühlend. Viel zu sehr.

»Das hier …« Er bezieht mit der Hand grob unsere Umgebung ein. »… ist für uns beide wichtig. Ich betreue und bewerte dich, und du stehst noch am Anfang deiner Zeit als Assistenzärztin.«

»Du hast dich nur menschlich verhalten mir gegenüber und warst für mich da. Menschlich und freundlich, manchmal auch mürrisch.« Nash verzieht das Gesicht. »Das weiß ich zu schätzen und dafür bin ich dir dankbar. Aber jetzt verhältst du dich kindisch, und dieses Verhalten macht mich wahnsinnig, weil ich das Problem nicht verstehe.«

Die Verzweiflung strömt ihm aus jeder Pore, als er sich durch die Haare fährt und für einen Augenblick den Kopf in den Nacken legt. Er seufzt leise, ich sehe ihn schlucken, und auf einmal ist es so klar. So offensichtlich. Es ist das Gegenteil von nicht so einfach.

»Du machst dir Sorgen, was man über dich denken könnte. Ist das echt immer noch ein Thema? Diese Sache mit der Bevorteilung?« Ich schnaube und verschränke die Arme vor der Brust.

»Das ist keine Kleinigkeit, Laura.«

»Dr. Collins, bitte.« Jetzt bin ich es, die kindisch reagiert und die Distanz zu ihm sucht, aber ich kann nicht anders. Ich meine es nicht ernst. Nicht wirklich.

Nash reagiert mit einem wütenden und frustrierten Geräusch, das fast wie ein Knurren klingt.

»Es ist wichtig, wie dein Ruf in diesem Krankenhaus aussieht.«

Ich recke das Kinn herausfordernd. »Wag es nicht, mir zu sagen, worum es für mich geht. Und wage es nicht, mich als Ausrede für dich zu benutzen.« Ich werfe die Arme in die Luft und bin kurz davor, ihn anzuschreien. »Wir hatten dieses Thema schon. Aber ich frage gern noch mal genauer nach. Würdest du mich je unfair behandeln, egal, wie wir zueinander stehen?«

Er zögert, doch schließlich antwortet er. »Nein.«

»Würdest du das bei sonst jemandem tun?«

»Nein.«

»Das könnte jeder sagen. Aber *dir* kaufe ich es ab. Dir glaube ich das. Und das ist alles, was ich wissen muss. Es ist mir egal, was die anderen denken oder sagen könnten. Darum geht es nicht.« Ich atme tief durch. »Und dir sollte es auch egal sein.«

»Jedem ist irgendeine Meinung wichtig. Jeder will es irgendwem recht machen. Den Freunden, dem Arbeitgeber, der Familie, den Eltern …« Und damit hat er, ohne es zu wissen, einen wunden Punkt getroffen. Nicht nur, weil es stimmt, sondern auch, weil es verdammt wehtut. Weil ich nie wissen werde, was meine Eltern heute zu mir sagen würden. Wie sie das, was ich tue, und die Entscheidungen, die ich treffe und getroffen habe, finden oder was sie über mich als Mensch denken würden.

»Du hattest recht. Ich hätte das nicht ansprechen sollen.«

Ich will gehen, will hier weg, nein, ich muss hier weg. Weil es zu eng ist, zu stickig. Es ist plötzlich zu viel.

Doch in der Sekunde, in der meine Finger den Stoff des Vorhangs berühren, um ihn aufzuziehen, spüre ich seine Hand an meiner Hüfte, seine Hitze hinter mir, seinen Atem in meinem Nacken. Er wirbelt mich herum, bis ich an seiner Brust lande.

»Scheiß drauf«, murmelt er, und bevor ich verstehen kann, was hier passiert, umfassen seine Hände mein Gesicht und seine Lippen senken sich auf meine. Da ist keine Vorsicht mehr, keine Zurückhaltung. Da ist kein Universum mehr zwischen uns. Da ist nichts außer Verlangen, Hitze und Zuneigung.

Nash gleicht einem Sturm, der über mich hereinbricht und dem ich mich hingebe, gegen den ich nicht kämpfe. Weil ich es nicht kann, es nicht will.

Meine Brüste schmiegen sich an seinen Oberkörper, und ich bin sicher, er spürt genau wie ich, wie meine Nippel hart werden, als ich mich fester an ihn presse und den Rücken durchdrücke. Seine Lippen sind warm und fordernd, dieser Kuss ist keine Frage, sondern eine Antwort, und als seine Zunge auf meine trifft, krallen sich meine Finger in seinen Kittel, und ich kann ein leises Stöhnen nicht länger unterdrücken. Es wird von Nashs Kuss geschluckt, und ich habe keine Ahnung mehr, wo er anfängt und ich aufhöre.

Ich schlinge die Arme um seinen Hals – und als wäre das alles, worauf er gewartet hätte, hebt er mich in einer fließenden

Bewegung hoch, sodass sich mein Schoß an seinen Unterleib drückt und mir nur allzu bewusst wird, wie erregt ich bin. Wie erregt er ist. Meine Beine schlingen sich wie von selbst um seine Mitte und überkreuzen sich hinter ihm, um nicht runterzurutschen. Obwohl seine starken Arme und seine Hände, die mittlerweile an meinen Hintern gewandert sind, mich ohne Probleme halten.

Jetzt muss ich den Kopf nach unten neigen, um ihn küssen zu können, und es fühlt sich berauschend an. Meine Finger gehen auf Reisen, wandern durch sein Haar, seinen Nacken hinunter am Kragen seines Kittels entlang, und ich gebe einen frustrierten Ton von mir, weil das Stethoskop im Weg ist. Weil einfach alles im Weg ist und ich mehr von ihm will. Hier und jetzt.

Ich halte die Augen geschlossen und küsse ihn, greife in sein Haar – und nun bin ich es, die sein Stöhnen auffängt und mit einem Grinsen an seinen Lippen antwortet.

Es ist egal, wo wir sind, was wir tun. Es ist egal, weil es sich so richtig anfühlt. So notwendig.

Ich bin nicht unerfahren oder unwissend. Ich habe viele Männer geküsst, weil ich finde, geküsst zu werden, ist etwas Magisches. Ich weiß also, wie es ist, geküsst zu werden – in Bars, nach einem guten Drink, in einem Club, weil es passt und sich gut anfühlt –, aber ich hatte keine Ahnung, wie es ist, von Nash geküsst zu werden. Ich hatte keine Ahnung, wie es ist, wenn sich ein Kuss anfühlt wie ein Tanz, bei dem beide den richtigen Rhythmus gefunden haben – von Anfang an, ohne Worte, ohne Probleme, als hätte man dies schon eintausendmal und öfter getan. Ein Kuss, der sich anfühlt, als wäre man nie zuvor richtig geküsst worden, weil er einem durch Mark und Bein geht, die Seele kitzelt, das Herz berührt und das Innere in Flammen setzt.

Ich verbrenne mich, hier und jetzt. An diesem Kuss und an diesem Mann, an den ich mich klammere, dessen Haut ich erkunde, dessen Muskeln ich spüre und dessen Luft ich atme. Ich verbrenne mich, und es fühlt sich fantastisch an.

Seine Lippen lösen sich von meinen, und ich will protestieren, bis ich merke, dass er nicht aufhört, sondern mich und meinen Körper erkundet. Er küsst meine Wange, einen Pfad entlang meines Kieferknochens und Kinns, über meine Kehle und fährt mit der Zunge über meinen rasenden Puls. Danach küsst er mich weiter bis hinunter zu meinem Schlüsselbein, und ich habe längst den Kopf in den Nacken gelegt, weil es sich so unglaublich anfühlt.

Seine weichen Lippen, seine Zunge, die immer wieder hervorschnellt, und sein heißer Atem, jagen einen Schauer nach dem anderen über meine Haut. Ich erzittere, und sein Griff wird unnachgiebiger, während ich mich an seinen Schultern festhalte, um nicht in meinen Empfindungen zu ertrinken. Als er unerwartet den Kasack zur Seite zieht und in die empfindliche Haut über meiner linken Brust, direkt unter dem Schlüsselbein, beißt, hätte ich beinahe aufgeschrien vor Lust.

»Nash«, flüstere ich stattdessen erstickt. Es ist ein Flehen, ein Bitten, ein Fallenlassen.

Ich öffne die Augen und schaue ihn an, weil er innehält, weil nichts existiert außer unser beider lauter Atem, der berauschende Nebel in meinem Kopf und dieses Verlangen, das droht, außer Kontrolle zu geraten.

Vorsichtig lässt er mich Stück für Stück runter, ich gleite an seinem Körper herab, bis ich wieder auf dem Boden der Tatsachen lande. Wir sind auf der Arbeit. Wir sind in der Notaufnahme. Und ich habe gerade Nash geküsst – nein, er hat mich geküsst.

Ich erzittere erneut. Mein Herz hämmert und wird nicht ruhiger.

Nash hält mich weiter fest, lässt mich nicht los, und das gibt mir Hoffnung, dass das eben nicht nur ein Ausrutscher war. Ein Fehler. Denn so fühlt es sich nicht an. Nicht für mich.

»Laura«, sagt er ebenso außer Atem, wie ich mich fühle, und schluckt mehrmals, während ich seinen Duft inhaliere, der heute etwas frischer ist als sonst, aber dennoch seine typische herbe Note trägt. »Ich weiß nicht, was ich dir sagen soll.«

»Schon okay«, wispere ich und lächle, auch wenn es wehtut. Meine Finger lösen sich von ihm, meine Arme fallen herab, und ich will einen Schritt zurücktreten, doch es fällt mir unendlich schwer, weil seine Hände noch immer an meinen Hüften liegen. Weil er den Blickkontakt hält und entzückend aussieht mit dem von mir verstrubbelten Haar.

Aber ich tue es, ich gehe einen Schritt.

»Nein, so meinte ich das nicht.« Sofort zieht er mich zurück, schiebt seine rechte Hand an meinem Hals entlang unter mein Haar, bis in meinen Nacken – und küsst mich wieder.

Dieses Mal ist es kein stürmischer Kuss, er ist hauchzart, und er erzählt mir, was ich wissen muss.

Dass er das eben – das mit mir – nicht bereut.

34. Kapitel

Nash

Ich habe eine Entscheidung getroffen, und ich warte auf das Bedauern, das schlechte Gewissen, die Angst. Aber nichts davon spüre ich. Nur Laura, wie sie sich an mich schmiegt, und den Nachhall unseres Kusses, unserer Berührungen.

Jedes Mal, wenn ich ihr begegne, zieht mich etwas zu ihr hin, und mit jedem Blick, mit jedem gewechselten Wort, jeder Minute, die wir zusammen verbringen, egal, in welchem Kontext, wird es stärker.

Trotzdem habe ich zu viel über all die *Wenn* und *Aber* nachgedacht, über die Möglichkeiten und Folgen, und darüber, dass ich mir – nachdem ich während meiner Zeit im Krankenhaus zu oft gesehen habe, was Affären und schlecht laufende Beziehungen oder nicht erwiderte Liebe anrichten können – geschworen habe, nie etwas mit einer Kollegin anzufangen. Denn am Ende kann es dafür sorgen, dass man seinen Job nicht richtig macht – oder dass man im Team nicht mehr gut funktioniert. Das kann einfach scheiße unglücklich machen. Beide.

Aber es bleibt dabei: Ich mag Laura. Und ich will nichts weiter, als normal mit ihr umzugehen.

Wieso ist das so schwer?

Womöglich, weil ich dachte, ich bräuchte mehr Zeit. Dabei gingen mir Ians Worte nicht mehr aus dem Kopf, und ich hatte das Gefühl, seitdem alles nur noch mehr zu vermasseln.

Ich kam nicht dazu, mit Laura zu reden, und wenn es doch eine Gelegenheit gab, dann war sie entweder zu kurz oder ich habe nur Blödsinn erzählt und bin von einem Fettnäpfchen ins nächste getreten. Verflucht, sie muss denken, ich hätte einen an der Klatsche. Eben war es genauso. Nur hat Laura mich dieses Mal so sehr gereizt, dass ich nicht ausweichen konnte. Ihre Hartnäckigkeit, ihre Fragen haben mich verrückt gemacht. *Sie* macht mich verrückt.

Keine Ahnung, was mich geritten hat, als ich sie in die Kabine gezogen habe. Rückblickend wusste ich, dass ich nichts weiter als Ausreden vorzuweisen hatte. Ich sah sie an und spürte das bekannte Sehnen, den Wunsch, ihr nahe zu sein, und ich war es leid, davor davonzurennen.

Ich habe immer noch ihren Geschmack auf den Lippen, ihr leises Stöhnen im Ohr und unglücklicherweise eine Erektion in der Hose. Seit Laura einen Fuß ins Whitestone gesetzt hat, hatte ich das Gefühl, dass wir über kurz oder lang aneinandergeraten. Aber auf diese Art? Wer hätte das ahnen können?

Ein Lächeln breitet sich auf meinem Gesicht aus, und ich lehne einen Moment meine Stirn an ihre.

»Wir sollten gehen, bevor …«

»Laura?«, höre ich Grant draußen.

»… sie uns rufen?«, vervollständigt Laura meinen Satz, und ich seufze, lasse sie wohl oder übel los und versuche, meine Haare und den Kittel zu richten. Und bei Gott, auch irgendwie meine Hose samt Ständer, was ihr kaum entgeht und ihr eine zarte Röte und ein fieses Grinsen ins Gesicht zaubert.

»Ich geh dann schon mal«, flötet sie fröhlich, und nachdem sie draußen ist, nehme ich mir ein paar Sekunden, um zu Verstand zu kommen. Es liegen noch mindestens fünf Stunden in der Notaufnahme vor mir. Fünf Stunden neben Laura, ohne sie berühren zu können. Damit habe ich mir meine persönliche Hölle erschaffen.

Während ich draußen vor dem Whitestone Hospital stehe und die letzten warmen Strahlen genieße, bevor die Sonne untergeht und Phoenix in ein rotgoldenes Meer taucht, wird mir klar, dass ich recht hatte. Es war die Hölle.

So sehr ich mir meinen Feierabend herbeigesehnt habe, um aus der Notaufnahme verschwinden zu können und Laura nicht mehr sehen zu müssen, so sehr wollte ich bleiben, um sie weiterhin ansehen zu dürfen. Das ist verrückt. Mit einem frustrierten Seufzer reibe ich mir kurz über die Stirn.

Keine Ahnung, wann ich mich das letzte Mal so gefühlt habe. Keine Ahnung, wie das enden und wohin das führen soll, aber wenn ich ehrlich bin, ist es mir heute egal. Ob bewusst oder unbewusst: Meine Entscheidung habe ich vor ein paar Stunden gefällt, als ich »Scheiß drauf« gesagt und Laura während unserer Schicht in eine der Kabinen gezerrt habe.

Ich war kurz davor, ihr den Kasack vom Leib zu reißen und sie auf die Pritsche zu legen.

Ich habe sie geküsst. Sie hat mich geküsst. Bei der Erinnerung daran schließe ich die Augen. Und wie sie das hat. Für einen Moment habe ich vergessen, wer wir sind und wo wir waren.

Anstatt nach der Schicht nach Hause zu gehen, bin ich geblieben und warte nun auf die Frau, die mir schon viel zu lange nicht mehr aus dem Kopf geht. Länger, als ich mir eingestehen wollte.

Ich hasse es, wenn Ian recht hat.

Mit den Händen in den Hosentaschen lehne ich mich an die Wand neben der Drehtür und halte Ausschau nach Laura. Sie ist bisher immer durch den Haupteingang gegangen, und ich hoffe für mich, dass sie nicht ausgerechnet heute einen anderen Weg nimmt.

Als ich sie ein paar Minuten später entdecke, schlägt mein verräterisches Herz sofort schneller, und es fühlt sich an, als würde plötzlich etwas auf meinem Brustkorb liegen, so schwer fällt mir das Atmen.

Sie geht aus der Tür raus in lässigen, knöchellangen Jeans und mintfarbenen Sneakern, ihr Rucksack hängt locker über ihrer rechten Schulter und ihr an den Spitzen noch nasses Haar fällt in leichten Wellen herab. Ihr gelbes Shirt leuchtet förmlich in der Abendsonne.

Ich stoße mich von der Wand ab, schlängele mich durch ein paar Besucher hindurch, die mir gerade entgegenkommen, und hole sie ein. »Das hat ganz schön lange gedauert«, sage ich, und sie macht einen Satz und dreht sich mit einem kleinen Schrei erschrocken zu mir um. Mit einer Hand auf dem Herzen starrt sie mich ungläubig an, und ich schwanke zwischen Belustigung und Bedauern.

»Nash!« Meinen Namen aus ihrem Mund zu hören, wird mit jedem Mal besser. »Bist du wahnsinnig?«

»Es gibt Menschen, die würden *Ja* sagen.« Ich grinse sie an. »Entschuldige, ich wollte dich nicht erschrecken.«

Sie holt tief Luft und beginnt sich zu entspannen. »Was machst du noch hier?«

»Ist das nicht offensichtlich? Falls nein, dann war ich vorhin wirklich beschissen.«

Während ihre Wangen sich verfärben, schmunzelt sie und erwidert meinen Blick. »Ich kann mich nicht mehr erinnern«, meint sie, und ich bin sicher, sie genießt es, mich verrückt zu machen. Mein Körper bewegt sich wie von selbst, ich stelle mich so dicht vor sie, dass sie den Kopf heben muss, um mir weiter in die Augen schauen zu können. So dicht, dass der blumige Duft ihres Shampoos zu mir herüberweht und ich genau erkenne, wie sie abwartet, bevor sich ihre Lippen schließlich ein winziges Stück teilen.

»Hast du schon Pläne für heute Abend? Falls nein, wartet in meinem Kühlschrank ein ziemlich leckerer Auflauf von gestern.«

»Ich kann nicht. Ich muss zu Jax.«

»Oh, okay. Ja, klar. Sehen wir uns morgen?« Sie schüttelt beinahe unmerklich über sich selbst den Kopf, und ich grinse so breit, dass meine Wangen wehtun.

»Natürlich tun wir das. Es war ein langer Tag.« Es ist, als hätte sie komplett vergessen, dass ich hier nur auf sie gewartet habe. »Ich kann heute nicht mit zu dir, aber das heißt nicht, dass wir uns erst morgen sehen«, erkläre ich ihr. »Würdest du den Abend mit mir verbringen?« Und die Nacht. Würdest du mitgehen und bei mir bleiben? Weil es für mich jetzt kein Zurück mehr gibt. »Ich bestelle uns das beste chinesische Essen, das es hier gibt«, rede ich vor Nervosität weiter, weil sie nicht reagiert. »Falls du chinesisches Essen magst?«

Und als sie endlich lächelt, als sie antwortet: »Das wäre schön«, muss ich mich zusammenreißen, um nicht vor Erleichterung aufzustöhnen.

»Gut«, sage ich knapp, lege meinen Arm um sie und kann nicht anders, als ihr einen Kuss auf den Scheitel zu drücken, bevor ich mit ihr in Richtung meines Wagens schlendere.

Wir haben viel zu viel bestellt. Mein Wohnzimmertisch ist voll mit diversen Take-away-Bechern und Schalen, leer oder noch gefüllt mit Frühlingsröllchen, Ente mit Nudeln, Reis oder anderen Leckereien. Wir haben uns durch die halbe Karte gefuttert, Rotwein getrunken und dabei über die leichten und einfachen Themen geredet, die uns beschäftigen.

Im Gegensatz zu mir hat Laura rechtzeitig mit dem Essen aufgehört und sitzt jetzt nicht mit überfülltem Magen auf der Couch, sondern schlendert neugierig durch mein Wohnzimmer.

»Wieso Chirurgie?«

»Die Frage könnte ich zurückgeben.«

»Du bist ziemlich gut darin, mir auszuweichen, Nash. Aber gut, dann fange ich an.« Sie seufzt. »Ich möchte große Operationen begleiten und selbst durchführen. Ich möchte Notfälle behandeln und mich auf die Herz-Thorax-Chirurgie spezialisieren. Weil mir das gut liegt.« Ihr Blick bleibt an Jax' Katzenbaum hängen, der in der hintersten Ecke steht und vor dem sie nun anhält. »Und weil meine Eltern Herzchirurgen waren.«

»Stimmt. Chris hat so was erwähnt, im OP, kann das sein? Und deine Eltern sind …« Als sie einen Blick über die Schultern wirft, sich auf die Unterlippe beißt, spreche ich nicht weiter. Ich frage nicht, was sie jetzt tun, warum sie aufgehört haben, weil ich verstehe, was sie mir damit sagen will.

»Tut mir leid«, murmle ich und komme mir dämlich vor. Weil ich bis heute nicht weiß, was ich zu Menschen, die einen Verlust erlitten haben, sagen soll. Weil es bis heute nie genug und ein *Tut mir leid* viel zu wenig ist.

»Sie haben sich hier in Phoenix kennengelernt. Nicht im Krankenhaus, sondern auf einer Tagung. Ich wusste nicht einmal, dass mein Vater ein paar Monate am Whitestone gearbeitet hat, bis Dr. Gardner es angesprochen hat. Mein Vater ist, weil er verliebt war, zu meiner Mutter nach New York gezogen. Dort hat sie meine Schwester Jess, meinen Bruder Logan und mich bekommen. Unsere Familie war wundervoll. Doch als wir langsam erwachsen wurden, haben meine Eltern ihrem Wunsch nachgegeben, die Welt sehen und gleichzeitig anderen Menschen helfen zu wollen. Sie gingen nach Mexiko, nach Brasilien, waren in Indien und …« Sie macht eine kleine Pause. »… in Afghanistan.« Scheiße. »Sie haben als Ärzte gearbeitet, immer und überall. Und ich tröste mich mit dem Gedanken, dass sie, als sie gestorben sind, gerade jemand anderem in Not geholfen haben. Dass es nicht umsonst gewesen ist.«

Ich beuge mich vor, stütze meine Unterarme auf den Beinen ab und warte geduldig, bis sie weitererzählt. Sie dreht sich um, lächelt einen Moment und verschränkt die Arme vor der Brust. »Meine Geschwister haben mir die Hölle heißgemacht, als ich ihnen offenbart habe, dass ich auch Chirurgin werden will. Dass ich irgendwann, wenn ich bereit bin, dorthin gehen möchte, wo das Herz unserer Eltern das letzte Mal geschlagen hat. Für etwas Gutes. Für etwas, woran sie geglaubt haben. Woran ich glaube.«

»Das ist ein schöner Gedanke.«

»Und ein beängstigender. Noch bin ich nicht bereit. Vielleicht werde ich das nie sein. Aber so oder so möchte ich Leben retten.«

»Hast du deshalb vorhin so reagiert? Als ich das mit den Erwartungen aufgezählt habe und dem Es-jemandem-recht-machen-Wollen?«

»Albern, ich weiß. Aber es fällt mir manchmal schwer, mich daran zu erinnern, dass ich sie nicht nach ihrer Meinung fragen kann. Dass ich nie wissen werde, was sie von ihren Kindern halten. Ob sie stolz wären.« Mein erster Impuls ist, ihr zu beteuern, dass das ganz sicher der Fall ist. Eltern sollten stolz auf ihre Kinder sein. Nur denke ich nicht, dass es sie trösten würde. Außerdem gibt es immer Ausnahmen … Meine Eltern sind der beste Beweis dafür. Es interessiert sie nicht. Sie fragen nicht. Und ich habe aufgehört, mir das zu wünschen. Ich komme klar. Ich bin glücklich.

»Was machen deine Geschwister?«, frage ich, weil ich mehr über ihre Familie und ihr Leben erfahren möchte.

Laura fährt mit den Fingern über ein paar meiner Bücher. »Jess ist freie Fotografin und verdammt gut. Ich habe auch ein paar Kameras und fotografiere gern, aber ich bin miserabel. Logan ist Polizist. Er ist meinem Dad sehr ähnlich, auch wenn er das nicht hören will, weil es zu sehr schmerzt.« Ich höre, wie sie tief durchatmet. »Was ist mit dir? Hast du schon immer in Amerika gelebt?«

»Wieso fragst du das?«

»Weil du einen britischen Akzent hast«, sagt sie und strahlt mich an. »Wenn du richtig wütend bist oder verzweifelt, dann bricht er hier und da stärker durch. Ansonsten sind es nur Nuancen, aber ich habe es bemerkt, und daher bin ich neugierig.«

Amüsiert schüttele ich den Kopf. »Ich dachte, das hätte ich mittlerweile abgelegt. Mein Vater ist Brite. Ich bin in einem Vorort von London aufgewachsen und mit sieben Jahren mit meiner Mutter in die USA gezogen, als sie meinen Vater verlassen hat. Sie wollte neu anfangen, und zwar so weit weg von ihm wie möglich. Er hat sich nie gemeldet, war ein Workaholic, und ich habe keine Ahnung, wie es ihm heute geht.«

»Das tut mir leid.«

»Manche Dinge kann man nicht ändern.« Ich zucke mit den Schultern. »Es ist okay. Meine Mutter lebt in Chicago, ich telefoniere sehr selten mit ihr. Unser Verhältnis war nie das beste, aber auch das ist okay. Schau mich nicht so an, es ist wirklich in Ordnung. Ich bin hier glücklich.«

»Allein mit deinem Job.«

»Genau«, erwidere ich grinsend. »Und falls du es nicht gemerkt hast: Ich bin nicht allein. Ich besitze eine schnarchende Katze.« Ich deute auf Jax, der sich zusammengerollt hat und leise schnarchend neben mir liegt. Hätte nie gedacht, dass Katzen das überhaupt können.

Laura lacht und beginnt damit, meine Schallplattensammlung zu studieren. Bei jeder Bewegung, jedem ihrer Schritte, folge ich ihr mit den Blicken und denke an den Moment von vorhin zurück …

»Hast du jede einmal gehört?«, fragt sie, zieht eine heraus, um sie genauer zu betrachten und reißt mich damit aus meinen Gedanken.

»Mindestens, ja.«

»Ist das alles Jazz?«

»Nein, Pop, Soul, Rock 'n' Roll. Es ist eine bunte Mischung. Aber bis auf einzelne Stücke mag ich Jazz am liebsten.«

»Ist der Klang einer Schallplatte anders? Oder besonders?« Ich lache leise. »Lachst du mich etwa aus?«

»Das würde ich nie wagen.« Ich nehme den letzten Schluck Wein aus meinem Glas und stelle es weg. Dann schaue ich Laura in die Augen, die in dem gedimmten Licht meines Wohnzimmers beinahe glänzen. Ich habe mir an diesem Abend nichts öfter angeschaut als diese Augen. Und ihre Lippen. Bisher haben wir nur geredet, gegessen und gelacht. Und es hat gutgetan. Es war schön. Doch jetzt möchte ich mehr.

»Also ist es besser. Würdest du eine für mich auflegen?«

Ich erhebe mich, geselle mich zu ihr vor den Schallplattenspieler. »Such dir eine aus.«

»Egal, welche?« Ich nicke, und sie stellt die Schallplatte, die sie bereits in der Hand hält, weg, um eine neue aus dem Regal zu ziehen. »Diese hier.« Sie drückt sie mir in die Hand und sieht aufgeregt aus. Voller Vorfreude.

»Anderson East – *If You Keep Leaving Me*«, lese ich den Titel vor. Das habe ich ewig nicht gehört.

»Ist es gut?«, fragt sie und legt die Hände an die Wangen, die mittlerweile ganz rot sind.

»Du kennst es nicht?«

»Nein, ich hab nach dem Zufallsprinzip gezogen. Ich gehe davon aus, dass jedes Lied, das hier steht, seine Berechtigung hat.«

»Gute Antwort«, gebe ich zu, während ich die Platte behutsam aus der Verpackung ziehe, zur Seite lege und den Deckel des Spielers öffne. Danach schalte ich ihn ein, lege die Platte auf und löse die Tonarmsicherung. Ich bewege den Tonarm samt Nadel auf die Schallplatte zu, setze ihn außen vorsichtig an, und kurz darauf höre ich dieses Geräusch, das ich so liebe, das ein Gefühl von Geborgenheit und Entschleunigung vermittelt. Ein leichtes Knarzen, bevor der Song beginnt, ein leises Knistern aus den Boxen, die mit dem Spieler verbunden sind. Dann ertönt der Song in meinem Wohnzimmer, hüllt uns von allen Seiten ein, nicht zu laut, nicht zu leise. Genau so, dass man es fühlen und erleben kann, dass man sich der Melodie hingeben möchte.

Anderson East beginnt zu singen, mit seiner unverwechselbaren tiefen Stimme, und während Laura wie gebannt lauscht und den Schallplattenspieler bestaunt, stelle ich mich hinter sie, vorsichtig, leise. Spüre in jeder Faser meines Körpers, wie sich die Stimmung verändert, wie das Lied zu einer Geschichte wird.

Vielleicht ist es der Wein, vielleicht die Erinnerung daran, wie sie sich anfühlt, wie sich ihre Stimme verändert und sich ihr Körper bewegt, wenn ich sie berühre, oder wie sie schmeckt. Vielleicht habe ich einfach losgelassen, weil ich es am Ende sowieso nicht hätte aufhalten können.

Deshalb halte ich ihr meine Hand hin und frage ganz dicht an ihrem Ohr: »Würdest du mit mir tanzen?«

Ihr Erschaudern entgeht mir nicht und als sie langsam ihre Hand hebt, sie in meine legt, ist uns beiden klar, dass es ab jetzt wirklich kein Zurück mehr gibt. Dass keiner von uns beiden ein Zurück möchte.

Also umschließe ich ihre Finger mit den meinen, drehe Laura in einer fließenden Bewegung um und ziehe sie sanft an mich. Lege meine rechte Hand auf ihren unteren Rücken, an den Bund ihrer Jeans und beginne mich im Takt der Musik zu bewegen. Es ist ein ruhiger Tanz, ein Hin-und-her-Wiegen.

Und ich wünschte, er würde nie enden.

35. Kapitel

Laura

Als ich heute Morgen aufgestanden und zur Arbeit gegangen bin, habe ich mit vielen Dingen gerechnet, aber ganz sicher nicht damit, Nash in einer der Kabinen in der Notaufnahme zu küssen und am Abend mit ihm in seinem Wohnzimmer zu tanzen.

In der Sekunde, in der meine Hand die von Nash berührt und er sie umschließt, mich hält, um mit mir zu dem Lied zu tanzen, das ich ganz zufällig ausgesucht habe, geht das Locker-Leichte zwischen uns verloren. Es macht etwas anderem Platz. Einer unausgesprochenen Hoffnung, einer Sehnsucht und einem Verlangen, die ich nur schwer beschreiben kann.

Es ist nicht wie vorhin. Nicht so schnell, nicht so hektisch, und wir sind nicht so getrieben. Wir sind wie das Lied, das uns einhüllt: ruhig und aufgeregt zugleich. Wir sind voller Ruhe und Gewissheit. Voller Verletzlichkeit und Erwartungen. Hoffnung. Wir sind voller Hoffnung. Und in der hintersten Ecke meines Bewusstseins, im hintersten Zimmer herrscht vielleicht auch ein wenig Angst.

Ich werfe einen letzten Blick in Nashs Augen, bevor ich mich ganz dem Moment hingebe, den Kopf an seine Brust bette und meine Hand von seiner Schulter hoch zu seinem Nacken gleiten lasse. Ich atme ihn ein, atme ihn aus und erzittere, als ich spüre, wie seine Hand an meinem Rücken nach unten rutscht und ganz langsam an dem Bund meiner Jeans entlangfährt. Sein Daumen schiebt sich dabei unter mein Shirt, berührt meine Haut, und sofort muss ich heftiger atmen und schließe die Augen.

Alles von mir wartet auf die nächste Berührung, den nächsten Schritt, und es ist Himmel und Hölle zugleich, dass Nash sich so bedacht und langsam bewegt, dass er mich im Rhythmus des Songs erkundet. Als wären wir ein Teil davon.

Es ist, als hätten wir alle Zeit dieser Welt.

Es ist, als wäre jede Bewegung eine Frage, jede Berührung eine Antwort, jedes nicht gesagte Wort eine Zustimmung.

Während ich Nash folge und mich im Takt verliere, kann ich keinen klaren Gedanken fassen. Ich spüre, wie seine Hand unter mein Shirt fährt und beinahe in Zeitlupe meine Wirbelsäule hinaufgleitet. Wie seine Finger Wirbel um Wirbel berühren und meine Schulterblätter streifen. Dabei zieht er mein Oberteil mit hoch, gerade so weit, dass mein BH und die obere Hälfte bedeckt bleiben, nur um direkt danach wieder den Weg nach unten anzutreten. Dieses Mal über meinen linken Rippenbogen, seitlich, an meiner Taille entlang. Ich atme, atme, atme, aber bekomme kaum Luft. Weil diese zarte und feine Berührung mich um den Verstand bringt. Weil ich nach mehr schreien will. Nach mehr und schneller und keine Ahnung habe, wie ich das noch länger aushalten soll.

Das Einzige, das man sehen kann und das von außen verrät, wie es in mir aussieht, ist mein sich fast hektisch hebender und senkender Brustkorb – und meine Finger, die sich in Nashs Haar krallen. Sonst verrät nichts meinen inneren Aufruhr. Aber er kann es spüren. Meinen hitzigen Atem, mein Zittern und Beben und die Reaktionen meines Körpers auf jede einzelne seiner Berührungen.

Er kann es spüren …

Und er kann mich hören.

Mein Seufzen, mein Keuchen, mein leises Stöhnen. Direkt an seinem Hals, seiner Schulter, nahe an seinem Ohr.

Mir wird warm. Die Hitze und das Kribbeln in meinem Unterleib und zwischen meinen Beinen nehmen zu.

Mein Herz tanzt mit uns. Nur viel schneller. Viel ungeduldiger. Viel verlangender.

Ich verliere den Takt, weil ich zu abgelenkt bin, sodass Nash seine Hand auf meine Hüfte legt und etwas Druck ausübt. Bevor ich mich versehe, mache ich einen Schritt nach rechts und werde von ihm in einer fließenden Bewegung einmal um mich selbst gedreht, nur um im nächsten Moment mit einem Ruck erneut an ihn gezogen zu werden. Genau zum richtigen Zeitpunkt, genau im Takt lande ich schwungvoll an seiner Brust – mit beiden Händen auf seinem Oberkörper – und stoppe so kurz vor seinen Lippen, dass es mich körperlich schmerzt. Er hat sich zu mir gebeugt, ich stehe auf Zehenspitzen, und wir tanzen weiter, Nase an Nase, Atem an Atem.

Seine Hände wandern nach unten, kommen auf meinem Hintern zum Liegen und umfassen ihn, und ich merke, dass ich keine Ahnung hatte … Ich hatte keine Ahnung, wie wirkliche Anziehung zwischen zwei Menschen aussehen und wie sie sich anfühlen kann. Das hier ist so viel mehr und so viel intensiver als alles, was ich bisher erlebt habe.

Ich starre auf seine Lippen, betrachte seine Züge und verliere mich in seinem Blick, merke kaum, dass das Lied vorbei ist und kein einziger Ton mehr aus den Lautsprechern dringt. Es ist still, nur das Knacksen der Platte ist zu hören.

Und wir? Wir haben aufgehört zu tanzen. Wir stehen nur da. Stehen voreinander, beieinander, aneinander.

Dann küsst er mich endlich.

Endlich, endlich, endlich.

Zuerst sanft und bestimmt zugleich, danach fordernder und drängender. Seine Lippen sind warm und weich, reizen und necken mich, bis ich die meinen teile und er den Kuss vertieft. Seine Hände finden ihren Weg zu meinem Hals, legen sich um ihn und an meine Wangen, seine Daumen streichen über meine Wangenknochen, und ich fühle mich gefangen und befreit zugleich. Ich fühle mich begehrt. Geborgen. Ebenbürtig und sicher. Seine Zunge spielt mit meiner – und so intensiv dieser Kuss ist, so leidenschaftlich ist er: Nash genießt es weiterhin, das Tempo zu bestimmen.

Doch ich halte es nicht mehr aus, ich verliere die Geduld, die Kontrolle, und ich will nicht länger warten.

Ich knabbere an seiner Unterlippe, sauge zart daran, und als ich ihn stöhnen höre, lächle ich an seinem Mund. Mit seiner rechten Hand fährt er in mein Haar und zieht meinen Kopf leicht nach hinten. Ohne mir wehzutun, aber so, dass ich kaum Spielraum habe.

Ich keuche auf. Laut und lauter, während er meine Kehle küsst und gleichzeitig mit der anderen Hand erneut unter mein Shirt greift, um eine Spur aus Feuer auf meiner Haut zu hinterlassen. Bis hinauf zu meinem dünnen BH.

»Nash«, keuche ich, doch er beeilt sich nicht, fährt gemächlich mit seinen Fingern über den Stoff des BHs und über meine Brust, und ich kann kaum etwas anderes tun, als mich ihm entgegenzustrecken und mich an seinen Schultern festzuhalten.

Mein Herz rast, ich habe eine Gänsehaut vor Erregung, meine Beine zittern. Mein Unterleib kribbelt, und der Wein tanzt in mir.

Ich halte dagegen, will meinen Kopf wieder heben und ihn ansehen, und er gibt nach, legt seine Hand locker an meinen Hinterkopf und erwidert meinen Blick.

»Möchtest du, dass ich dich nach Hause fahre?«, murmelt er, und seine Stimme klingt schwer und belegt vor Erregung, sein Akzent kommt raus. Auch vorhin, als er mich um diesen Tanz gebeten hat und ich dachte, dass das Wort *Tanzen* nie schöner und heißer geklungen hat, war er da, aber nicht so stark wie jetzt. Das hier macht genauso viel mit ihm wie mit mir.

»Ist das deine Art, mich zu fragen, ob ich einen Rückzieher machen will?«, frage ich außer Atem und benebelt von seiner Präsenz, seinem Duft, seiner Hitze. Von den Fingern, die träge Kreise auf meiner Brust ziehen.

»Das ist meine Art, dich zu fragen, ob ich dich ins Schlafzimmer bringen darf, um dir die Kleider vom Leib zu reißen.« Er lächelt. »Um danach ungehindert jeden Zentimeter deines Körpers zu erkunden und mit dir zu schlafen. Vielleicht mehrmals. Wenn ich ehrlich bin, kann ich seit ein paar Stunden an nichts anderes denken.« Jedes seiner Worte erregt mich mehr, und ich hätte nicht gedacht, dass das möglich ist.

Ich würde gern schneller antworten, schneller denken, aber seine Berührungen machen das unmöglich. Er fährt über meine Brustwarze, und es ist wie ein Stromstoß, der durch meinen Körper jagt.

»Oh Gott«, stöhne ich leise – beinahe erstickt – und schlucke schwer. »Ich kann so nicht denken.«

»Tut mir leid.« Er lacht.

»Lügner«, wispere ich, ziehe ihn an mich und küsse ihn. Spüre seine Erregung, das Heben und Senken seines Brustkorbs, die Muskeln, die sich unter meinen Berührungen anspannen.

Er drückt mich fester an sich. »Ich nehme das als ein Ja.« Dann erwidert er den Kuss vollkommen ohne Hemmungen, ohne Zurückhaltung. Wir bewegen uns küssend gemeinsam in Richtung Schlafzimmer, schaffen es irgendwie bis zum

Bett, ohne hinzufallen. Und das, obwohl wir vorher gegen eine Wand stolpern und dabei fast das Bild runterreißen, das dort hängt, weil Nash mich einen Moment dagegen presst und mir das Oberteil über den Kopf zieht. Es landet achtlos auf dem Boden. Genau wie seines ein paar Sekunden später.

Ich sitze auf der Bettkante, Nash beugt sich über mich und hört nicht damit auf, mich zu küssen, und ich kann nicht anders, als fieberhaft seinen Körper zu erkunden. Ich ziehe die Linien seiner Muskeln nach, merke mir jede Wölbung, jeden Strang, jede Unebenheit.

Meine Finger finden die feine Linie mit Haaren und folgen ihr bis zu seinen Jeans, und ich genieße es, dass ein Schauer durch seinen Körper geht und er in meinen Mund stöhnt.

»Ich flehe dich an, zieh diese Hose endlich aus.« Es ist mir egal, wie verzweifelt oder ungeduldig das klingt.

»Jawohl, Dr. Collins«, sagt er, und ich lache auf. Er zieht sich zurück, um sich seiner Jeans zu entledigen, und ich sitze dabei in der ersten Reihe. Doch das reicht mir nicht, deshalb gebe ich dem Verlangen nach, strecke meine Hand aus und ziehe ihn am Bund der Hose zu mir, zwischen meine Beine, sodass ich ihm helfen kann. Und zu meiner Überraschung lässt er es zu.

»Du bist wunderschön, Laura.« Seine Worte machen mich verlegen. Was verrückt ist. Es macht mir nichts aus, geküsst zu werden, angefasst zu werden, zu stöhnen und ihn auszuziehen oder in meinem beinahe durchsichtigen BH vor ihm zu sitzen. Aber dass er sagt, er fände mich wunderschön, schon. Weil es zwei verschiedene Ebenen sind. Die körperliche und die emotionale. Nash trifft beide. Er trifft mich. Mitten ins Herz. Und wenn ich anfange, darüber nachzudenken, macht es mir bestimmt Angst. Weil alles mit Nash intensiver ist, anders, unbekannt und doch vertraut.

Weil er mich fühlen lässt, was ich vorher vermisst habe.

Wir bewegen uns wie eine Einheit. Es ist, als hätten wir das schon einmal getan. Als würde ich das alles bereits kennen. Nash kommt mir entgegen, und ich gebe nach, ich gehe vor, er zurück. Es ist immer noch wie ein Tanz, wie ein Führen und Folgen, ein Geben und Nehmen.

Es ist, wie nach Hause zu kommen.

»Du bist auch wunderschön, Nash«, sage ich, als ich endlich diesen dämlichen Knopf aufbekomme, und es zaubert uns beiden ein Lächeln ins Gesicht.

Ich ziehe die Jeans runter, streife dabei seine Erektion und höre, wie er zischend die Luft einatmet. Eine Linie aus Küssen auf seinen Beinen hinterlassend, bahne ich mir meinen Weg nach oben, bis an den Rand seiner Boxershorts. Meine Hände verselbstständigen sich, folgen ihrem eigenen Willen und schieben sich an Nashs Hintern unter den dünnen Stoff.

»Laura.« Es klingt wie eine Warnung, eine Aufforderung. Wie pure Ungeduld. Mit seinen Fingern zerwühlt er mein Haar, fährt mal sanft und mal kraftvoll hindurch, liebkost und reizt mich dabei. Und als ich nach dem Bund seiner Boxershorts greife, sie nach unten ziehe und mein Gesicht direkt vor seiner Erektion ist, kann ich kaum atmen vor Verlangen. Ich beuge mich vor und … werde aufgehalten, bevor ich ihn in den Mund nehmen kann. Nash ragt über mir auf, atmet heftig, und in seinen Augen tobt ein Sturm. Mit dem Kopf im Nacken und einem heftigen Ziehen zwischen meinen Beinen schaue ich ihn an, während seine rechte Hand in meinem Haar mich weiterhin an Ort und Stelle hält. Er tut mir nicht weh, er hält mich nur fest.

»Wenn du das tust, halte ich keine Minute durch, das verspreche ich dir.«

»Kein Durchhaltevermögen, was?«, scherze ich, und meine Stimme hört sich ganz anders an als sonst. Tiefer, leiser. Es ist, als hätte sich meine Erregung wie ein Schleier auf sie gelegt – auf sie, meine Wahrnehmung, meine ganze Welt.

»Nicht lange, dafür oft, kann auch ein Motto sein«, erwidert er, und ich muss lachen. »Aber ich würde es gerne etwas länger als eine Minute genießen.«

Ich nicke verständnisvoll, soweit es mir möglich ist, und schaue ernst drein, während ich Nashs Blick halte und unbemerkt meine Hand hebe. Ich kann sie nicht sehen, aber ich bin ziemlich sicher, dass der Abstand nicht groß genug ist, um mein Vorhaben zu vereiteln.

»Das verstehe ich. Du hast nur eine Sache nicht bedacht.«

»Und die wäre?«, hakt er nach, und in der nächsten Sekunde verfliegt die Andeutung eines Grinsens auf seinem Gesicht und weicht einem überraschten Ausdruck. Es folgt ein Stöhnen und mein Name.

Meine Hand hat seine Hoden gefunden, sie umschlossen und gestreichelt und wandert gerade seinen Schaft hinauf, bis zur Spitze. Ich umfasse ihn, nicht zu fest, eher zart, eher wie ein Versprechen auf mehr, und fahre hinab und hinauf.

»Dass ich auch eine Meinung dazu habe, und so sehr mich der Gedanke erfreut, dass du länger als eine Minute durchhalten willst, er war nicht so verlockend wie das hier.« Um meine Worte zu unterstreichen, drücke ich zu, fahre mit dem Daumen über seine Eichel, und Nash beugt sich ruckartig zu mir nach unten, bis er mit seinem Gesicht vor meinem schwebt. Dabei entzieht er sich mir, und ich stöhne frustriert auf.

»Du machst mich wahnsinnig«, murmelt er, und in der Sekunde, in der ich ihn fragen will, ob das ein Kompliment sei oder er mich dafür verfluche, lässt er von meinem Haar ab und streichelt meine Wange, während er mich küsst.

Danach geht er zwischen meinen Beinen auf die Knie, und ehe ich begreife, was passiert, öffnet er meine Hose und zieht sie mir über den Hintern nach unten, wobei ich nach hinten aufs Bett falle. Ich stütze mich auf die Ellbogen und beobachte ihn, wie er meine Beine aus der Hose befreit und diese achtlos in die Ecke schmeißt, genau wie seine eigene.

»Es war an der Zeit, dass deine Jeans auch endlich wegkommt«, meint er schlicht. Und während ich breitbeinig vor ihm sitze, nur noch in hauchdünner Unterwäsche, wird mir erst richtig klar, wie nahe Nash mir ist. Wie nahe seine Hände meinem Intimbereich sind. Und die Kühle, die sich unter die Hitze zwischen meinen Beinen mischt, als er mir ganz langsam den Slip nach unten zieht, bis zu den Knöcheln, und mir einen Kuss auf die Innenseiten meiner Schenkel haucht, macht mir deutlich, wie feucht ich bereits bin.

»Was hast du vor?«, wispere ich erstickt und kann nicht anders, als ihn weiterhin zu beobachten. Er hält meine Beine fest, zieht mich mehr in Richtung Bettkante und neigt den Kopf ein Stück zur Seite.

»Was denkst du denn?« Ich schlucke schwer. »Laura? Dir ist klar, dass ich nichts tun werde, was du nicht möchtest oder was dir unangenehm ist.« Während er das sagt, erhebt er sich, beugt sich über mich und stützt einen Arm neben mir auf dem Bett ab, sodass ich mich ganz zurücklehnen muss, und legt den anderen auf meine Hüfte.

»Ich weiß.«

»Was ist los?«, fragt er offen und interessiert. Trotzdem liege ich da und würde mir am liebsten die Hände vors Gesicht schlagen. Es kam mir so leicht und einfach vor, ihn auszuziehen und mich ausziehen zu lassen, ihn zu berühren und anzusehen – und angesehen zu werden. Aber über die eigenen Gefühle und Bedürfnisse zu reden, ist immer eine andere Geschichte, und gerade fällt es mir irgendwie schwer, all das, was in meinem Kopf ist, in Worte zu fassen.

Doch ich hole tief Luft und schaue ihm in die Augen. Das hier ist Nash und nicht irgendwer. »Ich kann es nicht besonders gut erklären«, warne ich ihn vor. »Ich wurde erst einmal oral befriedigt und habe mich aus irgendeinem Grund nicht besonders wohl dabei gefühlt. Ich war froh, als es vorbei war, und ich weiß bis heute nicht, woran es lag.« Ich zucke mit den Schultern.

»Okay«, sagt er nur. »Ich muss dir nicht sagen, dass das keine große Sache ist, aber ich tu es trotzdem, weil du aussiehst, als müsstest du es hören.« Er lächelt. »Und nur damit du es weißt: Wenn du mich lässt, würde ich irgendwann gerne schauen, ob nicht doch andere, nicht intrinsische Faktoren dazu geführt haben, dass du es nicht genießen konntest.«

»Es macht mich an, wenn Sie so formell mit mir reden, Dr. Brooks«, erwidere ich und wackele mit den Augenbrauen, um meine Unsicherheit zu überspielen.

Plötzlich liegt seine Hand auf meiner Mitte, streichelt sanft darüber. Ich habe nicht gemerkt, dass er sich eben bewegt hat – aber in diesem Moment spüre ich es. Überall. Jetzt fühle ich die Auswirkung seiner Berührung in all meinen Nervenenden.

»Wie ist das?«, flüstert er in mein Ohr, bevor er beginnt, sanft daran zu knabbern, und ich hoffe, mein Keuchen und Ihm-Entgegenkommen sind ihm Antwort genug. Nash findet den Punkt unter dem Ohr, diese sensible Stelle, und ich stöhne laut, als er im selben Augenblick mit dem Handballen Druck auf meinen Kitzler ausübt, mit dem Finger durch meine Nässe fährt und ihn in einer einzigen fließenden Bewegung in mich gleiten lässt.

»Scheiße, Laura. Ich weiß nicht, ob ich das Tempo lange durchhalte.«

»Welches Tempo?«, keuche ich. »Du quälst mich seit einer

halben Ewigkeit.« Ich höre sein heiseres Lachen und fühle seinen Atem an meinem Hals.

»Ich meine damit, dass ich nicht weiß, ob ich weiter so langsam machen kann.« Er richtet sich auf, schiebt die Träger meines BHs runter und während er seinen Finger in mir bewegt und immer wieder bis zum Kitzler durch meine Vulva zieht, bringe ich keinen einzigen klaren Gedanken mehr zustande. Ich winde mich unter ihm, halte mich an seinen Schultern fest, fahre über seinen Rücken und genieße es, sein Muskelspiel unter meinen Händen zu fühlen. Genieße es, sein Gewicht auf mir zu spüren, ohne mich eingeengt zu fühlen. Und seine Härte an meiner Haut.

»Nash«, zische ich und schließe die Augen. Mein Atem rast, meine Bewegungen werden unkontrollierter. Und als seine Lippen sich auf meine rechte Brust senken, als er fest an meiner Brustwarze saugt und wieder mit dem Finger in mich eindringt, ihn dabei krümmt, glaube ich, gleich explodieren zu müssen. Ich schreie auf, spreize die Beine, mache ihm noch mehr Platz.

Und auf einmal zieht er sich zurück. Mein frustriertes Keuchen erfüllt den Raum, kalte Luft zieht über meine Haut, weil Nash weg ist und ich nicht weiß, was passiert ist.

Ich höre ihn nur fluchen, höre das Rascheln seiner Bettwäsche und drehe den Kopf, um ihm dabei zuzusehen, wie er anfängt, in der Nachttischschublade zu kramen.

Er liegt auf dem Bauch neben mir und weil ich nichts sehen kann, krabbele ich höher und lege mich neben ihn. Sein Rücken ist breit, und ich schaffe es kaum, ihm über die Schulter zu gucken. Mein BH hängt längst nicht mehr an Ort und Stelle, deshalb ziehe ich ihn schnell aus und höre direkt danach, wie Nash aufatmet.

»Sogar noch haltbar.« Er hebt die Hand hoch und hält ein Kondom zwischen Mittel- und Zeigefinger.

»Gott sei Dank.« Ich lache auf und lasse mich auf den Rücken fallen. »Ich hab keines dabei. Wenn ich ehrlich bin, habe ich das nicht erwartet. Nichts von allem, was heute passiert ist.«

Er dreht sich zu mir, liegt auf der Seite mit dem Kopf abgestützt auf der Hand, und ich schaue zu ihm auf. »Aber ich bin froh, dass es passiert«, füge ich leise hinzu. Nash küsst mich innig, bevor er sich einen Moment nimmt, um das Kondom überzustreifen und zu kontrollieren, ob es richtig sitzt.

Kurz darauf zieht er mich vollkommen unerwartet auf sich.

Er mit dem Rücken auf dem Bett. Ich mit dem Rücken auf ihm. Mein Kopf an seiner Schulter, mein Rücken leicht gewölbt und meine Beine neben seinen. Seine Arme umfassen mich, halten mich fest, sodass ich kaum Bewegungsspielraum habe. Seine linke Hand auf meiner rechten Brust und seine rechte Hand auf meinem Bauch, an meiner Taille. Als ich seinen Penis spüre, kann ich nicht anders und dränge mich ihm entgegen.

Ich schnaube, weil ich ihn nicht küssen kann. Weil mir seine Lippen fehlen und sein Atem an meinem. »Nash«, wispere ich. »Ich dachte, das Tempo würde geändert.« Er lacht mich aus, bis ich das Becken kippe, bis seine Spitze in mich gleitet und wir beide aufstöhnen.

Er küsst meine Wange, meinen Hals und streicht über meine Brust, ihre Wölbung entlang, bevor er sie fest umfasst und mit einem kräftigen Stoß in mich dringt. Ich will mich aufbäumen, aber seine Arme halten mich an Ort und Stelle, ganz dicht an seinem Körper, also klammere ich mich an ihnen fest, kralle meine Nägel in seine Haut und schließe die Augen, um dieses Gefühl auszukosten.

»Wir werden das wiederholen«, höre ich Nashs erstickte Worte. »Weil wir verdammt gut zusammen sind.«

Ja, das sind wir. Ich hatte ja keine Ahnung, dass es so intensiv sein kann. Dass Sex mehr sein kann als angenehm, schön und befriedigend. Ich hatte keine Ahnung, dass ich selbst so fühlen kann. So viel. So tief.

Nash ist überall. Seine Haut auf meiner, sein Herzschlag unter mir. Und die Art, wie er sich bewegt, in und an mir, treibt mich bis an den Rand der Verzweiflung. Die Finger seiner linken Hand liebkosen weiterhin meine Brüste, und obwohl er seine Arme angespannt hält, um mich an Ort und Stelle zu fixieren, findet seine andere Hand erneut den Weg nach unten, zwischen meine Beine, die weit geöffnet sind.

Nashs Stöße werden unnachgiebiger. Er flucht, und das macht mich an. Weil er sonst immer so kontrolliert ist. So beherrscht. Weil er wegen mir die Kontrolle verliert.

»Scheiße. Laura, ich werde gleich kommen«, stöhnt er und knabbert an meinem Hals. »Komm mit mir, bitte.« Und mit dieser Bitte stimuliert er mit seinen Fingern gezielt meinen Kitzler. Unerbittlich, fest und sanft zugleich. Er gleitet durch meine Nässe, erhöht die Geschwindigkeit, und ich spüre, wie es in mir zieht vor Lust, wie es kribbelt und sich der Druck aufbaut. Wie ich nach Erlösung giere und mir auf die Lippe beiße, um nicht laut um mehr zu betteln.

Ich merke, wie er mit sich kämpft, wie er auf mich warten will und gleichzeitig immer fieberhafter in mich drängt. Verzweifelter. Und ich tue etwas, das ich noch nie getan habe. Weil ich es jetzt gerade will, weil es sich richtig anfühlt. Ich führe meine Hand zu seiner, schiebe sie fort und fange an, mich selbst zu berühren.

»Was zur … Fuck! Ich kann es nicht sehen, aber zu wissen, was du da gerade tust, macht mich verrückt.«

»Halt mich«, wispere ich erstickt vor Lust und hoffe, dass er versteht, was ich meine. Sofort nimmt er beide Hände, packt meine Hüften und stabilisiert mich, während ich mich an ihn dränge und mich selbst – zusammen mit ihm – dem Höhepunkt entgegentreibe. Nash stößt schneller zu, härter, Schweiß sammelt sich zwischen uns, und ich kann nicht damit aufhören, zu stöhnen, weil es zu viel wird.

»Laura«, stöhnt nun auch er, und dann komme ich. Ich komme so heftig, dass ich wimmere. Nash flüstert meinen Namen, wieder und wieder, und ich spüre, wie er verkrampft, wie er sich in mich drückt und dort bleibt, während mein Orgasmus noch immer tobt und brennt und explodiert.

Ich falle, falle, falle. Und es fühlt sich verdammt berauschend an.

36. Kapitel

Nash

Wow. Etwas anderes fällt mir nicht ein. Nur dieses eine Wort in Dauerschleife in meinem Kopf.

Laura liegt heftig atmend auf mir, wir sind verschwitzt, unsere Körper beben, und unsere Herzen rasen. Ich habe keine Worte für das, was eben passiert ist, aber: Scheiße, das will ich wiederholen. Wieder und wieder und wieder.

Als ihr Zittern nachlässt, helfe ich ihr, langsam von mir runterzurutschen und sich neben mich zu legen. Dabei trägt sie ein Lächeln auf den Lippen und hat die Augen geschlossen, und ich glaube, das ist das Schönste, was ich in meinem Leben bisher gesehen habe.

Ich streiche ihr eine der Strähnen weg, die an ihrer Schläfe kleben, und küsse sie. Auf die Wange, die Lippen, das Kinn …

»Danke«, sage ich, und sie kichert.

»Wofür?«

»Das eben. Ich hatte das Gefühl, mich bedanken zu müssen. Weil es …«

»… unglaublich war?«, vervollständigt sie meinen Satz, und ich nicke knapp. Am liebsten würde ich sie einfach in meine Arme ziehen und mit ihr an meiner Seite einschlafen, aber leider haben andere Dinge Vorrang.

»Möchtest du vor mir ins Bad?«

»Hm«, macht sie und döst bereits weg.

»Laura«, murmle ich und streiche mit dem Daumen über ihre Augenbrauen und ihre Stirn.

»Ja, ich gehe schnell auf die Toilette. Darf ich danach kurz duschen?«

»Darfst du, wenn du mich rufst.«

Sie öffnet ein Auge und schmunzelt. Mit einem Mal wirkt sie wieder absolut wach. »Ist das so, ja?«

»Definitiv.« Ich drücke ihr einen weiteren Kuss auf, bevor ich mich aus dem Bett quäle und nach einem Taschentuch greife, um das Kondom abzustreifen. Hinter mir höre ich Laura leise seufzen und danach die Bettdecke rascheln, als sie aufsteht. Auf Zehenspitzen schlendert sie nackt zur Tür, und ich lasse es mir nicht nehmen, ihr nachzuschauen. Träge wirft sie einen Blick über die Schulter und lächelt breit, bevor sie in Richtung Bad verschwindet.

Mein Herzschlag setzt aus. Zumindest fühlt es sich für einen Moment so an, und ich muss tief einatmen, um den Druck auf der Brust zu lösen, der beängstigend und schön zugleich ist.

Meine Beine tragen mich hinüber ins Ankleidezimmer, das direkt neben dem Schlafzimmer liegt. Das klingt luxuriöser, als es ist. Der Raum ist eher länglich geschnitten und hat wohl mal als Büro hergehalten. Mit fünf lockeren Schritten kommt man am anderen Ende an und kann aus dem kleinen Fenster auf die Bäume hinter dem Haus schauen, während sich an der Wand links offene Regalsysteme ineinanderfügen, in denen meine Kleidung, meine Schuhe, Handtücher, Bettwäsche und all das Zeug seinen Platz gefunden hat, das man eben so braucht. Ich schalte das Licht an, greife zielsicher nach zwei frischen Boxershorts und Shirts sowie Handtüchern. Danach lösche ich das Licht, trete hinaus und erschrecke mich im Flur beinahe zu Tode, weil Jax dasitzt und mich prüfend anstarrt.

»Heilige … Jax!« Er sieht fast vorwurfsvoll aus. »Ich hoffe, du sitzt da noch nicht lange – und falls doch, bist du selbst schuld, wenn du Dinge gesehen hast, die du nicht hättest sehen sollen«, murre ich.

»Miau.«

»Manchmal werde ich das Gefühl nicht los, du würdest mehr verstehen, als gut für mich ist. Und das ist unheimlich.« Er gibt einen weiteren mürrischen Ton von sich, doch ich ignoriere ihn und gehe zur Badezimmertür.

Ich höre Wasser rauschen und klopfe an, aber Laura reagiert nicht. Vermutlich kann sie mich gar nicht hören. Deshalb öffne ich vorsichtig die Tür und werfe einen Blick hinein. Bereits von hier aus kann ich erkennen, dass Laura unter der Dusche steht. Die verglaste Kabine befindet sich am Ende des Raumes, direkt unter einem großflächigen Dachfenster.

Immer noch nackt trete ich ein, lege die Klamotten auf dem Hocker links neben dem Waschbecken ab und steige zu Laura in die Dusche. Sie steht mit dem Rücken zu mir und hat die große Brause über sich aufgedreht.

»Ich will dich nicht wieder erschrecken, aber ich habe keine Ahnung, wie ich das anstellen soll«, sage ich gerade so laut, dass sie es hören kann. Doch sie erschrickt nicht, sie zuckt nicht und dreht sich auch nicht um. Sie wartet einen Augenblick, bevor sie mit halb geschlossenen Lidern über ihre linke Schulter blickt.

»Entschuldige, dass ich nicht Bescheid gegeben habe. Die Dusche war zu verlockend. Dein Badezimmer ist so viel schöner als meines.« Die Art, wie das Wasser über ihre Haut rinnt, an ihren Wimpern und Augenbrauen hängen bleibt, nur um im nächsten Moment runterzutropfen, die Art, wie sie mich ansieht, wie sie mich anzieht, wie sie lächelt und redet. Es gibt ziemlich viele Dinge, die es mir schwer machen, mich von ihr fernzuhalten.

Ich trete noch näher, stelle mich direkt an ihre Seite, und das warme Wasser benetzt nun auch meine Haut. Ich greife nach dem Duschgel, gebe etwas davon in meine Hand und beginne, ihren Rücken einzuseifen. Ihr entschlüpft ein wohliges Seufzen. Ihre Schultern entspannen sich, während ich ihren Nacken massiere, und sie bewegt sich so, dass sie sich ganz an mich lehnen kann.

»Du musst das nicht machen, Nash.«

»Heißt das etwa, ich soll aufhören?«

Sie lacht. »Auf keinen Fall.« Trotzdem wendet sie sich wenige Minuten später zu mir um, sodass ich nicht weitermachen kann. Der Schaum wird vom Wasser fortgespült, ihre Haare kleben an ihren Schultern und an ihrer Stirn, während der Wasserdampf uns einzuhüllen beginnt.

Sie sieht bezaubernd aus.

»Haben wir morgen unsere Schicht zusammen? Oder hast du die auch getauscht?«, fragt sie und mustert mich eingehend, wobei ihre Hände an meinen Rippen nach unten wandern, bis über meine Hüftknochen, was das Denken gerade verdammt schwer macht.

»Habs nicht getauscht«, bringe ich irgendwie hervor und würde mir am liebsten selbst eine reinhauen. Ich klinge wie ein Neandertaler.

»Gut. Und jetzt würde ich gerne nachholen, was mir vorhin verboten wurde.« Sie strahlt mich an, und ich bin irritiert, überlege, was sie meinen könnte – bis sie auf die Knie geht und es mir zeigt.

Scheiße, ist das hell. Ich mache die Augen schnell wieder zu, weil mich die Sonne blendet. Ich habe gestern Abend vergessen, die Vorhänge zuzuziehen und noch absolut keine Lust, wach zu werden, geschweige denn das Bett zu verlassen.

Verschlafen will ich Laura näher zu mir ziehen, weil sie im Gegensatz zum letzten Mal nicht direkt neben mir liegt. Doch meine Hand greift ins Leere. Ich erspüre nichts als eine verlassene linke Betthälfte und kühle, zerwühlte Laken neben mir. Es dauert ein paar Sekunden, bis ich die Augen erneut öffne, weil ich nicht will, dass es stimmt.

Aber das tut es. Das Bett neben mir ist leer.

Laura ist weg.

Fluchend atme ich tief durch. War also nur für eine Nacht. Ist okay.

Ach, Kacke, wem rede ich das ein? Vielleicht ist es okay, aber in diesem Moment gefällt es mir nicht, und dabei weiß ich nicht einmal, was ich erwartet habe.

Ich weiß nicht, was wir sind.

»Miau.«

»Warte doch. Jax!« Ich höre Lauras Stimme, ihr Lachen und sitze im nächsten Augenblick kerzengerade im Bett. Sie ist noch da. Und mir wird klar: Ich weiß nicht, was wir sind – aber dieses Gefühl, diese Erleichterung zeigt mir, was ich möchte, das wir sind. Ungeachtet der Stimme in meinem Kopf, die mir sagt, es könne schiefgehen. Dass es schiefgehen wird. Weil Menschen nicht für ein *Für-Immer* gemacht sind. Weil das Leben es nicht ist. Weil wir diese verzwickte berufliche Situation haben, die mir um die Ohren fliegen wird, wenn wir nicht aufpassen.

Ich lasse die Stimme reden, stehe auf und genieße die Kühle des Bodens unter meinen nackten Füßen. Im Flur höre ich Laura immer deutlicher, folge ihrer Stimme bis in die Küche, wo sie gerade versucht, Jax das Geschirr auszuziehen, in dem er sich komplett verheddert hat.

Amüsiert lehne ich mich an die Wand und schaue zu. Sie bemerken mich beide nicht. Jax sieht furchtbar unzufrieden und schuldbewusst zugleich aus, während Laura die Leine zwischen seinen Beinen durchzieht und entwirrt. Mein Shirt sieht wie ein Minikleid an ihr aus, ihre Haare sind noch offen und fallen ihr ins Gesicht. Sie ist barfuß wie ich, und neben Jax auf der Küchenzeile stapeln sich ein paar Einkäufe.

»Du hättest dir wehtun können«, meint sie.

»Miau«, antwortet Jax.

»Ich weiß, ich war zu langsam. Aber ich hatte die Einkäufe in der Hand.«

»Miau.«

Endlich hat sie ihn von dem Geschirr befreit und hebt den Finger. »Schieb das jetzt nicht mir in die Schuhe.«

Das bringt mich zum Lachen, und ich kann es nicht unterdrücken. Sofort dreht sich Laura zu mir um und erwidert meinen Blick.

»Du warst mit ihm draußen?«, frage ich, stoße mich von der Wand ab und schlendere auf sie zu. Sie ist wie ein Magnet. Wie mein Gegenstück. Und ich bin erleichterter, als ich sein sollte, dass sie noch hier ist.

»Ich wollte Frühstück holen, und er wollte unbedingt mit. Da habe ich mir gedacht, warum nicht? Zu seinem Glück habe ich mich ein wenig verlaufen und es wurde ein längerer Spaziergang draus.«

»Und was genau will er dir in die Schuhe schieben?«, hake ich gespielt ernst nach.

»Dass er vier linke Pfoten hat und fast über die Leine gestolpert wäre.« Jax' Miauen klingt wie ein Meckern, und während Laura ihn weiterhin mit zusammengekniffenen Augen fixiert, drehe ich ihren Kopf zu mir und senke meine Lippen auf ihre.

»Ich dachte, du wärst gegangen«, gebe ich zu und verfluche mich im nächsten Moment dafür.

»Hätte ich dich wecken sollen?«

»Das nächste Mal.«

Sie lächelt, aber es sieht gezwungener aus als zuvor. Nachdenklicher. Auch wenn sie es schnell überspielt und auf die Tüten deutet.

»Ich habe frische Brötchen und Bagels besorgt, außerdem ein paar Eier und diverse Aufstriche aus dem Bioladen. Ich wusste nicht, was du magst, deshalb hab ich ziemlich viel gekauft.«

»Du warst mit Jax im Bioladen?« Das überrascht mich tatsächlich.

»Nein, ich hab ihn draußen angebunden.« Laura zuckt mit den Schultern, und mein Kater sieht mich so vorwurfsvoll an, dass ich lospruste.

»Guck nicht so«, sage ich danach zu ihm. »Du wolltest unbedingt mit.«

»Miau.«

Laura krault ihn, und sofort fängt er an zu schnurren, als wäre nie was gewesen. Katzen sind so wankelmütig.

»Es ist erst halb acht, auch wenn es sich nicht danach anfühlt. Wir haben also noch etwas Zeit. Lust auf Pancakes?«, fragt sie, und wie auf Kommando knurrt mein Magen.

An einen Morgen wie diesen könnte ich mich gewöhnen, und das hatte ich noch nie. Nicht dass ich viele Beziehung hatte. Es waren zwei, und sie dauerten beide kein halbes Jahr. Ich hasse Dates und Small Talk. Ich hasse es, das Gefühl zu haben, mich für jemand anderen verbiegen zu müssen. Und bisher war das der Fall. Bis jetzt. Mit Laura ist es so … einfach.

Das macht mir Angst.

Angst, das zu wollen.

Angst, es zu behalten.

Und es unweigerlich irgendwann zu verlieren.

Laura und ich sind super durch den Verkehr gekommen und schlendern nebeneinander zum Eingang des Whitestones. Unsere Finger streifen einander ab und an, trotzdem halten wir Abstand. Vielleicht, weil wir in Gedanken schon bei der Arbeit sind. Weil vor uns das große Schild des Krankenhauses prangt, und wir dann mehr sind als zwei Menschen, die sich mögen und die Nacht miteinander verbracht haben.

»Nash?«

»Hm?«, frage ich, während mir so viel durch den Kopf geht.

»Bereust du es?«

Ich bleibe ruckartig stehen, als ich begreife, was mich Laura eben gefragt hat, und einen Schritt später stoppt auch sie und wendet sich mir zu. Sie schaut mich mit offenen Augen an, wartend und neugierig.

Aus irgendeinem Grund verletzt es mich, dass sie das fragt. Dass ich ihr das Gefühl gegeben habe, das fragen zu müssen.

»Keine Sekunde davon«, antworte ich ehrlich, und sie sieht erleichtert aus.

»Okay. Gut.« Sie strahlt übers ganze Gesicht. »Ich wollte nur nicht, dass es seltsam wird, weil … Ich mag dich, Nash.«

Ich atme tief ein und aus und lasse das sacken. Ich verstehe, dass sie wissen will, wo wir stehen, doch ich kann es ihr nicht sagen, weil ich es selbst noch nicht ganz begreife. Trotzdem trete ich ganz dicht an sie heran, keine zwanzig Schritte vom Eingang entfernt, und küsse sie. Ich lege meine Hand auf ihren unteren Rücken, halte sie und küsse sie so wie heute früh. Wie gestern Abend und heute Nacht. Und ich hoffe, es sagt ihr, dass es mir auch so geht, dass ich es nur noch nicht aussprechen kann.

»Keine Sekunde«, wiederhole ich und blicke ihr dabei fest in die Augen.

»Dann schauen wir, wohin uns das führt«, sagt sie, und ich nicke glücklich. »Falls du vorhast, mit einer anderen zu schlafen … Das klingt bescheuert.« Sie verzieht das Gesicht. »Ich will nur sagen, unabhängig davon, was es wird, werde ich mit keinem anderen etwas anfangen, bevor wir es herausgefunden haben.«

»Und ich mit keiner anderen«, erwidere ich und gebe ihr einen Kuss auf die Stirn. »Jetzt lass uns reingehen, ich hab viel zu viel Papierkram, der auf mich wartet. Erst wenn der erledigt ist, komme ich in die Notaufnahme.« Wir setzen unseren Weg fort, erreichen den Haupteingang und nachdem ich Laura den Vortritt gelassen habe, stehen wir vor den Fahrstühlen. Sie muss nach unten, ich nach oben – und als meiner ankommt, mit einem lauten *Ping!* die Türen aufgehen, flüstere ich ihr zu: »Bis nachher, ich freue mich«, und steige ein.

Im Fahrstuhl sehe ich, kurz bevor sich die Türen wieder ganz schließen, noch Laura, wie sie mir fröhlich und gleichzeitig kokett zuzwinkert, und ausnahmsweise fällt es mir schwer, meine sonst doch eher ernste Miene aufrechtzuerhalten.

Das entgeht auch Ian nicht, der mir auf Station quasi in die Arme läuft.

»Verflucht, was tust du hier? Willst du doch Herzchirurg werden? Stimmt etwas nicht mit deiner Station?«, frage ich.

»Alles super, ich hab auch nicht viel Zeit. Aber du hast so dämlich gegrinst, das kann ich nicht ignorieren.«

»Ich hab heute keine Zeit für deinen Irrsinn.« Nicht heute. Ich will den langweiligen Kram hinter mich bringen und dann runter in die Notaufnahme. Zu Laura.

»Sag schon, wieso grinst du so? Hast du einen Schlaganfall?«

»Herrgott, Ian. Was willst du? Und ich grinse nie, wenn du in der Nähe bist.«

»Du kämpfst dagegen an. Du magst mich und …« Er kommt mir näher, mustert mein Gesicht. »Oh mein Gott. Es ist passiert.«

Ich widerspreche nicht. Ich frage nicht, was er meint. Und das sind wohl die beiden größten Fehler, die ich in diesem Augenblick machen kann.

Was ist nur los mit mir?

»Es ist passiert«, wispert er und bleibt kurz stehen. Hoffentlich kippt er um oder geht einfach wieder. Stattdessen eilt er nur eine Sekunde später an mir vorbei und ruft: »Grant! Es ist passiert!«

»Bin ich hier wirklich in einem Krankenhaus? Bin ich bei Bewusstsein?«, frage ich niemand Bestimmtes, während ich hinter Ian hergehe, weil ich ins Büro muss. Plötzlich springt Grant hinter der Ecke hervor, pustet in eine dieser bunten Luftschlangen-Dinger, die Kinder an ihren Geburtstagen lieben, und reckt zusammen mit Ian die Arme in die Höhe. Hat er die extra gekauft und aufbewahrt? Für diesen Moment? Lagen die in der Krimskramsschublade? Spinnen hier denn alle?

»Ein Arzt und ein Pfleger. Zwei erwachsene Menschen auf Station in einem Krankenhaus.«

Mehr kriege ich gar nicht raus, bevor Ian sagt: »Das macht mich glücklich. Du hast endlich den Stock aus deinem Arsch gezogen.« Grant zeigt mit beiden Daumen nach oben.

»Was soll das hier?«, frage ich, obwohl ich es längst ahne. Ian stellt sich vor mich, legt mir eine Hand auf die Schulter.

»Nash. Du siehst nach Sex aus. Du riechst nach Sex. Deine Aura schreit Sex. Dein Gesicht …«

»Halt die Klappe«, entgegne ich brüsk.

»Du lächelst gerade, Kumpel.«

»Das stimmt nicht.« Es stimmt.

»Versau es nicht.«

»Wieso gehst du davon aus, dass nur ich es versauen kann?« Ich höre Grant lachen. »Ist auch egal, ich muss jetzt weiter, ich hab nachher noch Dienst in der Notaufnahme.«

»Ich bin so stolz auf dich.« Dabei schnieft Ian übertrieben, und das ist der Moment, in dem ich ihn einfach stehen lasse.

»Du hast einen Knall.«

»Und du hast geknallt! Bam!«

Ich will es nicht, aber dieser bescheuerte Spruch bringt mich zum Lachen. Sofort denke ich wieder an Laura, an gestern, an eben – und Ian hat recht, ich lächle. Verdammt. Und ich kann nicht damit aufhören. Ich will es auch gar nicht.

37. Kapitel

Laura

»Ich habs gewusst!«, brüllt Jess, und ich muss das Telefon von meinem Ohr weghalten, um keinen Hörschaden zu erleiden.

»Jess!«

»Oh, sorry. Aber ich bin so aufgeregt! Fast so sehr, als hätte mich ein heißer Chirurg aufgerissen und flachgelegt.«

»Niemand hat mich aufgerissen.« Ich kräusele die Nase.

»Wortklauberei. Wann seht ihr euch wieder?«

»Gleich«, antworte ich und kann förmlich sehen, wie meine Schwester die Augen verdreht.

»Ich meine außerhalb des Krankenhauses.«

»Das haben wir noch nicht besprochen.«

»Meinst du, dass es was Ernstes wird?«

Ich seufze. All diese Fragen geistern mir auch ohne Jess jede Minute im Kopf herum. »Wir werden sehen.« Und während ich diese vage Option ausspreche, wird mir ganz flau im Magen. Dieses zerbrechliche Ding, dieses wackelige Gerüst – es wird realer. Und jetzt, da es in meinem Leben ist, zusammen mit Nash, möchte ich es nicht mehr verlieren. Ich will nicht, dass es zusammenstürzt. Und mich unter sich begräbt.

»Ich möchte nur, dass du glücklich bist. Du kamst nie besonders gut mit einem *Vielleicht* oder einem *Eventuell* zurecht. Es ist natürlich möglich, dass das heute anders ist, aber … Was ich sagen will, ist: Pass auf dich auf, ja?«

»Auf mich oder mein Herz?«, frage ich halb im Scherz und ohne darüber nachzudenken. Die Worte verlassen so schnell meinen Mund, dass ich sie nicht aufhalten kann.

»Wenn du das fragst, haben wir schon längst ein Problem, oder?«

Ich schlucke schwer. Ja, das haben wir.

»Ich muss jetzt auflegen, ich steige in den Fahrstuhl und der Empfang dort drin ist mies.« Genau genommen stehe ich noch vor den Fahrstühlen und drücke erst in dieser Sekunde auf den Knopf, aber das muss sie nicht wissen.

»Melde dich mal wieder öfter, okay?«

»Ich versuche es.«

»Hab dich lieb.«

»Ich dich auch«, sage ich, dann lege ich auf. Und wie jedes Mal nach einem Telefonat oder Videocall mit ihr, vermisse ich sie. Ich bin froh, wenn sie aus Berlin zurückkommt und vielleicht erst mal eine Weile hierbleibt, bevor sie erneut einen Job am anderen Ende der Welt – oder zumindest auf halber Strecke dahin – annimmt.

Während ich das Handy einstecke, balanciere ich irgendwie die vier Edelstahlbecher samt Strohhalm und Deckel in der Papphalterung, ohne was zu verschütten. Die Halterung hab ich bestellt und benutze sie fast täglich. Vielleicht sollte ich meinen Job an den Nagel hängen und stattdessen Edith helfen, alle mit Kaffee zu versorgen. Ich schmunzle, weil das nie passieren wird.

Heute bin ich wieder auf Station, habe eine kleine Pause von der Notaufnahme und freue mich auf die Abwechslung.

Ping.

Ich fahre mit dem Fahrstuhl nach oben, und als ich aussteige, sehe ich Maisie auf mich zurennen.

»Laura, ich flehe dich an, halt den Aufzug auf!« Ich kann

gerade noch den Fuß zwischen die Türen klemmen, bevor sie zugehen. Maisie hat einen roten Kopf und sieht etwas gestresst aus. »Danke.« Sie steigt in den Fahrstuhl und drückt ein paarmal den Knopf für das Erdgeschoss.

»Alles in Ordnung?«

»Hab getrödelt und heute Dienst in der Notaufnahme«, erwidert sie schwer atmend und verzieht das Gesicht, bevor die Tür schließt und der Fahrstuhl erneut nach unten fährt.

Amüsiert setze ich meinen Weg fort. Ich kenne das. Die Dienstpläne und verschiedenen Schichten können einen am Anfang wahnsinnig machen. Gerade hier am Whitestone, wo alles zusammenkommt: Notaufnahme, die OPs, die Arbeit auf der Station, Fahrten mit dem Rettungswagen.

Als ich vorne am Empfangstresen ankomme, stehen Grant, Bella und Sofie bereits nebeneinander und warten auf mich.

»Wow, so eine Begrüßung hätte ich gern jeden Tag«, scherze ich, und alle drei lächeln mich an.

»Wir haben jemanden deinen Namen rufen hören und wussten sofort, dass unser Kaffee geliefert wird«, meint Bella und zwinkert mir zu.

»Nicht dass wir nur deinen Kaffee lieben würden«, fügt Sofie an.

»Ja, dich finden wir auch ganz okay«, scherzt Grant und grinst breit.

»Witzig. Hier, einmal Moccacino für dich, einmal Eiskaffee mit etwas Karamellsirup für Sofie und Bella kriegt wie ich einen Caramel Frappuccino.« Ich reiche jedem seinen Becher, und Grant nimmt die Halterung, um sie in einer der Schubladen zu verstauen, damit ich sie samt Becher nach Dienstschluss wieder mitnehmen kann.

»Du bist ein Engel.« Bella trinkt ihren ersten Schluck und geht zurück an die Arbeit.

»Danke, Laura!«, ruft Sofie im Gehen und lächelt mir über die Schulter zu, während Grant noch vor mir steht – und mich seltsam mustert.

»Bei dir alles gut soweit?«, frage ich irritiert.

»Total. Und bei dir so?«, murmelt er und trinkt von seinem Kaffee.

»Du benimmst dich eigenartig.«

»Dir geht es also gut?«

»Ja«, sage ich gedehnt, und es klingt mehr nach einer Frage als einer Aussage. »Habe ich was nicht mitgekriegt?«

»Nash geht es auch gut?«, nuschelt er, und jetzt klingelt es bei mir.

»Das hoffe ich. Aber wieso fragst du ihn nicht selbst?« Ich stoße mich vom Empfangstresen ab, gehe um ihn herum in Richtung Umkleiden, und Grant folgt mir auf der anderen Seite.

»Der verrät mir nichts!«, ruft er, weil ich schneller bin als er, und ich rufe zurück: »Ich auch nicht!«

Amüsiert über Grants grottigen Versuch, mir irgendwelche Infos zu entlocken, schüttele ich den Kopf. Dabei hat Grant unter Garantie letztens unseren Kuss in der Notaufnahme mitbekommen und kann sich seinen Teil denken. Nicht dass es ihn irgendwas anginge.

Ich betrete den Aufenthaltsraum, den Bereich mit den Spinden und begegne Jane, die wie immer nur »Hallo« sagt, mich freundlich anlächelt und dann geht. Vermutlich redet sie generell nicht viel und gerne oder braucht einfach etwas mehr Zeit. Anders kann ich es mir kaum erklären, weil sie trotzdem immer sehr höflich ist.

Nachdem sie fort ist, sehe ich, dass Sierra und Mitch weiter hinten am Tisch sitzen. Er dreht ihr gerade sein mexikanisches Essen an.

»Hey, Leute«, sage ich, während ich meinen Spind öffne, meinen Kasack raushole, um in die Umkleide neben den Duschen zu verschwinden. Den Kittel lasse ich drin.

»Hey«, grüßt Sierra mich, und Mitch hebt nur die Hand. Dann packt er sein Zeug und schmeißt es förmlich in sein Fach.

»Pause ist rum. Bis später.«

Er geht, und Sierra stochert im Essen rum. Anstatt mich direkt umzuziehen, setze ich mich kurz neben sie. »Wie war deine Schicht bisher?«

»Willst du das wirklich wissen?«, fragt sie und schnaubt leise.

»Sonst würde ich nicht fragen. Also?«

»Die neue OP-Liste ist draußen.« Sie hebt den Blick und schaut mich an.

»Sind es viele?«

Sierra lacht ungläubig auf. »Das wäre kein Problem. Darüber hab ich mit Mitch auch eben schon geredet, weil der Typ einfach nicht seine Klappe halten kann.« Genervt fährt sie sich durch ihr welliges Haar und bindet sich ihren Zopf neu. »Ich weiß nicht, was ich falsch mache. Es läuft gut. Bis auf den Penicillin-Patzer ist nichts mehr schiefgegangen. Okay – außer bei der einen OP.« Sie verzieht das Gesicht. »Da war ich unkonzentriert und habe einen Fehler gemacht. Aber mein Gott, es war nur eine Routine-OP, ein Leistenbruch und keine Herz-OP.« Ich höre, wie sie durchatmet. »Ich hab so schlechte OPs wie Ryan.«

»Das muss nichts bedeuten.«

»Ach nein? Du hast allein in den nächsten zwei Wochen drei angesetzte Herz-OPs: Stents, Narbenkorrektur und Bypass. Ich hab keine einzige dieser Art, Laura. Keine einzige verfickte Herz-OP.«

Ich weiß, dass Sierra sich ebenso wie Mitch auf die Herzchirurgie spezialisieren will. Deshalb tut es mir leid, dass sie gerade so sehr zu kämpfen hat.

»Möchtest du eine von meinen?«

»Dein Mitleid kannst du dir sparen.« Sie schließt den Deckel der Box und schiebt Mitchs Essen von sich, dann schaut sie auf die Uhr und steht auf. »Ich muss los.«

»Das ist kein Mitleid. Du willst eine Herz-OP? Dann nimm eine von meinen.«

»Ich will deine OPs nicht«, kommt es genervt zurück, und ich erhebe mich ebenfalls.

»Was dann?« Ich werde wütend, weil ich ihr eigentlich nicht helfen kann und weil ich das Gefühl habe, sie würde mir die Schuld für ihren OP-Plan geben. »Wieso fragst du nicht Nash oder Dr. Pine, was da los ist?«

»Ah, Dr. Brooks ist also schon Nash«, zickt sie rum.

»Du nennst ihn doch auch Nashville.«

»Aber doch nicht, wenn ich mit ihm rede.«

»Macht es dir etwas aus, dass …«

Sie hebt die Hand und atmet tief durch. Ihre Züge entspannen sich. »Lass gut sein, okay? Ich komme schon klar.«

»Sierra«, sage ich nur, aber sie versucht sich an einem Lächeln und blockt mich ab.

»Ich hoffe, dass am Ende keiner von uns in der Scheiße landet, nur weil du mit ihm ins Bett gehst.« Sie sagt es ruhig, nachdenklich und anders, als ich es erwartet hätte. Sie sagt es so, dass ich mich schuldig fühle und ungeachtet dessen, ob sie genau das bezweckt oder eben nicht, vergesse ich für einen Moment, dass es mir egal sein sollte. Dass es mir bis eben egal war, was andere darüber denken. Ich wusste, dass es früher oder später die Runde macht. Aber so schnell?

»Rede mit ihm«, wiederhole ich, doch Sierra winkt mir lediglich zu, bevor sie durch die Tür verschwindet. Sie und

Zeenah geben sich die Klinke in die Hand, und ich kneife mir in die Nasenwurzel, um nicht vor Frust aufzuschreien.

»Hey, Laura. Ist mit ihr alles in Ordnung?«

»Es wird wieder«, behaupte ich und hoffe, dass es stimmt. »Hast du Schichtbeginn?«

»Nein, heute ist mein freier Tag, aber ich wollte ein wenig lernen, und Dr. Pine hat mir erlaubt, sie heute zu begleiten, um bei den Behandlungen zuzuschauen.« Sie strahlt mich an und stopft ihre Tasche in ihren Spind. »Das wird bestimmt toll – und ganz ehrlich? Zu Hause werde ich nicht eine medizinische Lektüre anfassen, und ich muss unbedingt was tun. Es sind zwar noch ein paar Monate bis zur letzten Prüfung, aber die soll es in sich haben. Und ich habe mir geschworen, dieses Mal nicht erst mit dem Lernen anzufangen, wenn es eigentlich schon zu spät ist. Ich bin so ein Last-minute-Lerntyp, und ich hasse es.«

Die USMLE – United States Medical Licensing Examination – steht bald an.

»Verstehe ich.« Ich hatte zum Glück nie große Probleme mit dem Lernen an sich, dafür umso mehr mit mir selbst. Mit den Anforderungen, die ich an mich gestellt habe und stelle. Letzten Endes habe ich es mir immer viel zu schwer gemacht, aus Angst, zu versagen, die Kontrolle zu verlieren oder einen Blackout zu haben. Es ist mit der Zeit besser geworden, aber wie Zeenah sagt, ganz kann man eben nicht aus seiner Haut.

»Und du?«, fragt sie, während sie ihren Kasack bereitlegt.

»Schicht auf Station. Ich habe ausnahmsweise auch einen Patienten auf der Unfallchirurgie, da muss ich gleich als Erstes hin. Außerdem wollte ich endlich mal jemanden fragen, ob er Zeit und Lust hat, mit mir zu sonografieren. Ich kann vieles, aber da bin ich bisher eine echte Niete.«

»Oh ja«, meint sie und hebt die Augenbrauen, während sie ihr Kopftuch zurechtrückt. »Ganz viel Erfolg dabei. Das schiebe ich mit Sicherheit noch eine Weile vor mir her. Aber hey, ein Schritt nach dem anderen. Musst du auch in die Umkleide?«, fragt sie, als ein Kollege von uns reinkommt, und deutet auf die Sachen in meiner Hand.

»Jepp. Ich komme mit. Oh, erinnere mich daran, dass ich dir deine Tupperbox endlich zurückgebe. Entschuldige, dass das nicht früher kam, aber das Essen war fantastisch!«

Zeenah strahlt übers ganze Gesicht. »Das freut mich sehr.«

Wir ziehen uns um und verabschieden uns direkt, weil Zeenah etwas schneller fertig ist als ich. Obwohl mein Dienst gleich beginnt, bin ich noch nicht bei der Sache, und das ärgert mich. Das und das Gespräch mit Sierra, das mir irgendwie nachhängt.

»Nein, Sie werden Ihre Beine nicht verlieren, Mr Andrews. Sie bekommen ein neues Hüftgelenk«, wiederhole ich etwas lauter.

»Meine Hüfte hat sich gesenkt? Wie konnte das denn passieren?«

Mr Andrews ist Anfang siebzig und hat massive Probleme mit seinem Gehör. Ich werde nachher auf jeden Fall im HNO-Bereich nachfragen, ob sie sich das mal ansehen können.

»Hüftgelenk!«, schreie ich jetzt, und Mr Elderson, der neben ihm liegt und gerade eine Kreuzbandoperation hinter sich hat, lacht so sehr, dass ihm die Tränen die Wangen hinablaufen. Großartig. Am schlimmsten ist, dass ich mitmachen möchte und es mir mit aller Macht verkneifen muss. Nicht nur, weil es respektlos wäre, sondern auch, weil Mr Andrews wirklich freundlich ist.

»Hüftgelenk? Dem geht es gut«, sagt er, und jetzt muss ich breit lächeln.

»Okay, Mr Andrews. Ruhen Sie sich aus, ich schaue morgen vor der OP wieder nach Ihnen.« Ich schreie, obwohl ich bereits am Bettrand stehe. Noch näher und ich sitze auf meinem Patienten. »Haben Sie irgendwelche Fragen?«

»OP, morgen. Ja, darüber bin ich mir im Klaren.«

Ich seufze und schüttele amüsiert den Kopf, dann trage ich alles in die Akte ein.

»Bis morgen, Mr Andrews!«, rufe ich und winke dem immer noch lachenden Mr Elderson zu, bevor ich das Zimmer verlasse und zurück auf Station in den dritten Stock gehe.

»Sofie?«, rufe ich, weil sie mir in dieser Sekunde entgegenkommt und mir etwas einfällt. Sie dreht sich um und grüßt freundlich.

»Hey, Laura. Warst du oben bei Mr Andrews?« Ich schließe zu ihr auf.

»Hat man mich bis hierher gehört?«

Sie lacht und schüttelt den Kopf. »Nein, aber es wäre witzig gewesen. Er braucht wohl dringend ein Hörgerät.«

»Wem sagst du das. Wärst du so lieb und beantragst ein HNO-Konsil für den Patienten? Das Formular dafür fülle ich dir später aus.« Ich reiche ihr die Akte, und sie nickt.

»Klar, mache ich doch gern.«

»Tausend Dank. Ich habe es eben vergessen.«

»Immer gerne. Morgen bin ich übrigens mit dir in der Notaufnahme«, sagt sie und wackelt mit den Augenbrauen.

»Wie heute? Oder willst du es wie Grant?«

»Machs mir wie immer, Baby«, sagt sie, während ich schon weitergehe und die zwei Besucher, die gerade an uns vorbeischlendern, irritiert dreinschauen. Wenn sie wüssten, dass wir nur über Kaffee geredet haben.

Als ich um die Ecke biege, sehe ich Nash schon von Weitem. Er lehnt an der Wand, und mit jedem Schritt, den ich ihm näher komme, werde ich nervöser. Mein Puls ist viel zu hoch, mein Herz hämmert von innen gegen meine Brust, und mein Magen zieht sich zusammen.

Ihn zu sehen, ist wirklich schön.

Ich will gerade *Hallo* sagen, da verschwindet er im nächsten Patientenzimmer. Als ich endlich nah genug bin, um einen Blick hineinzuwerfen, werde ich mit einem Ruck in den Raum gezogen und hätte aufgeschrien, lägen nicht im nächsten Moment warme, drängende Lippen auf meinen. Nash drückt mich von innen gegen die Tür, und zuerst erwidere ich den Kuss, doch im nächsten Augenblick schiebe ich ihn weg und schaue mich um.

»Es ist leer«, sagt er amüsiert. »Dachtest du, es sei anders?«

»Ich dachte vor allem, dass wir das hier …« Ich zeige mit dem Finger auf ihn und danach auf mich. »… nicht bei der Arbeit tun. Oder hast du deine Meinung geändert, und ich hab das Memo verpasst?« Ich grinse frech, weil ich genau weiß, dass es nicht so ist, während er die Lippen zusammenpresst und sich mit dem rechten Arm neben mir an der Tür abstützt. Seine linke Hand streicht derweil über meinen Hals, und mein Körper reagiert sofort, was Nash natürlich registriert und mit dem Anflug eines Lächelns beantwortet.

»Nein, es hat sich nichts geändert. Ich denke weiterhin, dass es sinnvoll ist, nicht jeden mit der Nase darauf zu stoßen, dass wir …«

»… miteinander schlafen?«, frage ich zuckersüß, um ihn aus der Reserve zu locken.

»Uns mögen, wollte ich sagen, aber deine Variante trifft auch zu«, sagt er und kommt mit seinem Gesicht Stück für Stück näher. »Ich hab auf dich gewartet, weil ich gerade Pause habe. Dass das Zimmer hier im Moment leer steht, ist purer Zufall.«

»Soso, du hättest mich auch in den Bereitschaftsraum ziehen können.«

Er küsst einen Weg von meinem Kinn zu meinem Ohr und flüstert: »Das wäre doch sehr klischeehaft, oder? Aber meinetwegen mache ich das beim nächsten Mal.« Das bringt mich zum Lachen und Nash dazu, mich endlich wieder zu küssen.

Ich ziehe ihn am Kragen seines Kittels ganz nah an mich heran und verliere mich in dem Augenblick. Genieße es, dass er es war, der mich sehen wollte. Der mich berühren wollte. Und zwar genauso sehr wie ich ihn.

Ein letztes Mal spielt seine Zunge mit meiner, und ich küsse ihn zum Abschied sanfter, langsamer als zuvor, höre sein Seufzen und spüre dieses unbeschreibliche Gefühl in mir. Dieses Gefühl von Geborgenheit und Glücklichsein und Tsunamis im Bauch.

Vielleicht, ganz vielleicht habe ich mich in Nash verliebt.

Verliebt sein. Ich habe ganz vergessen, wie schön das ist. Falsch, ich habe nie gewusst, wie schön es sein kann.

»Ich muss wieder los.«

»Ich weiß«, meint er nur und haucht einen weiteren Kuss auf meine Lippen.

»Darf ich dich vorher etwas fragen?«

Nash scheint zu merken, dass es um die Arbeit geht, und gibt mir ein wenig Freiraum. »Natürlich. Ist etwas passiert?«

»Nein. Das heißt, nichts Schlimmes.« Ich atme ein. »Schreibst nur du die Dienstpläne für uns und teilst uns OPs zu?«

»Ja. Allerdings nickt Aleksandra sie ab. Sie hat ein Auge auf alles.«

»Dr. Pine sieht sie also vor Freigabe?« Nash nickt ernst.

»Wieso fragst du?« Er tritt einen Schritt zurück, und ich stoße mich von der Tür ab, richte meinen Kasack und schiebe ein paar lose Strähnen hinter die Ohren.

»Weil meine OPs ziemlich gut sind. Sierras hingegen ziemlich beschissen. Und mir ist klar, dass das eines der Themen war, die dich beschäftigt haben, und nun kommt es irgendwie auf. Das tut mir leid.«

Er nimmt sich einen Moment und antwortet dann gelassener als gedacht. »Sierra hatte ich eine deiner Herz-OPs gegeben, aber Aleksandra hat es korrigiert und sie dir zugeteilt. Ich denke, sie mag dich und schätzt deine Entwicklung. Bei den Visiten hast du Eindruck bei ihr hinterlassen. Sierra hat ihre letzte OP mit ihr wohl etwas zu locker genommen, ich denke, das soll nur ein kleiner Dämpfer sein. Nichts Ernstes. Sie weiß, was Sierra kann.«

»Okay.« Ich lächle, trete dicht vor ihn und lege meine Hand auf seinen Brustkorb. »Ich danke dir.«

Plötzlich springt hinter uns die Tür auf und Grant marschiert mit frischem Bettzeug herein. Wir beide fahren auseinander.

»Ach, Kinder, das nächste Mal ruft einfach, dann beziehe ich schnell das Bett für euch.« Im Vorbeigehen zwinkert er mir zu, während Nash und ich nur vollkommen überrascht dastehen und ihn beobachten, wie er das Zimmer für den nächsten Patienten vorbereitet. Dann zeigt er auf einen anderen Pfleger. »Das ist übrigens Donald, er ist neu. Er wurde Freya zugeteilt, aber sie ist krank, deshalb bleibt Ducky vorerst bei mir.«

Nash räuspert sich, um sein Lachen zu überspielen, und ich selbst bin kurz davor, den Kampf zu verlieren.

»Ducky, das sind Dr. Nash Brooks, Stationsarzt der Chirurgie, und Dr. Laura Collins, Assistenzärztin im ersten Jahr, ebenfalls Chirurgie.«

»Hallo, freut mich, Sie kennenzulernen. Ich bin Donald Schwab.« Er lächelt uns an und wirkt sympathisch, und wir begrüßen ihn.

»Ducky, kannst du nach vorne gehen und Sofie fragen, ob sie dir ein neues Kopfkissen besorgen kann? Danke.«

»Verdammt, Grant«, meint Nash nur, nachdem der neue Pfleger den Raum verlassen hat, und ich bin sicher, dass er damit sowohl den bescheuerten Spitznamen als auch sein unangekündigtes Auftreten meint.

»Was? Hätte es was geändert, hätte ich geklopft? Ich hab schon gewartet, bis ihr von der Tür weggegangen seid.«

»Du hast gelauscht?«, frage ich ungläubig und verschränke die Arme vor der Brust.

»Kommt darauf an. Kriege ich noch Kaffee, wenn es so war?«

»Nein!«

»Dann hab ich nicht gelauscht. So was macht man ja auch nicht.« Grant setzt eine unschuldige Miene auf, während Nashs Gesichtsausdruck zwischen Verzweiflung und unterdrückter Wut wechselt.

»Das war eine private Unterhaltung«, knurrt Nash, und Grant schnaubt.

»Du meinst privates ...« Doch er stoppt, als er meinen Blick sieht, der eindeutig vermittelt: *Sprich es nicht aus. Sprich es bitte einfach nicht aus!* »Private Unterhaltung unter Kollegen, verstehe.«

Keine Ahnung, ob er das mit Absicht macht. »Ich muss jetzt los.«

»Ich auch«, sagt Nash und bedenkt unseren Freund mit einem letzten warnenden Blick, bevor er nach mir das Zimmer verlässt. Meine Finger finden die von Nash von ganz allein, und ich streiche kurz über sie, bevor ich mich zurückziehe.

»Hast du noch viel zu tun?«

»Ja, wird ein langer Tag. Deine Schicht endet um sieben, oder?«

»Kennst du meinen Plan etwa auswendig?«, frage ich und schmunzele.

»Ich habe ihn geschrieben. Sehen wir uns heute Abend?«

»Bei mir? Du darfst auch deinen Kater mitbringen«, sage ich, und das bringt Nash zum Lachen.

»Der überlebt es eine Nacht allein. Aber ich muss ihm vorher sein Futter auffüllen und das Katzenklo machen. Meine Lieblingsbeschäftigung.«

»Alles klar. Dann bis heute Abend?«

»Bis heute Abend.« Er wirft nochmals einen Blick zurück zu Grant.

»Keine Sorge, der bekommt erst mal keinen guten Kaffee mehr.«

»Hey! Das hab ich gehört«, tönt es von drinnen, und ich schüttele amüsiert den Kopf. Bin gespannt, wann alle von unserer kleinen Knutscherei wissen oder ob Grant ausnahmsweise mal keine Tratschtüte ist.

38. Kapitel

Nash

Die letzten Tage mit Laura waren unglaublich. Neben all den anderen Gedanken, die ich mir gemacht hatte, hatte ich Sorge, es würde irgendwann zu viel. Sie auf der Arbeit zu sehen und danach oder davor … Aber das ist nicht der Fall. Es hat sich herausgestellt, dass wir miteinander harmonieren. Auf jeder Ebene. Dass wir einander guttun und es keine Auswirkungen auf unsere Arbeit hat oder unsere Konzentration, unseren Fokus.

Ich bin gerne mit ihr zusammen, egal, ob bei ihr oder bei mir oder im Krankenhaus. Dass es mir außerdem jeden Tag ein bisschen leichter fällt, hier in erster Linie ihr Ansprechpartner für medizinische Belange zu sein, ist ein weiterer Pluspunkt – neben den Momenten, in denen ich sie, wenn die Zeit dazu da ist und uns niemand beobachtet, einfach küssen kann.

Ich grinse bei dem Gedanken daran und bin froh, dass das unter der Maske niemand erkennen kann.

»Blutung stillen«, bitte ich, und der Assistenzarzt mir gegenüber kommt dem nach, damit ich sauber arbeiten und die Drainagen anlegen kann.

Geschafft. Die Werte sind gut, seit die Patientin von der Herz-Lungen-Maschine genommen wurde und die Drainagen sitzen.

»Was folgt jetzt, Dr. Rivera?«, frage ich Mitch, der heute mit mir im OP ist.

»Jetzt folgt die Verdrahtung beider Brustbeinteile mithilfe von Drahtcerclagen«, antwortet er sofort, und ich nicke.

»Gut aufpassen, dann dürfen Sie das nächste Mal Ihr Glück versuchen«, sage ich und beginne konzentriert damit, das Sternum, also das Brustbein, zu schließen.

Nachdem der letzte Draht gesetzt ist, fehlt nur noch der Wundverschluss des darüberliegenden Gewebes mit selbstauflösendem Nahtmaterial.

»Dr. Rivera, machen Sie die Patientin zu«, bitte ich danach und gebe somit an ihn ab. Er zögert nicht, ergreift die Initiative und obwohl er manchmal Momente hat, in denen es ihm schwerfällt, still zu stehen, ist er im OP stets bei der Sache. Das ist gut. Auch seine Arbeit an der Patientin hier überzeugt. Seine Hände sind ruhig, seine Stiche recht präzise gesetzt.

»Sehr gut«, lobe ich ihn.

»Geschafft«, sagt Mitch mehr zu sich selbst als zu dem Team im OP oder zu mir, nachdem er die Naht geschlossen und seine Arbeit beendet hat.

»Gute Arbeit.« Das ist nicht nur an ihn, sondern an das ganze Team gerichtet. Der Anästhesist weckt die Patientin langsam auf. Die Menge des Schmerz- und Narkosemittels wird verringert, bis die Patientin beginnt, wieder selbstständig zu atmen. Dann kann sie in den Aufwachraum.

Ich verlasse den OP, wasche mich und mache mich wieder bereit für die Arbeit auf Station, als Bella mich abfängt.

»Nash?« Ich halte an und gehe zu ihr. »Dr. Gardner möchte dich sehen«, meint sie. »Jetzt.«

»Hat er gesagt, warum?«, frage ich skeptisch, und sie schüttelt bedauernd den Kopf.

»Nein. Er meinte nur, dass ich dir das ausrichten soll, sobald du aus dem OP raus und wieder auf Station bist.«

Seltsam.

»Ich mache mich direkt auf den Weg.«

»Okay, ich geb ihm Bescheid.«

»Danke dir.«

Auf dem Weg gehe ich im Kopf durch, was heute noch so ansteht. Eine Visite bei einem Patienten, der gestern seine Herzklappen-OP hatte, eine weitere Untersuchung bei einer Patientin mit Verdacht auf einen Tumor und wieder zu viel Papierkram, der liegen geblieben ist. Außerdem wollte ich für Laura und mich einkaufen gehen. Sie hat es sich in den Kopf gesetzt, heute selbst kochen zu wollen, weil sie das in den letzten Wochen nicht geschafft hat. Gerade müsste sie noch mit Aleksandra im OP sein. Vielleicht ist sie auch schon fertig.

Ping. Achter Stock. Ich steige aus, schlendere den Gang runter bis ans Ende zu Chris' Büro und klopfe an.

»Herein!«, tönt es gedämpft, und ich begrüße Chris, nachdem ich eingetreten bin. »Schließ die Tür.« Freundlich, aber bestimmt – und so langsam beschleicht mich der Verdacht, dass das hier kein angenehmes Gespräch wird. Doch ich warte noch ab.

»Nimm bitte Platz.« Er deutet auf den Sessel vor seinem mahagonifarbenen Schreibtisch, und ich setze mich.

»Warum bin ich hier, Chris?«

Er faltet die Hände auf seinem Bauch und schnauft. »Ich will nicht um den heißen Brei herumreden. Es ging eine Beschwerde ein.«

»Scheiße. Was haben die Bambini angestellt?« Fieberhaft gehe ich die Möglichkeiten durch. Die meisten sind in der Notaufnahme eingesetzt, und zudem stehen die Dienste in anderen Bereichen als der Chirurgie und der Inneren an, und ich kann unmöglich jeden rund um die Uhr betreuen.

»Es geht um dich, Nash.« Dieser Satz trifft mich wie ein

sehr schneller und harter Schlag in die Magengrube. Vollkommen unerwartet.

»Wie bitte?«, frage ich angespannt und um Beherrschung bemüht.

»Ich wünschte, ich hätte bessere Nachrichten, aber unglücklicherweise wurde heute früh eine Beschwerde gegen dich eingereicht, die ich leider nicht ignorieren kann.«

»Worum geht es?«

»Bevor ich dir das sage, möchte ich, dass du weißt, dass ich das nicht gerne tue und …«

»Worum geht es, Chris?«, unterbreche ich ihn. Er presst die Lippen zusammen, dann redet er weiter.

»Bevorteilung einer Assistenzärztin und Kompromittierung anderer.« Ich atme tief durch. »Ausnutzung der Machtposition.«

»Von wem kam das?«

»Nash.« Chris seufzt. »Du weißt, ich darf dir das nicht sagen, solange die Untersuchung läuft.«

»Untersuchung? Du strebst eine offizielle Untersuchung an?« Ich lehne mich vor, stütze mich auf meinen Knien ab und kann kaum glauben, dass ich diese Unterhaltung überhaupt führen muss.

»Mir bleibt keine Wahl. So leid es mir tut. Aber wenn es ein Missverständnis ist, sollte die Sache schnell aus der Welt sein. Ich muss hier nach Protokoll gehen, das weißt du.«

»Wenn?« Ich lache trocken auf, fahre mir durchs Haar.

»Entschuldige, das meinte ich nicht so. Ich bin sicher, da ist nichts dran. Es ist für uns alle eine blöde Situation.«

»Wer wird noch befragt?«

»Alle Assistenzärzte und -ärztinnen unter deiner Obhut.«

»Es geht um Laura.« Chris hat recht, wir müssen nicht um den heißen Brei herumreden.

»Ja. Es geht um Dr. Collins. Also stimmt es?«

»Stimmt was? Dass ich sie bevorteile? Sie unter Druck setze? Sie erpresse? Was soll verfluchte Scheiße stimmen, Chris?« Ich kann meine Wut nicht mehr zurückhalten, springe auf und tigere vor seinem Schreibtisch hin und her.

»Schläfst du mit ihr?«

»Fuck!«, fluche ich und bleibe stehen. »Ja.«

»Verdammt, Nash.«

»Es gibt, was das angeht, kein Verbot.«

»Es gibt so was wie ungeschriebene Regeln, und das weißt du.« Natürlich tue ich das, ich hab es den Bambini am Anfang selbst erklärt. Fangt nichts untereinander an. Scheiße.

»Läuft es noch?« Ich kann und will darauf nicht antworten. Es geht niemanden etwas an. »Das werte ich als Ja. Vielleicht wäre es besser, zumindest im Rahmen der Untersuchung Abstand zu ihr zu wahren.«

»Besser für mich, für Laura – oder für dich?«, frage ich und bin mir darüber im Klaren, dass es nicht fair ist. Chris war immer für mich da und auf meiner Seite.

Seine Augen verengen sich zu Schlitzen, und seine Miene wird undurchdringlich. »Die Nachricht ist nicht leicht zu verdauen, daher sehe ich dir diesen Ausbruch nach.« Ich nicke, auch wenn ich ihm am liebsten sagen würde, wo er sich das hinstecken kann. Chris kann nichts dafür, deshalb verkneife ich es mir und bemühe mich um Fassung. Um Kontrolle. Oder zumindest einem Anschein dessen.

»Ich muss das jetzt fragen: Du bestreitest also, die als Assistenzärztin unter deiner Führung arbeitende Dr. Laura Collins je bevorteilt, unter Druck gesetzt oder erpresst zu haben? Und dass du sie nie zu sexuellen Handlungen gedrängt hast?«

Ich lächle schief, obwohl mir nicht danach zumute ist. Sexuelle Nötigung. Endlich nennen wir das Kind beim Namen.

»Ja, das bestreite ich.« Ich schaue Chris in die Augen und werde wieder ernst. »Du solltest mich besser kennen.«

»Ich habe keine Sekunde geglaubt, dass es stimmt.«

»Trotzdem sind wir hier.«

Er atmet tief ein und aus. »Das sind wir. Es wird sich alles klären, Nash. Derweil lass Aleksandra die Betreuung von Dr. Collins übernehmen. Ich werde sie dahingehend informieren.«

»Ist das eine Empfehlung?«

»Das ist eine Anordnung. In wenigen Wochen sollte das Ganze vom Tisch sein. Nimm dir den Rest des Tages frei.« Chris muss nichts weiter sagen. Mit diesen Worten bin ich entlassen, das weiß ich. Und ich habe auch kein großes Bedürfnis, länger hierzubleiben. In mir kocht und brodelt es, in meinem Kopf herrscht Chaos, und meine Gefühle fahren Achterbahn.

Es ist passiert.

Genau das, was ich befürchtet habe und um jeden Preis vermeiden wollte, ist passiert.

Ich greife nach der Türklinke und merke, dass die Tür nicht richtig geschlossen ist. Dass ich sie vorhin nur halbherzig angelehnt habe.

Mist, verdammter.

Und als ich nach draußen trete und beinahe über Ians Füße stolpere, ist mir klar, dass der Scheißkerl mit Sicherheit alles gehört hat.

Ich ignoriere ihn. Ich versuche es – nur leider ist das bei Ian meist kaum möglich.

»Nash?«

»Es ist kein guter Zeitpunkt für deine Spielchen und deine dummen Sprüche«, zische ich, während ich an ihm vorbeigehe. »Warst du nur hier, um zu lauschen?«

»Ich bin zufällig hier und aus anderen Gründen als du«, feuert er so vehement zurück, dass ich doch kurz innehalte und mich zu ihm drehe. »Keine Ahnung, was dort drin alles besprochen wurde, ich hab nur einen Bruchteil mitbekommen. Aber der hat gereicht.«

»Und?«

Er kommt auf mich zu. »Und das ist Schwachsinn. Das weißt du, und das weiß ich. Das ist verschissener Schwachsinn, Nash. Chris ist das auch klar.« Ich habe keine Kraft, darüber zu reden. Ich habe keine Kraft, darüber nachzudenken, was das alles bedeutet.

»Was willst du, Ian?«

»Mach jetzt bloß keinen Fehler, hörst du mich? Mach jetzt nichts, das du später bereust, nur weil du denkst, es sei das Richtige.« Was weiß er schon.

39. Kapitel

Laura

Der Sessel, in dem ich vor einer Minute Platz genommen habe, ist mit dunklem Leder bezogen und unbequemer, als er aussieht. Der Ausblick links aus dem großen Fenster entschädigt mich allerdings dafür, und ich genieße ein paar Sekunden, wie die Sonne über Phoenix scheint und sich in den Fenstern der gegenüberliegenden Gebäude bricht.

Ich habe keine Ahnung, warum ich direkt nach meiner OP eben herkommen musste, aber ich bin nervös. Man sitzt nicht alle Tage im Büro des Chefarztes der Chirurgie und wird gemustert. Vor allem sitzt man nie ohne triftigen Grund hier.

»Danke für Ihr Erscheinen, Dr. Collins«, wiederholt Dr. Gardner seine Worte von eben.

»Natürlich.« Ich knete meine Hände, halte jedoch seinem Blick stand. »Darf ich fragen, warum ich hier bin?«

Dr. Gardner sieht mich freundlich an. »Diese direkte Art müssen Sie von Ihrer Mutter haben. Ich erinnere mich gut, dass Ihr Vater eher der abwartende Typ war.«

»Ich wollte nicht unhöflich sein«, rudere ich zurück. Er hat recht. Meine Mom war direkt, manchmal zu direkt, und ich habe, was das angeht, viel von ihr. Doch Dr. Gardner winkt ab.

»Wie gut kannten Sie meinen Vater?« Ich bin zu neugierig, um diese Frage nicht zu stellen. Besonders, weil mir seine Worte im OP von neulich in den Sinn kommen.

»Das lässt sich schwer beantworten. Wir haben zwar zusammen studiert, aber ihr Vater war ein Eigenbrötler – und dennoch sehr begehrt, was Lerngruppen anging, weil er komplexe Inhalte gut durchdringen konnte. Wir hatten erst sehr spät im Studium mehr miteinander zu tun und sind Freunde geworden. Leider habe ich danach nicht lange mit ihm zusammengearbeitet, aber doch lange genug, damit er mir ein paarmal aus der Patsche helfen konnte.« Ich lächle über seine Worte. »Er hat mir geschrieben, kurz bevor er nach Afghanistan ging, und als ich hörte, dass …« Er schaut aus dem Fenster und presst die Lippen zusammen. »Er war ein guter Arzt, geduldig und in sich ruhend, aber auch leidenschaftlich und ehrgeizig. Elias war ein guter Mensch.«

Ja. Das war er. Und meine Mom war es ebenso.

Ich versuche, nicht daran zu denken, wie es war, als mich der Anruf erreichte. Als mir klar wurde, dass die beiden nie wieder heimkommen würden. Und ich hoffe bis heute, dass sie viele Menschen retten konnten. Dass sie ihre Spuren hinterlassen haben in den Ländern, in denen sie waren, und in diesem letzten Land, das von Kriegen erschüttert wird, die es nicht haben oder führen will, mit Menschen, die dortbleiben und das ertragen, weil es eben ihre Heimat ist. Ihr Zuhause.

Niemand verlässt sein Zuhause – es sei denn, es geht nicht mehr anders. Wer will schon Kriege? Wer will schon sein Zuhause verlieren? Oder Menschen, die er liebt?

»Das trifft es ganz gut«, erwidere ich mit belegter Stimme und räuspere mich, während ich mit aller Macht die Tränen wegblinzele, die sich in meinen Augen gebildet haben.

»Ja, nicht wahr? Umso mehr freue ich mich, dass seine Tochter nun hier am Whitestone Ärztin ist. Leider sind Sie nicht nur hier, um mit mir zu plaudern, sondern weil ich Ihnen ein paar unangenehme Fragen stellen muss. Verzeihen Sie mir diesen unglücklichen Themenwechsel.«

Das klingt nicht gut. Meine Hände werden schwitzig. Habe ich einen Fehler gemacht? Ist etwas passiert?

»Worum geht es? Um meine Arbeit hier?«

»Ja und nein«, meint er vage und lehnt sich vor, um seine Arme auf dem Tisch abzustützen. Er druckst herum, findet nicht sofort den richtigen Ansatz, doch als er schließlich erklärt, warum ich hier sitze, setzt mein Herz einen Moment aus.

»Das ist ein Scherz«, bricht es aus mir heraus. Die Überraschung, die Empörung und auch die Sorge. Ich sitze mit offenem Mund da. Vollkommen fassungslos. »Es liegt eine Beschwerde gegen ihn vor? Eine Anschuldigung, er hätte mich möglicherweise genötigt?« Ich werde immer lauter, immer ungehaltener, und es ist mir in dieser Sekunde egal, in wessen Büro ich sitze. »Und nicht nur das, man unterstellt mir damit gleichermaßen, ich würde mich unter Druck setzen und erpressen lassen. Oder ihn ausnutzen, um besser dazustehen. Die besseren OPs zu bekommen?«

»Sie bringen es gut auf den Punkt.«

»Von wem kam das?«

»Nash hat diese Frage auch gestellt«, erklärt er leise, und auch wenn er es zu kaschieren versucht und wirkt, als sei ihm das versehentlich rausgerutscht, habe ich es gehört. Obwohl klar sein sollte, dass Nash hier war, überrascht es mich. Ich hatte nur noch nicht darüber nachgedacht, dass er womöglich vor mir Bescheid wissen könnte. »Ich darf Ihnen zum jetzigen Zeitpunkt keine genauen Informationen dazu geben. Ich halte Sie jedoch über alles auf dem Laufenden. Sie sagen also, dass nichts davon zutrifft?«

»Nichts davon ist wahr«, erkläre ich nachdrücklich.

»Mit Verlaub, darf ich fragen, wie Ihre Beziehung zu Dr.

Brooks sich ansonsten verhält?« Eine gute Frage, die ich nicht beantworten kann. Für mich ja, aber für Nash? Für uns beide? Nein. Nur weil ich mich verliebt habe, heißt das nicht, dass es ihm auch so geht. Nur weil wir die letzte Woche jede freie Minute miteinander verbracht haben und es sich angefühlt hat, als seien wir ein Paar, heißt das nicht, dass er das auch so sieht. Es war nicht nötig, darüber zu reden. Noch nicht.

»Hätte ich irgendeine Art von Beziehung mit Dr. Brooks, in beiderseitigem Einverständnis natürlich, wäre das ein Problem?«

»Nein. Gemäß unseren Richtlinien wäre es das nicht.«

Ich recke das Kinn und straffe die Schultern. »Dann tut es mir leid, Sie dürfen nicht fragen«, sage ich so respektvoll wie möglich. Entgegen meiner Sorge, ich würde damit zu weit gehen, erkenne ich das Lächeln, das an Dr. Gardners Lippen zupft. Und das, obwohl der Rest seiner Mimik regungslos bleibt.

»Danke für Ihre Zeit, Dr. Collins. Ich melde mich bei Ihnen.«

Mit einem gemurmelten Danke erhebe ich mich, verlasse das Büro und somit eine der unangenehmsten Situationen seit langer Zeit, um mich auf die Suche nach Nash zu machen.

Doch ich muss nicht lange suchen, er wartet bereits auf Station auf mich, neben den Aufzügen – und er ist sogar der Erste, den ich sehe, als ich aussteige.

»Hey«, sage ich, während mein Herz anfängt zu rennen und sich etwas auf meine Brust setzt, das mir das Atmen erschwert. Vielleicht, weil ich seinen Blick nicht deuten kann. Oder weil ich es kann … Weil ich es verflucht noch mal kann. Er weicht mir wieder aus.

»Wie war dein Gespräch?«, fragt er, die Ruhe in Person, und selbst als ich direkt neben ihm stehe, bewegt er sich kaum. Sieht mich nicht richtig an.

»Ich habe sehr deutlich gemacht, dass an diesen Anschuldigungen nichts dran ist. Da ich hier das vermeintliche Opfer bin – und du ebenfalls –, sollte das etwas zählen.« Er schaut gedankenverloren auf den Boden, die Hände in den Kitteltaschen. Ich zähle die Sekunden und höre ihr Ticken in meinen Gedanken – *vierzehn, fünfzehn, sechzehn* –, bis Nash den Kopf hebt und mir endlich richtig in die Augen sieht. »Es tut mir leid«, sage ich.

»Es ist nicht deine Schuld, Laura.«

»Aber es ist genau das, was du vermeiden wolltest. Es tut mir leid, dass du es nicht konntest.« Ich lehne mich an die Wand. »Lass uns nachher in Ruhe darüber reden, in Ordnung?«

»Ich denke, es wäre besser, wenn wir das verschieben. Ich mache vorzeitig Feierabend und würde gerne nach Hause.« Da ist es. Ich habe es geahnt, habe darauf gewartet und gehofft, es käme nicht.

Manche Wünsche wünscht man, auch wenn man weiß, dass sie nicht in Erfüllung gehen können. Ich glaube, das nennt man Hoffnung.

»Gut. Also morgen?«, frage ich, obwohl ich auch diese Antwort bereits kenne.

»Wir sollten abwarten, bis die Sache durch ist.« Klar, er zieht sich vor mir zurück. Was habe ich erwartet?

Den Kopf schüttelnd lache ich trocken auf.

»Warum lachst du?«

»Weil ich für einen Moment gedacht habe, du würdest anfangen, für dich einzustehen. Für uns.«

»Danach …«

»Es wird kein *Danach* geben, Nash. Wenn der ganze Scheiß vorbei ist, wirst du einen anderen Grund finden, warum es besser ist, dass wir uns noch Zeit lassen oder nur befreundet zu sein.«

»Laura.« Jetzt endlich regt er sich, nimmt seine rechte Hand aus der Tasche und will nach mir greifen, aber ich weiche aus. »Wir sollten uns diese Zeit erlauben. Und wir sollten das nicht auf die leichte Schulter nehmen.«

»Denkst du, das würde ich tun? Denkst du, es wäre mir egal, was da gerade passiert? Das ist es nicht, okay?«

»Wir sollten nicht noch mehr Öl ins Feuer gießen. Bis auf Weiteres wird Aleksandra deine Ansprechperson und Betreuerin sein.«

»Wie bitte?«, frage ich halb erstickt und kann kaum glauben, was ich da höre. »Ist das auf deinem Mist gewachsen? Schiebst du mich in allen Bereichen von dir, weil … Warum? Um mich zu schützen? Oder dich? Um wen geht es dir hier wirklich?«

»Was willst du von mir hören?« Er klingt müde, nicht angriffslustig, trotzdem verletzt es mich.

»Das solltest du mich nicht fragen müssen.«

»Wir brauchen Zeit.« Nash wird wütend. Ich bin es längst. Wütend und traurig und verletzt. So sehr, dass es schmerzt. Dass es in mir zieht und brennt. Dass es reißt. Und ich verstehe jetzt, wie sich Wunden anfühlen, die zu einem Krater werden und Narben hinterlassen können.

»Nein.« Ich schließe kurz die Augen. »Das ist es nicht. Du machst einen Rückzieher. Du gibst uns auf. Dabei durfte es nicht einmal richtig beginnen. Das ist so falsch.« Er widerspricht mir nicht. Er bleibt still. Und mein Herz tut weh. Mein Hals brennt. Meine Seele weint.

»Feigling«, wispere ich erstickt, und er zuckt zusammen, als hätte ich dieses Wort nicht geflüstert, sondern geschrien. Als hätte ich ihn geschlagen.

Dann gehe ich. Gehe und blicke nicht zurück.

Ich gehe, und jeder Schritt schmerzt.

Er gibt uns auf. Er gibt mich auf …

40. Kapitel

Laura

Zwei Tage später habe ich wieder Dienst in der Notaufnahme, und es kommt mir wie eine Ewigkeit vor, dieses Gespräch mit Nash geführt zu haben. Eine Ewigkeit, ihn das letzte Mal gesehen zu haben …

Keine Ahnung, wie ich die letzte Schicht überstanden habe, ohne Fehler zu machen oder durchzudrehen. Es ist, als wäre ich wie in Trance durch die Station gelaufen. Nach meinem Dienst gestern hätte ich mich definitiv daheim ausruhen sollen – stattdessen saß ich im *Desert Botanical Garden* im *Papago Park* auf einer Bank und starrte auf ein paar schöne Kakteen, die im Licht der untergehenden Sonne glänzten und in allen Farben leuchteten. Das Bild vor mir wirkte wie eine Fata Morgana – möglicherweise auch, weil meine Augen etwas verquollen waren von meinem kleinen Ausbruch. Einer voller Tränen und Flüche, die einige Eltern dazu gebracht haben, ihre Kinder etwas schneller als nötig an mir vorüberzuschieben.

Ich dachte daran, wieder zu gehen, aber meine Glieder waren zu schwer, und ich hatte das Gefühl, würde ich heimgehen, wäre alles wahr. Wirklich und richtig wahr. Das konnte ich nicht ertragen.

Und dann würde es wieder wehtun.

Also bin ich geblieben, bis der Park schloss, und habe erst sehr spät einen Bus genommen, um zu meinem Apartment zu kommen. Ich habe beschissen geschlafen und den Kaffee für Grant und die anderen vergessen.

Ich gebe mein Bestes, das nicht an mich ranzulassen. Nicht diese Beschwerde, diese Unterstellung, Nashs Worte, die sich in mein Gedächtnis und mein Herz eingebrannt haben, nicht meine Sehnsucht. Aber vor allem nicht die mitleidigen, fragenden oder wertenden, fast beschämten Blicke der anderen.

Ausblenden. Durchatmen. Weitermachen.

Versuchen, nicht durchzudrehen.

Heute ist Freitag und somit relativ viel los, daher bleibt mir kaum Zeit, allzu oft und zu sehr über all das nachzugrübeln, und ich bin dankbar dafür. Auch wenn ich niemandem wünsche, hier in der Notaufnahme landen zu müssen.

»Was haben wir?«, frage ich Grant, der seine Schichten immer häufiger an meine anlehnen lässt, als ein Mann auf einer Trage hereingeschoben wird.

»Mitte dreißig, Taxifahrer, hat die Kontrolle über seinen Wagen verloren. Kaum ansprechbar.« Mitch tritt neben mich.

»Was noch?«, erkundigt er sich, und Grant macht weiter.

»Gleich kommen die beiden Fahrgäste rein. Sprachbarrieren vorhanden, er ansprechbar, nur leichte Verletzungen, seine Begleitung ist nicht nicht bei Bewusstsein, mindestens eine Fraktur, ein Trauma und innere Blutungen können nicht ausgeschlossen werden.«

Mitch und ich schauen uns an. »Ich übernehme den Fahrer.« Mitch nickt mir zu und wartet mit Grant auf die anderen Verletzten. Währenddessen kümmert sich das weitere diensthabende Fachpersonal bereits um Dutzende andere Patienten und Patientinnen, und es ist kein Ende in Sicht.

»Können Sie mich hören, Mister? Hallo?« Ich hebe die Lider des Fahrers, checke die Reaktionen seiner Pupillen mithilfe meiner kleinen Taschenlampe. Unauffällig. Sein leises Stöhnen dringt zu mir. »Sir?«, frage ich erneut. »Verstehen Sie mich?« Ein Nicken, das ich trotz Stützkragen um den Hals erkennen kann. »Wie lautet Ihr Name?«

»Cohen«, krächzt er.

»Okay, Mr Cohen. Schön ruhig liegen bleiben. Sie sind im Whitestone, und wir kümmern uns um Sie. Das hier ist Lisha, sie wird bei Ihnen bleiben, mein Name ist Dr. Collins.«

Ich überlege mir meine Vorgehensweise, da wird meine Aufmerksamkeit plötzlich auf die beiden anderen Verletzten gelenkt, die Grant angekündigt hat. Der Mann schreit laut und verzweifelt herum, muss von dem Sanitäterteam und zwei Pflegern fixiert werden, weil er zu seiner Begleitung möchte, die bewusstlos auf der anderen Trage liegt. Voller Blut.

Scheiße. Sieht nicht gut aus.

»Sir? Verstehen Sie mich? Sprechen Sie Englisch? Scheiße, ich kann nur Spanisch!«, flucht Mitch so laut und verzweifelt, dass ich es über den Tumult hören kann. Dr. O'Leary hilft Mitch. Bisher habe ich noch nicht direkt mit ihm zusammengearbeitet, aber er soll gut sein.

»Kümmer dich um ihn, schau nach Frakturen und offenen Wunden«, weise ich Lisha an, und sie nickt. Dann eile ich zu den beiden, um zu helfen. Ich halte den Patienten am Arm, nehme seine Hand und lenke seine Aufmerksamkeit auf mich. Ich höre seine Worte – und verstehe sie.

»Atajna …« Ich atme tief durch und denke nach. Ich bin nervös, und bei einer so lebendigen und komplexen Sprache wie dieser ist man schnell aus der Übung, wenn man sie ohnehin nicht perfekt beherrscht. Aber ich war damals gut. Und es ist egal, ob ich Fehler mache. Es geht nicht um eine Note. Es geht um Menschenleben. »Nahnu huna likay musaaidak.« *Wir sind hier, um zu helfen*, sage ich und bemühe mich, ihn zu beruhigen. Endlich sieht er mich an, weint und umfasst meine Schultern.

»Zauschati«, wiederholt er immer wieder und zeigt panisch auf die Patientin hinter mir.

»Das ist seine Frau«, informiere ich Mitch und Dr. O'Leary. »Und er spricht Arabisch.«

»Woher kannst du das?«

»Studium«, antworte ich knapp. Ich habe nebenbei einige Sprachkurse belegt, hauptsächlich in Arabisch und Persisch. Wegen meiner Eltern und ihren Touren. »Kümmer dich um meinen Patienten, den Fahrer.«

»Alles klar!«, ruft Mitch und wirkt dankbar.

»Ismie Dr. Collins. Hal Tuaani men Aalam?« *Ich bin Dr. Collins, haben Sie Schmerzen?*

Er schüttelt hektisch den Kopf, und dann sagt er Worte, die mich erstarren lassen: *Helfen Sie meiner Frau. Helfen Sie meinem Kind.*

»Hamil?«, frage ich perplex. Er nickt und bricht unter der Erleichterung, dass ihn jemand versteht, zusammen. Sofort renne ich zu seiner Frau. »Sie ist schwanger!«, rufe ich, als sie umgebettet werden soll. In Rückenlage ist ihr Bauch kaum zu sehen, das Baby liegt auch eher weiter hinten, und bei ihr ist so viel Blut auf der Kleidung und auf der Haut, dass ich nicht einmal ausmachen kann, ob es nur oberflächliche Verletzungen sind. Dr. O'Leary hält inne, während ich mich an Grant wende.

»Ruf sofort in der Gynäkologie an. Schwangerschaft, vermutlich Ende des ersten Trimesters. Während wir uns um die Frau kümmern, sollte jemand nach dem Baby sehen.«

Grant reißt die Augen auf, dann macht er sich sofort auf den Weg. »Woher haben Sie diese Information?«, fragt O'Leary, und ich erkläre ihm alles. Er bedankt sich, passt seine Untersuchungen an.

»Dann hoffen wir, dass gleich jemand hier ist. Denn ob schwanger oder nicht, die Frau muss in den OP, und zwar schnell.« Dr. O'Leary deutet auf eine riesige Glasscherbe, die sich auf Höhe der linken Niere in ihren Körper gebohrt hat.

Verdammt. Ihr rennt die Zeit davon.

Die Frau hat Schürfwunden im Gesicht, Prellungen am Kopf, Blut auf ihrem hellen Shirt und auf der Jeans, aber ich kann keine starken Blutungen im Intimbereich ausmachen. Zumindest nicht so. Aber das bedeutet nichts.

»Aabidah, Aabidah!«, ruft der Mann wieder und wieder. Der Name seiner Frau.

»Aabidah, können Sie mich hören? Hal tafhamini hadritik?« Sie reagiert nicht, trotzdem rede ich weiter mit ihr, während wir sie in Richtung Schockraum fahren und Dr. O'Leary Anweisungen gibt. »La tachafi. Sa afhasuki.« Ich sage ihr, dass sie keine Angst haben muss, rede ihr gut zu und erkläre, dass ich sie jetzt untersuchen werde.

Kurze Zeit später kommt eine Frau mit kastanienfarbenem Haar, das zu einem hohen Dutt gebunden ist, ernstem Gesichtsausdruck und einer einnehmenden Ausstrahlung herein. Dr. Abby Clark, steht auf ihrem Schild.

Ich halte Aabidahs Hand, rede weiterhin auf Arabisch mit ihr und helfe dem Arzt, Grant und den anderen Pflegerinnen, wo ich nur kann, während sich Dr. Clark die Hände desinfiziert, Handschuhe überzieht und sofort an die Patientin tritt.

»Ist sie stabil?«

»Ja, noch«, meint Dr. O'Leary.

»Verlieren wir keine Zeit.« Sie zeigt auf mich. »Helfen Sie mir bitte … Dr. Collins. Wir müssen ihre Kleidung aus dem Weg schaffen, damit ich eine vaginale Sonografie machen kann.« Ich stehe auf, helfe ihr bei allem, und wir arbeiten nicht nur konzentriert, sondern auch schnell, während die Basischecks bei der werdenden Mutter durchgeführt werden.

»Dann schauen wir mal. Na, wo bist du?«, sagt Dr. Clark mehr zu sich selbst als zu uns. »Hab ich dich.« Ich sehe den Fötus auf dem Bildschirm und schlucke schwer, weil ich nicht weiß, ob es ihm gut geht. »Herzschlag vorhanden, keine Blutung erkennbar, Muttermund und Gebärmutterhals sehen gut aus.« Sie schaut sich alles genau an und gibt Entwarnung. »Dem Kind geht es gut. Die Fruchtblase ist intakt.«

Ich atme auf.

»Ab in den OP mit ihr«, weist Dr. O'Leary uns an. »Ich hätte Sie gern mit dabei, Dr. Collins, aber in Anbetracht der Umstände würde ich Sie bitten, sich um den Mann der Patientin zu kümmern und weiter zu dolmetschen.«

»Kein Problem.«

»Sehr gut.«

Ich wechsele meine Handschuhe, desinfiziere mich erneut und trete mit Dr. Clark aus dem Schockraum.

»Sie sind eine der neuen Bambini?«

»Laura Collins, freut mich sehr«, sage ich, und sie lächelt.

»Mich auch. Vielleicht sehen wir uns bald in der Gyn. Bis dahin …« Sie deutet ein Winken an, bevor sie verschwindet, und ich eile zurück zu dem Mann der Patientin, der in eine der Kabinen gebracht wurde und gerade von einer Pflegerin ein Schmerz- und Beruhigungsmittel bekommt.

Noch immer murmelt er ihren Namen, und als er mich sieht, weiten sich seine Augen vor Angst und Hoffnung zugleich. Ich lächle und erkläre ihm, dass seine Frau jetzt operiert wird. Dass es dem Baby gut geht. Und als ich diesen Mann weinen sehe, weine ich beinahe mit. Er weint und weint, und ich kann seine Liebe zu seiner Frau und dem ungeborenen Kind fast körperlich spüren. Ich setze mich zu ihm.

»Ma Asmok?«

»Fareed Shadid.« Er heißt Fareed.

Ich möchte ihm sagen, dass alles gut wird. Dass seine Frau gesund aus dem OP kommt und sein Kind ebenso und dass er sich keine Sorgen machen soll, aber ich schweige. Ich sitze für einen Moment nur bei ihm und leiste ihm Gesellschaft.

Ich werde hoffen und beten und mein Bestes geben. Aber nie wieder werde ich denselben Fehler machen wie bei Ria …

Meine Schicht ist vorbei, und ich bin vollkommen erledigt. Seit der Sache mit Nash habe ich kaum oder nur schlecht geschlafen, habe mit Kopfschmerzen zu kämpfen und bleibe, um mich abzulenken, länger im Whitestone. Arbeite Papierkram ab oder lerne. So wie jetzt. Ich möchte mich auf Station ins Ärztezimmer setzen und lernen und werde unterwegs von Donald abgefangen, der mir etwas in die Hand drückt.

»Dr. Collins? Das soll ich Ihnen von Grant geben.«

»Danke«, sage ich gedankenverloren, während ich auf die neue Ausgabe der *Whitestone Hospital News* schaue. Donald geht wieder an die Arbeit, und ich schlage die Zeitung dort auf, wo ein kleiner Post-it befestigt wurde.

Erklärung des Monats: Broken-Heart-Syndrom. Wenn das Herz vor Kummer aufhört zu schlagen.

Es wird beschrieben, wie genau es aussehen kann, wenn das Herz aufgrund von Leid und Stress aufhört zu arbeiten, oder wie man es im Volksmund nennt: wie es bricht. Natürlich bricht es nicht wirklich, aber man hat das Gefühl, weil es körperlich und emotional schmerzt.

Auf dem Zettel von Grant steht: *Pass auf dich auf, Bambina.*

Heftiger als nötig schlage ich die Zeitung zu und falte sie zusammen. So ein Blödsinn. Ich habe kein gebrochenes Herz, und das alles ist halb so schlimm. In ein paar Tagen ist es vergessen. Dann ist es besser. Ich muss nur fest daran glauben.

Ich möchte meinen Weg fortsetzen, aber ich komme nicht weit. Nash läuft mir entgegen. Er liest in einer Akte, hält den Kopf gesenkt und bemerkt mich nicht einmal. Seine Züge wirken ernst und konzentriert, sein Gang selbstsicher wie immer, und ich könnte einfach weitergehen. Ich könnte gehen, und er würde es nicht merken. Aber meine Füße bewegen sich nicht, meine Beine fühlen sich an wie Blei, und mein Blick klebt an ihm, als hätte ich keine andere Wahl.

Es ist das erste Mal, dass ich ihn wiedersehe. Das erste Mal, seit ich ihn einen Feigling genannt habe. Das erste Mal, seit er mir zu verstehen gegeben hat, dass er nicht an dem festhalten will, was wir hatten – oder haben wollten. Es kam keine Nachricht, kein Anruf. Nichts.

Und als er hochschaut, als er mich doch entdeckt, da vergesse ich eine Sekunde lang, wie man atmet. Ich vergesse, dass er mich verletzt hat. Dass ich ihn nicht verstehe und irgendwie doch. Dass das alles kompliziert ist und gleichzeitig so einfach. Da ist nichts mehr als mein Verlangen, ihm entgegenzukommen und mich an ihn zu schmiegen. Ich will ihn sagen hören, dass wir das schon schaffen und wir nicht aufgeben werden.

Aber nichts davon passiert.

Er bleibt stehen, als könnte er keinen einzigen Schritt mehr in meine Richtung machen, und ich wende mich ab, gehe von ihm weg, statt auf ihn zu, und nehme einen Umweg in Kauf, um zu meinem Spind zu gelangen. Dabei denke ich an die Zeitung, den dämlichen Artikel, den Grant vermutlich selbst geschrieben hat – und ich verfluche ihn. Weil mein Herz doch ganz schön wehtut, ein wenig gebrochen eben, ein wenig kaputt. Und es ist, als würde der Rest meines Körpers es umarmen und trösten, während er mit ihm weint.

»Laura?«

Ich wische mir heimlich eine Träne weg.

»Hey, Mitch.« Er kommt mir aus Richtung des Ärztezimmers entgegen, das ich endlich erreiche, und es wirkt, als mache er Feierabend.

»Alles okay?«

»Klar.« Ich winke ab. »Bin nur erschöpft. War ein harter Tag.«

»Geht mir auch so. Das vorhin, das war großartig. Wirklich.«

»Danke. Aber wäre er Mexikaner gewesen, hättest du gepunktet. Es war reiner Zufall.«

»Mach deine Arbeit nicht kleiner, als sie ist«, sagt Mitch und lächelt ein Lächeln, das seine Augen nicht erreicht. Nun bin ich es, die ihn fragt, ob alles okay ist.

»Ja, bin nur müde. Hab eben noch kurz mit Sierra gequatscht. Ich glaube, sie mag mich langsam. Also, zumindest duldet sie mich in ihrer Nähe, das gleicht einer Liebesbekundung, findest du nicht?« Er wackelt viel zu übertrieben mit den Augenbrauen, und ich muss lachen.

»Könnte man sagen. Wo ist sie genau?«

»Sie zieht sich wohl um, ihre Schicht beginnt gleich.«

»Okay. Danke. Schönen Feierabend, Mitch, und gute Nacht.« Ich gehe an ihm vorbei.

»Laura?«

»Ja?«, frage ich und schaue über die Schulter zu ihm zurück. Er zögert, presst die Lippen zusammen und die Leichtigkeit von eben ist verflogen. »Nichts, schon gut. Ich wünsch dir auch eine gute Nacht.«

»Danke«, sage ich und schaue ihm nach, jedoch nicht, ohne mit den Augen erneut nach Nash zu suchen. Ohne Erfolg. Er ist weg.

Mit der Zeitung unterm Arm gehe ich zu meinem Spind, pfeffere sie hinein und hole meinen Rucksack raus. Genauso wie mein anderes Zeug. In der Sekunde kommt Sierra aus der Umkleide, frisch und munter in ihrem Kasack und der passenden Hose.

»Hey.« Ich hänge mein Stethoskop weg und atme tief durch.

»Du siehst beschissen aus.«

»Danke, so liebevoll hat mich schon lange niemand mehr begrüßt.« Den Spind schließend schaue ich sie an und hebe eine Augenbraue. »Du siehst dafür klasse aus.«

»Ich weiß.« Sie grinst frech. »Aber im Ernst …«

»Es geht mir gut«, erwidere ich nachdrücklich und schroffer als beabsichtigt. Wenn mich das noch einer fragt oder einen blöden Kommentar macht, explodiere ich oder breche zusammen. Vielleicht auch beides. »Es geht mir gut«, wiederhole ich ruhiger und halte ihrem prüfenden Blick stand.

»Wenn du das sagst.« Sie zuckt mit den Schultern. »Ich muss jetzt los. Wir haben übermorgen die Frühschicht auf Station, dann sehen wir uns wieder. Schlaf dich mal aus!«, ruft sie noch, während sie durch die Tür geht.

Diese Situation ist kräftezehrend. Alle wissen Bescheid. Alle reden darüber. Alle tun, als wäre nichts – oder eben das Ende der Welt. Und ich frage mich, wer uns in diese Situation gebracht hat. Wer hat all diese Dinge behauptet? Ich schaue Sierra immer noch hinterher und komme nicht drumherum mich zu fragen, ob sie es war. Ob sie die Beschwerde eingereicht hat, weil es ihr zu viel wurde. Aber der Gedanke tut weh, also schiebe ich ihn beiseite. Ich könnte jeden Einzelnen fragen, sie alle damit konfrontieren, doch es würde nichts nützen. Niemand würde es zugeben.

41. Kapitel

Nash

Chris hat angeordnet, dass ich nicht mehr direkt für Laura zuständig bin, Aleksandra hat die Dienstpläne entsprechend angepasst. Ich arbeite nicht mehr mit ihr zusammen, aber das sorgt nicht dafür, dass das Problem gelöst ist oder dass ich weniger an sie denke.

Als ich sie eben das erste Mal, seit wir dieses beschissene Gespräch geführt haben, durch Zufall gesehen habe, wurde mir erst richtig bewusst, wie sehr ich sie die letzten Tage vermisst habe. Wie sehr ich sie jetzt vermisse. Bei jedem Atemzug und bei jedem Schritt. Trotzdem bin ich nicht zu ihr gegangen, nicht eben und nicht in der Zeit davor.

Die Art, wie sie mich angeschaut hat, ihr Ausdruck, dieser kleine Moment, in dem wir beide darüber nachgedacht haben, einfach alles zu vergessen, hat mich fast zerrissen. Doch stattdessen ist sie gegangen und ich bin es ebenso. Vielleicht hat sie recht. Vielleicht bin ich ein Feigling.

Mein Job ist mir nach wie vor wichtig, aber wenn ich ehrlich bin, ist er längst nicht mehr alles für mich. Ich hatte solche Angst, der neuen Aufgabe nicht gerecht zu werden, kein guter Lehrer und Mentor zu sein, dass ich zu verbissen war. So war es auch die Jahre davor. Ich war zu verbissen, zu ehrgeizig, zu besessen.

Bis Laura kam und alles auf den Kopf gestellt hat.

Bis diese Beschwerde eingereicht wurde und alles den Bach runterging.

Bis eben – als mir das erste Mal der Gedanke kam, ob dieser Job so einen Verlust wert ist. Ob er es wert ist, sie gehen zu lassen …

42. Kapitel

Laura

»Visite, Baby!«, ruft Sierra, als sie – bereit für die Frühschicht – ihren Spind zuknallt und ihren doppelten Espresso ex trinkt.

»Bitte, sei nicht so ekelhaft fröhlich«, nuschele ich und kann kaum die Augen offen halten. Ich habe die halbe Nacht mit Jess geskypt, Junkfood in mich reingestopft und dabei entweder über Nash gejammert, ihn beschimpft oder vermisst. Es war erbärmlich.

»Ihr seid schräg drauf. Ihr beide«, meint Maisie und richtet ihre Brille.

»Ja, als hättet ihr die Körper getauscht oder so«, kommentiert Mitch das Szenario, und ich schaffe es endlich, auch das zweite Auge ganz zu öffnen.

»Was?«

»Guckt mich nicht so an, du und Sierra …« Er deutet auf uns. »… seid normalerweise genau umgekehrt drauf. Du bist fröhlich, sarkastisch und du …« Mitch zeigt auf Sierra. »… bist mies drauf und sarkastisch.«

»Erzähl keinen Unsinn, Rivera. Ich hab total oft gute Laune.«

Das bringt Zeenah dazu, schallend loszulachen. So heftig, dass ihr die Tränen kommen. Mitch hebt die Augenbrauen. »Siehst du. So reagieren die Leute, wenn du so was sagst.«

Jane lächelt und schüttelt den Kopf, bevor sie als Erste raus auf Station verschwindet. Maisie folgt ihr auf dem Fuße, genau wie Zeenah, die immer noch lacht.

Ryan hat ohnehin gerade Schicht und wartet bestimmt schon.

»Kommt. Laura, du siehst …«

»… beschissen aus, ich weiß!«, beende ich Sierras Satz und klatsche mir mit den Handinnenflächen zweimal hintereinander auf die Wangen, um wach zu werden.

Ich folge ihr und Mitch, und als wir das entsprechende Zimmer betreten, erkenne ich, dass alle bereits auf uns warten – einschließlich Dr. Pine. Und Nash. Bei der großen Visite müssen wir alle anwesend sein, egal, wo wir gerade Schicht haben.

»Guten Morgen, Mrs Greene. Wie fühlen Sie sich heute?«, fragt Dr. Pine, und die Frau lächelt.

»Nicht schlechter als gestern. Das ist ein Anfang, oder?«

Wir erwidern ihr Lächeln und hören aufmerksam zu.

»Mrs Greene ist neununddreißig Jahre jung, hat sich in der Notaufnahme mit starken Rückenschmerzen vorgestellt, die bis ins rechte Bein ausstrahlen. An ein Trauma kann sie sich nicht erinnern. Die Schmerzen traten vor zwei Wochen das erste Mal auf, haben sich in den letzten Tagen jedoch verschlimmert, besonders im rechten Bein. Dort kribbelt es manchmal.« Dr. Pine redet und redet, und anfangs folge ich ihren Worten. Bis ich den Fehler mache und Nash ansehe.

Er sieht etwas blasser aus als sonst, aber so schön wie immer. Aus dem Dreitagebart wurde ein Ich-hab-mich-immer-noch-nicht-rasiert-Bart, und die Narbe an seiner Lippe tritt kaum noch hervor. Ich denke daran, wie ich sie berührt und geküsst habe. Ich denke an das Gefühl, ihn an mir zu spüren, an seine Blicke, an diesen Versuch, den wir gewagt haben. Ich denke an seine Stimme und an unsere Gespräche. Dann schlucke ich schwer. Schlucke die Worte, die ich ihm gern an den Kopf werfen würde, und meine Sehnsucht herunter.

»Dr. Collins!«, höre ich Dr. Pine laut sagen und zucke zusammen, während es komplett still ist im Zimmer.

»Ja?«

»Welche weiteren diagnostischen Maßnahmen veranlassen Sie?«

Scheiße. Ich war unkonzentriert. Ich fühle die Hitze in meine Wangen schießen und hasse es, das zu tun, was ich jetzt tun muss.

»Wie lauteten die vorherigen Maßnahmen?«

Während Dr. Pine mich mustert, halte ich ihrem Blick stand und lasse mir meine Erleichterung nicht anmerken, als Sierra aufgefordert wird, sie zu wiederholen.

Ich kann das. Ich hab das alles gelernt und in meinem Kopf.

Was mache ich, wenn bei der klinischen Untersuchung eine schmerzbedingte Lendenskoliose nach links auftritt und – was hatte Sierra gesagt?

Leere. Nichts. Keine Antworten.

Ich habe einen Blackout. Mein Blick wandert wie von selbst zurück zu Nash.

»Vielleicht sollten Sie dieser Visite nicht beiwohnen, Dr. Collins«, sagt Dr. Pine, und das ist wie ein Schlag ins Gesicht. Keiner sieht mich an. Niemand außer Nash – und ich straffe die Schultern und gehe.

Als die Tür hinter mir zufällt, muss ich mich zusammenreißen, nicht in Richtung Umkleiden zu rennen.

Doch als ich dort ankomme, wo ich hinwill, stürme ich durch die Tür, an den Spinden vorbei zu den Waschbecken und beuge mich über eines. Mein Atem rast, ich kriege kaum Luft, und bevor ich es verhindern kann, weine ich. Weil es das erste Mal ist, dass ich wirklich enttäuscht von mir bin.

Keine Ahnung, wie lange ich mit gesenktem Kopf dastehe und einfach nur atme. Versuche, mich zu beruhigen. Aber irgendwann reicht es. Irgendwann ist es genug.

Ich spritze mir etwas Wasser ins Gesicht, um meine erhitzte Haut abzukühlen, danach gehe ich rüber, setze mich auf die Bank bei meinem Spind. Ich setze mich und warte. Vielleicht auf die anderen, vielleicht darauf, mich bereit für den Dienst zu fühlen. Je nachdem, was zuerst eintritt. Oder auf irgendeine erhellende Erkenntnis, die mir fehlt, damit es mir besser geht.

Ich schäme mich. Ich bin wütend, traurig, verwirrt, und ich hasse all diese Gefühle, denen ich schutzlos ausgeliefert bin.

Als die Visite vorbei ist und Sierra reinkommt, habe ich nicht mal die Kraft, so zu tun, als wäre alles okay. Als wäre ich okay.

Sie setzt sich links neben mich, und für einen Augenblick schweigen wir. Bis sie es nicht mehr aushält.

»Du und Nashville also.«

Ein Schnauben entfährt mir, weil sie genau das schon einmal zu mir gesagt hat. Ich spiele mit dem Saum meines Kasacks, an dem sich eine Naht löst. »Das wusstest du doch längst.«

»Natürlich, aber nicht, dass es wirklich was Ernstes ist.« Ich werfe ihr einen Seitenblick zu, während sie nachdenklich auf ihre an den Knöcheln überkreuzten Füße starrt.

»Ändert das irgendwas?«, frage ich leise und irgendwie spöttisch.

»Keine Ahnung. Wahrscheinlich nicht. Aber … es tut mir leid, Laura. Es ist Mist, wenn man sich verliebt und es den Bach runtergeht.« Das klingt, als würde sie das kennen. Dieses Gefühl der Machtlosigkeit und Schwere.

Nachdenklich sehe ich die Spinde mir gegenüber an, bis die Tür ein weiteres Mal aufspringt. Mitch tritt ein, kommt auf uns zu und lehnt sich schräg gegenüber an die Wand.

»Wow, das war heftig.«

Sierra verdreht die Augen. »Das ist kein Stück hilfreich, du Blödmann.«

»Wird schon wieder.«

»Sicher?«, fragt Sierra, und ich nicke. Trotzdem redet sie weiter. »Ich musste gestern hoch zum Boss, und er hat all diese verrückten Sachen gesagt und ein paar unangenehme Fragen gestellt. Nur, damit du es weißt, ich glaube nicht, dass irgendwas davon stimmt.«

»Ach nein? Bist du nicht diejenige, die wütend auf mich war und ist, weil ich was mit Nash angefangen habe? Weil du dachtest, deshalb hätte ich auf einmal bessere OPs und Schichten?« Kraftlos streiche ich mir ein paar feuchte Strähnen aus dem Gesicht, die sich bereits am Waschbecken aus dem Zopf gelöst haben.

»Doch. Und das war scheiße von mir. Ich war neidisch.« Ich drehe mich zu ihr und sehe, wie sie die Mundwinkel verzieht. »Ich bin nicht stolz drauf, aber ich hab kein Problem damit, es zuzugeben.«

Meine Augen verengen sich zu Schlitzen. »Du warst es also nicht? Du hast die Beschwerde nicht eingereicht?« Wenn ich ehrlich bin, hätte Sierra in meinem Kopf als Einzige gepasst und einen Sinn ergeben.

Jetzt lacht sie auf. »Ich nehme es dir nicht mal übel, dass du denkst, ich wäre es gewesen. Aber ich war es nicht. Ich trage meine Kämpfe nicht auf diese Art aus.«

»Ich war es«, platzt es aus Mitch heraus, und wir fahren zu ihm herum, schauen ihn schockiert an.

»Du?«, wispere ich. Ich kann es nicht fassen.

»Hast du sie noch alle?«, braust Sierra auf und wirkt dabei beinahe so verletzt, als würde es um sie gehen. Als hätte Mitch ihr das angetan, nicht mir. »Laura geistert seitdem durchs

Krankenhaus, unglücklich, nicht bei der Sache und absolut am Arsch, und du bist schuld daran?«

Ich finde keine Worte. Da ist nur Leere in meinem Kopf. Ich verstehe es nicht. Und ich überlege fieberhaft, ob es Anzeichen gab. Oder ob ich etwas getan habe, dass diese Handlung rechtfertigen würde.

»Es tut mir leid.«

»Warum?«, bringe ich irgendwie hervor und kralle meine Hände an der Bank unter mir fest.

»Keine Ahnung. Sierras Gequatsche hat mich nachdenklich gemacht und – ach, Scheiße. Ich war auch neidisch. Ich hatte aber vor allem das Gefühl, dass du das mit Nash vielleicht nicht willst. Du hast nie darüber geredet, bist immer ausgewichen und meintest, da sei nichts zwischen euch. Ich dachte, vielleicht würdest du dich unter Druck gesetzt fühlen und nur so tun, als wäre nichts.«

»Und wieso kommst du nicht als Erstes zu mir? Wieso rennst du damit gleich zum Chef?«, reagiere ich viel ruhiger als erwartet, was ich von Sierra nicht unbedingt behaupten kann.

»Oh, Rivera!«, droht sie. »Wag es nicht, mich da mit reinzuziehen. Mein Gequatsche war genau das und nicht mehr. Ich habe niemandem unterstellt, genötigt zu werden – oder sonst einen Scheiß. Hast du eine Ahnung, wie ernst das ist? Was das für die beiden bedeutet?«

»Da kam so viel zusammen, und ich dachte irgendwie, ich würde dich damit beschützen. Das war eine Fehleinschätzung. Ich hab das nicht zu Ende gedacht.«

»Du hast gar nicht gedacht!«, schreit Sierra ihn an, und ich nehme ihre Hand, um sie zu beruhigen. Sie und mich selbst.

»Es tut mir leid. Ich hab Mist gebaut und dich damit verletzt – und Nash auch. Ich werde direkt zu Dr. Gardner gehen und das Ganze aufklären.«

»Okay«, antworte ich erstickt.

»Das ist alles? Du willst ihn nicht aufspießen oder ihm irgendwas Großes in den Arsch schieben, das man operativ wieder entfernen muss? Irgendwas?«, fragt Sierra, und das bringt mich, ob sie will oder nicht, zum Lachen.

»Nein. Ich bin es leid, wütend zu sein. Wir alle machen Fehler.« Bei den letzten Worten sehe ich zu Mitch auf, dem ich anmerke, wie sehr ihn das belastet hat. »Du wolltest es mir gestern schon sagen, oder?«

»Ja. Ich hab es nicht geschafft.«

Ich stehe auf und umarme ihn, höre, wie er seufzt und wie er zitternd einatmet.

»Wenn du mich je wieder in solch eine Lage bringst und so verletzt, tue ich, was Sierra mir eben vorgeschlagen hat. Und danach sorge ich dafür, dass sie im OP deine Ärztin ist.« Mitch lächelt unsicher, nachdem ich ihn losgelassen habe. Als ich mich zu Sierra umdrehe, grinst sie diabolisch. Sie hat jedes Wort gehört.

»Was machst du jetzt? Wegen Nashville?«, fragt sie.

»Gar nichts. Er hat seine Entscheidung getroffen«, antworte ich, und in der Sekunde, in der Sierra etwas anfügen will, geht mein Pager los.

Ich hole ihn raus, und fast gleichzeitig ertönen auch die von Mitch und Sierra.

»Dein Gespräch mit Gardner muss noch warten«, meine ich, als ich die Worte auf dem Display lese und Sierras Fluchen höre. Dann rennen wir zu dritt runter in die Notaufnahme, denn sie brauchen Verstärkung.

Code Black.

43. Kapitel

Laura

Ich habe in den letzten Wochen viel erlebt, gesehen und gelernt, aber dieser Anblick reißt mir für kurze Zeit den Boden unter den Füßen weg.

Die Notaufnahme quillt über, es kommen immer mehr Verletzte rein. Ich höre lautes Weinen, Rufe, Schreie, das Piepen der verschiedenen Geräte. Hier drin summt es wie in einem Bienenstock. Nur riecht es nicht nach Honig. Nein, es riecht nach Schweiß, nach Blut und Desinfektionsmittel. Es riecht nach Dreck und Angst. Nach Tod.

Das von eben ist vergessen, spielt keine Rolle mehr. Der Fokus hat sich verschoben, und ich bin nicht mehr erschöpft und verschlafen, nicht mehr verletzt, sondern hellwach und konzentriert, als ich auf Ellen zugehe, die gerade Schicht hat und die ich am schnellsten erreichen kann. Mitch und Sierra folgen mir.

»Ellen! Was ist passiert?«

»Ein Massenunfall. Ein betrunkener Fahrer ist mit seinem SUV in hohem Tempo durch halb Phoenix gerast und hat jedes Auto und jeden Fußgänger mitgenommen, der ihm über den Weg gelaufen ist, bis er schließlich gestoppt wurde. Die Verletzten werden auf die umliegenden Krankenhäuser verteilt, die meisten kommen zu uns. Die ersten sind bereits da.« Sie deutet auf die Liegen, die Sanitäter und Sanitäterinnen, die einströmen, und die ganzen Ärzte, Ärztinnen und Pflegekräfte, die Verletzte behandeln. »Außerdem kam die Meldung weiterer Verletzter durch eine Schießerei rein. Die müssten gleich eintreffen.« Was ist heute nur los?

»Danke«, sage ich, und Ellen eilt in eine der Kabinen. Hinter uns kommen die anderen in die Notaufnahme. Ryan, Zeenah, Maisie und Jane.

Jemand flucht, jemand atmet scharf ein.

»Jedes Leben zählt – oder keines«, murmle ich die Worte, die mir als Erstes in den Sinn kommen, und Sierra sagt: »Legen wir los. Bildet Teams, bis jemand uns andere Anweisungen gibt.«

In dem Moment ruft bereits jemand nach Hilfe, und Zeenah reagiert sofort, wünscht uns viel Erfolg. Sierra und Mitch eilen Richtung Notaufnahmen-Eingang, Jane und Maisie ebenso.

»Los gehts, Ryan«, sage ich, und er folgt mir. Ich sehe, dass Grant auch hier ist. Und Nash. Aber dafür ist kein Platz. Ich ignoriere ihn, schiebe all das Private beiseite und lenke meine Aufmerksamkeit auf den Job, den ich zu erledigen habe.

Keine Minute später kommen zwei weitere Krankenwagen an, und die Sanitäter laden den ersten Patienten aus, während sie uns über dessen Zustand informieren.

»Männlich, Mitte fünfzig, Zustand kritisch. Hatte einen Herzstillstand, ist aber so weit stabil. Wurde angeschossen, die Kugel steckt in der rechten Schulter, innere Blutung möglich, Kaliber und hinterlassene Schäden unbekannt. Am rechten Oberarm hat er zudem einen glatten Durchschuss.«

»Danke, wir übernehmen.« Ryan und ich bringen ihn rein. Der Patient wurde bereits an ein EKG angeschlossen, und während wir dabei sind, uns einen Überblick zu verschaffen, merke ich, dass etwas nicht stimmt. Ich schaue auf den Monitor.

Der Puls ist unregelmäßig. Er bekommt Kammerflimmern.

»Scheiße. Wir brauchen den Defi!«, rufe ich über den Tumult hinweg, damit Ryan mich hört. Er rennt los, und auf einmal steht Nash neben mir. Ohne Vorwarnung.

»Status?« Ich gebe ihm alle Infos durch.

»Wir kriegen das hin.«

»Ich weiß«, meint er nur, und in der nächsten Sekunde kommt Ryan mit dem Defi zurück. Während Ryan alles vorbereitet und den Defi einstellt, drehe ich mich zum Patienten und mache seinen Brustkorb frei. Ich platziere die Paddel, kontrolliere ein letztes Mal, dass sie richtig sitzen und …

Meine.

Welt.

Explodiert.

Ich blinzele heftig, hole zitternd Luft und verstehe nicht, warum ich auf dem Boden sitze. Meine Arme fühlen sich seltsam an, mein Brustkorb auch, und meine Sicht ist für ein paar Sekunden unscharf. Dann dringen Stimmen zu mir, und ich weiß wieder, wo ich bin.

»Laura, hörst du mich?« Ich erkenne Nashs besorgtes Gesicht und habe keine Ahnung, warum er mich so ansieht. »Scheiße. Laura?«

»Ja, ich kann dich hören.« Meine Stimme ist belegt. »Was ist passiert?« Nash hilft mir auf, und ich beobachte, wie andere Kollegen und Kolleginnen meinen Patienten behandeln. Mein Patient … »Er braucht den Defi!«

»Sein Rhythmus ist wieder stabil«, erklärt Nash und hält mich zurück, leuchtet mit dieser dummen Taschenlampe in meine Augen.

»Was soll der Blödsinn?«

»Gott, Laura, es tut mir so leid«, plappert Ryan nervös los und zittert dabei sogar. »Ich wollte das nicht, es ist einfach passiert und …«

»Raus aus der Notaufnahme«, geht Nash ihn schroff an. »Sofort.« Wie immer schreit er nicht. Dennoch habe ich ihn nie zuvor derart wütend erlebt. »Und du …« Sein Blick findet meinen. »… gehst nach oben und lässt dich durchchecken.«

»Es geht mir bestens«, sage ich und entziehe ihm meinen Arm. Eine Sekunde schwanke ich, dann atme ich tief durch.

»Laura, du hast gerade einen Stromschlag abbekommen, der es in sich hatte. Dich hat der Defi erwischt, und ich muss dir nicht erklären, was passieren kann, wenn du dich jetzt nicht ausruhst und durchchecken lässt«, knurrt er, aber ich halte dagegen.

»Ryan hat das nicht mit Absicht gemacht.«

»Er hat den verschissenen Defi benutzt, als du noch am Patienten warst. Ohne Vorwarnung.«

»Ich bleibe, ich will helfen.«

»Ich kann dich so nicht gebrauchen!« Bei diesen Worten zucke ich zusammen, als hätte er mir einen zweiten Schock mit dem Defibrillator verpasst. Er merkt es, und trotz der Hölle, die um uns ausgebrochen ist, werden seine Züge weicher. Ebenso seine Stimme. »So meinte ich das nicht. Bitte. Bitte, geh.«

»Dr. Brooks, wir brauchen Sie hier!«, ruft ihn eine Pflegerin und obwohl er zögert und noch etwas sagen will, hat er am Ende keine Wahl. Er muss gehen.

Ich weiß, dass er sich Sorgen macht. Aber das muss er nicht. Ich werde hier gebraucht, auch wenn er das anders sieht, und es geht mir gut.

Ich mache weiter.

Stunden später wird es endlich ruhiger. Das Chaos legt sich, die Patienten und Patientinnen sind versorgt, und es kommen keine Opfer mehr rein. Die Notaufnahme gleicht einem

Schlachtfeld, und ich merke, dass ich eine Pause brauche. Und auf die Toilette muss. Meine Ruhepause wäre ohnehin längst fällig gewesen, daher gebe ich Sierra und Lisha, die gerade eine ausgekugelte Schulter einrenken, Bescheid, dass ich oben bin auf Station und in ein paar Minuten wieder runterkomme.

Ich trete in den Flur, gehe ans Ende bis zum Fahrstuhl und als sich die Türen hinter mir schließen, spüre ich das erste Mal die Erschöpfung dieses Einsatzes. Mein Kopf lehnt an der rechten Spiegelseite des Aufzugs, und ich kann mich nur mit Mühe lösen, um in meinem Stockwerk auszusteigen.

Grant steht neben Bella am Empfang und sucht in seinen Papieren irgendwas zusammen. »Hey«, begrüße ich die beiden.

»Fühlst du dich auch so kaputt?«, fragt Grant, und man sieht ihm, ebenso wie mir, die letzten Stunden in der Notaufnahme an.

»Mehr als das. Was machst du hier oben?«

»Muss was nachschlagen, dann gehe ich zurück nach unten. Du?«

»Ich wollte mich kurz frisch machen, eine kleine Pause einlegen und meinen Kittel weghängen. Mir ist gerade zu warm für das Ding.«

»Dann genieß die Verschnaufpause.« Er zwinkert mir zu, bevor er sich erneut seinen Papieren widmet.

Als ich bei meinem Spind ankomme, fühle ich mich zunehmend unwohl. Mir wird heiß, und ich reiße den Kittel regelrecht von mir, um ihn an den Haken zu hängen. Aber es wird nicht besser.

Ich gehe ein, zwei Schritte im Kreis, langsam und bewusst, atme tief durch, aber es wird immer schlimmer. Meine Finger kribbeln bereits seit geraumer Zeit, aber ich habe es auf den Stress geschoben.

Mir wird schwindelig. Ich fasse mir an den Kopf, schließe die Augen und spüre meinen Puls so deutlich, dass mir klar wird, was gerade passiert.

»Scheiße«, flüstere ich erstickt, stütze mich an den Spinden ab und versuche, irgendwie zur Tür zu gelangen.

Kammerflimmern.

44. Kapitel

Nash

Sie ist so unglaublich stur. Ich kann nicht fassen, dass sie hiergeblieben ist und weitergemacht hat.

Es war so viel los, es gab so viele kritische Situationen gleichzeitig, dass ich Laura aus den Augen verloren habe. Bis vor einer Stunde, als es langsam begann, sich zu lichten. Sie müsste es besser wissen. Ryan hat ihr eine volle Ladung verpasst, und ich hätte ihn beinahe persönlich aus der Notaufnahme geschmissen, weil er so eine Scheiße gebaut hat. Und statt sich untersuchen zu lassen, verausgabt sie sich bis zum Schluss. Weil sie helfen und Leben retten will.

Ich schüttele den Kopf. Es überrascht mich nicht, aber es ändert nichts daran, dass ich mir Sorgen um sie gemacht habe. Dass ich mir noch immer Sorgen mache.

Laura hat eben die Notaufnahme Richtung Fahrstühle verlassen, und ich gebe dem Impuls nach und folge ihr. Ich muss mit ihr sprechen. Über das, was passiert ist. Über das, was war – zwischen uns. Weil ich es nicht mehr aushalte.

»Weißt du, wo Laura hin ist?« Ich gebe mir keine Mühe, sie vor Sierra, die eben noch mit ihr geredet hat, Dr. Collins zu nennen. Spätestens nach der Befragung durch Chris wissen die Bambini Bescheid.

»Sie wollte auf Station, kurz Pause machen«, antwortet sie, und ich bedanke mich, bevor ich Laura folge.

Oben angekommen entdecke ich Bella und Grant. Bella lächelt wissend, Grant schaut nicht mal hoch. »Sie ist dort hinten«, meint er bloß, ohne dass ich ihn überhaupt nach ihr fragen muss.

»Klugscheißer«, nuschele ich und gehe in den Aufenthaltsraum bei den Umkleiden, aber ich höre und sehe sie nicht.

»Laura?« Ich trete ein, schaue mich um. Alles ist still.

»Scheiße, verfluchte Scheiße!«, rufe ich, als mein Blick auf Laura fällt, die reglos auf dem Boden liegt. Ich komme schlitternd neben ihr zum Stehen und lasse mich auf die Knie fallen.

»Laura«, wispere ich panisch, und das erste Mal seit Jahren vergesse ich für einen Moment, was zu tun ist. Dass ich Arzt bin. Ich sehe sie nur daliegen, leblos und blass – und die Angst, die mich ergreift, lähmt mich für ein, zwei Atemzüge.

Ich fühle keinen Puls.

Fuck. Das darf nicht wahr sein.

Ohne weiter zu zögern, beginne ich mit der Herz-Lungen-Wiederbelebung. Als Erstes die Herzdruckmassage. Dreißigmal. Ich beginne zu zählen, während ich in einem gleichbleibenden Rhythmus ihr Herz stimuliere, und schreie nach Grant. Nach Bella. Nach einem Notfallteam. Irgendjemandem. Wir brauchen Adrenalin, und ich darf die Wiederbelebung nicht unterbrechen, sonst schafft sie es nicht.

»Grant!«, rufe ich wieder und wieder, fluche und zähle mit. Dreiundzwanzig, vierundzwanzig, fünfundzwanzig.

Weiter und weiter und weiter.

Es kommt keiner. Warum kommt denn keiner?

Weiter und weiter und weiter …

Ich beatme sie, meine Lippen berühren ihre, und mir wird kalt und schlecht bei dem Gedanken, dass ich diesen Kampf hier verlieren könnte. Dass ich *sie* verlieren könnte.

»Bleib bei mir, Laura. Bleib bei mir. Ich flehe dich an.« Ich halte ihr Gesicht, nur eine Sekunde lang, ich halte sie und kämpfe mit meinen Emotionen. Dann beginne ich von vorn und spüre, wie eine ihrer Rippen unter meinen Händen nachgibt. Wie sie reißt. Wie sie bricht.

Es ist mir egal. Knochen heilen. Aber wenn ich ihr Herz nicht zum Schlagen kriege …

»Verfluchte Scheiße, Grant!«, brülle ich mir die Seele aus dem Leib, und als schließlich die Tür aufschwingt und ich sein Gesicht sehe, schluchze ich vor Erleichterung.

Seine Augen weiten sich, als er Laura sieht, er flucht, und ich behalte meinen Rhythmus bei.

»Wir brauchen Adrenalin und einen Zugang. Hol Bella. Los!«, weise ich ihn schroff an und hoffe, dass er es mir nachsehen wird. Es ist mir in dieser Sekunde egal.

Ich hätte Laura anrufen sollen. Ich hätte nicht so feige sein sollen – und wenn ich sie jetzt verliere …

»Oh mein Gott, Laura!«, ruft Bella aus, die kurz darauf erscheint. Sie setzt ihr den Ambubeutel mit Maske auf und nimmt mir diesen Part damit ab. Grant stürmt keine fünf Sekunden nach ihr herein, mit dem Rea-Wagen im Gepäck und hat somit alles, was wir brauchen, mitgebracht. Er schließt Laura an den Defi und das EKG an.

Nulllinie. Fuck.

»Los, Grant. Schneller.«

Er sucht einen Zugang am Handrücken.

»Warum dauert das so lange?«, frage ich, während ich weitermache und Lauras Herz noch immer nicht schlägt.

»Ich finde einfach keinen Zugang«, zischt er und flucht, dann wechselt er in die Arminnenbeuge. Er regt die Vene an, klopft und reibt, sucht sie, aber er flucht nur weiter und weiter, und es ist immer noch keiner gelegt.

Ich sehe, dass er genauso nervös wird wie ich. Wir sind alle emotional involviert, und das macht es nicht leichter.

»Leg mir das Zeug hier rüber«, weise ich Grant an, »und übernimm meinen Part.« Er tut, was ich sage, kniet sich in Position und nickt. Im passenden Augenblick gebe ich ab, und Grant übernimmt meinen Rhythmus.

»Scheiße, du hast ihr eine Rippe gebrochen.«

»Wir wissen beide, dass das gerade unser kleinstes Problem ist«, erwidere ich, während ich an meiner Seite die Vene in der Armbeuge suche.

Komm schon. Wo bist du?

Ich wische mir mit dem Kittelärmel den Schweiß von der Stirn, dann mache ich weiter.

»Wo ist das Rea-Team?«

»Unterwegs«, sagt Grant, aber ich höre ihm an, wie angespannt er ist. Wo ist die Vene, wo ist sie …

Hab sie!

»Lege jetzt einen Zugang.« Bella atmet hörbar auf und Grant ebenso. Ich ziehe das Adrenalin auf und spritze es ihr.

»Wie viel Zeit lag zwischen ihr und mir?«, frage ich konzentriert, und Grant muss einen Moment nachdenken.

»Vielleicht eine Minute. Du kamst direkt mit dem Fahrstuhl danach.« Er schluckt und erwidert meinen Blick, während wir beide außer Atem sind. Vor Sorge. Vor Schock. Vor Anstrengung. »Wie lange hast du nach mir geschrien?«, fragt er zurück, und man sieht ihm an, dass er sich vor der Antwort fürchtet.

»Ich hatte schon zwei Runden, bevor du da warst.« Lauras Gehirn war also zu dem Zeitpunkt bereits ungefähr zwei Minuten ohne Sauerstoff. Jetzt sind es schon vier.

Nach etwa drei Minuten können die ersten Hirnschäden eintreten, und die Folgeschäden müssen nicht zwangsläufig sofort erkennbar sein, das ist uns allen klar. Mehr als zehn Minuten Sauerstoffmangel überlebt das Gehirn in der Regel nicht. Jede Minute ohne Sauerstoff entfernt Laura etwas mehr von mir.

Grant macht verbissen weiter, macht einmal kurz Pause, um zu schauen, ob ihr Herz von allein schlägt, aber die Nulllinie bleibt.

Laura reagiert nicht auf das Adrenalin.

Ich spritze ihr noch eine Ladung.

»Nash«, warnt Grant. »Wenn …«

»Wehe, du sprichst es aus«, fahre ich ihn an. »Ich weiß selbst, was dann passiert. Wehe, du sprichst es aus!«, wiederhole ich verzweifelt, weil ich nicht daran denken will, was passieren kann, und beuge mich ein weiteres Mal zu Lauras Gesicht vor. Sie ist so blass.

Wieso hast du nicht auf mich gehört?, frage ich sie verzweifelt in Gedanken. *Wieso war ich so ein Feigling?*, frage ich mich selbst und beiße die Zähne zusammen.

»Komm schon, Laura«, flüstere ich. Nach der nächsten Kontrolle ihres Rhythmus und immer noch keiner Reaktion, ziehe ich die Spritze ein weiteres Mal auf.

Ich ignoriere die Blicke der anderen, die mir sagen: *Viel länger schafft es ihr Gehirn nicht. Noch ein, zwei Minuten, vielleicht drei, und wir verlieren sie. Für immer.*

Das werde ich nicht zulassen.

Ich schiebe Grant weg, mache selbst mit der Herzdruckmassage weiter und spüre, wie meine Augen zu brennen beginnen.

Lautes Gemurmel brandet auf, und ich höre, wie jemand Lauras Namen ruft. Sierra, Mitch und Zeenah sind da, und ich kann sehen, wie Mitch Sierra festhalten muss, damit sie nicht hereinstürmt, um zu Laura zu gelangen.

»Rivera, schaff sie hier raus!«, schreie ich und konzentriere mich weiter auf die Frau vor mir, um deren Herz ich kämpfe. Viel zu spät. Zu spät.

Ich merke, dass ich zu viel Druck ausübe, den Rhythmus verliere und darauf warte, dass ihr Herz endlich wieder schlägt. Darauf, dass das Adrenalin anschlägt.

»Du musst kämpfen, Laura. Ich schaff das nicht allein. Bitte, lass mich nicht allein«, murmle ich und ignoriere Grant.

»Nash«, wispert er.

»Nein!« Ich schüttele den Kopf. Ich lass das nicht zu, ich …

»Oh mein Gott.« Ich höre seine ungläubige Stimme, und dann spüre ich es. Ihr Brustkorb hebt und senkt sich von allein, ihr Herzschlag ist da, die Nulllinie ist weg und – ich breche zusammen. Ich vergrabe mein Gesicht an ihrem Bauch, an ihrem Kasack, atme sie ein und umschlinge sie. Halte sie fest. Ich werde von Schluchzern geschüttelt, und es ist mir scheißegal, wer das sieht.

Ich höre, wie Grant aufsteht, lasse ihn das Ruder übernehmen und alle weiteren Schritte einleiten. Er ist ein fantastischer Pfleger und weiß, was er tut. Zusammen mit Bella kontrolliert er noch einmal Lauras Rhythmus und bereitet alles vor, damit wir sie umbetten und auf Station bringen können. Bis dahin bleibe ich bei ihr, schmiege mich an sie und zähle ihre Herzschläge. Jeden einzelnen. Weil sie mir zuflüstern, dass alles gut wird. Dass sie lebt.

Dass ich sie nicht verloren habe.

»Verstehe«, meint Chris nur und senkt den Kopf. »Bist du dir sicher?«

»Ja.« Ich stehe mit Rivera an meiner Seite in Chris' Büro. Laura schläft, Grant ist bei ihr, zusammen mit Sierra. Sie passen auf sie auf – und das ist der einzige Grund, warum ich es überhaupt in Erwägung gezogen habe, von ihrer Seite zu weichen.

Mitch kam vorhin in Lauras Zimmer und hat mir gebeichtet, was er getan hat. Ich war so erschöpft und so glücklich, dass Laura es geschafft hat, dass ich keine Kraft hatte, wütend auf ihn zu sein. Nicht darüber, dass er Laura auf eine schräge Art beschützen wollte, sondern, dass er uns – besonders mir – so etwas zugetraut hat. Dass er nicht zuerst mit uns geredet hat. Ich habe ihn gebeten, mit mir zu Chris zu gehen. Deshalb stehen wir jetzt hier.

Wir stehen hier, und ich trete offiziell als Betreuer der Assistenzärzte und -ärztinnen im ersten Jahr zurück.

»Gut, wenn das dein Wunsch ist. Hast du einen Vorschlag für einen Nachfolger?« Chris lehnt sich mit verschränkten Armen an seinen Schreibtisch.

»Nimm Ian.«

Chris' Augenbrauen wandern nach oben. »Er hat erst in ein paar Monaten seine Abschlussprüfung.«

»Ich warte bis dahin. Sobald er übernehmen kann, gebe ich es an ihn ab. Wenn das mit Laura kein Thema mehr ist«, mache ich klar. Sofern sie mich noch will.

»Du würdest Elias gefallen. Ja, ich bin sicher, Lauras Vater würde dich mögen«, sagt Chris und schmunzelt. »In Ordnung. Über die Sache mit Dr. Rice denke ich nach.«

»Er wird das gut machen. Besser als ich.«

Chris nickt, dann wendet er sich Mitch zu. »Nun zu Ihnen, Dr. Rivera.«

»Mit Verlaub, ich würde gerne zu Laura gehen. Und mir zwei Tage freinehmen.«

»Tu das, Nash. Lass bitte Bescheid geben, sobald sie wach ist.«

»Mache ich. Danke.«

Im Gehen klopfe ich Rivera aufmunternd auf die Schulter. Er wird von Chris gleich eine deftige Standpauke erhalten, aber keine zu schmerzhafte Strafe. Dafür habe ich zu Beginn unseres Gespräches zu deutlich gemacht, dass Mitch die besten Absichten hatte.

Ohne Umwege gehe ich zurück zu Laura.

Es ist mittlerweile Abend, sie schläft und ist stabil. Sierra sitzt bei ihr, hält ihre Hand, und Grant steht in der Tür, beobachtet sie nur – und zu meiner Überraschung auch Ian. Ich stelle mich zu den beiden, bin vollkommen ausgelaugt.

»Sie hat es geschafft«, sagt Grant leise, und Ian nickt.

»Bin so schnell gekommen, wie ich konnte. Wollte nur kurz nach euch sehen. Aber ich denke, jetzt lassen wir euch ein wenig allein.« Er sagt es so, dass es auch Sierra hören kann, die Laura einen Kuss auf die Stirn gibt und aufsteht.

»Nash?«, meint Ian und bleibt stehen. »Wenn du noch einmal nicht auf mich hörst, ziehe ich dir die Eier lang.« Ob ich will oder nicht, ich muss lächeln.

Grant verabschiedet sich. »Wir haben ihre Familie angerufen, ihr Bruder und ihre Schwester sind unterwegs«, sagt er, und ich bedanke mich.

Sierra bleibt direkt vor mir stehen, funkelt mich wütend an. »Ich mag nicht viele Menschen, aber Laura schon, und das hier hat sie nicht verdient.« Und ich weiß, sie meint nicht den Schock mit dem Defi und dessen Folgen, sondern mein Verhalten. Sie meint mich. »Wenn es so weit ist, werde ich Ian nicht aufhalten«, fügt sie an, bevor sie geht.

»Ich hoffe, dazu kommt es nie.« Ich betrete endlich das Zimmer, setze mich auf den Stuhl neben Lauras Bett, auf dem Sierra bis eben saß, und nehme ihre Hand.

Ein Zittern durchfährt mich, und ich streiche ihr voller Ehrfurcht über die Haut. »Ich weiß nicht, was ich getan hätte, wenn …« Ich schlucke schwer. »… wenn ich dich verloren hätte. Ich weiß nicht, ob ich das alles noch mal so zusammenkriege, wenn du wach bist, aber ich werde es dir sagen. Immer und immer wieder. Ich liebe dich, und es tut mir leid, dass ich zu feige und zu blöd war, das vorher zu erkennen. Du bist verdammt mutig, leidenschaftlich und machst mich wahnsinnig, wenn du so stur bist wie vorhin, und ich habe dich nicht verdient.« Ich betrachte ihr Gesicht, ihre ruhigen, fast friedlichen Züge. »Aber wenn du mir noch eine Chance gibst, werde ich alles tun, dich nie wieder so zu enttäuschen.«

Ich vermisse sie. So sehr.

Vermisse ihre Stimme, ihr Lächeln und ihre Küsse. Vermisse ihre Ehrlichkeit und ihre Stärke, ihre Lebensfreude.

Es klopft an der Tür, die noch offen steht, und ich drehe mich ruckartig um.

»Kann ich Ihnen helfen, Officer?«

Er tritt ein, und bleibt vor Lauras Bett stehen. Ein großer Typ, gut trainiert. »Sie müssen Nash sein.« Dann blickt er mich an, und ich habe das Gefühl, meine Schultern straffen zu müssen.

»Und Sie sind?«

»Logan. Lauras Bruder.« Er reicht mir die Hand, und ich stehe auf, um sie zu ergreifen. Logan drückt zu, nicht gerade zimperlich, aber ich verziehe keine Miene.

»Schön, dich kennenzulernen, Logan. Ich nehme an, die Förmlichkeiten können wir lassen?«

Grinsend lässt er von mir ab, was ich als Zustimmung deute, und zieht sich einen anderen Stuhl ans Bett seiner Schwester, direkt gegenüber von mir. Er lehnt sich zurück und betrachtet sie.

»Sie wird wieder?«

»Ja.«

»Wie ist das passiert?«

»Es war ein Unfall«, beginne ich und erkläre ihm, wie es dazu hatte kommen können.

»Verstehe. Und wie stehst du zu ihr?«

Ich atme tief ein. »Deine Schwester bedeutet mir viel.«

Er nimmt das einfach hin, sagt nichts mehr, und wir sitzen da, schauen den Menschen, den wir beide lieben, an und hoffen, dass er bald aufwacht.

45. Kapitel

Laura

Meine Glieder sind bleischwer und mein Mund staubtrocken. Ich habe das Gefühl, zu lange wach gewesen zu sein. Meine Augen lassen sich nur mit Müh und Not öffnen, und mein Mund fühlt sich pappig an.

Bin ich noch im Whitestone? Blinzelnd schaue ich an mir runter. Ich liege in einem Krankenbett? Was ist passiert?

»Guten Morgen, Schwesterherz«, höre ich eine mir viel zu vertraute Stimme rechts neben mir, und als ich hochschaue, sitzt Logan da mit einem Kaffee in der Hand.

»Was machst du denn hier?«, frage ich perplex, und im nächsten Moment zieht ein heftiger Schmerz durch meine linke Seite, durch meine Brust. »Autsch«, murmle ich und bewege mich vorsichtiger. »Was ist passiert?«

Logan beugt sich vor. »Das kann er dir nachher beantworten.«

Er deutet auf die andere Seite, und ich erkenne Nash. Er sitzt in einem Stuhl direkt an meinem Bett und schläft. Sein Kopf liegt auf seinen Armen neben meiner Hüfte. Wie von selbst hebt sich meine Hand und legt sich auf seinen Kopf. Fährt durch seine Haare.

»Er hat die ganze Nacht hier gesessen. Meint zumindest der Typ vorne am Empfang. Ich war kurz im Hotel und hab ein paar Stunden geschlafen, nachdem man mir versichert hat, dass du stabil bist. Und ich hab unsere Schwester beruhigt, die erst nicht erreichbar war und danach vor lauter Stress den falschen Flug gebucht hat, sodass sie in New York umsteigen musste. Sie ist einen Umweg geflogen, müsste aber bald da sein.«

»Jess kommt her?«, frage ich leise, ohne mich von Nash abzuwenden. Ich fahre weiter durch sein Haar, und als meine Finger schließlich seine Wange berühren, regt er sich und wacht auf. Sein Kopf schießt hoch, er setzt sich aufrecht hin und starrt mich an, als wäre ich nicht echt.

»Guten Morgen«, begrüße ich ihn, und meine Hand ruht jetzt auf seinem rechten Arm. Ich spüre, wie ihn ein Beben durchfährt, bevor er näher heranrückt und mein Gesicht in seine Hände nimmt.

»Wie fühlst du dich?«

»Müde. Etwas erschlagen. Und der Brustkorb tut weh«, zähle ich auf, während Nash entschuldigend das Gesicht verzieht.

»Das ist meine Schuld. Es ist eine Rippe gebrochen.«

»Das erklärt es«, sage ich und versuche mich an einem Lachen. Bis mir alles wieder einfällt. »Ich hatte Kammerflimmern.«

»Ja«, wispert er erstickt.

»Wie lange … wie lange war ich weg?«

»Laura«, beginnt Nash, aber ich halte seinen Blick unnachgiebig fest. Er befeuchtet seine Lippen. »Ungefähr acht Minuten. Ich musste dir dreimal Adrenalin geben.«

»War also knapp, schätze ich.«

Er küsst mich auf die Wange, lehnt seine Stirn an mich. »Scheiße, ich hätte dich fast verloren.«

»Ich hol mir noch einen Kaffee«, meint Logan plötzlich, und sein Stuhl schabt über den Boden, als er aufsteht. Nash weicht zurück, als Logan zu mir tritt, um mich vorsichtig zu umarmen. Dabei flüstert er mir ins Ohr: »Ich bin sehr froh, dass du wieder da bist.« Ich höre ihm an, wie schwer ihm diese Worte fallen. Wie sehr er sich gesorgt hat.

»Ich hab dich lieb«, wispere ich und drücke ihn trotz Schmerzen an mich.

»Und noch was: Ich denke, er ist ein guter Kerl«, fügt er an, bevor er sich von mir löst und den Raum verlässt.

»Es tut mir leid«, beginnt Nash, ehe ich etwas sagen kann. »Du hattest recht, ich war ein Feigling.«

»Das hätte ich nicht sagen sollen.« Es war zu hart. Es war nicht ganz fair. Es ist keine Schande, vor etwas Angst zu haben. Langsamer zu sein in manchen Belangen. Zeit zu brauchen. »Es war nur so, dass ich mir so sicher war. Ich war so sicher, und ich dachte, du wärest es auch.«

»Ich war es. Ich wusste es nur noch nicht«, sagt er und setzt sich neben mich aufs Bett, beugt sich über mich. »Ich bin dir gefolgt, weil ich mit dir reden wollte. Über uns, über die letzten Tage und – dann komme ich in dieses Zimmer und finde dich leblos auf dem Boden. Kein Puls, keine Atmung. Und ich dachte, ich wäre zu spät. Laura, wenn …« Ich lege ihm einen Finger auf die Lippen, um ihn zum Schweigen zu bringen. »Es ist nicht passiert, Nash. Ich bin hier.«

»Aber es wäre fast passiert. Es war zu nah dran. Viel zu nah und bei Gott, das hätte ich nicht verkraftet. Ich liebe dich. Und es tut mir leid. Ich wollte vieles, aber niemals, dich verletzen oder dir im Weg stehen.«

»Du liebst mich?«

Nash lacht, und es ist das schönste Geräusch im Universum. »Ja. Das tue ich. Und ich würde dich verdammt gerne küssen.« Das ist der Moment, in dem ich die Lücke zwischen uns schließe und meine Lippen auf seine treffen. Warm und weich, wie ein Nachhausekommen. Und mit diesem Kuss wird mir erst klar, dass ich beinahe gestorben wäre, und ich kann nicht länger die Tränen unterdrücken und das Beben, das sich in mir aufbaut. Nash hält mich fest, flüstert mir tröstende Worte ins Ohr und küsst meine Stirn, meine Schläfe, während ich alles rauslasse.

Er reicht mir ein Taschentuch, und als die Tränen nachlassen und ich sie fortwische, wiederholt er seine Worte: »Ich liebe dich. Es tut mir leid.«

»Ich mag dich auch ganz gern«, antworte ich und grinse frech, sofern das mit verquollenem Gesicht überhaupt möglich ist. Ich küsse ihn ein zweites Mal, und dieser Kuss sagt ihm hoffentlich, dass es mir genauso geht. Dass ich es ihm sagen werde, wenn ich aus diesem Bett aufgestanden und daheim bin.

»Ich muss dir noch etwas sagen.« Mein Magen zieht sich bei seinem ernsten Tonfall zusammen. »Ich habe den Posten als Betreuer aufgegeben. Ich denke, du wirst sehr bald mit Ian zusammenarbeiten müssen.«

Schockiert reiße ich die Augen auf. Damit habe ich nicht gerechnet. »Was? Nein, das war wichtig für dich, und alles war nur ein Missverständnis.«

»Nein. Du hast mir nicht zugehört. Ich will uns und auch die anderen nie wieder in so eine Lage bringen. Ich will dich nicht verlieren. *Du* bist mir wichtig. Der Rest wird sich ergeben.«

»Wenn du mich lieben würdest, wäre Ian nicht bald mein Chef.« Ich verziehe das Gesicht, und Nash schmunzelt. So gut ich mich mit Ian verstehe, er wird uns in den Wahnsinn treiben.

»Laura? Laura! Wo ist meine Schwester?«, tönt es laut vom Flur, und ich verkneife mir ein Grinsen.

»Oje. Das ist Jess.«

»Deine Schwester?« Nash blickt sich um, und in der Sekunde stürmt Jess bereits das Zimmer. Ihre Haare stehen chaotisch zu Berge, sie hat gerötete Wangen und ist vollkommen außer Atem.

»Willst du mich ins Grab bringen?«, meckert sie, nur um im nächsten Moment ihre Tasche fallen zu lassen und schnellen Schrittes zu mir zu eilen. Um mich behutsam in den Arm zu schließen. Trotzdem stöhne ich vor Schmerz auf, und sie entschuldigt sich sofort.

»Du hättest nicht extra aus Berlin herkommen müssen.«

»Bist du verrückt? Natürlich bin ich gekommen.« Sie streicht zuerst mir über die Haare, dann gibt sie alles, um ihre eigenen zu bändigen. »Wie fühlst du dich?«

»Es wird.«

Ihr Blick huscht zu Nash, danach zurück zu mir. »Ist er das?«, fragt sie, und ich kräusele amüsiert die Lippen.

»*Er* ist anwesend«, meint Nash nur, und Jess setzt sich auf Logans Stuhl.

»*Er*«, betont sie das Wort sehr intensiv, »reißt sich zukünftig hoffentlich etwas zusammen und benimmt sich nicht wie ein Penisbruch.«

Nash schaut sie verdattert an, und ich pruste los. *Autsch, verdammt!* Jess erklärt sich: »Ihr wisst schon: Will und kann nicht.«

»Oh mein Gott, es macht absolut keinen Sinn.«

Sie winkt ab. »Ach, ist doch egal.«

»Klopf, klopf, Kollegin.« Wir schauen zur Tür, in der ein neuer Besucher steht.

»Hey, Ian.«

Jess verzieht anerkennend das Gesicht, und ich schüttele nur stumm den Kopf und hoffe, dass sie keine weiteren seltsamen Sprüche macht.

»Wollte nur mal schauen, wie du dich fühlst. Meine Schicht beginnt gleich.«

»Danke, es geht mir schon viel besser.«

»Ian also«, sagt Jess plötzlich und zieht damit seine Aufmerksamkeit auf sich. Ian verengt die Augen zu Schlitzen und überlegt, dann geht ihm ein Licht auf, und er setzt sein strahlendstes Lächeln auf.

»Ah, hallo, Lauras Schwester.«

»Sie heißt Jess.«

»Das wusste ich.«

»Ist er immer so komisch?«, fragt meine Schwester, und Nash legt sich die Hand vor den Mund. Entweder vor Verzweiflung oder weil er versucht, nicht zu lachen.

»Wir sollten essen gehen«, teilt Ian Jess mit und zwinkert ihr zu.

»Hast du das nicht auch zu meiner Schwester gesagt?«

»Ach, alte Kamellen«, meint er, und im nächsten Moment piept sein Pager. »Ich muss los. Ich besorge mir von Laura deine Nummer. Erhol dich gut, Bambina!«, ruft er noch im Gehen, und meine Schwester sieht ihm nach.

»Er ist sexy.«

»Oh Gott, Jess.«

»Was denn? Du hast auch einen heißen Arzt abgekriegt.«

»Okay, ich lasse euch dann mal einen Moment zu zweit«, sagt Nash und steht auf. Er küsst mich zum Abschied und weil ich ihn nicht gehen lassen kann und will, halte ich ihn fest. Fest bei mir.

»Kommst du nachher wieder?«

»Versprochen«, wispert er an meinen Lippen und verabschiedet sich von Jess.

»Puh.« Sie wedelt mit der Hand vor ihrem Gesicht herum.

Danach schauen wir uns an, und ich erkenne, wie sie mit den Tränen kämpft. Meine Schwester ist gar nicht so tough, wie sie immer tut.

»Mach das nicht, Jess. Ich habe gerade erst geweint.«

»Das ist mir doch egal«, schnieft sie und legt los, gesellt sich zu mir ins Bett und kuschelt sich an mich.

»Mach das nie wieder. Hörst du? Ich hab mir solche Sorgen gemacht. Ich kann das nicht noch mal. Jemanden verlieren. Nicht Logan und auch nicht dich.«

»Ich geb mein Bestes.«

»Mehr verlange ich auch nicht.« Ich greife nach den Taschentüchern neben mir auf dem Tisch, um sie ihr zu reichen.

»Liebst du ihn?«

Ich halte inne. Atme ein. Atme aus. »Ja.«

»Mehr muss ich nicht wissen«, murmelt sie.

»Dich liebe ich auch, das weißt du, oder?«

»Das will ich auch hoffen, ich bin gerade um die halbe Welt geflogen für dich«, erwidert sie, und wir lachen erstickt auf.

Nash und ich wagen einen Neuanfang.

Ich werde wieder gesund.

Alles wird gut.

46. Kapitel

Laura

Sechs Wochen später.

»Du bist viel zu gut drauf. Das nervt.«

»Es wundert mich, dass du keine gute Laune hast. Wir haben Feierabend und morgen unseren freien Tag«, entgegne ich Sierra, die bis zur Schichtübergabe eben an meiner Seite einen Patienten mit offener Fleischwunde am Oberschenkel behandelt hat.

»Ich mag meinen Job. Und die Schichten in der Notaufnahme.« Wir stehen am Tresen, grinsen uns an. »Kaum gesund, schon willst du wieder freimachen.«

»So ein Unsinn! Ich liebe meinen Job auch«, sage ich und lache auf. »Ich gehe alles nur etwas ruhiger an.«

»Klingt, als willst du in Rente gehen. Dabei sind deine Geschwister abgereist, und du hast wieder etwas mehr Ruhe. Apropos Ruhe: Ich soll dich von Ryan grüßen, der war vorhin kurz da, bevor er in die Patho rüber ist.«

Nach dem Patzer mit mir, der nur der letzte in einer Reihe war, hat Ryan sich entschieden, in die Pathologie zu wechseln und dort neu anzufangen. Und es gefällt ihm richtig gut. Er kann all sein Wissen anwenden, und zwar ohne Hektik und ohne Angst, Fehler zu machen. Er ist zufrieden, und das ist alles, was zählt.

»Stimmt, da ist es definitiv ruhig«, erwidere ich, und Sierra grinst. Zumindest bis Mitch zu uns tritt und den Arm um Sierras Schultern legt. Es dauert keine zwei Sekunden, bis sie ihn wieder wegschiebt.

»Laura, schön, dass es dir wieder gut geht. Du siehst toll aus.«

»Das hast du ihr schon gesagt. Zweimal.« Egal, was Mitch macht, er trifft einen Nerv bei Sierra. Manchmal glaube ich, er muss in ihrer Nähe nur atmen, damit etwas in ihr drin explodiert.

»Na dann. Aller guten Dinge sind drei. Du siehst auch toll aus, Harris.« Sierras Wangen röten sich. Ich denke, es ist eine Mischung aus Sich-geschmeichelt-Fühlen und Wut. Mitch tänzelt seit dem ersten Tag um sie herum. Er erinnert mich manchmal an Ian. Und Sierra? Ich denke, sie mag ihn, und das macht sie wütend. Aber wenn ich das sage, habe ich am Ende wieder gebrochene Rippen. Das würde ich gern vermeiden.

»Geh an die Arbeit, Mitch«, murrt sie, und ich bedanke mich derweil für das Kompliment. Mitch deutet auf mich, blickt jedoch weiter meine Freundin an.

»Siehst du? Es hat ihr gefallen.«

»Was ist hier los?« Nash tritt neben mich, und ich schmiege mich kurz an ihn. Wir sind bei der Arbeit und nicht für uns und haben uns darauf geeinigt, hier keine offenen Liebesbekundungen zu zeigen. Ganz schaffen wir es nicht, es gibt immer Ausnahmen. Und da jeder Bescheid weiß und Ian bald Nashs Posten als Betreuer übernimmt, sehen wir das Ganze mittlerweile etwas entspannter. Hätte ich nie gedacht – aber so ist es, und es funktioniert.

»Guck mal, wie gut wir zusammen aussehen«, sagt Mitch in die Runde, während Sierra murmelt: »Bitte, red nicht weiter.«

»Nash, den wir jetzt auch endlich duzen dürfen, und unsere Laura, dann sind da du und ich …« Das ist der Moment, in dem Sierra sich einfach umdreht und geht.

»Kommst du, Laura? Wir haben Feierabend.« Lachend schüttle ich den Kopf.

»Sie vergöttert mich. Ich weiß es.« Mitch grinst uns breit an, während sich George zu Wort meldet.

»Heftiger Unfall zwei Straßen weiter, ein Bus ist mit einem SUV kollidiert und in ein Gebäude gerast. Rettungswagen treffen gleich ein.«

»Verstanden, danke«, erwidert Nash. Entgegen unserer Abmachung gibt er mir einen schnellen Kuss und flüstert mir ins Ohr. »Freue mich auf nachher. Verwöhn Jax nicht zu sehr, bis ich daheim bin.«

Er beugt sich wieder zurück, und ich strahle ihn an. »Ich kann nichts versprechen.« Ich drücke seine Hand und füge kaum wahrnehmbar hinzu: »Ich liebe dich.« Doch Nash hört es, schenkt mir sein schönstes Lächeln.

»Sie sind da«, meint Mitch und ist jetzt ganz Arzt. Konzentriert und professionell. Ich schaue mich nach Sierra um und sehe, wie sie in einer der Kabinen bei Maisie und ihrer Patientin steht. Sie hilft ihr, sie zu beruhigen.

»Schafft ihr das oder soll ich noch bleiben und euch unterstützen?«

»Schaff deinen hübschen Hintern aus der Notaufnahme. Du bist schon zu lange hier«, meint Nash, und ich nicke.

Und das tue ich, weil ich nicht im Weg stehen will. Trotzdem höre ich noch, wie die ersten Verletzten reinkommen. Ich höre Nashs Stimme. Den ersten Patienten hat es schwer erwischt. Er muss in den Schockraum. Verdacht auf innere Blutungen, und das EKG zeigt Herzrhythmusstörungen.

Ich gehe rüber zu Maisie und Sierra und auf dem Weg beobachte ich Nash bei der Arbeit. Stolz und Sorge durchfluten mich gleichermaßen. Aber er macht seinen Job gut, und es ist unglaublich, ihm dabei zusehen zu dürfen. Er ist souverän und aufmerksam.

»Was ist los? Wie schlimm ist es?«, fragt Sierra, die sich neben mich stellt, und ich teile ihr mit, was ich eben aufgeschnappt habe.

»Dann geht es bestimmt gleich in den OP«, meint sie, und sie hat recht. Der Patient wird auf dem Transportwagen an den Sauerstoff angeschlossen, und sie machen sich auf den Weg in Richtung Fahrstühle. Mitch begleitet Nash.

Sobald sie aus der Tür sind, wende ich mich Sierra zu.

»Er mag dich wirklich.«

»Müssen wir darüber reden?«

»Worüber?«, fragt Maisie, die den Armverband der Patientin fixiert.

»Ich denke, Mitch meint es ernst.« Als Maisie seinen Namen hört, kommt ein leises »Ah!« von ihr, frei nach dem Motto: »Ach so, wir reden über den liebeskranken Typen«.

»Mitch ist nichts für mich. Ich mag ihn ja nicht einmal.«

»Du kannst so gut lügen«, sage ich, während ich ihr Gesicht mustere, das keinerlei Regung zeigt.

»Er ist quasi ein Baby«, fügt sie an.

»Übertreib nicht, Sierra.«

»Können wir das Thema wechseln? Wir haben Feierabend. Lass uns nach oben gehen, und unser Zeug holen, bevor ich hierbleibe und weiterarbeite.«

»Fein! Dann los.« Wir verabschieden uns von Maisie und gehen aus der Notaufnahme Richtung Fahrstuhl.

Sobald wir aus der Tür raus sind, kommen Mitch und Nash wieder in Sicht. Sie stehen vor dem Aufzug, ich höre das Ping der ankommenden Kabine. Ian tritt heraus, macht den anderen

Platz, und ich sehe, wie sie den Patienten reinschieben, wie Ian stehen bleibt und …

… dann zerbricht meine Welt.

Der laute Knall übertönt jedes andere Geräusch. Der Schlag danach treibt mir die Luft aus den Lungen. Es ist eine Welle aus Schmerz, Druck, aus Stille und Lärm, die über mich fegt.

Aus Reflex habe ich den Arm vors Gesicht gehalten. Ich senke ihn, blinzele mehrmals und als die erste Wolke aus Schutt und Asche mich erreicht, muss ich kräftig husten. Ich höre Sierra neben mir. Sie hustet, sie räuspert sich, und sie flucht laut.

In meinen Ohren rauscht und piept es. Ich starre geradeaus. Starre auf den Körper am Boden vor dem Aufzug. Starre auf den Dreck, das Blut, auf das, was eben noch heil war. Ian. Oh mein Gott. Und dann sickert noch etwas in meinen Verstand …

»Nash«, wispere ich, und mein Herz setzt aus. Ich will zu ihm, doch Sierra hält mich fest.

»Stopp. Du kannst nicht klar denken. Wir wissen nicht, was das war. Wir wissen nicht …« Ruckartig drehe ich mich zu ihr, umfasse ihre Oberarme und schaue ihr in die Augen.

»Verdammt, Sierra. Mitch ist auch dadrin.« Und es ist, als würde sie jetzt erst begreifen, was passiert ist. Dass es eine Explosion gab in dem noch geöffneten Aufzug, in den zuvor Nash und Mitch eingestiegen sind.

»Sie sind dadrin«, sage ich noch einmal, und meine Stimme bricht. Meine Stimme, mein Herz, meine Seele. Alles bricht, bricht, bricht. Und ich weiß nicht, ob es dieses Mal heilen kann.

»Mitch«, höre ich Sierra sagen, bevor sie heftiger atmet und dadurch wieder husten muss. »Nein«, flüstert sie, und jetzt ist sie diejenige, die zum Aufzug rennt.

Sie und ich. Und ich bete, dass es ihnen gut geht. Dass sie alle leben. Dass Ian und Mitch leben. Und dass ich den Mann, den ich erst gefunden und lieben gelernt habe, nicht wieder verloren habe.

Fortsetzung folgt in Band 2 – Drowning Souls.

Nachwort & Danksagung

Habe ich es geschafft? Das waren die ersten Gedanken, nachdem ich *High Hopes* beendet hatte. Mein fünfzehntes Buch. Das erste als Mutter. Und es war hart. Es war anstrengender denn je, und ich habe sehr oft an mir gezweifelt. Ich war noch nie zuvor während des Schreibens so sehr am Limit. Weil ich immer noch lerne, ein Gleichgewicht zwischen meinem Leben als Autorin, Mutter, Ehefrau und irgendwie auch mir selbst, einfach nur als Mensch, zu finden. Weil es ganz anders war, zu schreiben und kreativ zu sein mit einem Baby in meinem Leben (das ich über alles liebe) und dieser Stilldemenz – die mich dazu gezwungen hat, Platzhalter wie *Dingsda* und *Namen vergessen* ins Manuskript zu schreiben. Ich bin stolz auf mich. So unendlich stolz. Weil ich es trotzdem geschafft habe. Weil ich in dieses Buch mehr Recherche, Zeit, Tränen und Arbeit denn je gesteckt habe. Und weil ich es liebe. Jeden Satz. Jede Seite. Alles daran. Ich habe unzählige medizinische Fachbücher gelesen, und mein Anspruch war, es richtig zu machen oder gar nicht. Und das habe ich. Also ja, ich bin stolz.

Jetzt folgt endlich die **Danksagung**, wegen der ihr hier seid, in der ich allen danken möchte, die ihren Teil zu diesem Buch beigetragen haben.

Danke an **das gesamte Team von LYX und Bastei Lübbe** und an meine wundervollen Lektorinnen **Alexandra Panz und Jil**

Aimée Bayer. Alex, ich weiß noch, wie wir vor fast zwei Jahren im Zug saßen, auf dem Weg heim von einer LYX-Lesung in Frankfurt, und ich meinte: »Wie wäre es mit einer Krankenhaus-Story?« und du sagtest: »Das klingt nicht schlecht.« Dieses Buch ist das Ergebnis dieses Moments, und ich bin so froh darüber. Ich arbeite unglaublich gern mit dir zusammen. Sag Jax danke, dass ich mir seinen Namen borgen durfte und sorry, dass ich aus ihm eine Katze gemacht habe. Jil, du bist nicht nur eine großartige Lektorin, sondern auch eine gute Freundin und die beste Patentante. Ich bin so froh, dass es dich gibt. Möge jeder Tag dir mindestens einhundert Gründe geben, zu lachen. Du verdienst nicht weniger.

Danke an meinen **Literaturagenten Klaus Gröner** (erzähl:perspektive). Wir arbeiten nun schon ein paar Jahre zusammen, und ich hoffe, es folgen noch ganz viele. Du hast mir bei allen möglichen Problemen geholfen, hast mir zugehört und den Rücken gestärkt. Danke, dass ich dir Hunderte Spitznamen geben darf und nur selten Exposés schreiben muss. Damit rettest du mich.

Von Herzen danke ich den **besten Freund:innen auf der Welt:** Bianca Iosivoni, Anabelle Stehl, Laura Kneidl, Nicole Böhm, Tami Fischer, Alexander Kopainski, Nina Bilinszki, Marie Graßhoff, Klaudia Szabo und Laura Graßhoff. Unser PJ-Squad bedeutet mir die Welt, und ich kann nicht in Worte fassen, wie wichtig ihr mir seid.

Bianca und Anabelle, euch möchte ich ganz besonders danken. Ihr habt mich in dieser schweren Schreibphase motiviert, unterstützt und habt mir unzählige Nachrichten geschickt. Jede einzelne war wertvoll und hat geholfen.

Nicole Böhm darf ich ein weiteres Mal erwähnen, und das macht mich sehr stolz und glücklich. Denn sie hat die zauberhafte und absolut geniale Illustration von Nash und Laura angefertigt. Sie ist perfekt. Magisch. Danke, Nicole, dass du die beiden für mich zum Leben erweckt hast, obwohl du sonst nur für dich malst. Danke, dass du mir dieses Geschenk gemacht hast. Du bist eine verdammt großartige Künstlerin. Ein verdammt großartiger Mensch. Ich bewundere dich.

Danke an **das medizinische Fachpersonal**, das die entsprechenden Inhalte auf Herz und Nieren geprüft hat und Teil meines Testleser:innen-Teams ist. Ihr als Ärzt:innen, medizinische und medizintechnische Fachangestellte, operationstechnische Assistent:innen, als Medizinstudierende, Notfallsänitäter:innen, Pflegekräfte und Physiotherapeut:innen habt geholfen, diese Geschichte realistisch wirken zu lassen. Und dafür gesorgt, dass ich – trotz eingehender Recherche – keinen Blödsinn erzähle. Ein genauso großes Danke an das restliche **Testleser:innen- und Sensitivity-Reading-Team**. Ohne euch wäre dieses Buch nur halb so gut geworden. Ihr habt mir Sicherheit gegeben und mir aufgezeigt, was fehlt und was gut ist. Danke, Alana, Anna, Anna-Lena, Anni, Corinna, Dina, Janine, Janine M., Izzy, Jana, Louisa, Mandy, Marie, Mary, Mira, Marcel, Marina, Michelle, Morla, Nadine, Sarah, Shehla und Vivien.

Besonders bedanken möchte ich mich bei dir, **Dina**. Ich habe viel gelernt und bin froh, dass die arabischen Dialoge im Text jetzt Sinn ergeben.

Und ein großes Danke an dich, **Shehla**. Du hast für mich einen leeren OP-Saal gefilmt, mir Erklär-Videos gemacht und mich an die Hand genommen. Du hast mit mir über Herzensdinge gesprochen und bist zu einer Freundin geworden.

Morla, Nash in grauer Jogginghose und barfuß gehört nur dir. Danke für deine wundervollen Nachrichten.

Danke an **meine Familie**. Und am allermeisten an **meinen Mann**, denn ohne ihn wäre dieses Buch immer noch nicht fertig. Du hast mir den Raum gegeben, den ich brauchte, und eine Umarmung, wenn ich nicht mehr konnte. Ich liebe dich und unsere kleine Lotte.

Ein großer Dank an **meine Unterstützer:innen auf Patreon!** Besonders an: Diana, Claudia, Linda, Meike, Anna, Stefanie, Mandy, Lea, Katharina, Svenia, Denise, Steffi und Lorena. Ihr seid wunderbar.

Danke an all meine **wunderbaren Kolleg:innen**.

Besonders an **Sarah Sprinz**, die *High Hopes* vorab gelesen hat. Du wirst eine großartige Ärztin und bist eine fantastische Autorin. Außerdem noch ein ziemlich toller Mensch.

Und an **Stella Tack, Marah Woolf und Carolin Wahl**. Ihr habt an mich gedacht, wenn ich in der Versenkung verschwunden bin, und gefragt, wie es mir geht. Dafür bin ich sehr dankbar.

Danke an euch **Leser:innen, Blogger:innen und Buchhändler:innen**. Auch in diesen verrückten und unsicheren Zeiten habt ihr euch eure Liebe und Leidenschaft für Bücher bewahrt. Danke, dass ihr meine Geschichten lest und empfehlt.

Danke!
Eure Ava

Hier findet ihr mich auf Instagram: **avareed.books**
Hashtags: #avareed #whitestonehospital #lyxverlag

Glossar

A

ACE-Hemmer

Bezeichnung für eine Gruppe von Blutdruck senkenden Medikamenten, die eine Hemmung des *Angiotensin-Konversions-Enzyms* bewirken. Indikation besteht nicht nur bei Bluthochdruck, sondern ebenso bei einer Herzinsuffizienz.

Adrenalin

Adrenalin ist ein Hormon, das im Nebennierenmark gebildet wird. Es findet unter anderem Verwendung in der Notfalltherapie. Da es den Blutdruck und die Herzfrequenz erhöht, dient es der Anregung der Herzfunktion bei einem Herz-Kreislauf-Stillstand.

Akute Atemnot

Dyspnoe genannt. Akute Atemnot, kann zur Erstickungs- bzw. Todesangst führen. Ursachen für eine akute oder auch chronische Atemnot können unter anderem Asthma, eine Lungenentzündung, Tumore, ein Herzinfarkt, Hyperventilation oder auch eine Angststörung sein.

Ambu-Beutel

Synonym des Beatmungsbeutels. Ein Atembeutel mit Maske.

Ampicillin	Ein Breitspektrum-Antibiotikum, das bei einer Vielzahl von bakteriellen Infektionen eingesetzt werden kann und gut verträglich ist. Bei Patienten mit einer Penicillin-Allergie können jedoch schwere allergische Reaktionen ausgelöst werden.
Anästhesie	Zustand der körperlichen Empfindungslosigkeit, um bestimmte operative oder diagnostische Maßnahmen durchführen zu können. Es wird zwischen einer Allgemeinanästhesie (als Vollnarkose bekannt) und einer Lokalanästhesie (als örtliche Betäubung bekannt) unterschieden.
Anästhesist:in	Fachärzte bzw. -ärztinnen für Anästhesiologie. Sie begleiten und überwachen die zu behandelnden Personen während des Narkoseprozesses.
Anaphylaktischer Schock	Auch als allergischer Schock bekannt. Kann lebensbedrohlich sein, denn in schweren Fällen führt er zu Atem- und Herz-Kreislaufstillstand.
Anastomoseninsuffizienz	Gehört zu den postoperativen Komplikationen. Dabei wird die Verbindung zwischen zwei anatomischen Strukturen (die in der Operation künstlich hergestellte Verbindung zwischen Blutgefäßen, Hohlorganen oder Nerven) undicht oder reißt auf.
Aorta	Hauptschlagader und die größte Arterie des Körpers, die das Blut aus dem Herzen in den Blutkreislauf leitet.

Appendizitis

Umgangssprachlich *Blinddarmentzündung* genannt. Der Wurmfortsatz des Blinddarms ist entzündet und muss operativ entfernt werden.

Arterieller Blutdruck

Blutdruck des Kreislaufsystems (im bzw. durch das Hochdrucksystem erzeugt), der in den Arterien (Blutgefäße, die das Blut vom Herzen wegführen) gemessen werden kann.

Asystolie

Bezeichnet das vollständige Aussetzen der elektrischen und mechanischen Herzaktion (Nulllinie), dem meist ein Kammerflimmern vorausgeht. Kann innerhalb weniger Minuten zum Tod führen.

B

Beta-Blocker

Kommen vor allem bei Herz-Kreislauf-Erkrankungen zum Einsatz und schützen vor den ungünstigen Auswirkungen der Stresshormone Adrenalin und Noradrenalin (bzw. hemmen diese).

BGA

Blutgasanalyse.

Bronchitis

Man unterscheidet zwischen akuter (Entzündung der Schleimhaut in den Bronchien) und chronischer (andauernde Entzündung der Bronchialschleimhaut) Bronchitis.

Bronchoalveoläre Lavage

Verfahren zur Probengewinnung aus den unteren Atemwegen im Rahmen einer Bronchoskopie (auch Lungenspiegelung genannt).

C

Chirurgie

Teilgebiet der Medizin. Beschäftigt sich mit der Diagnose, (operativen) Behandlung und Rehabilitation von Erkrankungen und Verletzungen. Es werden acht Fachgebiete/Spezialisierungen unterschieden: Allgemeine Chirurgie, Gefäßchirurgie, Unfallchirurgie und Orthopädie, Thoraxchirurgie, Viszeralchirurgie, Plastische Chirurgie, Kinderchirurgie und Herzchirurgie.

Clarithromycin

Ein Antibiotikum, das zur Therapie von bakteriellen Infektionen der Atemwege, Ohren und der Haut eingesetzt wird.

Code Black

Gehört zu den *Hospital Emergency Codes* und steht unter anderem für einen Massenanfall von Verletzten oder Gefährdung des Personals.

CT

Abkürzung für *Computertomografie*. Eine Röntgenmethode, bei der, im Gegensatz zum herkömmlichen Röntgenbild, aus den Messwerten Schnittbilder des Körpers rekonstruiert werden, um beispielsweise Organe und krankhaftes Gewebe besser beurteilen zu können (in Bezug auf Form und Lage).

D

Defibrillator Auch *Defi* genannt. Ein medizinisches Gerät, das mithilfe von Stromstößen (Schocks) unter anderem Herzrhythmusstörungen oder Kammerflimmern beenden kann. Hat keine Wirkung bei einer Asystolie.

Drahtcerclagen Schlingen aus Draht, mit denen Knochenstücke (häufig das Brustbein) zusammengehalten werden.

Drainage Natürliche oder therapeutische Ableitung/Absaugung von (krankhaften) Körperflüssigkeiten oder Gasen.

E – G

Echokardiografie Bezeichnet die Ultraschalluntersuchung des Herzens.

EKG Abkürzung für *Elektrokardiogramm* (Ergebnis) und auch für das Verfahren selbst. Das EKG stellt die elektrischen Vorgänge im Herzmuskel grafisch dar.

Enterokokken Bakterien, die unter anderem im Darm vorkommen. Unter bestimmten Umständen können sie Krankheiten auslösen (zum Beispiel, wenn sie in andere Bereiche des Körpers eindringen).

Entzündungsparameter Alle Laborwerte, die auf eine Entzündung hindeuten können.

Fraktur	Fachbegriff für einen Knochenbruch.
Enterobakterien	Typischerweise Darmbakterien (Teil der Darmflora), die zu Krankheiten führen können, wenn sie den Darm verlassen.

H

Hauptschlagader	siehe *Aorta*.
Herzinsuffizienz	Allgemein als Herzschwäche bekannt. Das Herz kann den Körper nicht ausreichend mit Blut und Sauerstoff versorgen.
Herzklappenprothese	Mechanische Herzklappenprothesen bestehen aus künstlichen Materialien, biologische werden hauptsächlich aus Schweine- oder Rindergewebe gefertigt. Sie imitieren die Klappenfunktion des Herzens.
Herzkontusion	Gilt als stumpfes Trauma, eine stumpfe Verletzung des Herzens. Meist hervorgerufen durch einen kraftvollen Stoß bei einem Fahrzeugunfall oder einem Sturz aus größerer Höhe.
Herzkranzgefäße	Blutgefäße, die direkt auf dem Herzen liegen und das Muskelgewebe der herzeigenen Muskulatur mit Sauerstoff und Nährstoffen versorgen.
Herz-Lungen-Maschine	*HLM* abgekürzt. Ein medizinisches Gerät, das für einen bestimmten Zeitraum die Funktion der Lunge und des Herzens übernehmen kann.

Herz-Lungen-Wiederbelebung Siehe *kardiopulmonale Reanimation*.

Herzminutenvolumen Ein Maß der Herzleistung. Bezeichnet die Menge an Blut, die das Herz pro Minute durch den Kreislauf pumpt.

Herzschrittmacher Gerät zur Behandlung von Herzerkrankungen, bei denen das Herz zu langsam schlägt.

HNO-Konsil Patientenbezogene Beratung eines Arztes durch einen anderen Arzt – hier im Bereich Hals-Nasen-Ohren-Heilkunde.

Hypoxämie Bezeichnet eine geringe Sauerstoffsättigung (Sauerstoffmangel) im Blut.

I–J

ICD-Implantation Einsetzen eines *implantierbaren kardioverten Defibrillators*, zur Therapie von Herzrhythmusstörungen.

Innere Medizin Auch schlicht *Innere* genannt. Fachärzte und -ärztinnen dieser Fachrichtung (Aufbau, Funktion und Erkrankungen sämtlicher Organsysteme) werden *Internisten* genannt.

Intrakranielle Blutung Venöse oder arterielle Blutung innerhalb des Schädels (Hirnblutung).

Intubation Beim Intubieren wird ein Schlauch (Tubus) in die Luftröhre eingeführt, um die zu behandelnde Person künstlich zu beatmen.

K

Kalziumglukonat

Oder auch Calciumglukonat. Calciumersatz bzw. Supplement.

Kammerflimmern

Lebensgefährliche Herz-Rhythmus-Störung. Bezeichnet eine unkoordinierte Serie von schnellen und nutzlosen Kontraktionen der unteren Herzkammern.

Kardiologie

Die Lehre vom Herzen, Teilgebiet der *inneren Medizin.*

Kardiopulmonale Reanimation

Auch *Herz-Lungen-Wiederbelebung* genannt. Dreißig Mal Herzdruckmassage, zwei Mal Atemspende im Wechsel als Mittel zur Reanimation. Dabei hat die Herzdruckmassage immer Priorität. In den Leitlinien wird (bei einer Laien-Reanimation) empfohlen, nur noch zu drücken.

Kasack

Dienstkleidung (Oberteil), die unter anderem vom Pflegepersonal und medizinischem Fachpersonal getragen wird.

Katheter

Röhrchen oder auch Schläuche. Damit können beispielsweise Harnblase, Darm, Blutgefäße und das Herz sondiert, entleert, gefüllt oder gespült werden.

Koniotomie

Schaffung eines künstlichen Zugangs zu den Atemwegen in Höhe des Kehlkopfes. Im Gegensatz zu einer *Tracheotomie* (chirurgischer Eingriff) eine medizinische Notfallmaßnahme.

Koronare Herzkrankheit – Abkürzung KHK. Die großen Adern (Koronararterien bzw. *Herzkranzgefäße)*, die den Herzmuskel mit Sauerstoff versorgen, sind verengt oder verkalkt.

L

Lungenarterie – In der Medizin werden die linke und rechte Lungenarterie *Arteria pulmonalis* genannt. Sie transportieren das sauerstoffarme Blut vom Herzen zur Lunge.

Lungenödem – Bezeichnet die Ansammlung von Wasser in der Lunge. Meist sind Herzkrankheiten die Ursache.

M – R

Mediane Sternotomie – Meist der Standardzugang zum Herzen bei einer Operation.

MRT – *Magnetresonanztomografie* oder auch Kernspintomografie. Ein diagnostisches Verfahren zur Erzeugung von Schnittbildern des Körpers. Im Gegensatz zur *Computertomografie* (CT) ohne Einsatz von Röntgenstrahlung.

Peritonitis – Entzündung des Bauchfells.

Pneumonie – Entzündung der Lunge (akut oder chronisch verlaufend).

Prävalenz

Häufigkeit einer Krankheit (oder eines Symptoms) innerhalb einer Bevölkerung zu einem bestimmten Zeitpunkt.

Pseudomonaden

Bakterien, die unter anderem im Boden, Wasser, in oder auf Pflanzen und Tieren vorkommen. Bei geschwächtem Immunsystem können sie beispielsweise eine Wundinfektion, Lungenentzündung oder Herzerkrankung verursachen.

Postoperativ

Etwas tritt nach bzw. infolge einer Operation auf.

Rea-Wagen

Ein Notfallwagen, der wichtiges Zubehör für klinische Notfälle bereithält.

Rollvenen

Verschieben sich leicht (rollen weg), durch geschwächtes Bindegewebe. Eine Blutentnahme ist schwieriger, die Venen sind schwerer zu treffen.

S

Sauerstoffsättigung

Zeigt an, mit wie viel Sauerstoff das Hämoglobin (Proteinkomplex, der Sauerstoff bindet und im Blutkreislauf als Blutfarbstoff in den roten Blutkörperchen transportiert) beladen ist.

Schädel-Hirn-Trauma

SHT – auch Hirnverletzung genannt – steht für gedeckte und offene Schädelverletzungen mit Gehirnbeteiligung. Ursache ist meist eine starke äußere Gewalteinwirkung auf den

	Kopf (Schlag, Sturz oder Aufprall), bei der das Gehirn mit verletzt wird.
Schocklöffel	Gehören zu einem *Defibrillator* und sind in verschiedenen Größen erhältlich.
Schockraum	Auch Reanimationsraum genannt. Spezieller Behandlungsraum, der sich in der Notaufnahme befindet. Hier wird die Erstversorgung schwerverletzter und polytraumatisierter Menschen übernommen.
Sepsis	Blutvergiftung oder auch lebensbedrohliches Multiorganversagen durch eine fehlgesteuerte Immunreaktion (des ganzen Körpers).
Sonografie	Ultraschall(-Untersuchung).
Standardbikarbonat	Mit diesem Wert können Aussagen über den Säure-Basen-Haushalt im Körper getroffen werden. Eine Blutgasuntersuchung wird unter anderem bei Lungenproblemen gemacht.
Staphylokokken	Bakterien, die für gesunde Menschen in der Regel ungefährlich sind. Einige Arten können jedoch Infektionskrankheiten auslösen.
Stents	Eine Gefäßstütze, die eingesetzt wird, um Gefäße oder Hohlräume offen zu halten oder zu stützen.
Sternumsperrer	Ein Sperrer hält beide Hälften des Brustbeines (Sternum) auseinander.

T–Z

Thrombose

Ein Gefäßverschluss durch ein Blutgerinnsel.

Thoraxchirurgie

Chirurgische Fachrichtung. Zuständig für Erkrankungen, Verletzungen und Fehlbildungen im Bereich des Brustraums (Thorax).

Vorhofmyxom

Die häufigsten primären Tumore des Herzens.